国家社科基金项目"中国新时期女性文学的话语系统研究"
（项目号12BZW102）研究成果

中国新时期女性文学的话语系统研究

A Study of Discourse of Women's Writing in the New Era of China

王侃　著

南京大学出版社

目　录

上

部

第一章　现代性、新启蒙话语下的性别叙事

一、个人主义、性别结构及现代性

2010 年年末,林白发表中篇小说《长江为何如此远》。这是林白写作进入产量锐减期后为数不多的作品之一,也是引发颇多关注和新阐释的作品之一。这部小说的核心意象"长江",对于林白来说可谓意味深长。在其长篇小说代表作《一个人的战争》里,一个女孩第一次出远门,就在长江的航道上一步迈进了女人的命运轨迹。由此,这个女孩/女人开始了弃绝、背离整个世界的人生之路,开始了与世界的"战争",并且是"一个人"独力而为。我以为,在林白那里,"长江"是女人真正人生的初始,是初次出门远行时所遭遇之"世界"的一个比喻。当她说"长江为什么如此远"时,她实际要问的是,现实世界为什么如此远。无论是作为作家的林白,还是作为小说叙述者的今红,都一直是生活在幽暗狭窄的个人记忆与个人体验中的女人。她们敏感于世界、人生对她们的伤害与折损,敏感于自我、个人的受伤体验,于是用硬茧一层一层地包裹自己,从此与世界渐行渐远。

在林白以往的小说中,"世界"是被拒斥的:只要它在一个不伤

及自己的距离之外，管它是近是远呢？但小说《长江为何如此远》表达了一种个人意识结构的转折。这部小说不只是在岁月回望时表达了"如此远"的感喟，更是在抚今追昔时表达了"为何如此远"的自我究诘。小说主人公今红在并不起眼的个人生活挫伤中远离了人群，向世界彻底关上了心扉，直到三十年后的一次大学同学聚会，她才发现，这个世界一直有一个温暖的部分不离不弃地守候在她的心扉之外。她狭隘的个人记忆/个人主义瞬时露出了自私、冷漠和无情的底色。她在忏悔和自责中不禁要问：为什么，长江（世界）会变得如此远？

我把这部小说看成中国女性写作自二十世纪九十年代迄今的一个隐喻：它表明了中国女性写作曾经呈现过的批判姿态（与"世界"为敌的个人主义立场），并暗示了正在发生的话语流向（对个人主义尤其是极端个人主义的自省和逆袭）。

另一部小说是徐小斌新近完成的长篇小说《天鹅》。这是一部典型的爱情小说，充满玛格丽特·杜拉斯式的叙事气息。我读完这部小说后的第一个反应是：徐小斌为何要写一部爱情小说？——要知道，之前的徐小斌曾坚定地自称："没有任何爱情与风景可以使我驻足于世界的某一个点。"这个从小就压抑、孤独而敏感的作家，幼年也曾耽于一个天国花园的梦境，在自我封闭的内心世界里，通过聆听神祇的呼唤，实施着对外部世界的逃离。出于某种自我保护的考虑，"爱情"是徐小斌一贯旗帜鲜明地加以弃绝的他物：在她的世界观序列中，"爱情"是实现个人自由的巨大障碍，也是男权政治的隐秘机制。在她的小说里，"孤独"是唯一被允许的终局。

但是，一次次无休止的"逃离"，渐次积聚为一种生命中不能承受之轻：徐小斌和她的小说人物一起，深深地陷入了萨宾娜式的困境。在她颇为可观的小说人物谱系中，景焕失踪了，卜零出走了，佩淮赴死了，羽被摘除脑叶了……"孤独"中的决绝，使这些女子付出了令人窒息的惨痛代价。随着九十年代这个极端推崇个人主义的时代逝去,当批判的激情逐渐消退之后,除了心力交瘁,她们并未清晰地看到救赎的路径。她们斩断了与外部世界的一切关系,却在迷茫中深陷不能承受之轻,正如徐小斌写作《羽蛇》时就下意识地触碰到的至理:"脱离翅膀的羽毛不是飞翔,而是飘零,因为她的命运,掌握在风的手里。""孤独"只是暂时性地发挥了自我保护的作用,却无法承诺永世的安宁。相反,"孤独"很快被时光打造成了桎梏,陷她们于万劫不复的深渊。她们的命运与马克思的名言相逆:她们在这次斗争中失去的是整个世界,而得到的只是锁链。

就在此时,《天鹅》这样一部爱情小说出现了。这部小说的女主人公仍然有着徐小斌以往小说人物谱系特有的孤愤气质,区别只在于,她开始向"世界"投诚,开始渐次地敞开心灵孤堡的城门,让"世界"涌入。如小说所述,"在真爱面前,她还是投降了"。甚至,"她要钻进他的身体里,重新做回他的一根肋骨"。徐小斌曾经坚持的个人主义的或是性别主义的立场,这一次,似乎统统被放弃了。

我认为,很显然,徐小斌这一次想借助"爱情"来修复与外部世界的关系。在尝试了冷峻的对峙、激越的批判之后,救赎的方舟并未如期而至。每每逃离时绝尘而去的背影看似轻逸却不堪其苦。的确,二十世纪九十年代趋于极端的个人主义并未给孤绝中的抗争者带去点燃希望的曙色,相反却使抗争着的个人逐一陷入了无援的困局。于是,出于救赎的另一种尝试,徐小斌试图缓解她和"世界"之间一直高度紧张的关系。此时,她祭出了"爱情"的法器。"爱情"直接修复了因为徐小斌的坚执立场从而一直以来在"男/女"关系结构中赫然呈现的断裂。这至关重要,因为这意味着徐小斌企图尝试与由男性主导的整个世界沟通。也许是在"孤独"的深渊里浸渍太久,也许是在危境的暗夜里负累过多,徐小斌意外地对"爱情"有了理想主义的寄予,故命其承载重托,去填平一个又一个深邃的沟壑。我倾向于认为,这是徐小斌的一种叙事努力:借助"爱情",修复曾在她的世界观里触目皆是的种种残缺与断裂。

同样地，我也认为徐小斌的这部小说呈现了跟林白小说相似的、新的话语流向。无论是对于林白还是对于徐小斌来说，在二十世纪九十年代被过于绝对地加以肯定的个人主义（无论是就个人自我而言，还是就性别自我而言），不仅不曾让她们看到期待中的心灵曙光，还同时使她们的文学空间迅速被填满，失去了提升的余地。林白的《妇女闲聊录》的失败，徐小斌很长一段时间莫衷一是的写作状态，都证明，曾在二十世纪九十年代被她们主导、引领过的一种写作风潮早已陷于颓势和困顿。于是她们都在艰难的思索后做出了某种话语调适：遮起了个人主义的冷傲面孔，与她们曾竭力拒斥的"世界"重新坐到了谈判桌前。说她们妥协也好，投降也好，为她们悲也好，怒也好，反正她们真的这样做了。

　　但是，二十世纪九十年代以来的中国女性写作研究一直呈现着一种看似锐利、如今看来则不免狭隘的，看似强硬、如今看来则不免无力的，看似坚定、如今看来则不免僵硬的学术姿态。二十年来，殊少看见其在方法和方向上所做的调适。

　　二十世纪九十年代以来的中国女性写作研究也无可避免地被"现代性"裹挟。在简单地将"现代性"等同于"进步性"的机械理解中，女性写作的命运在很大程度上被研究者定义成追求"更为现代的人生"。这样的结论，差不多是基于一种集体的盲视：大多数的研究者并没有清醒地意识到，她们当下正身处其间并竭力批判的"性别结构"，其实就是她们竭力追随的"现代性"所派定的。

　　"现代"以降，"现代性"便迅速而有力地重新塑造了世界的整体面貌。若以结构主义式的语言来表述，那就是："现代性"为这个世界重新派定了诸种权力结构。这其中包括经济结构、文化结构、城乡结构、家庭结构以及全球范围的政治地缘结构。当然，所有人深陷其中的"性别结构"也自此派定。二十世纪六十年代末以来建立的学院派的女性主义理论，是对"现代性"进行政治与文化反思的理论成果之一，因此它本身必定包含了对"现代性"的批判，包含了对由"现代性"派定的种种政治与文化结构的批判。但在中国，或许是因为"现代性"的魅惑，或者是因为对"现代性"之合法性的前提性认定，二十世纪九十年代以来的女性写作研究大多将批判性的结论限定在"性别结构"的话语空间内，而殊少指向"现代性"。在这些研究者看来，是"现代性"为女性主义提供了批判的武器——这包括自由、民主的基本理念，以及在二十世纪九十年代屡试不爽的个人主义话语。在她们看来，性别这一权力结构先于"现代性"而存在，但在进入现代以后，在"现代性"的宰制下，这一结构已进入"历史最好时期"。

实际上，早在二十世纪七十年代，凯特·米莉特在其著名的《性政治》一书中就深刻地揭示了这样的性别处境："现代性"丝毫没有改变性别"这一根本性的权力概念"，相反，性别这一根深蒂固的"剥削制度"在"现代性"的特定修辞机制中形成了表里不一的实践形态——柔性的制度外表和实际上更为严酷的内在压迫。正是由于对这一制度特性的清晰认识，自二十世纪七十年代以来，西方女性主义的诸种理论几乎无一例外地强调其越来越强烈的政治内涵，强调在"现代性"语境下性别冲突的不可调和性，强调女性主义作为针对"现代性"的一种解构理论的不妥协性，强调女性写作要对纯粹诗学畛域进行超越从而具有更广泛的政治与文化覆盖，强调性别理论的跨学科性质从而使性别理论成为分析现代权力机制的文化研究。

归结起来说，在由"现代性"派定的种种权力结构中，"性别结构"仅为其中之一，而女性主义的理论方向，是要经由对"性别结构"的批判，从而进入对"现代性"这一总体性结构的批判。因此，女性主义作为一种理论话语，既是关乎性别的又是超越性别的，女性主义并非一种只把自己限定在"性别结构"中的狭隘理论，相反，它具有人类性的宏观视野，具有整体性的终极抱负；它对性别这一"根本性的权力概念"的分析，既是关乎历史的，也是关乎未来的。

然而，二十世纪九十年代以来的中国的女性主义文学批评，以及当时中国女性作家通过文学写作所表达的性别话语，存在一些不容忽视的局限和缺失。一是，这些批评或话语，进乎"性别结构"，但难以出乎"性别结构"，批判的锋芒未能触及"总体性结构"；二是，这些批评或话语，由于前述局限，难以让人辨识理论方向以及对未来的设定。阅读这样的文章，我总是会问：它们的政治诉求是什么？它们的文化关怀是什么？——基本上，答案都是模糊的、虚无的。迄今为止的女性写作，大多数的作家和作品只对个人/私人的经验范畴进行了精到的表述，但鲜有"普遍"的提升。"个人"所曾蕴含的积极意义在今天已然耗散，附着在"个人"之上的"身体""欲望"等叙事力量也随之式微。今天的"个人经验"已难再聚集成为强劲的话语力量。因为，个人主义虽然驱动了二十世纪九十年代以来的女性写作，并使这一写作潮流形成了一定气象，但个人主义是现代性话语，在终极处它并不对"现代性"构成颠覆，相反，它服务于"现代性"这一总体性结构。这就是为什么如前文所述，个人主义表面上为女性写作提供了话语凭借，但最终将她们引渡到一个更为危重的孤绝境地，引渡到一个弃世并被世界所弃的荒原。这实际上也可以用来说明，为什么近十年来的女性写作不再具有曾经的冲击力从而越来越被读者漠视。我们的女性主义文学批评是否对此做过有效的分析，并借此对自己习以为常的批评实践做出过有效的反省？

无疑，我们都需要坐下来与这个"世界"谈谈。

二、现代性叙事逻辑与"城/乡"性别化

本节试图通过对铁凝的成名作《哦，香雪》的重新解读，以期发现其叙事内部的现代性逻辑，以及这一现代性逻辑在"新启蒙"等宏大政治修辞的掩饰下对于女性形象的利用、剥削和榨取。通过对这一种叙事逻辑和这一种政治修辞的讨论，试图进一步认清自二十世纪八十年代以来中国女性写作在历史、文化、美学与政治等多个认知维度上的迷误。

铁凝在一篇发表于 2003 年的谈论短篇小说的文章中曾这样说过："我看重的是好的短篇给予人的那种猝不及防之感……好的短篇小说在于它能够把这些片断弄得叫人无言以对,精彩得叫你猝不及防。因为世界上本不存在一气呵成的人生,我们看到的他人和自己,其实都是自己和他人的片断。……重要的在于你毕竟被那猝不及防的精彩迷惑过,不过如此的人生,是不可以没有片刻的迷惑,片刻的忘情,甚至于片刻的受骗。"①这段话与其说铁凝是在揭示关于人生和文学的一种具有普遍性的"绝对真理",不如说她是在自我承认,承认她自己的确有过迷惑、忘情和受骗的人生经历与文学经历。的确,文学史上有很多作家都阐述过自己的写作灵感、写作动机如何得益于人生际遇中的"迷惑、忘情和受骗",就这一点而言,铁凝的这番话有类于此。区别只在于,究竟是人生的哪个具体阶段、哪一部或哪一些具体的文学作品得益于"迷惑、忘情和受骗",铁凝则向来语焉不详,秘不示人。除非铁凝承认她全部或大部分的人生和文学都不间断地处于"迷惑、忘情和受骗"之中,否则就不能回避、遮挡学术意义上的好奇与追问:究竟是哪一部?

与此同时,铁凝是一位颇有成就的、有文学史地位的作家。也就是说,她是一位在读者群、批评界、文学圈中有高度认可度的作家。因此,如下追问也自然会跟进:作为读者,作为文学研究者,我们是否也因为她的作品而"迷惑、忘情和受骗"? 至甚者,究竟是哪一部?

我想在这样的话语前提下——尽管它可能显得生硬——来讨论我重读铁凝《哦,香雪》的思想和文学感受。这些感受,关乎铁凝,关乎《哦,香雪》,同时也希望这些感受有助于理清另一些更为深刻的命题。

《哦,香雪》创作并发表于 1982 年,迄今已有三十余年。批评

---

① 铁凝:《人生可能不是一部长篇小说》,《北京文学》,2003 年第 3 期。

界讨论铁凝时总绕不过这个精致的短篇小说，因此，三十余年关于铁凝的研究和评论，某种意义上讲也是关于《哦，香雪》的研究和评论，成果颇丰。就我目力所及，既有的关于铁凝的研究或批评论述，以看似诚恳、厚道的赞誉居多，"淳朴""清丽""纯净""柔美""诗化""至善"是这一大拨赞誉声中高频度的关键词，尤见于对《哦，香雪》的论述，最有代表性的是孙犁的奖掖之辞："这篇小说，从头到尾都是诗，它是一泻千里的，始终一致的。这是一首纯净的诗，即是清泉。它所经过的地方，也都是纯净的境界。"①虽偶有以"幼稚"苛责《哦，香雪》的，旋以"感人""可爱"等辩辞补之。即使在对铁凝的作品谱系持总体性质疑的批评文章中，《哦，香雪》仍然是批评者倍加肯定、情有独钟的②。铁凝本人在发表于 2004 年的一篇访谈文章中也声称，《哦，香雪》在其作品谱系中"具有一种不可替代性"。③《哦，香雪》甫一问世即获前辈奖掖，受同侪艳羡；此后的三十多年里，铁凝以颇可嘉许的勤奋不断刷新、拉伸她的作品谱系，并为自己在读者群、批评界和文学圈赢得了持续的关注度。可以这么认为：《哦，香雪》在这三十多年的持续关注中从未失去过受赞誉的地位，而这赞誉，如今已凝为一种文学史结论。

很难说批评家和文学史家给予《哦，香雪》的赞誉是因为"受骗"，何况文学写作中的"诈"和"骗"是受美学伦理恩准的，也是被文学阅读、文学接受所喜闻乐见、甘之如饴的。这"诈"或"骗"，集合于"修辞"这一美学范畴，并在虚构性的叙事文类中享有无边的通行特权。一般而言，任何一种修辞都会形成一种多面的、综合的

---

① 孙犁：《谈铁凝新作〈哦，香雪〉》，《青年文学》，1983 年第 2 期。

② 例如，一篇尖锐批评铁凝的写作道路是持续"走低"的文章，在临近结尾时却夹杂了这样的评述："铁凝似乎是属于处女作、成名作、代表作'三位一体'的作家。……迄今为止，她作为小说家的荣誉主要还建立于《哦，香雪》这个短篇上。……一个作家如果有一部作品能真正超越时代，那也可以了。'香雪'看来具备了这种可能性。"见徐岱：《符号的幻影：铁凝小说的诗学审视》，《浙江社会科学》，2002 年第 6 期。不过，视《哦，香雪》为铁凝的"处女作"，显然有误。

③ 赵艳、铁凝：《对人类的体贴和爱——铁凝访谈录》，《小说评论》，2004 年第 1 期。

效果，但人们通常只会关注修辞的正面效果，或由作家刻意主打的修辞方向，却容易忽略非正面、非主打的效果和方向，就像人们习惯于聆听声音，却容易忽略静默。《哦，香雪》的"纯净""诗化"是一种修辞效果，也是铁凝刻意主打的一个修辞方向。然而，一个山村少女用四十个鸡蛋换取一个塑料铅笔盒、摸黑走三十里夜路的残酷，在"纯净""诗化"的修辞中被高度弱化，这也是一种修辞效果。

本节的主要议题之一，就是试图讨论《哦，香雪》中的修辞弱项，即被主打修辞所削弱甚至遮蔽的方面或方向。对于这个"修辞弱项"的讨论，或许有助于理解铁凝的"迷惑、忘情和受骗"。

《哦，香雪》是一篇假借"乡土"的琴壳弹拨"启蒙"这一弦外之音的短篇小说。二十世纪八十年代伊始的中国思想文化领域，曾令李泽厚生发出过如此感慨："一切都令人想起五四时代。"[①]可以这么认为：二十世纪二十年代和八十年代的中国，在社会意识或社会思想基础上有着某种相似，即整个社会有一个普遍的、坚定的对于现代性的追求。对于这个"现代性"的追求，凝聚成了一种社会共识，先后在两个相隔半世纪的年代里引领着主导的思想潮流。而正是这种"五四"式的思想局面，使得二十世纪八十年代前期被命名为"新启蒙时代"，嵌入后来的历史记忆。《哦，香雪》无疑是这一时代的文学产物，逢迎于这一时代的思想要求。"五四"人物胡适倡言"一时代有一时代的文学"，从这个意义上讲，《哦，香雪》的构思、写作和问世也是标准的"五四"式的。此际的中国，在改革开放的浪潮下，正开始准备重新接受现代性的全面塑造。因此，这一时期的所谓"启蒙"，其实就是现代性命题和现代性逻辑下的思想宣示。顺理成章的是，《哦，香雪》是被现代性叙事框架所结构的。

"现代性"内涵复杂，不管以何种方式进入对其内涵的讨论，都意味着几何倍数的话语增殖。但"现代性"在进行自我阐明和自我确证时的方法并不复杂，无论在中国还是在世界其他地方。简单

---

① 李泽厚：《中国现代思想史论》，北京：东方出版中心1987年版，第209页。

地说，"现代性"是通过最原始的"二分法"，即通过一系列的二项对立式——比如理性/癫狂、文明/愚昧、进步/落后等——并通过确立前者在价值上的优先地位，来阐明和确立自身的合法性的。这个建立在近、现代工业化基础之上的"现代性"，建构了城/乡之间的等级结构，拉大了城/乡之间的价值差距，并且，在诸如新/旧、进步/落后、文明/愚昧、科学/迷信、民主/专制、自由/压抑等二项式的谱系中，使"城"与二项式的前者链接，使"乡"与后者联姻。因此，我们看到，在"启蒙主义"的文学表达中，宗法制的中国乡村及其文化和日常生活，被视为迷信、腐朽、颓败的载体，是"吃人"文化的温床。阿Q、九斤、未庄、鲁镇，由这些符号所指称的"乡土中国"，理所当然地成为启蒙话语所应该批判的不二对象。二十世纪二十年代，由鲁迅所领衔的"乡土写实派"小说，就秉承这样的批判旨意，不遗余力地对"乡土中国"进行了几乎可称之为全方位的扫荡。文学史也以"忧愤深广"的美学风貌来形容这种批判力量。二十世纪八十年代，在"新启蒙"的政治修辞与话语感召下，"乡土"继续扮演着丑陋不堪的历史角色，继续呈现着藏污纳垢的文化面貌，继续承受着被严正批判的文学命运。比如，在这个时期的乡土叙事里，乡村不仅是"被爱情遗忘的角落"，并且，在这个"角落"里，因为宗法文化与极左政治的合谋，使得"吃人"的历史现象得以延续。实际上，人们一般都无意中忽视，"爱情"在很大程度上是一种现代性话语。因此，当以"爱情"为起点进行批判性的乡土叙事，其实就是要将乡村、将乡土文化、将乡土日常生活中的人物定位在相对于"现代性"的负面价值上。《哦，香雪》也不例外。

作为一部不折不扣的乡土小说，《哦，香雪》被严丝合缝地纳入现代性的"城/乡"叙事架构中。但它的"城/乡"架构，在文明/愚昧、进步/落后、科学/迷信等二元价值体系之外，植入了一个隐而不显的"男/女"结构的修辞。我将这一修辞称为"城/乡性别化"。

《哦，香雪》的故事发生地——台儿沟，是个"一心一意掩藏在大山那深深的皱褶里"的化外之地："如果不是有人发明了火车，如果不是有人把铁轨铺进深山，你怎么也不会发现台儿沟这个小村。"①不难看出，在铁凝的叙事设定里，"台儿沟"是封闭的、落后的，是与"改革开放"这一时代话语相颉颃的负面形象，且它是被由火车、铁轨等实体符号所表征的现代文明重新"发现"的。铁凝在这里所使用的"发现"一词，语义丰富，细加考辨就不难识别：它与"哥伦布发现新大陆"这一陈述中所使用的"发现"一词同义，而这一"发现"背后的语义是殖民扩张和殖民征服。也就是说，它显示了一种权力或力量上的悬殊对比，这种悬殊对比不仅发生在哥伦布所代表的殖民宗主国与新大陆之间，也发生在由城市、火车所代表的现代文明与"台儿沟"之间。与此同时，"发现"还寓意"拯救"，它意味着将把"台儿沟"揽进"现代"文明世界的怀抱，使之不再遗落化外。这种既蔑视、轻侮、征服，同时又怀柔、施恩、拯救的分裂态度与狡黠策略，惯见于现代性逻辑下的"城/乡"叙事。

更有意思的是，进一步细读，随之就发现：台儿沟居然是个女儿国。整篇小说，不曾有一个台儿沟的男性出现，他们销声匿迹，似乎都神秘蒸发了。每晚七点，当那列发自北京、只在台儿沟站停留一分钟的火车准时到站时，在站台上守候已久、齐刷刷涌向火车的全是台儿沟的青年女子。铁凝使用了作家的权力，将台儿沟的男性瞬间统统屏蔽：台儿沟的男人们不仅没有在站台上出现过，也不在姑娘们梳妆打扮、热切盼望火车的过程中出现过，他们不仅是无声的，同时也是无形的。台儿沟的男人们只在小说伊始、在铁凝提到"台儿沟人"的时候，出现在"他们"这个复数代词里。铁凝显然知道台儿沟是有男人的，所以她不得不用"他们"而不是"她们"来指称"台儿沟人"。因此，铁凝在进一步的叙述中将台儿沟的男人统统予以屏蔽，显然是有意为之的。小说中唯一以单数形式出现过的男性是香雪的父亲，但这个形象仍然是不在场的，

---

① 本文所引铁凝小说原文，皆参照小说集《哦，香雪》，郑州：中原农民出版社1987年版，第137—146页。

他作为一个木匠,作为一个木质文具盒的制造者,给香雪带去了贫穷、丑陋的乡土形象以及由此引发的屈辱感。他其实是一个被强大的现代文明所去势的男人,当然无以获得"在场"的合法性,只能与台儿沟的其他男人一样,在铁凝的叙事中归于退隐。铁凝颇为成功地对台儿沟施行了一次阉割手术,使之进入一种隐蔽的性别修辞。

而当台儿沟的男人都被屏蔽之后,另一个男性登场了:"那个白白净净的年轻乘务员真下车来了。他身材高大,头发乌黑,说一口漂亮的北京话。"这是个典型的城市青年男性,他不仅拥有因为远离风吹日晒的田地操劳而致的白净皮肤,而且拥有"乘务员"这样高度城市化的现代职业。台儿沟的姑娘有以"小白脸"这样身体化的绰号称呼他的,但最终以颇具意味的"北京话"来命名之。北京,中华人民共和国首都,国家中心城市,中国的政治、文化中心,二十世纪八十年代还是中国的经济中心,迄今仍是国家经济决策和管理中心。这些巨型信息,由"北京话"所携带、所承载,使得这位年轻男性乘务员形象被迅速地、高度地符号化。这个符号化的形象,与台儿沟的姑娘们相比,在力量上有强烈的不对等感,而这种力量上的强烈不对等感,就由一个男/女结构来表征了。特别要指出的是,在《哦,香雪》中,城市男性是个单数,而台儿沟的女性是个群体,这种"以寡敌众""一夫当关"的力量修辞,以性别政治的特有形式加以强调。二十世纪八十年代初期的乘务员职务,不需要高学历,也不需要特殊技能,而且这样的职位很有可能是接父母的班。与《哦,香雪》同一年发表的另一部著名的实验话剧,讲述的恰是北京铁路系统内部职工子弟的生活:他们为生存而挣扎,不时陷入迷茫与绝望的精神深渊。与这部实验话剧不同,《哦,香雪》中的乘务员甫一出现立刻获得了"白净""高大"的俊朗面貌。年轻乘务员在台儿沟姑娘的热烈拥戴中,完成了向"菲勒斯中心"迅速而彻底的回归。在台儿沟姑娘的心目中,只有她们当中姿色至优者的凤娇方可与这个年轻乘务员相匹配。城市的"底层"与乡村的"至优"这种"相匹配""相对接"的关系,使得"城市"的优越性被凸显。因此,当这部实验话剧中的铁路职工子弟在因为生存困境而必须面对艰难的爱情窘局时,《哦,香雪》里的年轻乘务员则身临"性资源"过剩的扬扬得意中。毫无疑问,在《哦,香雪》里,"菲勒斯中心主义"话语与现代性叙事逻辑达成了隐蔽的合谋。换句话说,也就是"性别政治"被曲折隐微地用于支撑和证明现代性的合法性,同时,现代性也暗度陈仓,投桃报李,使"菲勒斯中心主义"或"性别政治"佐雍得尝,轻巧地化解了其合法性危机。

作为一种隐微修辞,"城/乡"性别化在《哦,香雪》中是全方位、多维度、深层次、有力度地得以贯彻的。一方面,它以"女儿国"的形态对台儿沟这样的乡村进行了静态的、本质化的性别设定,然后让"火车"这一男性意象大肆侵入。"火车"是"蛇"这一意象的引申或变体,而"蛇"则是"摩西的权杖"的变体,是阳具的象征,是权力和神圣的绝对象征。弗洛伊德曾说:"神话和传说中许多用做生殖器象征的动物如鱼、蜗牛、猫、鼠(由于阴毛),在梦中起同样的作用,特别是用做男性生殖器的蛇尤为如此。"[1]而"火车"同时又是"工业化"这一现代性的核心表征,因此,它是现代性与男权的交叠,是双重的象征。因此,当铁凝在《哦,香雪》中如此描述"火车"在台儿沟的出现时,其文字无意间滑入了暧昧的性暗示:

> 它勇敢地盘旋在山腰,又悄悄地试探着前进,弯弯曲曲,曲曲弯弯,终于绕到台儿沟脚下,然后钻进幽暗的隧道,冲向又一道山梁,朝着神秘的远方奔去。

"火车"的进入,"搅乱了台儿沟以往的宁静"。它极其强大、壮观、威严,以致香雪觉得"在它跟前,她简直像一叶没根的小草"。台儿沟这个"女性",不仅因此被重新"发现",而且因为被"侵入",

---

[1]　[奥]弗洛伊德:《释梦》,吕俊等译,长春:长春出版社 2004 年版,第 233 页。

她的"身份"也随之发生了变化,被重新命名("台儿沟站"),并成为现代文明播撒其"启蒙"火种的地方,成为承载"新启蒙时代"之历史叙事的空白之页。这个过程极好地诠释了这样的结论:"女性是一片有待于发现、进入、命名、播种的土地,最重要的是被拥有······女性被划归到一个超越历史的领域里,因此承担着历史变迁的叙述及其政治影响之间的一种尤为痛苦的关系。"①

另一方面,台儿沟的女性身份,进一步地被以一种动态的、实践性和建构性的修辞———一种"看/被看"的关系性建构———所确立。从物理形态上看,火车承载了诸多"城市的""现代的"内容,比如"比指甲盖还小的手表""皮书包""能松能紧的尼龙袜子""女大学生"以及在小说中作为关键物件的泡沫塑料的文具盒。与此同时,火车还向台儿沟的姑娘们提供了向内眺望的诸多窗口。但需要指出的是,火车车厢的诸多窗口,其设计的初衷是供车厢内的乘客向外眺望,而不是相反。我们在《哦,香雪》中看到的实际情况的描述也恰恰如此:火车每天晚上七点驶进台儿沟,只停留一分钟,但为了这一分钟,"台儿沟的姑娘们刚把晚饭端上桌就慌了神,她们心不在焉地胡乱吃几口,扔下碗就开始梳妆打扮。她们洗净蒙受了一天的黄土、风尘,露出粗糙、红润的面色,把头发梳得乌亮,然后就比赛着穿出最好的衣裳。有人换上过年时才穿的新鞋,有人还悄悄往脸上涂点胭脂。尽管火车到站时已经天黑,她们还是按照自己的心思,刻意斟酌着服饰和容貌。然后,她们就朝村口,朝火车经过的地方跑去"。对姑娘们的精心打扮和化妆的描写,泄露了将姑娘们置于"被看"境地的真实意图:表面上,是台儿沟的姑娘们通过火车的窗口看世界(当时的以及后来的大多数评论都这么认为:"那明亮的车窗,有如开向另一个世界的窗口。台儿沟的十七岁的小姑娘们从这里看到了那么多陌生、新奇、令人羡慕、让

① Anne McClintock, *Imperial Leather*, *Race*, *Gender and Sexuality in the Colonial Contest*, 1995, p.31. 转引自[英]马克·B.索尔特:《国际关系中的野蛮与文明》, 肖欢容等译,北京:新华出版社 2004 年版,第 80—81 页。

人兴奋的东西!"①"姑娘们从火车窗口窥望着,探究着。呵! 世界上原来竟有这么多新鲜而引人的事物! ……作者表现了处于封闭的、落后的自然经济条件下的姑娘们,对于大千世界的向往。"②),实际上是台儿沟的姑娘为一分钟的"被看"而倾尽全力,倾巢而出。就这样,无论从本质论还是从建构论来说,台儿沟都被自发也是自觉地、有意识地设置了性别,达成了"城/乡性别化"的修辞目的。

郜元宝曾在一篇讨论孙犁、铁凝的综论性文章中有过这样精辟的论述:他认为孙犁式的道德理想主义的"柔顺之美"其实是二十世纪四十年代革命文学中浪漫主义的一脉,而在精神线索上与孙犁颇多渊源的铁凝,她在文学上所继承的恰是"四十年代后半期成熟起来的革命文学之浪漫主义传统的一份隐秘遗产"。③ 郜元宝甚至在文章的一处小标题中直接将铁凝称为"红色经典的隐秘遗产"。这样的论断,揭示了铁凝一直以来在文学写作上的一个方向性的自我设定,即对"政治正确"——尤其是国家主义、时代主流——的考量与迎合。因此,当"现代性"在二十世纪八十年代初上升为国家话语并成为当时的政治主流时,《哦,香雪》就成为其中一个文学性的注脚。也因此,王蒙在评论铁凝的作品时这样说:"香雪的成功不是偶然的。翻开作者最早的一批习作……我们不是都或隐或显地看到香雪的一双善良、纯朴、充满美好的向往,而又无限活泼生动的眼睛吗? 在描写青年与青年写的作品里,这样的目光实在是凤毛麟角! 那些作品里,出现在我们的读者面前的,多半是一些被批判的、受过伤害的、深沉痛苦、有时仍然是热烈执着,有时是冷峻严肃、有时甚至是'不怀好意'的眼睛。而铁凝的作品完全不同。"④所谓"完全不同",指的就是铁凝的作品是"柔顺"的

---

① 李子云:《致铁凝——关于创作的通信》,《当代作家评论》,1984 年创刊号。
② 李清泉:《短篇小说的年度记事》,《文艺报》,1983 年第 6 期。
③ 郜元宝:《柔顺之美:革命文学的道德谱系——孙犁、铁凝合论》,《南方文坛》,2007 年第 1 期。
④ 王蒙:《香雪的善良的眼睛——读铁凝的小说》,《文艺报》,1985 年第 6 期。

而不是批判性的（"不怀好意"）。但这并不意味着铁凝以所谓的"柔美""清新""诗意"游离于由"伤痕""反思"所标注的时代气质，相反，她不仅积极顺应了二十世纪八十年代主流的政治与文化逻辑，并以自己的文学深刻地参与建构了这个时代主流的政治与文化逻辑。所以，我们才会理解，香雪揣着在火车上用四十个鸡蛋换来的泡沫塑料铅笔盒，在漆黑的深夜里步行三十里山路回家的残酷情境，为何被铁凝硬是"处理得异常柔美"，因为只有"让香雪姑娘流出'欢乐的泪水，满足的泪水'，才契合特殊年代的意识形态和民众的精神面貌"。[①]

当然，对于铁凝或铁凝研究来说，将她的"城/乡性别化"这一隐微修辞予以揭示，或许是更具意义的。尽管铁凝在二十世纪八十年代后期开始写作带有显见的性别话语色彩的作品，但我相信，那只是因为女权或女性主义在那个时候已经成为新的潮流，成为铁凝无须用"柔顺之美""柔顺之德"加以顺应的文学律令。而可以肯定的是，在写作《哦，香雪》时，她剥削、榨取、利用了妇女形象，当然也同时贬损了妇女。她在由现代性逻辑所宰制的"城/乡"叙事结构中，直接而断然地将妇女判为历史的负面。《哦，香雪》受到了时代和社会的全面欢迎，这不仅说明铁凝的隐微修辞是成功的，同时也说明这样的修辞是这个时代和社会所渴慕的。铁凝因为《哦，香雪》而迅速迈入中国文坛的中心，时代和社会对她的这种抬举，放大和巩固了这一隐微修辞的美学效果，并使之跨越美学，漫入政治和文化领域，塑造了一个时代的思维逻辑和心理-情感模式。时代和社会对她的抬举，同时也说明，那种旨在贬损妇女的修辞格是一种普遍的、恒久的心理结构，它与一种根深蒂固的剥削制度、压迫模式——父权制/男权制——有关，铁凝在《哦，香雪》中所做的，只是重新召唤了这个结构。而微妙处恰在于铁凝本人的性别身

---

① 郜元宝：《柔顺之美：革命文学的道德谱系——孙犁、铁凝合论》，《南方文坛》，2007年第1期。

份：某种意义上讲，铁凝也是被剥削、被榨取、被利用的女性。

桑德拉·吉尔伯特（Sandra. M. Gilbert）、苏珊·古芭（Susan-Gubar）在《阁楼上的疯女人》中指出，十九世纪西方女性作家不约而同地使用和共享一种特定的叙事修辞，这个修辞由设定在文本内部的一个双层结构所呈现：在其结构的表层，一些粗糙的父权/男权话语覆盖其上，女性在这个叙事层面上表现为柔顺、臣服的面貌和倾向；但在结构的深层，作为亚文本（sub-text），抵抗的、颠覆的倾向无时不在消解看似坚硬的表层结构（父权/男权话语）。然而，在铁凝的《哦，香雪》中，那个作为隐微修辞（城/乡性别化）的亚文本，不仅有力地支撑了表层结构，同时还以对女性形象及其历史价值的强横去势，在政治和文化上走向了与铁凝的性别身份截然相反的方向。或许，我们可以回答本节起首提到的问题了——《哦，香雪》就是铁凝那部让读者，尤其是让女性读者"迷惑、忘情甚至受骗"的小说。

当然，"城/乡性别化"是一个时代的总体性修辞，既非文学专属，也非铁凝专属。但由于铁凝的特殊身份，由于《哦，香雪》在中国当代文学史上的醒目地位，以及三十多年来对这部作品的解读、研究不断地在引导读者偏离对这个隐微修辞的发现，从而，这一修辞的政治性便不期然地愈发显豁起来。实际上，到了二十世纪九十年代，"城/乡性别化"在中国文学中便有了升级版：中国在被愈益深刻地卷入全球化进程中后，中国作家在"现代性"的文学想象中开始与比中国更为强大的国家形象碰撞时，一种可称为"国族（种族）性别化"的叙事修辞悄然而生。这个升级版的修辞，由男（欧美白人）/女（中国女人）这样的结构来呈现。在王安忆的《我爱比尔》中，中国女孩阿三所迷恋的"比尔"是一个有强大符号意义的美国男性形象——在这部中篇小说写作和发表时，"比尔"是全美甚至全球范围最具影响力和号召力的名字，因为它同时是美国总统比尔·克林顿和世界首富比尔·盖茨的名字。在这部小说中，随着时光流逝，比尔的面容在阿三的记忆中逐渐模糊，但与一个西方白人的这段情感经历无法在阿三的内心抚平，她甚至堕入风尘，通过与一个又一个外国人的结交，来维系和刷新对这段感情的记忆。说到底，阿三的"我爱比尔"究竟爱的是什么，这似乎已是不言而喻了。而卫慧在《上海宝贝》中，干脆将女主人公倪可的中国男友天天设置为性无能，肉体衰微，精神颓靡，最后吸毒而亡（这与铁凝将台儿沟的男性全部屏蔽的做法异曲同工），而倪可的德国情人马克则是个性能力超强的强悍男性，他轻易地掳掠了倪可的肉体，并使其欲罢不能。卫慧不吝笔墨地大段渲染充满力比多气息的场景，把对一个白种男人的惊呼和迷恋，写得漫过了纸边。后殖民时代的地缘政治，隐蔽地转化为性别政治。在这场性别政治的象征性博弈中，"现代性"的先发国族炫示其优势，后发国族呈现其焦虑。而女性，是这场博弈中唯一被贬损和被牺牲的。

由于《哦，香雪》是在所谓"新启蒙"的语境中，以城/乡架构突显当代中国对于现代性价值的历史认同，因此，"城/乡性别化"其实也曲折地反映了女性与现代性之间存在的政治关系———一种隐晦的、被"文明觉醒""自我追求"等"新启蒙"语汇重新包装的性别政治。

本章的第一节文字，虽是针对近二十年中国女性写作的批评和研究而言的，它实际上也可以用于描述自二十世纪八十年代以来中国女性写作及其研究对于"现代性"的臣服，因为在无可避免地被"现代性"所裹挟之后，在简单地将"现代性"等同于"进步性"的机械理解之后，女性写作的命运在很大程度上被研究者定义为追求"更为现代的人生"。这样的结论，差不多是基于一种集体的盲视：大多数的研究者并没有清醒地意识到，她们当下正身处其间并竭力批判的"性别结构"，其实就是她们竭力追随的"现代性"所派定的。

香雪在火车启动的最后一秒，摆脱了犹豫，完成了用四十个鸡蛋换取一个文具盒的交易。她象征性地搭上了"现代性"的快车，因此也象征性地获得了拯救。"获救"这一主题性修辞公然使用，以及文具盒这一软性意象所递送的关于现代文明知识体系的巨大优势，使得交换的不平等、独自步行三十里夜路的凄惨，突然变得无足轻重。针对"现代性"的批判之矛于是再也无力举起。郜元宝在批评铁凝此处表现出的"柔顺之美"时指出，所谓"柔顺"就是"将无法直面的悲惨丑陋予以淡化或美化，赞美人的柔顺之德，并以柔顺之德为超越的价值根基，对现实进行委婉的指责和虚幻的超越"。① 实际上，平心而论，更准确的说法应该是：在现代性的叙事逻辑宰制下，铁凝和香雪一起身陷"获救"的巨大幸福而难以自持，于是，她迅速进入"纯净""柔美""至善"的诗意抒写之中，并在结尾处陷入"哦，香雪！香雪！"的一唱三叹，以几近"无词的言语"映示无以名状的激动与欣悦。只是这一刻，铁凝全然不曾意识到，香雪以及台儿沟的众姑娘，只是现代性这一巨大的社会机器启动时必不可缺的道德润滑剂而已。

二十多年之后，铁凝在一篇自述文字中对《哦，香雪》进行了反思性的回顾。她承认，"火车它其实也是一种暴力"："火车的到来，火车的'温柔的暴力'使未经污染的深山少女的品质变得可疑。没有这些机械文明的入侵，贫苦的香雪将永远清纯透顶的可爱。"她发现二十年后的香雪们不会再像等待情人一样地等待火车，她们的变化仍然可疑，善恶难断，只是肯定失去了"纯净""柔美"和"诗意"的品质。但是铁凝仍然认为："雄壮的火车面对封闭的山谷是有产生暴力的资格的，它是一种强制的不由分说的力量。虽然它的暴力意味是间接的，不像它所携带的文明那么确凿和体面。并且它带给我们的积极的惊异永远大于其后产生的消极效果。"②

但是，我们是否可以认为，至少在某个瞬间，关于《哦，香雪》，铁凝承认自己"被那猝不及防的精彩迷惑过"，并且有了"片刻的迷惑，片刻的忘情，甚至于片刻的受骗"？

---

① 郜元宝：《柔顺之美：革命文学的道德谱系——孙犁、铁凝合论》，《南方文坛》，2007 年第 1 期。

② 铁凝：《文学·梦想·社会责任——铁凝自述》，《小说评论》，2004 年第 1 期。

第二章　自由主义:主体认知与话语镶嵌

一、自由主义和女性主义

自由主义话语作为西方文化理论中的重要话语之一,它的辐射面涉及广泛的文化层面。它"乃是由'现代性'(modernity)带来的一套理论,韦伯(Max Weber)阐述的'世界的祛魅'(disenchantment of the world),说明其思想源头可追溯到十六至十七世纪的宗教改革。不过作为一种自觉理论,自由主义在十八世纪末十九世纪初的西方才以主义形式出现,并且是与保守主义和激进主义一起,以三位一体的整体出现"。① 在这一背景下西方文化中的贡斯当、哈耶克、柏林、罗尔斯等人对自由主义进行了建构,这为探析自由主义和女性主义的关系,并深刻认识它们在二十世纪中国的萌生和衍变提供了可以合理探讨的背景。

广义上看,它是一种思想派别,也是一种意识形态,更是一种实践运动。一言以蔽之,它就是一个内容多样和内涵丰富的聚合

---

① 章清:《"胡适派学人群"与现代中国自由主义》,上海:上海古籍出版社 2004 年版,第 7 页。

体。对于它的定义、发展和变化，总是有莫衷一是的看法，但它基本上在自由主义的传统形式和自由主义的现代形式两种形态中逐步得到定型。大体上，它在坚持个人主义和维护资本主义秩序上是一脉相承的。对于其中的核心理念，自由主义"强调维护以理性为基础的个人自由，强调维护个性发展，自由主义者主张，国家的政治生活、经济生活和社会生活都应该以维护个人自由为目的，反对把任何形式的强制施之于个人，无论形式是国家的、教会的，还是社会习俗的、舆论的。自由主义者从资产阶级利益出发，期望社会的发展与进步"。① 虽然自由主义这一思潮在不同的时代不断地得到修正，但是它有着自身的英美传统和欧洲大陆的传统，在经历了软弱期、变革期和实用期后变得更加丰富和多元，还与其他一些重要思潮交织在一起，成为一个富有活力的概念。

深而究之，便会发现女性主义就与它相交织，在整个框架内将自由主义之魂深蕴其中。从早期的奥德比·德·古日在《女权宣言》中对女性自由平等的权利提出要求，到西蒙·德·波伏娃在《第二性》中将女性的形成划定为一种自由平等基础上才可以逐步实现的过程，直至贝蒂·弗里丹在《女性的奥秘》中试图赋予女性在社会性别分配中更为公平的地位，同时号召沉溺于传统两性束缚之中的女性觉醒并呐喊……可见女性主义在产生、发展和新变这一系列过程中都没有脱离自由主义的话语，并将更多存在的复合体概念涵括其中，也是在这样之后的社会实践和社会关系语境里，女性主义才具有了更广泛的意义。

所谓"词语破碎之处，无物可存在"。② 女性主义这一概念之后本身就涵括了太多被建构起来的政治、经济和文化。其实关于女性主义的专著和相关研究有很多，无论是自由主义女性主义、激进女性主义、社会主义女性主义还是后现代女性主义等，都"以女性

---

① 吴春华：《当代西方自由主义》，北京：中国社会科学出版社 2004 年版，第 2 页。

② ［德］海德格尔：《在通向语言的途中》，孙周兴译，北京：商务印书馆 1999 年版，第 130 页。

的视角观察、解释性别不平等现象的根源,它构成了妇女运动的理论基础,提供了基于女性价值的理解世界、理解生活的一种新的方式"。① 这些新的价值理念的建构很大程度上是自由主义话语将女性从暗自啜泣的角落拉回到可以进行讨论的视野中,尤其女性主义在不断衍变中对其进行了吸取和批判。当然这一切得益于自由主义话语的开放性、包容性和延展性,因为"它是和生活共同发展起来,它关心的是个人、家庭和国家。它涉及工业、法律、宗教和伦理道德。作为一种有效的历史力量,它的任务在任何地方都未完成,但它几乎在每个地方都获得了进展"。② 其中重要的进展之一就是用自由主义的理念谈论性别问题,进而延伸到女性主义的脉络之中,并逐步影响到文学世界中女性文学的萌发和发展。

因此,对自由主义的考察可以成为我们考察女性主义的显著场所,无疑可以为这个话题的思考打开更广阔的空间。为此我们有必要回到西方自由主义思潮盛行的时代,也是女性主义的萌芽和发展的时期。在那样一个历史空间中,女性主义在自由主义思潮的影响下发展起来。那么,为何要强调回到当时的历史背景中?戴锦华说:"女性主义从来不是一个高度整合、无差异的本体,而是一个充满差异且裂隙纵横的集合体,一个动态建构中的历史暂存,一种特定的权利/反抗结构中的表现系统。"③因此探清这个"历史暂存",探清一个理论主张所依托的社会历史条件,才更有利于我们以动态、辩证的眼光来看待自由主义和女性主义理论,尤其是它们对中国新时期女性文学的影响,而不至于陷入"拿来主义",或是把西方的理论捧为不变的"真经"的僵化思路中去。

有一幅名画——欧仁·德拉克洛瓦于 1830 年创作的《自由引

---

① 付翠莲:《在平等与差异之间:女性主义对自由主义的批判》,北京:社会科学文献出版社 2013 年版,第 11 页。

② 胡明贵:《自由主义与新文学现代性品格》,北京:人民文学出版社 2013 年版,第 6 页。

③ 陈顺馨、戴锦华:《妇女、民族与女性主义》,北京:中央编译出版社 2004 年版,第 28 页。

导人民》,在这个意义上,可以帮助我们更好地进入上述的历史空间。画中的街垒妇女成了自由女神的化身,她头戴一顶弗里吉亚软帽,向前挺近,头发在飘动,胸部松开,青春盎然。今天的观者对这幅画的接受和欣赏似乎显得很轻松和理所当然,但在当时观者那里,这幅画充斥着让人惊诧不安和不和谐的因素。我们可以在海涅记录的一次小小的谈话中瞥见当时的观赏者在这幅画中接收到的这种怪异和不和谐:"'爸爸!'一个小查理十世党人喊道,'那个戴着红帽子的脏兮兮的夫人是谁呀?——'哎呀!真想不到!'她那高贵的爸爸满面笑容地讥笑着说,'哎呀,我亲爱的,她带着百合花的纯洁。那是自由女神。''爸爸,她连紧胸衬衣都没穿。'——'真正的自由女神,我亲爱的,通常是不穿紧胸衬衣的,她对所有穿白色内衣的人都充满仇恨!'"①这是海涅在1831年巴黎沙龙展出的《自由引导人民》前,无意中听到的一场对话。

对当时的人来说,怪异与不和谐在于:首先,将共和国、革命,特别是自由,描绘成女性的形象并非向来如此,这是自1789年法国大革命才开始的。1792年之后,法兰西共和国的标志便是一位穿着古典长袍的女子。这与中古时代晚期以来王权统治的政治理论恰恰相反,传统的政治理论认为国家与民族是由坎托罗维奇所谓的"国王双体"所构成——国王一方面是人,一方面是国家与民族的化身。法国大革命期间,国王形象与"朕即国家"受到激烈的嘲讽。将自由帽——弗里吉亚帽戴在国王头上,恰是用来表示他的无能。而在1830年的革命中,自由与革命的动机又再次以醒目的女性形象出现,德拉克洛瓦的《自由引导人民》正是其中最有名的代表。其次,这个女性形象也一反往常,之前的女神多半是飘在空中的,不食人间烟火,而画中的自由女神却显得污秽不堪。显然画家安排了一个象征性的场景,却没有给她一个象征性的身体,反

①　Heinrich Heine, "French Painters", trans. David Ward, *Paitings on the Move: Heinrich Heine and the Visual Arts*, edited by Susanne Zantrop (Lincoln: University of Nebraska Press, 1989), p.121.

而把她画成了一个真实的女人：带着挑逗色彩的赤裸的胸部，丛生的腋毛，气势汹汹地向前冲。当时的艺术评论家不无讽刺地说："德拉克洛瓦先生，请你清理一下你的画作，你的自由女神简直脏到了极点，你怎么能让她青春的脸庞配上这么污秽的胸部。""这哪是自由女神？根本是市场的卖鱼妇。"①

正是画作中呈现的这种怪异、不和谐、暧昧，凝结着那个剧烈变动时代的社会特点和矛盾。十八、十九世纪的法国，随着资本主义社会的发展，女性越来越参与到家庭外部空间中来。当时巴黎各个产业出现的惊人的情况与劳动负担压得男性工人喘不过气来，一个工人每天工作十六到十八个小时都未必能养家糊口，因此迫使妻子也得外出工作。"1847 年到 1848 年，妇女已占了劳动力的41.2％。"②而另一方面，随着家庭与工作场所分离以及都市生活日趋失序和混乱，资产阶级妇女作为家庭管理者与发号施令者的角色也越来越得到增强，而这却是过去贵族女性所避开的角色。资产阶级妇女管理仆役、记账，并且对家庭内部组织施以严格的纪律，既要表现出资产阶级的合理性，又要以进退有节的态度，以应对弥漫于街头与市场的混乱和不受节制的热情。她们是各种私人隐私的守卫者，并且看顾着与市场截然不同的家庭场景，以确保在外部的混乱中，家庭生活依然能够稳定有序地开展和运作。

女性在家庭经济和劳动力市场中地位的渐行重要预示了女性在社会中所扮演的角色将有重大变化。但这场重大变化被男性支配的传统法律结构与经济组织所阻塞。虽然如此，资本社会的运作中涌流着的一股更大范围的力量，对这层阻塞有着一种无法逆转、不可阻遏的冲击。在资本社会里，当所有的东西都围着金钱运

① Heinrich Heine, "French Painters", trans. David Ward, *Paitings on the Move: Heinrich Heine and the Visual Arts*, edited by Susanne Zantrop (Lincoln: University of Nebraska Press,1989),p.121.

② ［美］大卫·哈维：《巴黎城记：现代性之都的诞生》，黄煜文译，桂林：广西师范大学出版社 2010 年版，第 192 页。

转时,连社会关系也逐渐货币化。于是一场游击战于焉展开。在这场战争中,女仆学会了如何利用甚至欺骗雇主;妓女学会了如何欺瞒恩客;妻子或伴侣学会了如何看紧另一半的荷包;资产阶级妇女学会了如何领导、形塑时尚的消费者文化;而工人女性则学会了如何接受新式工厂工作与勤务角色的挑战,并懂得探索其他的组织形式以构成未来能解放她们的经济基础。女性仿佛已经了解,如果她们是具有金钱价值的珍贵商品,那么她们就应该充分利用金钱民主这项工具来解放自己,不管是以消费者还是以生产者的身份。总之,正是金钱民主让女性尝到了比传统社会中更多的自由的滋味,而这将在意识层面上鼓励她们通过自主的努力去获取更多的自由。

正是在政治和经济上都主张自由主义的资本社会发展的早期,女性主义思潮也在其中氤氲成形。两者几乎是同步发展的,为何会这样?从理论主张上来看,"天赋人权""人人生而平等"是自由主义的核心观念,"自由主义特别强调并大力维护个人的尊严和权利,认为人生而平等,天然具有支配自己的身体和财产的权利,在不妨碍他人的前提下,有一切行动的自由,基于此,自由主义认为国家的政治、经济、社会生活,以维护个人自由为最终目的,国家的作用不是干涉或支配个人生活,而是以法律为手段维护秩序,以排除对个人自由的妨害"。① 这种政治、法律性主张,对于长期被排除在政治生活之外的、禁锢于家庭内部空间中的女性来说,在思想层面上无疑是具有撼动性的,它鼓励女性重新审视自我,重视自我的价值,从依附的角色走向独立自主。

另外,自由主义所强调的自我是以理性作为基础的。他们主张两性在理性的能力上是平等无差的。有学者指出:"自由主义的建立是基于理性,它假定人能够合理地权衡自己的利益与他人的利益,在行使自己的权利时不妨碍他人——'己所不欲,勿施于

① 徐友渔:《重读自由主义及其他》,郑州:河南大学出版社 2008 年版,第 3 页。

人'；它以一视同仁的态度，对待社会成员的基本权利，它既承认人性中善良和光明的一面——通过合作结成社会，又正视人性中阴暗和丑陋的一面——权力注定要膨胀，权力很容易被滥用，因此必须受到监督和限制。"①强调理性，这一点也深刻影响了女性的发展。正是对这一点的强调，它让女性意识到，虽然女性和男性在身体结构上有所差异，但这并不会限制女性的理性能力，从而也就能保证她们作为完整的生命的权利。简言之，男性所拥有的政治经济权利，她们也可以拥有。

由此可见，自由主义所内蕴的内在特征使得女性主义的勃发和它产生了紧密的联系。这些个人自由、身份平等、追求理性等观念都促使女性跳脱出原先的"泥潭"，走向了一幅前所未有的图景："在女性群体经历从传统家庭的贤妻良母到近代社会之一员的角色转换中，大跨度的跳跃，使女性潜在的素质大放异彩：明智的政治家，卓有成就的学者，冲锋陷阵的先驱，平凡而伟大的母亲……"②女性主义在自由主义的视野中认识到了男性和女性在本质上有"异质同构"之处，这将鼓励女性追求在一个开放平等的自由空间场域中，女性和男性的"迥然不同"可以被缩小甚至磨平，并且在充分展示个体的潜在特质上，女性也可以得到充分的发展。

女性主义在自由主义思潮的影响下，出现的上述意识的启蒙，这种启蒙所绘制的蓝图无疑是前所未有地鼓舞人心的。但是在当时的社会背景下，对于女性而言，这个蓝图的实现还任重道远。这也影响了女性主义在自由主义思潮的氛围中进行策略性地选择和抗争。女性主义在当时直接面对的严酷现实是女性被全面排除在社会生活之外，为了最直接有效地扭转这一局面，女性主义更关注推翻由男性主导的法律、政治、经济结构。自由主义女权主义者主张，在社会性别问题上：第一，制定公平的游戏规则；第二，确定在

① 徐友渔：《重读自由主义及其他》，郑州：河南大学出版社 2008 年版，第 11 页。
② 罗苏文：《女性与近代中国社会》，上海人民出版社 1999 年版，第 531 页。

追求社会财产和服务的赛道上，任何参赛者都不会处于系统的不利条件之下。如果就此只在理论层面上批判自由主义思潮影响下的女性主义者忽视了在更深刻的社会和心理结构、文化制度层面对父权制的批判，那是有失偏颇的。只要我们稍微回到当时的历史现实中，就会明白女性主义在政治经济方面的这种主张为何如此迫切，而在其他的诸如文化、心理层面的诉求则暂时较少考虑。

"对一个女人来说，所谓的噩运，"米什莱在 1859 年的《女人》中写道，"就是孤独终老。"这在现在听来不免诧异，因为孤独终老虽然不是太好，但不至于到噩运的程度。米什莱指出，那些独自在外居住丧失了家庭保护屏障的年轻女性往往下场可悲，那些躺在公立医院里占据相当比例的无人认领的年轻女尸便可作为可怕的旁证。所以在第二帝国时期，在资产阶级群体中弥漫着对那些不顺从而独立的女性的普遍恐惧。对于资产阶级来说，"孤立的女人"这个词代表了"贫穷的领域，一个性泛滥、我行我素且桀骜不驯的世界……这些女人与娼妓的联结，使她们染上了'道德麻风病'，让各大城市成了'永久的感染源'"；她们允许表达或坦白表现出"激昂的热情"，在政治动荡的时期如 1848 年革命，威胁着要推翻整个社会秩序。[①] 对于资产阶级来说，独立的女性本身潜藏着革命的、危险的势能。因此，我们才会看到，在《自由引导人民》里，性别、性欲与革命之间建构起了强烈的联结。

根据拿破仑法典，妇女在法律上被视为未成年人，因此对一个女人来说，在没有父亲、丈夫、亲戚、爱人、妓院老板、机构（修道院或学校）或雇主的保护下，要自己一个人过生活虽非不可能，但就经济和社会层面来看极为困难。当时不公平的就业环境和薪水状况远远无法让女性获得经济独立，因此也就出现了米什莱所描绘的情况：妇女一旦脱离了家庭的保护屏障，极大可能走向的是堕

---

① 参见［美］大卫·哈维：《巴黎城记，现代性之都的诞生》，黄煜文译，桂林：广西师范大学出版社 2010 年版，第 194—205 页。

落,甚至死亡。

因此,为了尽快改变女性只能作为家庭或者男性的依附者的困境,女性主义者大声疾呼,要为女性争取与男性平等的政治权利和经济机会。因此,我们也可以看到女性主义在当时能够如此自然而然地快速吸收自由主义的主张的原因,并不单单是两者在理论上的契合,更根本的原因还在于这种契合迎合了当时的女性所亟须扭转的悲惨的社会处境。

了解了女性主义何以要从自由主义思潮中汲取"独立自主"和"理性"这些核心理念的内在现实诉求之后,我们可以再把女性主义的这一选择放置到西方的文化脉络中进行考察,就更会发现"独立自主""理性""自由"这些理念并非天生就是女性主义的标配。如果换了另一个民族历史文化背景,女性主义的主张或许就是另一副面貌了。在自由主义思潮影响下的女性主义强调的是机会均等、公平竞争。既然是竞争,优胜劣汰便是必然结果。这种主张并不照顾弱者或弱势群体。换言之,这种主张只负责在现存体制内创造一个男女平等竞争的环境,剩下的事情就要靠每个女性的个人努力了。

很显然,这项主张的推行需要有一个前提条件,那就是认可女性在生理上,在智力、道德等各个方面均不天生劣于男性,只要清除人为上的社会障碍,女性也可以像男性一样获得成功。有如此前提,才有公平竞争可言。而这样的前提极具革命性的意义在于,它直接对抗的是西方一直以来关于女性的传统哲学思想。《圣经·创世记》里,女人的诞生是上帝从男人身上取出来的肋骨造出来的,不仅如此,上帝还对偷吃了智慧之果的女人说:"我必多多加增你怀胎的苦楚,你生产儿女必多受苦楚。你必恋慕你的丈夫,你丈夫必管辖你。"(创3:16)这种在起源上打下的低劣的烙印决定着一种永不可改变的命运。哪怕到了西方近代的启蒙时期,那些伟大的思想家在性别问题上,仍然把女性天生劣于男性看作是理所当然的事情。叔本华说:"女人本身是幼稚和不成熟的,她们轻佻琐碎,缺乏远见。简言之,她们永远不会成熟,只能是大孩子。"①

　　要对关于女性的传统哲学思想进行颠覆并非易事,哪怕到今天,性别歧视的话语和观念也还远远没有退出公共话语的舞台。那么在自由主义思潮洗礼下的女性主义者是如何去撼动关于女性的传统哲学思想的呢?这首先要看人性中最高贵的核心品质是什么,是什么品质让人与动物区别开来。在女性主义这里,人类的特殊性直接被定位于人类的理性和自主性。很多对女性的歧视的话语也正是站在企图抹杀掉女性的理性和自主性的角度,冠以"感情用事""天生带有依赖性"来进行贬损和攻击。所以早期自由主义女性主义的代表人物沃尔斯通克拉夫特在《女权辩护》里为女性的理性正名,她认为,如果理性是将人类从动物中区别出来的能力,那么除非女性是残忍的动物,否则,妇女就和男人一样拥有这种能力。而这种能力需要通过教育进行开发和培育。所以女性显得不够理性,并不是因为她天生没有这种能力,而是因为没有获得和男性平等的受教育的权利。她还从反面进行论证,如果把男人限制在妇女发现自己被锁入的同样的笼子里,他们也会演变出同样的性格。剥夺男人发展他们理性力量的机会,使他们没有机会成为道德的人——有着超越个人乐趣的关注、事业和责任承诺,那么,就像女人一样,男人也会变得非常"情绪化"。

　　在《女权辩护》里,作者要求女性成为自主的、能自己做出决定的人,这一思想贯穿了全书始终。为什么要强调自主性,沃尔斯通克拉夫特在这一点上与康德在《道德的形而上学基础》中的观点是一致的,即除非人的行动是自主的,否则他或她都不是作为充分的人在行动。那么如何实现女性的独立自主呢?沃尔斯通克拉夫特并没有提出更为具体的指导,她只是强调女性的独立自主之路要通过高等教育来实现,另一方面也有赖于女性在经济和政治上独

---

①　转引自贾格尔等:《女性主义理论概览》,《国外社会学》,1989 年第 1 期,第 53—58 页。

立于男人。①

在自由主义思潮影响下的女性主义为我们展示了一幅女性在精神和身体上自强的图景：女性是"目的"，是理性的主体，她的尊严包括自主选择的能力，而绝不是男人招之即来，挥之即去的玩偶；换言之，女性不是愉悦他人的"工具"和"手段"。对女性而言，一方面，她自身要服从理性的要求，才能从感情上病态的、小泼妇型的、自恋的性对象等一系列压迫性的角色中解放出来；另一方面，如果她允许他人把自己当成一个玩物，放弃自主选择的自由，任由别人塑造自己，那她就是容许自己接受压迫和虐待，自贬生而为人的尊严。

可以说，女性主义是如此迫切地希望进入一个可以和男性平权的领域，以至于迫不及待、理所当然地接受了这个领域里的价值标准——"理性"和"自主性"。今天，当我们回过头来，拉开一定的历史距离来重新审视这两个价值标准，就不难发现这并不是什么亘古不变的真理信条。这两个概念依然是如戴锦华所说的"动态建构中的历史暂存"。理性自主是启蒙运动的核心理念，经过启蒙思想家的阐发和论证，理性自主的信条在人们心目中普遍确立起来。与启蒙运动同一时空下萌芽和发展起来的女性主义自然也深受这场运动的思想影响。启蒙运动的思想家们认为，理性是一种非凡的知识上的努力，"根据它们的内在逻辑去发展客观的科学、普遍的道德和法律、自主的艺术"。这种观念就是要把许多个人自由地和创造性地工作所产生的知识的积累，运用于追求人类的解放和日常生活的丰富性之中。理性、科学对自然的支配使摆脱匮乏和自然灾害肆虐的自由有了指望。合理的社会组织形式和理性的思维方式的发展，确保了人类从神话、宗教、迷信的非理性中解放出来，从专横地利用权力和我们自己的人类本性黑暗的一面中

---

① 参见［英］玛丽·沃斯通克拉夫特：《女权辩护》，王蓁译，北京：商务印书馆1995年版。

解放出来。这种主张和追求对应的是西方一场正在走向世俗、走向现代性的运动,所以才如此追求知识和社会组织的非神秘化与非神圣化,以便把人类从自身的各种锁链中解放出来。

正因为它盛赞人类的创造性、科学的发现,以及以人类进步为名义追求个人的杰出,所以启蒙运动的思想家们欢迎变化的巨大破坏性力量,把昙花一现、流变和分裂看成一种必要条件,可以通过它们实现现代性的规划。平等、自由的信条,对人类理智(曾经允诺了受教育的好处)以及对普遍理性的信条,随处可见。"一部好的法律必须对每个人都有好处,"孔多塞在法国大革命的阵痛中宣称,"完全相同的是,一种主张对所有人来说都是真实的。"这种观点是不可思议的乐观主义。哈贝马斯评论说,像孔多塞那样的作者拥有"过高的期望,期待艺术与科学不仅会促进对自然力的控制,而且也会促进对于世界、自我、道德进步、制度公正甚至人类幸福的理解"。[①]

由此可见,启蒙运动的理性、强调作为人的能动性,其中的内在逻辑本身隐含着巨大的破坏力和革命性的倾向,并且带着一切均可由理性解决的盲目乐观性。而这都在二十世纪遭到了巨大的讽刺:两次世界大战、军国主义、死亡小组和死亡集中营。"启蒙运动的规划注定要转而反对它自身,并以人类解放的名义把人类的追求转变成一种普遍的压迫体系。"这就是霍克海默和阿多诺在他们的《启蒙辩证法》中提出的大胆命题。他们论证说,隐藏在启蒙理性背后的逻辑,是一种支配和压迫的逻辑,这对文化和个性造成了噩梦般的压迫性力量。而到了后现代主义哲学思想中,谈论的是我们是否应该彻底抛弃启蒙运动的规划。[②]

---

① J. Habermas "Modernity: An Incomplete Project", *Critical Theory*, *The Essential Readings*, edited by David Ingram and Julia Simon Ingram(New York: Paragon House,1991), pp.364 - 369.

② Martin Jay, "Habermas and Modernity", *Habermas and Modernity*, edited by Richard Bernstein(London: Polity Press, 1985), p.9.

纵观以上的论述,可见女性主义本身是一个具有高度社会性和实践性的体系。我们可以重新回到本章开头提到的那幅名画《自由引导人民》,借此进一步说明这个问题。德拉克洛瓦的自由女神显示出从切萨雷·里帕的传统历史女神意象宝库中所借用来的特征。她的翅膀掉落了——却被赋予了新的三色旗翅膀。她不再握笔,而是武器;她没有书写——而是制造历史! 这意味着什么? 这意味着真理就在过程之中,这幅画的寓言既不翱翔在行动之上,也不源于观念的领域,它就在行动之中。这是如何做到的? 这一脏兮兮的市场卖鱼妇的形象和自由女神的光辉奇妙地相结合造成了一种尤为神奇的效果。这一形象好像散发着一道光晕,它将街垒战中真正的行动者提高到一个不同的高度:"那正是要害,一个伟大的思想使普通民众、无耻之徒高尚起来,使他们神圣起来并且唤醒他们灵魂中休眠的尊严。"[1]换言之,崇高与滑稽仅仅一步之遥。而这种崇高、神圣化、再觉醒,使得寓言与现实成为联盟,寓言及其周围的事物创造了一种历史意义,而该意义远远超越了碰巧成为参与者的个人的直接行动。

德拉克洛瓦在他 1830 年 7 月 27 日写的一张便签中记录了他这种崇高感的来源。当时他同大仲马在阿尔科莱桥上溜达,他恐惧和不安地看着那些在街道的大鹅卵石上磨着马刀和匕首的人,但是当他看到三色旗正在圣母院上方飘扬的时候,这个本来畏惧革命的怯懦之人变得狂热起来:"此刻,他的狂热胜过了恐惧,他赞美着从前让他感到害怕的人民。"[2]无论是这个画作,还是德拉克洛瓦创作该画作的灵感,都让我们捕捉到了一个过程——当一个新的道德要求不符合原先道德法则的时候,它是如何去撼动甚至

---

[1] Heinrich Heine, "French Painters", trans. David Ward, *Paintings on the Move: Heinrich Heine and the Visual Arts*, edited by Susanne Zantrop (Lincoln: University of Nebraska Press, 1989), p.130.

[2] Heinrich Heine, "French Painters", trans. David Ward, *Paintings on the Move: Heinrich Heine and the Visual Arts*, edited by Susanne Zantrop (Lincoln: University of Nebraska Press, 1989), p.130.

取代旧的道德观念的。青年谢林意识到了这个问题："历史是一个无意识地给予的东西，在明显的自由行动中产生了一种绝不依此而预定的需要。"①让一个女性的形象去象征自由和解放，让女性和男性一样去追求理性、独立自主，同样是在历史实践中被制造出来的。这种制造既有当时的社会历史条件作为依托，又掺杂着事件中的无意识的成分，而这两点恰恰很容易在某种理念被制造出来之后被遗忘掉，而后理念本身便很容易被抹上一层光晕，被奉为古已有之、今后亦然的"真经"。

很大程度上，自由主义对女性主义的影响是从这些背景上迸发出的。以上的论述，力求将这一思潮放置到西方理论自身的历史和文化脉络中去认识它，试图探清这一思潮的各项主张背后的现实诉求。很明显，这一思潮始于欧洲原发资本主义的历史，并且与现代性规划直接相关。但这与我们自身的历史脉络存在着巨大差异，也只有将其本质化的内容理清，才可以更好地理清自由主义和女性主义之间的微妙关系。这更决定了我们对其的借鉴，不能将其神圣化、普泛化、本质化。在这个基础上，中国的女性主义话语也对其进行了再造和激活，它能够和西方自由主义话语有"灵犀相通"之处，是因为自由主义的核心价值理念的确在很大程度上打开了中国本土两性问题新的阐释空间。

于是，便会发现："她们自尊、坚韧、勤奋、执着的品格和无畏的献身精神，惊天地而泣鬼神，为女性群体树立起新的坐标——无愧于一个大写的'人'。"②某种程度上，这恰恰将性别维度从固有的范式中抽离出来。尤其在性别问题上，自由主义使得女性主义的政治诉求会把矛头指向对男性（延伸为父权制）的批判。追溯源头，"父权制"这一指向性的概念来自凯特·米利特的《性政治》，在这本专著中她对父权制进行了多角度的解读。很多时候父权制就如

<hr>

① F. W. J. Schelling, *System of Transcendental Idealism*, trans. Peter Heath (Charlottesville: University Press of Virginia, 1978), p.206.

② 罗苏文:《女性与近代中国社会》,上海:上海人民出版社 1996 年版,第 531 页。

同千斤顶一样压在女性之上，女性的自我价值绝不简单地等同于那些争取来的各项权利，更为关键的是权利获取的背后如何能够从意识形态上让女性挣脱男性根深蒂固的桎梏。不言而喻，这种长久以来的桎梏使得女性的话语权受到了压制。男性从设定好的文化范式里引导着女性进入他们的"安全区域"，所以中国本土女性主义也认识到了这种挑战，进而将前行的"炮火"朝向了长期"管制"她们的"他们"。

二、"父权制"批判及其他

性别问题上自由主义话语对新时期女性文学产生了重要影响，在具体谈论这个问题时，必须首先对自由主义话语在中国的引进和发展进行简单阐释。本质上，它对于中国本土的文化样式和文化视野的开发和启迪是非常重要的。有学者就指出："可以辨识三种有利于自由主义本土化的主要因素：平等主义的价值诉求、自我理解的个人化，以及生活理想与人生信念的多元化。这是中国现代性发展中三种格外突出和难以逆转的趋势，而自由主义的理论能够同时契合这三种趋势，形成理念与实践的有效互动关系，为身处变化中的人们提供认知框架与意义资源。因此，辩证地来理解，自由主义思想既推动了社会想象的现代转变，又是这种转变的结果。而新的社会想象又构成中国自由主义的本土根基，也是它具有吸引力和感召力的原因。"[①]于是在中国整个近现代文化的发展脉络上，其中的平等主义、个人化、多元化思想等被中国先进知识分子所撷取。这样的借鉴和运用一方面将中国本土文化的眼光变得更加开阔，另一方面让本土文化在发展中立于一种比对的视角。

在中国的这种文化借鉴中，陈独秀就谈过："西方举一切伦理、

---

① 刘擎：《中国语境下的自由主义：潜力与困境》，《当代社科视野》，2013年9月刊。

道德、政治、法律、社会之所向往，国家之诉求，拥护个人之自由权利与幸福而已……人权者，成人以往，自非奴隶，悉享此权，无有差别，此纯粹个人主义之大精神也。"①当然类似这样的对自由主义思潮有着期许和要求的知识分子在当时已然形成一股潮流。而自由主义思潮本身内在机制中所涵括的文化理念等本身就是一剂"良药"，它"不仅提供了新的文化视野、文化范型和世界性的眼光，影响到现代作家思想构成、文学想象、价值判断，而且影响到新的文学观念、文学题材、文学主题和文学形态；不仅影响到中国文学的现代性转型，还影响它的继续前行"。② 于是可以适时地被"拿来"促进社会的勃兴和文化的发展，于是严复、孙中山、胡适、陈独秀、周作人、胡适等知识分子都"趋之若鹜"般吸取其中的精髓。

这也影响了新时期女性文学，在性别问题上自由主义话语让它将政治诉求清晰地划定在对父权制的批判中。长久以来，在男性文化挤压下，女性从一开始就处于被动和压抑的位置，这种不对等往往在两性文化对峙中彰显出女性的"弱者"身份。女性们无所适从和内心矛盾，在自我的建构中质疑身份的不确定，甚至这个集体都会面临心理的失衡与精神的炼狱。不难发现，女性文学有时候越是呈现"光鲜亮丽"，越是用各种刻意的方式想要在男权文化中"发光发热"，反而越让女性写作群体潜藏的焦虑欲盖弥彰。或许这一方面是她们在性别话语上的语言行为、心理动机等融入了一个新的语境，这需要她们因时因地去进行调试；另一方面她们在追寻自己过往的历史和渴求新的愿景时面临了更多的情感纠葛和灵魂挣扎。

于是在一个个丰富的故事中，曾经是浪漫主义者的女性们，往往表现得像一个个存在主义英雄。很大程度上，自由主义所内蕴

---

① 转引自刘擎：《中国语境下的自由主义：潜力与困境》，《当代社科视野》，2013年9月刊。

② 胡明贵：《自由主义与新文学现代性品格》，北京：人民出版社2013年版，第364页。

的一些可能性给了新时期的她们新生的支点。在女性逐步转变身份和地位并从男权世界"突出重围"的过程中,自由主义的很多核心价值理念正好契合了她们进行自我建构的诉求,在重要的时期,这些理论也恰如其分地被她们拿来成为她们"突飙猛进"的重要武器。不过"五四"时期开始的女性小说创作为新时期的女性文学创作打下了根基。当时的女性写作虽然更多的是从"女性解放"的视角去营造小说,但对"男性"的有力反抗也是可以窥见一斑的。

纵观这些创作,其实"冯沅君、冰心及同期其余众多女性作家的文学实践为我们提供了多方面多层次的启示与意义认知。首先,女性写作从此成为20世纪中国文学的一个可见的文学现象和文学事实并且份额日重,此后任何一代的女性作家都没有理由轻视这一代人的拓荒意义。20世纪中国女性文学之树仰仗于那些此刻在前不见古人后不见来者的莽原上勤勉耕作的纤弱身姿。这里面有前人栽树后人乘凉的意思。其次,同样有价值的是她们的迷误与局限,为后来者提示了超越与突破的方向。某种意义上讲,这是尤为重要的方面"。[①]的确,"男性"在中国文学中长期"高高在上",这种凌驾的姿态使得很多女性期盼可以"自由"前行。客观地说,当时女性的一些相关的权益与群体地位一定程度上获得一些提升。很多小说在细腻的笔触下将女性渴望自由和渴望解放的诉求抒写出来。这些女性文学都是新时期女性文学能够焕发出强大生命力的根基。

具体而言,像冰心、庐隐等作家便在这一时期用"问题小说"传达"问题意识"。以庐隐的《海滨故人》为例,作者借露沙的女性视角来构建小说,并通过她的好友玉玲、莲裳、云青、宗莹等女性的喜怒哀乐来一起展现时代风貌。其中有女性在封建礼教牵制下的无

---

① 王侃:《历史:合谋与批判——略论中国现代女性文学》,《中国现代文学研究丛刊》,1998年第4期。

奈和苦楚,更有女性对爱情的幻想、理想的期待以及人格的追求等。小说中的每个女性都有着相对鲜明的特点,虽然女性在当时更多的是顺从和隐忍,但是懵懵懂懂的她们已经接受了新思想,也逐步开始有更多的精神诉求。此外在像《命命鸟》《两个家庭》和《斯人独憔悴》等这一类小说中都可以看出女性慢慢摆脱男性"笼罩"的影子。在这其中,女性的视角指向了传统的陈规陋习,也对新的文化制度可以"解放"她们抱着期待。但值得惋惜的是,在当时的时代下,女性所面对的艰难处境并没有得到本质改观,那些关于女性的展望都最终陷入一种尴尬的境地。

那么具体到新时期的女性文学上,可以看到更多的"血泪交织"凝聚成女性话语被呈现出来。以张洁的《爱,是不能忘记的》为例,小说主人公钟雨代表了知识女性对爱情的执着和憧憬,她在一种不可得的纠结和挣扎中以爱的名义倾诉自己。尽管她的爱情观是相对纯粹的,并且一定程度上充满理想主义色彩,但饶有趣味的是,她面临的男主人公恰恰是一位必须具有现实主义情怀的人物,于是就算他们彼此之间有太多的你情我愿也只能停留在简单的互相欣赏中。男女关系在时代特定关系下夹杂着太多的时代局限性。甚至可以说,小说结局有多荒诞,那么现实层面上女性对"父权"的控诉就有多坚韧。

本质上,这种控诉恰恰是女性觉醒的具体表现,而"女性意识觉醒之所以重要,不仅因为妇女占人类总人口的一半,更重要的是因为人类过去的精神文化都以对女性的压制为基础,建构于将女性囚禁于'内室'的体制之上。如今,消解这种压制和囚禁,从女性观点来重估并纠正这一切,就有可能在新的男女互补的基础上来重建人类崭新的文明"。[1] 于是作者用一个丰富的故事表现了一个女人的情感异化和生存困境。这种女性的体悟看起来软塌塌,但作者用女性的视角逐步营造出女性真实的内心活动,并带着一种无

---

① 乐黛云:《中国女性意识的觉醒》,《文学自由谈》,1991年第3期。

形却咄咄逼人的压力。可想而知,两性之间的亲密感情、矛盾冲突都会在这样一个男女对照的小说文本中自然而然地表现出来。

在张洁的另一部作品《方舟》中,作者通过梁倩、曹荆华、柳泉这三位女性构成了一幅"锵锵三人行"的女性画面。当然作者对这三位女性的塑造也的确有着强烈的"锵锵"气质。从她们的身份设定、婚姻危机和事业状况等方面都可以看出作者的用心之处。细读作品,便会发现她们在"女不强大天不容"的女性话语下淋漓尽致地控诉男权社会。学者陈晓明曾指出:"通过对男性社会制定的法规、对父权和外界的限制的抵制,使身为'父亲'或'丈夫'的男人陷入困境:不管是作为一个自视为仇视妇女的男人还是一个对妇女最多也不过是感到某种怜悯的男人,他的权威和权力最终都要失去。"①尤其在这部作品中,一种男女平等的观念时不时就会浮现出来,作者用一种对男性"讥讽"的书写将男性异化为"弱势"的代名词。而女性呢,俨然成为男权话语中的"变革者",三位女性在共同的受难之所营造起一座女性的"温柔港湾"。至于这一时期的女性反抗男权之途到底可以走多远不得而知,但作者用女性的关怀视角为她们暂时"遮风挡雨"。

在此,不得不提张洁的《祖母绿》,这又是作者用女性的视角反观男权世界的一部作品。女主人公曾令儿在对左葳的情感付出中一次次地倾其所有,在对他的爱情中可以明显看到女性的心甘情愿和无畏付出。与曾令儿相比照的是,卢北河虽然与左葳生活在一起,但是她并没有因此获得多少幸福,更多的是婚姻中的委曲求全和平淡寡味。可是这样的女性并没有在生活的重压下沉沦,而是在各自的自我拯救中得到一种安宁。新时期的很多女性作品都擅长挖掘这样的一类主题。但对于女性自身而言,就像学者翟永明曾评论的:"事实上,每个女人都面对自己的深渊——不断泯灭

---

① 陈晓明:《反抗与逃避——女性意识及其对女性的意识》,《文论月刊》,1991年第11期。

和不断认可的私心痛楚与经验——远非每一个人都能抗拒这均衡的磨难直到毁灭……所以,女性的真正力量就在于既对抗自身命运的暴戾,又服从内心召唤的真实,并在充满矛盾的两者之间建立起黑夜的意识。"①相似的是,作者作品中的女性就在自身命运和内心召唤间寻求一种平衡,当然作品中的男性依旧是非常懦弱和无力的形象。于是女性只能在这样的左冲右突中不断地累积和酝酿复杂的情感,最终又无所适从地体味着一切过后的失落,就算想冲破死水一样的处境,却不得不囿于眼前的现实而不能。很大程度上,所谓的"祖母绿"就是一种象征,它也昭示着女性在和父权制的抗争下力图守护自身的自由和平等。

同样,张辛欣的小说《我在哪儿错过了你》也是一部典型的女性在个人和集体间思考女性如何定位的作品。其实自由主义给女性主义的影响之一就是集体或国家对个体的维护。因为自由主义认同权利的重要性,积极主张国家对个体的这方面的维护。也是鉴于这样的理念,他们甚至将国家和个人放置在比对的层面上,并且严格地区分了公共空间和私人领域。于是在私人的范围内,甚至连国家都需要扮演"冷眼旁观"的角色。由此反观张辛欣的这部小说,便发现在作者营造的售票员的视角下,整个故事的脉络还是逃不开背后的男性建构。一定意义上,这部小说的女性明显地是在男权下逐渐被内化为和压抑成她此时呈现出来的形象的。不得不佩服作者描绘这一切时选择了一种"角色互换"的角度,着重从"女性的雄性化"这一方面去层层揭示生活的本真。最终,女性在满足男性或者说时代的要求中丢失了自我,那么女性所有被营造出来的浪漫原来都是虚幻的和盲目的。

此外,张辛欣的另一部作品《在同一地平线上》也经常拿来作为女性文学的典型作品进行讨论。整部小说都在一种两性关系的

① 张清华主编:《中国新时期女性文学研究资料》,济南:山东文艺出版社 2006 年版,第 70 页。

张力中迸发出关于性别、阶级和时代的很多思索，是非常具有探讨空间的。其实作品本身就带着一种性别视角来营造故事。在所谓的"她"和"他"的相识、相爱以及分开的一系列描绘中，可以发现无论是男性还是女性，在新的时代转型中都要去为了安身立命而打拼抑或承受痛楚。比如"她"在追寻自己导演梦的征途上甚至放弃了有过的孩子，这是一种什么样的决绝和无奈。而"他"也是为了得到一些能够画画的机会，竟然在新婚之夜去苦苦追求事业。在这个过程中，所谓的爱情或者婚姻已经不仅仅是停留在表面上的架构关系，也不是去探讨是不是"门当户对"等现实问题，而是又准又狠地对悬于最高处的男权意识进行一种更宽广层面上的衡量，于是最终的结局只能剩下惊叹和唏嘘。

除了张洁和张辛欣的作品，这一时期比较有代表性的还有张抗抗的《北极光》，这部作品塑造了一个在感性和理性中做出自我抉择的女主人公陆芩芩。其所选择的主人公，放在当今的时代下也许并不会得到全部的认可，尤其是在当今资本主义运作下的商业化和消费化的大环境下。但在二十世纪八十年代的特殊背景下，陆芩芩代表着一种典型的女性的视角和话语，而且这种展现加入了更多的女性个人色彩和体悟。但是悲哀的是，"当代女性在寻求'自我'的道德上注定要迷失是理所当然的，因为作为个体的男性已经被先验地阉割了，女性试图通过战胜男性来实现自我，她除了在那个已经被阉割的'空缺'中再手刃一刀，什么也不会得到"。①虽然看似陆芩芩在爱情中"弃暗投明"，但是女性的社会生活和精神想象在男权文化下依然不能有崭新的话语空间。

当然，张抗抗用这样的作品在新时期初期让女性很大程度上用力地抵制男权制带来的压力。基本上同时期类似的女性文学，都在逐步地运用这种女性写作的力量。尽管在与男性文化的对抗

---

① 陈晓明：《反抗与逃避——女性意识及其对女性的意识》，《文论月刊》，1991 年第 11 期。

中,她们常常困顿在自我与"他者"的双重夹击之中,甚至会在四处碰壁后惨淡地落败,但是她们对于新时期以来的两性关系的探索从未停止。不过客观而言,这一时期的一些女性文学作品基本上还是成为一种"陪衬",没有对隐藏在男权深处的致命伤进行充分的挖掘。虽然女性的弱势地位依旧没有得到根本改变,但新时期以来越来越多的女性文学作品开始批判"父权制"是有切实的时代意义的。

关于这一点,有学者就谈道:"二十世纪八十年代改革开放和思想解放为性别意识的生长提供了土壤,其中'人的问题'的提出和对'个人'这一概念的重视成为性别意识成长的催化剂……正因为新时期关于女性意识的觉醒是在'人'的觉醒的前提或背景下展开的,女作家们的文学书写才既能被纳入思想解放的潮流,也能被赋予性别的视角。而颇有意味的是,彼时的女作家多强调自己首先是个作家,其次才是女作家。"[1]这正表明了新时期女性文学暗合了自由主义理论强调的个人主体意识的觉醒。虽然自由主义承认的个人主体性存在的价值是有西方文化背景的,但是关于个体的不可复制性和不可替代性还是可以"异质同构"的。于是在这个基础之上,新时期中后期的女性文学更加认识到了两性间真正的平等和差异,不是仅仅将视角停留在社会角色的定位和社会权利的获取上,而是逐步向更深层次的女性内心向度迈进,这也就可以更深层次地触及长久以来的父权制度。

于是,自由主义的宗旨和理念极大地促进了女性文学相关理论的建构,这也让显现的父权制批判有了可以追溯的根源。新时期女性文学在纵深处便对父权制的内在机理有了进一步的深刻剖析。不言而喻,"男性对女性的压制及其相互之间的对立冲突,构成人类生存中那些习以为常而又惊心动魄的基本事实;因而也构成我们文明中的那些特定的禁忌、规范和礼仪;当然也构成我们社

---

① 郭冰茹:《新时期以来女性写作价值重估》,《中国社会科学报》,2017 年 8 月版。

会中蛮横而和谐的等级秩序。它们强有力地影响并支配我们的思考对象和思维方式……父权制社会的发展促使男性和女性的冲突变成无法调和的对立,通过将二元论极端化,男性—善成为女性—恶的仇敌,原来建立在神学或神话基础上的对抗已经变成根本的排斥"。① 于是带着这种相对早期显得有些"激进"的男权批判,很多女性文学作品开始将作品展现的视角越挖越深,力图从女性的私人空间把她们独有的体悟投射出来,以此来对男性的话语空间进行一种最大限度的消解。

王安忆的"三恋"(《荒山之恋》《小城之恋》《锦绣谷之恋》)就是比较典型的例子之一。作为王安忆的重要作品,它们以一些看似司空见惯的男女关系所引发的故事作为小说的主要叙事内容。在作者的女性视角下,很多相对隐秘的叙述都仿佛显现着关于女性的无望、寻找甚至逃离。值得探讨的是,这一时期的王安忆的女性关怀不是一种简单的观念表达,也不停留在借"三恋"来渲染女性煽情的体悟上。在更高的层面上,作者借《荒山之恋》的"有妇之夫"和"有夫之妇"之间的爱情悲剧表达女性在男权的桎梏中的精神困境,用《小城之恋》的"他"和"她"的复杂关系所产生的一系列问题来对女性的人性和生命价值进行思考,靠《锦绣谷之恋》的女性在男性世界束缚下的进退两难来传达女性明知隐疾可察却无处言说的现状。

于是,王安忆的"'三恋'的炼狱并不单纯以伦理的仲裁为归结,而是深入到人物心理隐秘的角落,摆开情欲所酿制的生命难局与永恒困境,揭示出性爱在人类经验里所具有的神秘深度,赋予了作品性爱力之于女界人生的认识价值。正是由于每一次炼狱对于女人的特别意义,使我更愿意把它们当作女子写给女子看的、研究

---

① 陈晓明:《反抗与逃避——女性意识及其对女性的意识》,《文论月刊》,1991年第11期。

女性生命本体及命运的小说"。① 作者通过这样的作品将女性的自由观念、内在欲望和生存状态集中地展现出来,并且在整类作品的营造上将视角放在女性审视自我、男性甚至整个文化体系之中。相对而言,这更加注重在两性关系中对女性内在的自我进行解读和剖析,并且女性经验的内在化也使得作品对"父权制"的消解显得更有力度。

当然,铁凝的《玫瑰门》也是这样一部非常典型的小说。整个故事通过婆婆司绮纹、舅妈竹西以及姑婆"姑爸"等的视角揭露出女性潜藏的欲望和深层的困境。或许一定程度上,在特定的时期,女性的转变会伴随着社会的转型,当没有一个宽厚的和包容的外在条件作为调剂时,被异化的个体就很容易在恐慌和虚无中变得无望。一定意义上,这部小说用很多人性的灰暗来凸显个体的有限认知。在新时期的大背景下,这种认知还是被尽可能地扩展,女性也更深刻地在生存之中去体察自己的灵魂。或许这恰恰是对反抗父权制的呼唤,这种呼唤徐小斌就有过相似的体验:"说到底,这是一种神祇的呼唤……你可以践踏我摧残我甚至从精神上戕害我从肉体上消灭我,但我的精神不死,我的精神始终俯视着你怜悯着你蔑视着你摧毁着你。"②这种类似的呼唤想必在铁凝以及新时期的女性文学文本中都很有代表性,很大的原因是女性在长久以来的男性空间中找不到适合的状态和意义,以至于在时代的浪潮下让自己不断地被异化,如果不能反抗就只能最终被淹没在无可言状的生存状态中。

除了她们,残雪的作品也是别具一格的。她的作品视角是一种穿骨摄魂的荒诞派,并且带着对历史和现实的双重体察。她笔下的世界在荒诞和异变背后隐藏的是不同女性的梦魇人生。一定程度上,她将女性世界丰富的情感和复杂的人性展现出来,正所

---

① 王绯:《女人:在神秘巨大的性爱力面前——王安忆"三恋"的女性分析》,《当代作家评论》,1988 年第 3 期。

② 徐小斌:《逃离意识与我的创作》,《当代作家评论》,1996 年第 8 期。

谓:"现代人就是时刻关注灵魂,倾听灵魂的声音的人。残雪的小说就是在关注与倾听的过程中写下的记录。"①独特的是,她的小说世界里总是毫无征兆地袭来阵阵寒意,比如《苍老的浮云》中被异化和被象征的虚汝华,还有《山上的小屋》里的"我"在支离破碎的感觉中带来的断裂感,从这些极度夸张和极尽变形的书写中,仿佛看到了在男权之下女性生存的本质和真相。长久以来,女性都在男权制的压制下隐忍不发,于是新时期的很多女性文学的确在暴露、鞭挞、否定中实现一种女性自我的建构。不过残雪的一些文学架构因为主题的相对灰暗、手法的一些刻意以及阐释的晦涩难懂等问题,还是在内容和思想的呈现上打了一些折扣。

其实,整个二十世纪八十年代女性文学写作经历了一个渐渐成熟的过程,也是在这个过程中女性反省自我、找回自我和承担自我。她们在不断找寻中"叛逃"又"救赎",很多作家都将视角插入生活的角角落落,于那些无声处听到了震耳的惊雷。当然,这种女性文学作品在二十世纪九十年代得到了新的延续。这其中林白、海男、陈染等都扛起了这面大旗。她们的作品《一个人的战争》《私人生活》和《我的情人们》等极具个人色彩,但是基本上都对男权文化进行了更加极致化的批判,并且展现了这个时期女性更多的社会经验和价值判断。

具体而言,《一个人的战争》这部小说围绕着多米的个人体验将女性多种复杂的体悟融会于其中。无论是作者的自传抑或其他的原因,整个故事最直接阐述的就是女性在与男性纠葛后的"内心苦难"的再呈现。当然其中也免不了有着对男权的有力反抗,即使在其中有着"父亲"的缺席,但是这不代表外在的大环境下没有更强大的男权进行"围追堵截"。不难发现,在《私人生活》这部小说中,主人公倪拗拗完全是一个仿佛被世界隔离的孤独体。她在自给自足的世界里用一种相当极致的体验去颠覆男权的行为规范。

---

① 残雪:《通往心灵之路》,北京:民族出版社 2000 年版,第 3 页。

所谓"私人生活"中的怪象更大程度上是一种女性不被男权或者文化所接纳的反讽。此外在《与往事干杯》《无处告别》《嘴唇里的阳光》等作品中都可以窥见这样的影子。

除此之外，二十世纪九十年代的女性文学还有很多优秀的作家和作品，总体上"九十年代的女性写作便如同一场幻影密布、歧路横生的镜城突围……在性别自觉与文学自觉的双重意义上进入了更为成熟厚重的格局。然而，一如'女性'——关于女性的话语与女性的社会及个人生存始终是一片'雾中风景'，女性的写作依然是一次又一次的精神历险，但它无疑将继续。有突破，有陷落，但于陷落处再度突围的尝试间或构造着，托举出一处女性的文化空间"。① 虽然学者对这一时期的女性写作给予了回望性和前瞻性的评价，但是在二十世纪九十年代后期直至新世纪出现了像卫慧、棉棉以及金仁顺等一些代表"新兴"势力的女性作家。简单地说，这是一次新的探索，也是女性反抗男权文化极致化的产物，但是不能忽视的是这种写作在极具女性私人化的展现上又陷入新的男性视域内。

其实，人类文明进入现代之前，女性在文化与政治中一直都处于弱势地位，女性的声音长期处在男权的桎梏下，难有表达的途径。因此，女性写作在文学史中长期缺席，偶有零星的闪光。女性往往是被表现的对象，而非写作的主体。即便是"闺怨诗"，其作者也往往是男性诗人。中国的女性写作大规模出现，始于"五四"。新式知识分子中的一批女性作家，在"西风美雨"中走上现代文坛，开启了女性写作的新篇章。凌叔华、庐隐、丁玲、萧红、梅娘、张爱玲、杨绛等人，都是颇有实绩的女性作家。在当代，王安忆、张洁、铁凝、迟子建、池莉、方方、严歌苓、林白、陈染等等，也都是文坛上的佼佼者，她们为女性文学的发展做出贡献。

目前似乎尚无定论未来的女性写作会走向什么方向。因为就

---

① 戴锦华：《奇遇与突围——九十年代女性写作》，《文学评论》，1996 年第 5 期。

像"中国的女性主义姗姗来迟,因此在某些方面不可避免地要补西方前女权主义的课,但是,由于中国女性主义是降生在整个世界范围内的后女权时代,再加上受中庸、平和的中国传统向文化的影响,从整体上说它不具有前女权主义者的那种激烈和偏颇,而带有某种温和性。但是整体不等同于个体。中国女权主义者内部,还是有一些并未改变其思维和策略的,至少是缺乏某种改变的自觉意识"。① 因此,女性文学本身就已经不再新鲜。但在创作层面以及研究层面,仍旧处于发展的探索阶段。之所以这么说,是因为女性写作本身已经不能说明什么问题,而能否加上"主义"的尾缀,才是至关重要的。

那么,就中国本土的女性主义(文学)的探析而言,西方文化的那一脉理念就如同这个尾缀,更好地在异域和本土之间定位好其中的张力是很有必要的。饶有趣味的是,今天谈的自由主义和女性主义等问题,在中国的阐释和推进恰恰就熏染上浓厚的本土气息,它辗转而来却并未彻底地被咀嚼和被消化,就在中国文化亟须"拯救"之时被搬上舞台。但是绝不能将他们"全知全能"的视角强行嫁接在中国女性文学的发展之上。因为一般的接受者和批评者已经褪去了对所见所想进行归纳的能力,甚至对繁复的理论(各种主义的"前世今生")抱着一种懈怠的观感。于是扑面而来的景象一旦与惯常的认知大相径庭,尤其是所涉之物是带着怪诞、古怪和夸张的氛围,这时现代社会的指认者们疏于思辨,总是不能从常规中给予它们一个清晰而全面的审察。深而究之,如今的女性文学发展总是面临各种危机,如果做不到客观和冷静地对所析事物有一个正确的体认,抑或是不能在冗杂的知识背景中得到醍醐灌顶的领悟,即使面对的各种"主义"和原物如出一辙,接受者和批评者惶恐的反应依旧将是有增无减。

---

① 陈骏涛:《当代中国(大陆)三代女学人评说》,《文艺争鸣》,2002年第5期。

三、异域和本土的张力

在新时期女性文学早期，女性作家中有张洁的《爱，是不能忘记的》，张辛欣的《我在哪儿错过了你》《在同一地平线上》，谌容的《人到中年》等。从这些作家的写作都可以看出女性的写作开始自觉。步入新时期女性文学中期，可以看到女性作家的作品有王安忆的《雨，沙沙沙》，"三恋"（《荒山之恋》《小城之恋》以及《锦绣谷之恋》），铁凝的《玫瑰门》《大渔女》，池莉的《细腰》《烦恼人生》《不谈爱情》《太阳出世》。这些作家都在上一个基础上更加彰显了女性的觉醒。二十世纪九十年代，这是女性作家"井喷"的时期。王安忆、铁凝、张抗抗、张辛欣、陈染、海男、林白、蒋子丹、卫慧、棉棉等集体活跃在文坛。

纵观她们的作品，都基本在两性问题的范式下"纠缠"。追溯来看，这些观念的大背景来自西方视域。在初始它将两性关系建立在一个男女主客体二分的基础上。不能忽视的是，很多学科的视角在萌发之时定位在公共领域，女性的角色俨然就是缺席的。有趣的是，这些闪烁着光芒的价值观念并不会将视线散射到私人领域中去，所以传统自由主义脉络下的那些价值观在很大程度上更是站在男性的范式内架构起来的。女性很多时候绝对依附于男性主体本身。从新时期的女性文学的很多故事中还是可以看到，作品中虽然女性地位在崛起，但是男性还是主体，有崇高的精神，有追求绝对的意志，而女性则是被动的物质，是客体的。不言而喻，男性总是代表着理性，他们的自我价值可以在公共领域中得到最大限度的发挥，于是在小说中政府机关、教育部门、商业场所等都充斥着男性；而相对的女性被赋予的是感性，她们的个人生活和社会关系基本上都在私人领域中进行着。她们的任务基本上就是传统的相夫教子，在繁杂琐碎的家庭生活中自我消耗着。她们无权参与任何的社会事务，甚至在家庭中的角色分配上都是被支配的身份。

当代女性主义就是在不断完善，并试图逐步打破这种男性建构的单一性别网络。在找寻"翻身"的理论支撑时，自由主义框架下的公平、自由、平等就给她们带来了曙光。自由之意是依托在理性之上，借此自我的权利实现和个体的绝对平等都被彰显出来。新时期早期的女性作品中的很多女性形象都是凭此让女性有更多的机会，她们从家庭里逐步地迈出去，一定程度上得到了在外就业、接受教育、发表言论等一系列权利。对于她们而言，能够在方方面面和男性持平甚至超越男性，并不是空穴来风而是切实可以实现的。但是本质上来说，个体之间本就有丰富的区分性，尤其是两性在生理层面和社会差异上更是明显，这就很难在统一的层面上实现众生的平等。

所以这种看似平等的"假象"只是停留在很局限的范围内，并不能在以男性为主导的文化范式内使得女性的地位和身份得到彻底的解决，甚至这种"一刀切"式的平等会抹平两性的差异，造成的结果是女性不再像女性（很多新时期女性人物形象都有体现），并使得男性"高高在上"的模式更加不能动摇。那些简单地争取男女平等，包括希望女性可以被国家（男性为主体）等从私人领域中"打捞"上来的要求，本身这就是一种没有结果的简单诉求。最为关键的是，这种直接的"低级"诉求还是将女性的视角转投到了阶层和国家的层面上。于是便会发现，在看似要到权利的同时，也许意味着新的权利制约又要开始。这也使得她们的努力还是最终陷入了一种男权的"魔咒"之中。

鉴于此，这种诉求巩固了男性主导下的两性模式。女性所追寻的权利其实就是把固化的男权社会的规范当作范本，甚至置女性自身的独特性于不顾，导致的结果就是把女性的处境变得更加边缘化。于是，尤其是新时期早期女性文学对自由主义话语的借鉴停留于简单的概念"移植"，没有实践性地去对自由主义脉络下的男权制以及背后的资本主义制度进行深刻剖析。所以女性的各项权利看似有所增益,但是隐藏在底部的父权机制依然坚如磐石。针对这些不足,后期的女性文学进行了整合,她们意识到了女性在公共领域承担着角色,又在私人领域无私地奉献着,这种双重的角色对于女性而言是一种负累。于是才会将表面的男女平等衍化为认清男女差异之上的再平等,并且将对父权制的"炮火"开得更为猛烈。

很多时候,女性主义理论把"父权制的社会关系看作妇女受压迫的主要原因,把性别视为妇女所遭受的社会政治、经济和文化上的压迫的根源,认为妇女受压迫的根本原因是以权力、统治、等级制为特征的父权制的存在"。[①] 在此可以看出很多新时期女性文学深谙此道,她们承认了女性与男性的"截然不同",在作品中主张从女性的独特性出发对父权制进行反击。值得肯定的是,这一时期的很多作品"见血封喉"般地将利刃直插进两性不平等的根源——父权制。但是过分强调两性的差异性几乎完全忽视了两性某种程度上的"异质同构",也因为太过于从生理上找寻女性的"前世今生"而忘却思考女性被束缚背后的文化机制。于是,作品里的女性故事"温水煮青蛙"似的女性姿态完成不了自己反抗男权的"宿命"。所谓的自由、平等和正义,无非是镜中花和水中月般的一场空。

当然,女性主义在这个基础之上逐步修正到后现代女性主义等理论上,进一步在女性内部的差异中进行女性主体的再建构,以此在与男性的相互对照中争取女性更多的话语权。不过致命的是,因为自由主义的很多价值理念是基于一种普世的关怀,尤其在对于性别的指认上往往是缺失的,这就很难将性别问题上的核心问题进行彻底的涵括。在此基础上,自由主义的范式总是强调统一的分配性。可是所谓的自由、平等、公平等在落实到个体时总会

---

① 付翠莲:《在平等与差异之间:女性主义对自由主义的批判》,北京:社会科学文献出版社 2013 年版,第 188 页。

衍生出多种表现形式,而它很难包容"迥然不同"的丰富概念,也很难将多元的文化模式在其脉络下理清,于是往往最终陷入一种浮于表面的理论构建却无法落实到真正的实践中去。既然自由主义的思潮从发生和发展便是和这种制度息息相关,那么何谈去"解救"女性呢?又何谈在文学上"打捞"女性呢?

因为父权制是经历长期发展而在文化中被构建出来的,所以很大程度上这种体制基本上适用于全世界的性别文化中。《第二性——女人》中就有言:"在今日女人虽然不是男人的奴隶,却永远是男人的依赖者,这两种不同性别的人类从来没有平等共享过这个世界。今日的女人也仍然受着重重的束缚。"①一定程度上,这是一种人际关系、权力关系甚至是战略关系,女性曾经被男性建构为自我实现的符号。在这个层面上,男性世界的残酷现实和女性追求的美好理想间总是存在着尖锐的二元对立。尤其在很多新时期的女性作品中,女性的被压抑性在很大程度上表现得很激烈。面对来自方方面面的沉重负担,她们更敏锐和更直接地感受到一种源源不断冒上来的危机意识。

这种意识让很多女性作家从这世界的秩序中感知到这奇怪或者说尴尬的边缘身份,就会自然而然地去想要触底反弹。反观新时期很多女性作家以及其作品,都是为了更好地在男权为主的世界里对权力结构等进行重组,最终实现一种"共生共容共赢"的新型的关系。无论是在西方女性主义理论还是中国本土"改良"后的相关女性诉求中,男性和女性的巨大落差或者说对立性地位都是显而易见的。有学者就指出:"女性文学从其自身所宣泄的不满、渴望和苦闷中,向以男性为代表的社会传达出她们要求理解的信息。无论女作家如何自强地认为女性和男性一样站在人类进步的'同一地平线上',如何桀骜不驯地脱离了男性而组成属于她们自

---

① [法]西蒙·波娃:《第二性——女人》,桑竹影等译,长沙:湖南文艺出版社1986年版,第9页。

己的'方舟',但是,一个很明显的特点是,造成女性文学中专事女性心理描写的作品的'不安'的氛围,皆是出自男性世界直接间接的引发。"①长久以来,这种男性的引发产生了巨大的性别差异,而差异下女性的地位沉潜于不知名的角落,从"女性解放"渐渐地过渡到突破男性的钳制,很大程度上就是一种女性找寻自我的过程。不言而喻,这个过程背后,无处不在的绝望和抗争透过一个泉眼涔涔涌出。

对于新时期女性文学而言,倘若换个角度,在女性文学兴起并不断在挫折中向前发展的路上,一直有一种很有趣的现象,即两性发展(这也应和了女性主义理论和男权理论)或许不一定是针锋相对的,很多时候往往呈现出正相关的关系。很多时候女性文学取得突破性的进步往往是在男权文化建立或重塑自己权威的过程中实现的。两者并不是此消彼长的对峙状态,而是存在一种共同的趋向。虽则常常站在敌对的阵营,但仍然是辩证的对立,其统一之处在于思想的发源地都是建立在"男女性差异"的理论之上。两者虽然从各自的立场出发,但都在探索一种理想的两性关系模式。因此正确地理解女性问题需要考虑全方面的因素,而注意到这种正相关的影响关系,正是一种反思性的开始。

在反思中,我们在新时期女性文学的作品中便可捕捉到争论背后的核心之处——"男女性差异"。我们思考的是,能不能借此开启一个更深广的视野,以帮助我们在这些论争中突围? 换言之,在性别问题上,有没有一种打破二元对立的思维模式的可能? 因为对立意味着冲突,意味着占有或者征服,但是,为什么女人一定以推翻男权为目标? 所以我们才会思考:是不是我们从一开始就陷入了一种错误的思维模式中? 在这样的理路下,齐泽克关于女性主体空无的思考,或许可以在这个意义上拓宽我们的视野。

---

① 于青:《两性世界的对立和合作——谈女性文学的社会接受与批评》,《小说评论》,1988 年第 6 期。

齐泽克站在支持女性主义的角度对女性主体性的重新思考，恰恰是受到雅克·拉康和奥托·魏宁格这两位大思想家的反女性主义理论的启发。拉康的"性化公式"向来备受争议："女人不存在""女人是男人的一个症状""性关系不存在"，这些观点简直让女性卑微到了尘土里。而在魏宁格的笔下，女性被完全性化，以至于绝对依附于男性主体本身。他认为极端情况的必然结论是：男人的生命是有意识的，女人的生命是无意识的。因此"男人具有意识到其性欲的力量，因而能有所行动去对抗性欲；而女人却似乎并不具备这种理论。不仅如此，这还意味着男人的分化现象更为显著，因为在男人身上，天性中的有性欲的部分和无性欲的部分是截然分开的"。[①] 正是在这些令女性主义者恼火的理论中，齐泽克却把握到了魏宁格性差异理论和拉康的性化公式的相似之处，并将这点相似之处逆转成为对女性主义的理论支持。齐泽克意识到了，两者都不约而同地突出了女性主体的不存在、被建构的特质。简言之，齐泽克关注到了女性主体的"空无性"。

什么是主体的空无？主体的空无意味着什么？齐泽克通过谢林的著作《世界的时代》，借上帝的诞生，或者说上帝用来为自己的存在确立根据的方式，来说明主体的空无。正如上帝要摧毁一切确定的内容，从世界当中彻底撤出，以"空无"的形式建立"因信称义"的前提，主体为了成为主体，也必须从自身当中撤出。"主体（在这个例子里是上帝）是由一种缺失、一种自身对自身的清除、一种对产生它的根据或本质的驱逐构成的。……为了让主体能够保持其作为一个主体的一致性，这个根据必须总处于主体的外部。"[②] 由此，齐泽克结合女性主体的"空无"特质，推演出空无主体的完美性。这种"空无"意味着它先于象征秩序，能够抵制符号化，因此不

①　[奥地利]奥托·魏宁格：《性与性格》，肖聿译，南京：译林出版社2014年版，第107页。

②　[英]迈克斯：《导读齐泽克》，白轻译，重庆：重庆大学出版社2014年版，第53页。

会陷入一种与对立物之间的无休止的对立分别之中,因此才能走向完美。

正是在这个意义上,齐泽克说:"女人,是完美的主体。魏宁格没有在那个谜题,在女性的面具背后发现什么东西——某种隐晦的神秘——而是发现了虚无……"①齐泽克关于女性主体空无的思考,有助于我们站在女性被定义的位置上打开新的批判空间,这种空间将引导我们探索两性之间更为理想的模式,而非陷入一种努力推翻男权中心的二元对立之中。因为在二元对立的模式里,推翻永远不可能实现。而如果我们回溯其源头的话语建构,了解其运作机制,或许就找到了问题的症结所在。或许这也是新时期女性文学一直没有突破的瓶颈之一吧。

那么,我们如何把这一点运用到当下国内对新时期女性文学问题的反思上呢?在中国崛起的背景下,随着教育的普及,女性以更为广泛的形式被接受。女性取得的显著成就其实已经在文化中得到确证。在大众媒体和各种公众平台上(如电影、广告中对女性形象的刻画),女性的地位似乎得到了提升,并且在话语权上似乎也更有力量。但是面对这样一个似乎令人乐观的图景,女性主义理论的领域呈现出相对荒芜的情况。这值得人们警醒:一方面是西方理论长期以来的冲击,在理论建构上,我们一直是迟缓状态;另一方面,它提醒人们,女性主义的问题并不是得到了暂时的缓解,而是以更为紧张的状态被转移。首先就是以男女关系为基础的,作为社会细胞形式存在的家庭单元。正确审视当下女性主义发展的状况,我们首先要正视女性主义在中国的特殊性。

如前所述,女性主义在本体层面上呈现出悖论性,只有在社会实践和社会关系的语境里,女性主义才具有实践意义。我们有必要把女性问题和中国当下的经济崛起联系到一起,历史地、辩证地

---

① [英]迈克斯:《导读齐泽克》,白轻译,重庆:重庆大学出版社 2014 年版,第 113 页。

对待。一方面，女性主义在中国取得的进展得力于整个国家综合实力的提升，另一方面女性主义仍然受到来自中国传统文化的挑战。在此，我们必须提出另一个问题：如何定义"传统文化"。女性主义与传统文化的关系绝对不是表象上的对峙状态，而是形成一种动态的互相改造的状态。这也是在家庭单元的凝聚力遭遇消费主义时代快文化的洗劫时，女性主义问题重新被提出的价值所在。不可忽视的是，很多时候肯定男女性差异的存在，将其指认为不可取消的界限，这一点恰恰是中国传统文化的内在诉求之一。除此之外，还要意识到，在一切可被建构的象征秩序里，必须思考女性主体如何才能被更好地建构。在家庭自身不断遭遇危机的今天，我们在突出女性主体时，要突出的并不是一种自圆其说的优势，而是怎样在两性关系中间找到维系一种永恒价值的方法。这既是女性主义面对传统文化的挑战，寻找出路的方式之一，也是传统文化在面对西方文化形而上建构时，重塑传统价值的途径之一。

那么这样来看，从两性问题延伸到更宽泛的全球文化层面，值得思考的是，当今的文化发展上总是出现一种对西方文化趋之若鹜的现象（包括各种西方女性主义理论的"大行其道"），这很可能造成一种在"唯西方马首是瞻"中形成本土文化的"失语"现象。本质上，在新时期女性文学反抗父权制的问题上，本土女性文化在某些意义上陷入了一种被引领中去，而且对他们的"拿来"并没有完全进行本土消化。甚至某些时候在相互的强烈对比中因为"文化饥饿"就匆忙找寻到外来的"精神食粮"，结果便是在某种范围内毫不清醒地批判对立的男权。其实西方的各种思潮是在自身适合的历史空间、社会条件中一起孕育成型的。就比如西方的女性主义在对自由主义的借鉴中自发组织开始对男性强权进行反抗，可是中国的女性主义在对自由主义的汲取中和西方并不是完全一脉相承的，这两者本身并不是一直被捆绑在一起的同质的统一体。西方的种种思潮确实对中国本土的文化造成了深远影响，但这种影响呈现出了一种复杂性和矛盾性。

可是,西方文化和中国文化或许也不一定是针锋相对的,很多时候是否也可以呈现出正相关的关系?客观而言,将两种文化放在一种二元境地的比照中有些偏颇,但是在当今文化"互通有无"的大潮中,由此也可以解读出一些端倪。具体来说,当本土文化和异质文化并置同一平面之内时,它们的碰撞和博弈无外乎三种状况。在这个视域下,其一就是本土和异域文化发展水准基本上"旗鼓相当",那么基本上两者之间的比照大致是一种简单的演绎和呈现。虽然也会有轻微的文化差异和竞争,但最终还是停留在对"他者"的一种内敛式的审视。不过在这个过程中往往自我文化会梳理和解读自身的内在机制和发展模式,以便于在文化发展上有更好的智慧和明见。

其二,当某些样式的文化所处的地位"高高在上"时,那么弱势的文化国家会将之"奉若神明",他们所采取的文化姿态一般是发扬和展示自身的优秀文化传统,并希望在这个过程中可以对其他异域的文化模式进行适合本土发展的借鉴和学习,所谓的"借用"是为了更好地沉淀自身的文化。其三便是以西方文化为代表的"强势文化",尤其在"全球化"的浪潮下,这俨然成了他们"金字招牌",而相对弱势的文化一方只能在谨小慎微中"踩着冰刀"前行。

于是,在这个过程中,便会在本土和异域的差异中彰显出一种十足的张力。这张力之下衍生出很多文化的复杂性和多样性。比如自由主义在近现代的中国文化引进中"开花结果",在初期便发挥了很大的功效,对本土的文化(女性主义便是其一)视野和文化期许都造成了很大的冲击。但随着本土文化的不断崛起和不断深化,外来文化的"重重迷雾"便开始不断被消解。尤其是当本土文化的文化思维、审美心理和民族理想越来越清晰之时,很多不适合的文化态势便会被多层面和多角度地审视。倘若深而究之,这也是一种新时代之下的文化"找寻",在这个过程中,本土的文化发展要不断地对这些外在的复杂因素进行筛选和重组。

不得不说,文化本身就有多样性的形态,本质上文化也无所谓高低之分，但是当文化被阶层、民族甚至国家等复杂的因素包裹起来，在不同的文学机理和文化视角下便往往会产生一种巨大的，有的时候甚至是不可逾越的文化鸿沟。而诸如此类的文化探索不一定都会有文化上的延伸和转折，严重的甚至会使得文化发展走向一种极端的道路。但是，如果可以在外在的多种理论"轰炸下"撷取出有创造性和前瞻性的文化，这是非常值得的。

　　或许，一定意义上本土文化可以成为一个民族国家与外界"隔绝"的保护罩，这种努力注定是艰辛的，但却值得去实践。一方面，在整个西方社会的背景下，各种"怪异"的"文化植入"方式总让本土文化在接纳的后期感受到一种格格不入。一旦正常的文化落差偏离了正常的轨道，结果往往是难以维系的。另一方面，本土文化在被异域的文化"新风"吹拂过后，往往会有一种"暖风吹得人人醉"后的不知何处去之感，甚至会产生一种文化的"边缘化"和"孤独感"。想必这是很多第三世界国家会经常面临的巨大的文化危机。不过这种文化恐惧感也有来自外来文化自身的压力。比如自由主义话语作为一种舶来品，它在中国本土的适用性便渐显局促。其实，从二十世纪六十年代末开始，镶嵌型自由主义便逐步面临着"倾覆"之险，西方的资本运作已经开始慢慢地积累到崩溃的边缘。

　　于是在各因素之下新自由主义应运而生，这对更深度地剖析自由主义也是非常有帮助的。当然大卫·哈维对此有着很多质疑，比如为了提升生产力，就要非常注重个人企业和创新精神，而国家扮演的角色就是"放开手"，以此在自由和竞争的环境下取得生产力的提升。这在经济上是十分危险的，因为无关乎国家之后，由于权力和信息的滞后等，所谓的自由和竞争最终会导致垄断的结果，所有的成果会源源不断地成为精英阶层的囊中物，那么普罗大众面临的只是一场空。在新自由主义的所谓"通过最大限度保障个体自由，实现全体的幸福"这张虚伪的皮囊之下，是精英阶级力量的恢复和重构。而新自由主义所带来的"大众整体的生活水平下降，贫富差距急剧扩大"也并非只是新自由主义的副作用，相反,这恰是它的本质所在。其实这背后隐藏的还是西方文化的强势运作,当然这种带着主观预设的阴谋并不一定完全客观,但自由主义思潮的对外"移植"往往是外部因素和内部因素复杂互动的结果。

如今,全球化已经成为不可抗拒的时代潮流。这样的大背景下俨然会出现以西方文化为核心的自由主义扩张,在这个过程中,强势经济是背后的依托,"普世文化"是相对的延伸,"自由民主"是发展的方向,西方文化在这个场域内淋漓尽致地营造着属于它自身的坐标世界。于是,可以清晰地看到"在自由主义的政治扩张中,由于它所具有的强势文化特征,其扩张的手段主要表现为政治上的干预、经济上的引诱、军事上的控制。利用这些手段,西方自由主义常常会主观地将西方的价值观念强加给那些文化上处于弱势的民族国家。这常常会造成大多发展中国家在民主化过程中并没有起到该起的作用,而是被动地接受了西方文化"。① 一定程度上,接纳就意味着文化样式、文化结构和文化姿态都要无形之中被调试。尤其是自由主义的"普世价值观"在理性之中推行所谓的"自由、平等和民主"等,这一点其实并不一定适用于所有的情形。其实,有的时候的"粗糙"不一定是完全无用的,就如同如果这个世界完全摆脱了摩擦力一样,顷刻间地球就会在飞速运转中被销毁。

所以对于国家而言,并没有所谓的"普世价值观"适用于如今多元的全球化文化。有学者就指出:"自由主义面对的真正严峻的挑战在于精神意义层面,这触及自由主义理论的内在缺陷。启蒙理性主义主导的现代自由主义,具有明显的世俗化特征,将现代社会理解为一个完全'祛魅'(disenchanted)的世界,将现代人理解为摆脱了传统魅惑的理性主体。而对于人生和社会的伦理意义,对于共同体的情感依恋,对于国家政治的神圣性,对于超越性的信仰

① 吴春花:《当代西方自由主义》,北京:中国社会科学出版社 2004 年版,第 327 页。

与终极关怀,现代自由主义或者漠不关心或者言之甚少,除了提倡理性反思与自主选择这类程序性原则之外,很少提出实质性的正面论述。"①不言而喻,自由主义的核心还是主要以个人为主的文化形态,在如今的强国林立的国际背景下,很多时候不得不将阶级、民族和国家考量进来,这样不仅可以在文化发展中避免同质化,而且不会在所谓的霸权主义和强权政治中有所损失。

不过,在全球化时代,"世界经验"在更深更广的层面上,渗入特色鲜明的民族文化中。全球化也促使技术进步影响文学创作,互联网文学的蓬勃发展发掘出一大批女性作家,她们的创作在数量与质量上都令人印象深刻。其中很多作品也是从女性的新兴的经验去展现女性丰富的内心世界和复杂的现实生活。这些写作都在冲破男权牢笼的路上迈进得更远,并且在她们自身呈现出的文学世界中重建了自己的家园。尽管穿上"西服"的追寻痕迹还依旧俨然在身,但这并不影响新时期的女性主义文学新的收获。不过值得警惕的是,我们谈论女性主义文学时,有必要去思考未来发展的可能性。林白、陈染式的"私人经验"自然是必不可少的,但中国的女性主义写作,在很大程度上仍有纵深发展的空间。我们需要尝试呈现更深广的现实,我们需要的不是现代版的"闺怨"文学,也不是浅薄的身体写作。我们需要苦痛的展示,但这种展示本身不是目的,它应该挖掘出性别的存在意义,探讨生活的深刻,进而激起必要的、理性的行动。

这也就是"主义"的力量。总归,新时期的女性主义文学在历史尴尬中有着新启蒙的亮光,在历史沉浮中有着新文学的追寻。它就如同绽放在缝隙中的花朵,在新的时代和新的环境下很多次赤裸裸地展示了女性生存的本相,于是身处夹缝却以足够的冲击力和刺激性迅速打破雾重难进的寂寥和沉闷。虽然可以提供给她

---

① 刘擎:《中国语境下的自由主义:潜力与困境》,《当代社科视野》,2013 年 9 月刊。

们的展现空间没有想象中"宏大"，但客观上也是足够自由和包容的。也许有些时候没有可以供"花朵"呼吸的足够的空气而导致它一定程度上的先天不足，但这些作品大部分还是用不凡的视角去营造出很多独特的女性世界，并且在其中涵括了新潮的创作观念、多元的文学理路，还有丰厚的文化底蕴。在真正触摸了女性的灵魂的基础之上，她们反复追问和求索。这一切如烟如尘，使得人们对于女性主义写作，不免多了几分期待。

第三章　从马克思主义到马克思主义

一、马克思主义妇女观对 20 世纪中国的影响

马克思主义妇女观是马克思主义在女性问题上的看法和观点的集中体现，即"从马克思主义对当代资本主义的政治经济学批判入手，对资本主义体制之下的女性地位和状况进行分析"。[①] 而马克思主义妇女观的形成演变经历了一段相当漫长的发展过程，其出现首先对应了十九世纪中后期在西方资本主义国家广泛兴起的各类女权主义斗争运动。马克思主义妇女观与西方女权主义运动这两者在这过程中产生了互补性的作用影响：一方面，借助西方女权主义的实践参与，马克思主义妇女理论不断得到深化拓宽；另一方面，马克思主义妇女理论对于西方女权运动形成指导性作用，"更进一步认识了女性受压迫的实质与根源，并对女性实现全面解放的途径和方法进行了新的探索"。[②] 但与此同时，马克思主义妇

---

①　董金平：《马克思主义的女性主义前沿问题及其内在逻辑》，《南京大学学报（哲学·人文科学·社会科学）》，2013 年第 5 期。

②　门艳玲、王晶：《西方女权主义与马克思妇女理论的理论对话与现实启示》，《湖北民族学院学报（哲学社会科学版）》，2016 年第 1 期。

女观具备了相对独立的特质,其核心内容承接了马克思主义理论对于劳动分工、剩余价值、阶级压迫等方面的论述阐释,并将这些阐释内容引入女性权益斗争与解放运动的领域之中,借由人类社会发展史的角度来说明妇女长期遭受压迫的根本原因及解决途径。而由译介方式传播进入的马克思主义妇女观也对二十世纪中国社会的妇女解放发展产生了深刻的借鉴意义。

在马克思主义妇女观形成初期,马克思主义者内部也存在分歧与争议。如马克思就认为妇女的"家庭"角色与"弱势"地位是基于社会结构需要的一种"分工"。他在《德意志意识形态》中指出:"劳动分工起初只是性行为上的分工,后来是由于天赋(例如体力)、需要、偶然性等等才自发地或'自然形成'的分工。"①这句话也从侧面说明了性别差异导致了性别不平等。由于女性整体在生理机能层面上不如男性,所以她们中的很多人无法替代男性从事社会中一些难度要求较高的工作,因此她们被排斥在社会生产之外,只能蜷缩在"家庭"这一空间单位内。而女性在家庭中为丈夫、子女所做的服务在马克思看来,则是一种"物化"的劳动,但这种"物化"的劳动并不能带来等价的交换关系。但或许很多人未曾注意到,马克思对于资本主义制度的批判,在一定程度上源于资本主义制度促使妇女开始进入外界社会的劳动生产当中,这也导致家庭形式与关系由之发生颠覆性转变。颇为意味深长的一点是,当劳动妇女由于生产资料危机而被工厂扫地出门时,马克思尽管试图借此阐释资本运转的本质,但他又不无"庆幸"地表示,妇女在被赶出工厂以后又可以回归到正常的家庭结构中去。这显然是颇为矛盾的地方。而马克思主义的另一位代表人物恩格斯则将妇女的地位问题视作社会历史发展到一定阶段后必然产生的现象。有学者认为"恩格斯拓展了马克思提出的为数不多的对妇女问题的耐人

---

① 〔德〕卡尔·马克思:《德意志意识形态》,转引自〔美〕佩吉·麦克拉肯主编:《女权主义理论读本》,刘莉、陈露、关锋译,王宏维校,桂林:广西师范大学出版社 2007 年版,第 4 页。

寻味的论述,试图用阶级关系中家庭的历史发展理论来解释妇女的从属地位"。^①但无论是马克思,还是恩格斯,事实上都并未对妇女的身份地位问题做出具有社会批判指向的论断,他们可能关注到了当时资本主义背景下妇女的悲惨境遇,并做出了相应的思考分析,但这种思考分析又趋于"过渡性"^②,而并未抵达关乎女性问题的最为本质的内核。

但同时,马克思、恩格斯、列宁等人借助阶级视角敏锐注意到了妇女在家庭形式中"被压迫""被凌辱"的从属性地位(根据恩格斯在《家庭、私有制和国家的起源》中的相关论述,这里所涉及的妇女"被压迫"的家庭形式主要指的是"资产阶级家庭"形式;《家庭、私有制和国家的起源》本身也全面阐释了马克思主义妇女观的主要宗旨),这也成为马克思主义妇女观阐释的起始点。马克思主义的核心主题之一,即生存资料的归属问题。以马克思、恩格斯、列宁为代表的马克思主义者认为,生存资料的生产、交换、分配、消费决定着社会整体的运转操作。谁掌握了生产资料,谁就具有话语权与支配权,因为物质基础是文化、政治等方面的必要基础与先决条件。恩格斯认为在"资产阶级家庭"形式内,男性由于掌握着几乎全部的生产资料,从而往往扮演着"资产阶级"的凌驾性角色,女性则是迫于生存资料的匮乏而长期受压迫、受奴役的"无产阶级",从而形成"剥削/被剥削""压迫/被压迫"的阶级关系。这其实也包含了马克思反复提及的论断:"不是人们的意识决定他们的存在,而是相反,人们的社会存在决定他们的意识。"^③也就是说,男女两性

---

① [美]凯瑟琳·A.麦金农:《对马克思和恩格斯的女权主义评论》,刘莉、陈露、关锋译,王宏维校,转引自[美]佩吉·麦克拉肯主编:《女权主义理论读本》,桂林:广西师范大学出版社2007年版,第4页。

② [美]凯瑟琳·A.麦金农:《对马克思和恩格斯的女权主义评论》,刘莉、陈露、关锋译,王宏维校,转引自[美]佩吉·麦克拉肯主编:《女权主义理论读本》,桂林:广西师范大学出版社2007年版,第11页。

③ [英]拉曼·赛尔登、[英]彼得·威德森、[英]彼得·布鲁克:《当代文学理论导读》,刘象愚译,北京:北京大学出版社2006年版,第101页。

的不公平现象其实也是由男女实际掌握的生存资料数量所决定的。

马克思主义妇女观的核心内容在于表明这种资产阶级社会中男性对女性的压迫奴役,其本质就在于私有制的存在。妇女想要真正获得解放自由,就必须打破私有制对其人其身的束缚干预,突破家庭化的个体劳动,借助现代化工业的力量,让女性自我参与到社会公共事业内,从根本上消灭私有制的根源,这样才能在家庭内部消解男性对于女性的凌驾压迫。这也说明在马克思主义者看来,私有制不仅是阶级层面上"压迫/被压迫"的"罪魁祸首",同时,也是性别层面上"压迫/被压迫"的源头。

此外,马克思主义妇女观也指出,资产阶级背景下的妇女生活被限定在"一夫一妻"制度的框架设定里,但这样的框架设定缺少最为本质的两性性爱成分。而社会主义的意义正是在于通过将妇女置于广大的工作群体中,置于革命斗争中,从而由"私人"劳动向"公共"劳动转变,消灭阶级,消灭私有制,达成对"妇女压迫"的破除,并实现真正的社会主义的婚姻情感关系。尽管恩格斯的《家庭、私有制和国家的起源》在一定程度上夸大了阶级分化后的妇女境遇与家庭结构,尽管马克思、恩格斯等人的论述依旧会或有意或无意地将妇女及所面临的境遇放置在"理所当然"的视角中加以考察,但他们显然已经开始关注并试图厘清性别与阶级之间曲折而暧昧的复杂联系。

此后马克思主义的女性主义者对于"妇女/阶级"这一话题多有阐发,这些讨论与对峙深刻影响了两次国际共产主义运动。1864年第一共产国际成立以后,其实就已经涉及了诸如"女工是否也可以理解为工人"[①]等问题,但当时包括马克思、恩格斯、列宁在内的马克思主义者对于相关问题的看法存在矛盾之处,即在强烈批判性别分工造成妇女成为"家庭奴隶"的同时,又在隐含层面上

[①] 王向贤:《彰显与隐约——共产国际对中共早期妇女政策的影响》,王政、陈雁主编:《百年中国女权思潮研究》,上海:复旦大学出版社2005年版,第229页。

做出了对于性别分工的认同。相比较第一共产国际在妇女权益问题上的模棱两可,第二共产国际展现了某些带有积极意义的变化,如普选权与劳动保护都涉及了妇女的权益部分。这当然离不开无产阶级妇女自身所做出的不懈努力。尽管之后的历次共产国际活动都隐含了对于妇女权益边界的"规范"抑或"约束",所谓女性"彰显"实则也是一种"隐约之中的彰显","不能超越以男性为主体的阶级和共产主义国际运动"①,但我们依旧还是要看到"彰显"本身体现出的妇女斗争事业的成果与进步。

费如许笔墨论述马克思主义妇女观的起始演变,是为了更好地讨论马克思主义妇女观对于二十世纪中国的影响,这无疑非常具有必要性。"妇女解放"是中国二十世纪初期五四运动的重要命题,也是不容忽视的社会思潮运动。这显然对应了中国传统观念中对于女性的贬抑与规训。如"三纲五常""三从四德""夫为妻纲"等传统宗法伦理就是从各个方面规定了对女性的具体言行要求,而明清时期整个社会对于"贞女"的病态化推崇更是显露出封建礼教与传统"父权制"对广大女性的身心迫害,女性很难寻找到自我拯救的有效途径与解决策略。十九世纪中后期(尤其是鸦片战争以后)这种现象开始发生转变,由于帝国主义列强对中国的武力侵略与行政干预,中国逐渐沦为半殖民地半封建社会。这一时期出现了几个对之后中国妇女斗争运动产生深刻影响的变动因素:(1) 由于西方机械制造的传播引进,中国长达千年的小农经济制趋于瓦解。同时现代化工厂的建立从侧面加强了对于女工的需求,这也为女工外出务工形成条件,从而部分程度上消解了如马克思、恩格斯所言的家庭内部丈夫对于妻子的"剥削""压制"。(2)传统的私塾教育转向现代教育,传统观念思想在时代潮流面前显得格格不入。女性有了更多接受先进思想、开放理念的机会。这也促进女

---

① 王向贤:《彰显与隐约——共产国际对中共早期妇女政策的影响》,王政、陈雁主编:《百年中国女权思潮研究》,上海:复旦大学出版社 2005 年版,第 236 页。

性意识的觉醒,从而使得女性更为主动、更为积极地去争取应有权益。此外,西方传教士也热衷于在中国各地创办教会学校,在向中国学生传授科技知识的同时,输出西方资本主义价值观。[1]

随着帝制瓦解、共和政体确立,以及俄国"十月革命"后马克思主义在国内的传播,妇女斗争运动掀起了新的高潮,相关问题也受到社会的广泛关注与热议。如五四运动中"妇女解放"所涉及的经济独立、政治选举参与、受教育的平等权利、婚恋自由独立等内容正是大胆地公开质疑"三纲五常""三从四德"的存在。而在这一过程中,马克思主义妇女观的译介传播起到了非常重要的作用。中国早期的共产主义者王会悟就指出,剥削、凌辱女性的往往是那些资产阶级或者封建阶级的纨绔公子哥,而无产阶级则绝不会如此。因此妇女只有和无产阶级联合起来,才能打破固有的性别束缚。[2]而如李大钊、陈独秀等人则以《新青年》《新潮》《少年中国》等刊物作为主要阵地积极"发声"。李大钊发表在《少年中国》上的《妇女解放与 Democracy》就在文章开头旗帜鲜明地指出"妇女解放"与"德先生"间的联系:"妇女解放与 Democracy 很有关系,有了妇女解放,真正的 Democracy 才能实现,没有妇女解放的 Democracy 断不是真正的 Democracy,我们若是要求真正的 Democracy,必须要求妇女解放。"[3]而其在接下来几年发表的《现代的女权运动》《物质变动与道德变动》《由经济上解释中国近代思想变动的原因》《废娼问题》等文章则运用唯物史观深入论述了二十世纪初期全球范围内的女权运动发展、女性务工与物质变动的关系、废除娼妓的意义与方法等内容,体现出李大钊作为一名马克思主义者在妇女解放问题上的深入思考与具体阐释。同时,这也是对马克思主义妇女

---

① 刘宁元:《马克思主义妇女观在华传播问题研究》,《马克思主义研究》,2007 年第 4 期。

② 王会悟:《怎样去解决妇女问题》,《民国日报》,1920 年第 4 期。

③ 李大钊:《妇女解放与 Democracy》,转自中华全国妇女联合会妇女运动历史研究室:《五四时期妇女问题文选》,北京:生活·读书·新知三联书店 1981 年版,第 26 页。

观的进一步传播。"解放妇女"不再是一个大而无当的空洞口号，而是真正在思想层面、现实层面得到实践论证。但李大钊等共产党人强调的"妇女解放"，并不指向男女性别间的对峙、敌视，恰恰相反，这些早期共产党人希望能创造一个男女平等、男女互助的社会环境，而推翻封建帝制与资产阶级仍是中国早期共产党人更为本质的任务要求。

在文学领域，随着"五四"时期马克思主义思想及其妇女观的引介与传播，这一阶段的文学创作者也开始关注到"妇女解放"的问题，并通过具体作品阐明自我观点。对于封建"父权"专制的抨击是这些作家在进行相关题材文学创作时的首要"主攻点"。如"五四"前后形成创作风气的"问题小说"就是一例。如冰心的《两个家庭》《斯人独憔悴》，许地山的《命命鸟》，庐隐的《海滨故人》等作品就聚焦女性的成长教育、婚恋自由、思想解放等方面。在《晨报》连载的《两个家庭》是冰心发表的第一篇问题小说。在《两个家庭》里，冰心塑造了从未接受过新式教育、无心也无力处理家庭事务的陈太太形象。有论者表示这篇小说"透露了此后很长时间都很少改变的她（冰心）对于女性与婚姻家庭的看法"①，这主要体现在两个方面：一是对旧有的、指向女性的规范制度以及在这一规范体系下产生的传统女性做出批判；二是憧憬能够建立新式文明的制度体系，并在这一体系下建立新式女性形象。而之后丁玲的"日记体"小说《莎菲女士的日记》则以更为惊世骇俗的笔法袒露出一个渴望自由、渴望解放的新式女性在情感欲望上的诉求、苦闷。除了女性作家结合自身经历书写的一些表达女性意识与女性问题的小说外，一些男性作家也深入到了关于女性题材的小说创作中。如中国共产党最早的党组成员之一茅盾就于 1927 年至 1928 年期间，创作了《幻灭》《动摇》《追求》（即"蚀"三部曲）。《幻灭》的静女

---

① 稂诗曳：《再论冰心与"问题小说"》，《南京师范大学学报（社会科学版）》，1998 年第 3 期。

士、《动摇》的方罗兰、《追求》的章秋柳等女性形象，其实也是当时中国社会女性情感意绪及命运困境的缩影。茅盾以细致生动的笔触直抵这些女性人物的精神内核，对于当时社会女性问题做出了向内、向外双向叙写。尽管"蚀"三部曲随后遭到了左翼文艺理论家的阶级属性批判，但毋庸置疑，对于这些在所处时代里"走投无路"的女性形象的塑造，代表着茅盾小说创作的一个艺术高峰，为当时的文坛提供了"一个引人注目的齐崭崭的女性形象系列"。①纵观这一时期的女性题材文学作品可以看到，受到马克思主义妇女观影响的作家们开始借助虚构文本去探求女性所遭遇的种种问题及解决之道，继而试图塑造理想化的新式女性典范。但无论是《莎菲女士的日记》，还是《幻灭》《动摇》《追求》，最终都在这残酷世相面前暴露出颓败、无措的一面。这也表明虽然中国经历了废除帝制、建立共和体制、五四运动等一系列历史事件，女性权益与地位开始获得某种象征性的关注，但女性所面对的艰难处境并没有得到本质改观。中国的"娜拉"们依旧需要为"出走"后无人兜底的现实境遇而焦虑不已。

自中华民国建立伊始，相当数量的接受西方思想影响的妇女就开始为自身在政治、文化、经济等方面的权益而做出不懈努力。而李大钊、陈独秀等共产党人曾经赞助过的女子工读互助团等女性组织也发挥了积极的社会作用。② 但在更多时候，妇女所获得的所谓的"权益"更像是一种徒有其表的"形式"，她们中的绝大多数人依旧生活在"父权"独断的社会里，需要直面无穷无尽的性别挑战。二十世纪三十年代始，中国逐渐形成解放区、国统区、沦陷区三个区域。虽然女性或许并不处于同一个生活工作区域，但根据现有的史料可以看到，她们都在以各种形式来争取妇女应有的

①　王嘉良：《探索一代小资产阶级命运的人物世界——简论茅盾小说的"时代女性"形象系列》，《学术研究》，1987 年第 2 期。
②　陈文联：《批判与扬弃：马克思主义妇女观在中国的确立》，《求索》，2007 年第 6 期。

权利。

　　这一时期中国共产党领导的延安解放区则非常典型地表现出妇女对于应有权利的渴望。事实上，在 1931 年左右，当共产党主要力量集中于江西苏区时，中央苏区就通过给予女性选举投票权的方式，来"表达了对男性和女性在政治中平等的承诺"。① 而在延安时期，共产党明晰了在江西苏区就颁布实践的婚姻法，从而在政策层面更为具体地保护妇女权益。1937 年，延安就成立了边区各界妇女筹备委员会，并在成立大会中推选出了各级妇女代表。在之后的各届选举中，边区女参议员所占比例在不断提高，这也表明了妇女参政的积极性与中国共产党对于妇女参政持赞同意见。② 此外，在抗日根据地出现了诸如《中国妇女》此类以女性作家（如邓颖超、孟庆树、罗琼等人）为主体，面向社会宣传马克思主义妇女观的专门杂志。作为联系着中国共产党与广大妇女的媒介平台，《中国妇女》扭转了先前在解放区缺乏女性"声音"的尴尬局面。此外，这份女性刊物还体现出了三个特点：(1) 杂志阅读的辐射范围广泛。(2) 以国际视野返照当下女性权益斗争状况。(3) 注重译介作品的刊登传播。其中尤其强调对于马克思主义相关论著的介绍。③ 这首先对于之后不断涌现的女性刊物起到了良好的示范作用；其次，相关刊物所宣扬的马克思主义妇女观也进一步肯定了妇女的社会功绩与角色影响，明确了社会主义新女性的职责。在这一基础上，也延展出了中国共产党对于社会主义家庭构建的定位要求。

　　但就如同丁玲在延安时期创作的小说《在医院中》《我在霞村的时候》，杂文《三八节有感》中对于延安解放区存在的男女不公、歧视女性等争议现象所进行的揭露控诉，尽管延安解放区高层试

---

　　①　［澳］李木兰：《性别、政治与民主：近代中国的妇女参政》，方小平译，南京：江苏人民出版社 2014 年版，第 223 页。

　　②　王纪鹏：《延安时期中国共产党的妇女政策》，《党的文献》，2011 年第 2 期。

　　③　岳国芳、王晓荣：《延安时期〈中国妇女〉月刊与中共妇女观》，《东岳论丛》，2016 年第 9 期。

图通过各种方式来强调男女平等的意识,但由于长久以来对于女性这一"第二性"根深蒂固的观念的"移植"与"落位",女性的实际命运依旧并不像所设想的那么"一帆风顺":

> 我自己是女人,我会比别人更懂得女人的缺点,但我却更懂得女人的痛苦。她们不会是超时代的,不会是理想的,她们不是铁打的。她们抵抗不了社会一切的诱惑,和无声的压迫,她们每人都有一部血泪史,都有过崇高的感情(不管是升起的或沉落的,不管有幸与不幸,不管仍在孤苦奋斗或卷入庸俗),这在对于来到延安的女同志说来更不冤枉,所以我是拿着很大的宽容来看一切被沦为女犯的人的。而且我更希望男子们尤其是有地位的男子,和女人本身都把这些女人的过错看得与社会有联系些。少发空议论,多谈实际的问题,使理论与实际不脱节,在每个共产党员的修身上都对自己负责些就好了。①

"少发空议论,多谈实际的问题"其实也指出了理论与实际状况的不完全"对等",理论并没有完全"落位"到现实之中。尽管延安地区的妇女的的确确在这期间开始享受到前所未有的妇女权益保障,但传统的性别观念与意识还是让她们在实际生活中往往需要直面性别层面的困境。这也从侧面再次说明马克思主义妇女观在延安时期理论与实践的落差。但需要看到的是,延安时期的很大一部分有关妇女权益保护的政策措施、部门设置,在中华人民共和国成立后得到了进一步的执行与强化。延安时期所巩固深化的中共妇女观也成了之后长达数十年妇女权益发展的理论基础。

一九四九年中华人民共和国成立,妇女权益问题开始趋于与国家民族利益形成同构关系。妇女的权益保障必须要与国家建设

---

① 丁玲:《三八节有感》,《解放日报》,1942 年 3 月 9 日。

紧密联系在一起,这也促使越来越多的女性通过多种途径积极地参与国家的社会主义现代化建设。戴锦华将中华人民共和国成立初期妇女大规模的社会参与指认为是"一次空前的历史机遇"。①如于一九五○年五月一日公布施行的《中华人民共和国婚姻法》就从法律层面保障了妇女的相关权益。从公共事业角度来看,妇女开始有机会参与曾经被圈定只有男性可以参与的社会工作。毛泽东就曾在各种场合反复强调"时代不同了,男女都一样,男同志能做到的事情,女同志一样能做到","妇女能顶半边天"。妇女的社会地位与角色担当也在这期间上升到了前所未有的高度。尤其是在一九五六年我国完成"三大改造"、建立社会主义制度以后,被恩格斯等马克思主义者认为是男女性别压迫的根源的私有制,在这一时期被公有制所取代。而妇女解放运动也迎来高潮,如在参政议政、社会生产等方面都显露出越来越多女性的身影。某种程度上,这也是对马克思妇女观中所阐释的如何真正形成妇女解放所做的实践性呼应。

但这时期的妇女也开始陷入了另一种左右为难的生存困境。这种生存困境在于:绝大多数的妇女彰显自我主体性是要在抹消性别意识的前提下进行的。这在实质上也是从"秦香莲"至"花木兰"的角色转换。假如讲"秦香莲"代表的是长久以来被定义为"软弱""无助"的女性形象,那么"花木兰"之所以可以建立代父从军、杀敌报国的不朽功业,则在于她对于自我性别的有意识"转换"。只有通过性别转化,花木兰才能穿透关乎性别的屏障,进入长期以来被视作唯男性可参与的领域。这是颇耐人寻味的一点。结合中华人民共和国成立初期的妇女实际生存状况,可以看到,尽管国家相关政策、法令试图说明妇女权益的合法性与受保护性,但这种"合法""受保护"又似乎强调了"妇女"身份的阶级性,而非性别本

---

① 戴锦华:《涉渡之舟——新时期中国女性写作与女性文化》,北京:北京大学出版社 2007 年版,第 1 页。

身。尤其是从二十世纪五十年代中后期开始,包括女性的恋爱、婚姻等私领域事宜都开始被添染上公共政治的色彩。① 换言之,当时语境下所说的"男女平等"只是对应了阶级要求,而并未真正从性别层面达成"男女平等"。女性也必须以从事重体力活或者其他危险、高难度工种——这些长久以来被外界看作"男性化"的极端方式——来表明自我的价值。尽管如此做法或许的确让女性"能顶半边天",但这何尝不是一种隐含条件下对于自我本有性别的贬抑与抛弃呢?这种对于性别的隐性消抹在"文革"时期则显露出愈演愈烈的态势。这显然已经和马克思主义妇女观所提倡的内容主张背道而驰。这种表面与实质的背离现象直到新时期以后才逐渐有所改观。

毋庸置疑,马克思主义及其妇女观自二十世纪初译介传入中国以来,对于中国的妇女解放运动产生了无比深刻的影响。在中华人民共和国成立之前,相应背景下的妇女解放运动往往是通过个人、地域团体的形式进行的。而在中华人民共和国成立后,妇女解放运动与国家建设形成了同构关系,妇女相关权益的维护被认为是国家建设的重要组成部分之一,而保证妇女权益得到有效维护和发展也是在国家建设平稳过渡的前提条件下才得以确立的。但正如上文所述,这种被意识形态所认同的"男女平等",又可能伴随着女性自我性别的模糊与消除。这事实上是在走向另一种极端的过程中再次对女性性别进行贬抑。

马克思主义妇女观强调对于性别平等与差异的探索,继而形成专属于女性的文学、美学、社会学等。而妇女解放的实现也是社会主义建设的主要目标之一。但结合中国自二十世纪初期以来至改革开放新时期之前的这段发展历程来看,尽管我们可以注意到马克思主义妇女观对于中国社会进程与妇女解放运动的指导性作

---

① 唐海迪:《论新中国初期(1949—1966)女性性别形象》,梁景和主编:《社会生活探索(第三辑)》,北京:首都师范大学出版社 2012 年版,第 194 页。

用与带来的实际改变,以及妇女社会地位与家庭地位的逐步提升,但某种具有压迫性质的"父权制"幽灵依旧长时间徘徊、笼罩在这块遍布血泪、充满曲折的土地上。且应该指出,在某些特殊时期,"父权制"被伪装制造出性别层面上"平等""自由"的社会假象,但所谓"男女平等""妇女解放"又在更深层次体现出菲勒斯中心主义对于女性的"内部殖民"与"性别同化",女性的弱势地位依旧没有得到根本改变。这也从侧面解释了新时期以后为何会有数量如此庞大的女性文学作品借由马克思主义妇女观,对"父权制"进行带有强烈主体性的批驳否定。

二、马克思主义返照下的新时期中国女性文学

随着"文革"的结束,以及改革开放的到来,中国整个社会进入了焕然一新的发展时期。在社会转型的过程中,"女性解放"的话题再次受到广泛关注。在上一节中,笔者论述了自中华人民共和国成立以后,尽管女性的社会地位得到进一步提升,国家政府机关相关法律法规的出台实施也保障了女性的合法权益,但在某种程度上,"男女平等"是通过模糊、遮蔽女性的性别意识与自我身份来实现的。传统"父权制"的古老幽灵依旧徘徊不散。甚至以"革命意志"为表象的"父权制"桎梏着女性的个人情感与意愿行为。张洁的《爱,是不能忘记的》[①]讲述了普通女性钟雨所向往的自由爱情在所谓"革命"合法性前的不堪一击,而深陷情感漩涡中的女性必须独自面对这常人难以接受的事实真相。铁凝的长篇小说《玫瑰门》则叙写了希望投身到革命中(并为此做了许多荒诞之事)的司漪纹,被硬生生阻挡在革命大门之外,并最终目睹灾难降临在自己的家庭内。这两篇小说都想要说明在某些特殊的历史阶段,诡吊的强权意识形态以"革命"的名义,对女性造成惨烈无比的身心戕

---

① 张洁:《爱,是不能忘记的》,《北京文学》,1979 年第 11 期。

害。进入新时期以后，如何让"革命"不再只依附于男性的话语体系下，真正让广大女性也参与进来，成为女性主义（包括女性文学）"发声者"所需要思考解决的问题。或者说，新时期的女性需要思考如何有效地反抗阻挡于前的"父权制"，从而续接马克思主义传统。上述时代因素为马克思主义在新时期"重返"及八九十年代女性文学发展，提供了不容忽视的社会条件。

渴望自由平等的女性首先需要面对来自"父权制"的物质层面与精神层面的双重压迫。凯特·米利特在《性政治》一书中提到，蛮横强势的"父权制"导致女性自出生以来就生活在男性的阴影之下，她们被迫屈从于男性的指令号召，而"父权制"思想延伸出的种种社会组织结构与思想观念也严重约束了女性的社会影响力与社会责任。[①] 这在"文革"之后的中国仍屡有显现。张弦获一九八〇年全国优秀短篇小说奖的作品《被爱情遗忘的角落》就描写了二十世纪七十年代末、八十年代初的一个小乡村，沈存妮和小豹子这对青年恋人由于封建"父权制"的干扰，最终引发了一场爱情悲剧。而沈存妮的不幸遭遇也对妹妹沈荒妹造成身心影响，让她对男性充满戒备之心。直到十一届三中全会的春风吹到这座小乡村，才使封建闭塞的环境产生转变。小说之后被翻拍成同名电影，亦影响巨大。尽管《被爱情遗忘的角落》并不能被看作一部女性文学作品，但作者张弦借助自身的经历真实呈现了中国偏僻乡村的"父权制"严重束缚着女性的身心健康。尽管小说结尾以十一届三中全会的政策号召让有情人终成眷属，但中国真实乡村中的女性境遇远比小说的描述要残酷得多。

作家张辛欣发表在《收获》杂志一九八一年第六期上的中篇小说《在同一地平线上》则将创作视野转向城市，反映出城市女性所遭遇的同样不公正的对待。小说中的"她"与"他"是对年轻的知识

---

① ［英］拉曼·塞尔登、［英］彼得·威德森、［英］彼得·布鲁克：《当代文学理论导读》，刘象愚译，北京：北京大学出版社 2006 年版，第 150 页。

分子夫妇，她们渴望拥有平凡而美满的家庭生活，但由于"她"在报考电影学院时所遭遇的难以调和的矛盾问题，两人最终选择分手。《在同一地平线上》开头描写女主人公报考电影学院填表时的场景及表格中那些令人难堪的选项，辛辣地折射出社会对于女性更为严苛，甚至是刻薄的待遇。即使女主人公认真准备了电影学院的入学考试，但仅仅由于高教部"已婚者一律不能参加大学考试"[①]的指令，导致女主人公必须承担错失录取资格的风险。这也成为年轻夫妻之所以会分开的"导火索"。作为小说标题的《在同一地平线上》，恰恰揭示出当时社会普遍存在的男女不处于"同一地平线"的现实状况。女性需要付出常人难以想象的牺牲与代价才能获得与男性同（或者只是形式上"同等"）的可能，如小说中所言："现代社会对女性的要求更高些，家庭义务、社会工作，我们和男性承担的一样，甚至更多些，这使我们不得不和男子一样强壮。"[②]

张辛欣的另一篇小说《我在哪儿错过了你》承接了这个主题，讲述了在外表特征与举止行为上都较为"男性化"的公交车女售票员与心仪对象擦肩而过的遗憾经历。尽管这名女售票员也幻想着"为了你，我愿意尽量地改，做一个真正的女子"[③]，但现实又无情击碎了女性美好的憧憬。被国家赋予"合理化"特征的"男性化"却最终让女售票员对于爱情的向往在现实世界中被一一击碎。这从侧面让人联系到一九四九年至"文革"结束这段时期，国家意识形态对于女性形象的"引导""规范"，促使传统的女性审美准则被一种"铁娘子""花木兰"式的形象要求所取代。这实际上是对女性的贬抑与"他者化"。《我在哪儿错过了你》中女售票员在情感生活上的不顺正源于此。

饶有意味的是，在张辛欣多篇小说里，都以"她"来指代女主人公具体的姓名身份。董丽敏在分析张辛欣的作品时认为："如果

---

① 张辛欣：《在同一地平线上》，《收获》，1981年第6期。
② 张辛欣：《在同一地平线上》，《收获》，1981年第6期。
③ 张辛欣：《我在哪儿错过了你》，《收获》，1981年第1期。

说,在革命—社会主义传统中,拥有一个自己的名字而不是简单冠以父/夫姓,是妇女呈现自我意识乃至自我主体性发育的一个标志的话,那么,可以说,再度复归无名氏,即使不能简单说是重返父/夫权制传统对于妇女自我命名/指认权利的抹杀,但至少暗示了作者对于新中国妇女解放传统的某种疏离以及在疏离基础上与这传统的有意识切割。"①在以张辛欣为代表的女性作家看来,长期所处的"无名"状态促使这些在家庭与社会中被歧视、侮辱的女性群体需要通过权益维护与社会斗争去打破某种将女性"贬抑化"的"传统",继而建立起女性掌握话语权的"新模式",真正达成男女"在同一地平线上"。这其实也是马克思主义妇女观在解决女性问题时的主要途径。

二十世纪六十年代中后期至七十年代,英法等西方资本主义国家已经广泛形成了以马克思主义妇女观为主导思想的女性权益斗争运动,这些斗争运动指向针对国家资本主义的批判。但这又不单单是对于传统马克思主义妇女观的遵循。在女性运动的历程中,马克思主义妇女观也得到了进一步拓展深化。马克思主义妇女观的一个核心命题在于两性关系与阶级矛盾间的关系。而朱丽叶·米奇尔、米歇尔·巴莱特、朱迪丝·牛顿等则试图探索经典马克思主义妇女观尚未进行详尽阐释的"空白",以"性别/经济"作为切入点,深入剖析性别压迫的深层次产生动因及导向,并将这种阐释发散到政治、文化等多重领域。C. 赖特·米尔斯就将个人生活与社会历史联系在一起:"人们只有将个人的生活与社会的历史这两者放在一起认识,才能真正地理解它们。"②也就是说,女性问题已不单纯是性别问题本身,而成了一个广泛的社会议题。二十世纪八十年代后,随着这些论著开始被译介引入中国,国内对于马克

---

① 董丽敏:《历史转折中的性别主体建构困境——重读张辛欣小说〈我在哪儿错过了你〉》,《名作欣赏》,2015 年第 19 期。

② 贺桂梅:《"个人的"如何是"政治的"——我的性别研究反思》,《南开学报(哲学社会科学版)》,2014 年第 2 期。

思主义妇女观固有的观念与阐释也逐渐换代更新。从"马克思主义"到"马克思主义",马克思主义妇女观顺应时代获得了更为灵活、更为具体的阐释说明。这成为马克思主义妇女观在新时期后"复归"及"重放"的一个重要因素。

新时期以来中国经济模式发生转型,同样对于马克思主义妇女观引导下的女性运动产生影响。一九九二年党的十四大正式提出了建立社会主义市场经济体制,长久占据主导地位的计划经济被市场经济所取代,女性具备从事更多行业工种的选择,就业率也不断提高,这意味着女性拥有较为稳定的收入来源与经济基础。马克思主义妇女观重点提及了两性地位的悬殊差距在更大程度上源于男性掌握了绝大多数生产资料,而物质基础则决定了男女双方的性别地位。在传统社会背景下,男性是家庭收入来源的支柱力量,这导致女性必须通过依附男性来获得物质保障。这也是为何鲁迅在《娜拉走后怎样》中认为女性出走后"不是堕落,就是回来"的原因所在。二十世纪八十年代以来,经济模式的转变为女性走出家庭、进入社会提供了现实可能。传统社会的女性由于长期被禁锢在家庭内,所以她们与国家、社会实则处于脱节的状态,故而她们也就被决定了成为没有任何发言权、决策权的"父权制"命令执行者。① 现如今女性在经济上不再完全依附于男性,原本"父权制"主导下的经济分配方式也逐步被瓦解。此外,自二十世纪九十年代起,家政服务业这一第三产业中的重要组成部分在全国各地开始流行起来,家政服务员代替女性完成家庭任务,这也为女性腾出足够时间成为职业女性提供了契机。

在思想方面,由于经济开始实现独立,女性的自主意识不断得到强化。一九七八年十二月十三日,邓小平在中共中央工作会议闭幕会上做了题为《解放思想,实事求是,团结一致向前看》的讲

---

① 沈奕斐:《被建构的女性——当代社会性别理论》,上海:上海人民出版社 2005年版,第206页。

话。这次讲话被视作十一届三中全会的"先声",而其中"解放思想""实事求是"等主旨要求,极大促进了女性不断对自身进行重新探索,重新定位。觉醒后的女性作家开始反思,继而质疑原有社会性别组成结构的合理性。在新时期之前,女性写作在更多时候体现出的是一种"男性的话语"①,即她们中大部分人的文学创作是站在男性视角,以男性的语调方式与思维逻辑来进行文本叙述。故而她们的作品笼罩在"父权制"的阴影之下,在这一情况下,女性的"声音"是"缺席"的。这种局面至二十世纪七十年代末、八十年代初有所转变。譬如张洁在八十年代发表的一系列作品《爱,是不能忘记的》《未了录》《方舟》《祖母绿》就在"过去"与"现在"这两重时间维度间来回穿梭,并通过具有血缘传承关系的祖孙遭遇来论证其在小说《方舟》扉页上的题记:"你将格外的不幸,因为你是女人。""女人如何不幸"及"女人为何不幸"是张洁小说一以贯之的论述核心。正如戴锦华所言,张洁的小说创作"构成了一个完整的历史句段"②,在审视"历史句段"女性命运的过程间,显露出女性某种具有历史承接关系的绝望与痛楚,这种绝望与痛楚又延续到了当下,并形成强有力的控诉。《方舟》描写了居住在同一公寓楼里的三名现代女性面临的生存困境。她们的梦想愿景屡屡遭到现实的"阻击",只能以"姐妹城邦"的方式形成自我保护。当张洁指出那些幻想着以美满婚姻终老的女性在婚后所必须直面的各种各样情感劫难,以及丈夫将其当成泄欲机器时,这也构成了张洁文学创作中的双重悖论,即道德层面对婚姻制度的赞成,以及对现实层面女性在家庭生活中受男性凌辱压迫的彻底否定。但这种悖论提出本身就具有非常重要的意义。因为从内里我们可以看到女性从"自我认识"向"自我觉醒"的精神过渡,并迫切希望能寻找到破除"男

---

① 陈晓明:《勉强的解放:后新时期女性小说概论》,张清华主编:《中国新时期女性文学研究资料》,济南:山东文艺出版社 2006 年版,第 74 页。

② 戴锦华:《涉渡之舟——新时期中国女性写作与女性文化》,北京:北京大学出版社 2007 年版,第 55 页。

性神话"、修复女性主体的解决途径。

除此之外,二十世纪八十年代兴起的文化启蒙同样对这一时期女性文学创作产生了深远的影响。八十年代的文化启蒙体现出的是对"五四"时期若干重要议题的承接,"妇女解放"就是其中一项。"五四"时期,李大钊、陈独秀等马克思主义者就对"妇女解放"问题下的贞操问题、就业问题、家庭问题等做过石破天惊的阐释,但不同于"五四"时期男性视角下的一种启蒙关怀,八十年代的"妇女解放"问题研究表现了以女性作家、女性学者为主体,更加本土化、时代性的实践阐释。作家张抗抗在参加西柏林妇女文学讨论会的发言稿《我们需要两个世界》中就指出,女性想要摆脱传统观念的"男尊女卑""大男子主义",首先就要学会正视自我:

> 我们真心希望唤起妇女改变自己生活的热情,那么我们在生活中一味谴责男人是无济于事的。我们应当有勇气正视自己,把视线转向妇女本身,去启发和提高她们(包括我们女作家自己)的素质,克服虚荣、依赖、嫉妒、狭隘、软弱等根深蒂固的弱点。只有当我们用自己的劳动证明了我们的价值,才能有力地批判男性中大量存在的大男子主义、自私、狂妄、粗暴、冷酷等痼疾,也才能真正赢得男人们的尊敬。①

"正视自我"也是女性文学创作中所强调的主题。我们可以在残雪等人的小说中反复看到"镜子"意象的出现,"镜子作为女性的对应物,又总是女性自审的唯一尺度"。② 如《山上的小屋》《公牛》都提到主人公梦中在镜像前的所见所思,且镜子内出现的影像是一种"反现实""反传统""反逻辑"的存在,这其实就是一种潜意识

---

① 张抗抗:《我们需要两个世界》,《文艺研究》,1986 年第 1 期。
② 荒林:《超越女性——残雪的小说》,《当代作家评论》,1994 年第 5 期。

的"正视自我"。而诗人翟永明同样也表达了女性抗争的不仅仅是外部的"父权制"社会,更要与自己那颗或许会臣服于男性世界的内心做长久不懈的斗争:

> 事实上,每个女人都面对自己的深渊——不断泯灭和不断认可的私心痛楚与经验——远非每一个人都能抗拒这均衡的磨难直到毁灭。这是最初的黑夜,它升起时带领我们进入全新的、一个有着特殊布局和角度的只属于女性的世界。这不是拯救的过程,而是彻悟的过程。因为女性千变万化的心灵在千变万化的世界中更能容纳一切,同时展示它最富魅力却又永难实现的精神。所以,女性的真正力量就在于既对抗自身命运的暴戾,又服从内心召唤的真实,并在充满矛盾的二者之间建立起黑夜的意识。①

无论是"正视自己",还是寻找"黑夜的意识",实则都承接了"五四"以来女性"自我觉醒"的议题。马克思主义妇女观就充分强调了女性的斗争意识。这种斗争又是在双向维度同时运行的:一种是对于"外部"的斗争,"外部"包括"父权制"主导下的社会环境、文化形态、人际构成等,这是很多女性文学创作者所关注的领域;至于"内部",则指向了个体精神世界的自我斗争与自我革新,这是在新时期以后开始被关注并逐渐得到阐释的主题。女性对于外部环境的斗争,以及外部环境在这一趋势下的"解放",自中华人民共和国成立以来,已在不同程度上有所实现,但女性指向内部的斗争在二十世纪八十年代却依旧是文学需要进行"启蒙"的叙述重点。因为只有实现"自我觉醒",才能真正实现"解放"基础上的"超越"。

---

① 翟永明:《黑夜的意识》,张清华主编:《中国新时期女性文学研究资料》,济南:山东文艺出版社 2006 年版,第 70 页。

依据马克思主义者的观点,如果说"五四"时期的妇女问题试图要表明"女性的被贬抑"以及"女性是如何被贬抑",那么二十世纪八十年代女性启蒙运动则指向"女性为何遭到贬抑"。相关研究者想要寻找到附着于女性"为何遭到贬抑"下的逻辑关系链,并试图超越这种逻辑关系所形成的性别壁垒。

与此同时需要注意,延续千年的"父权制"也在新时期后出现"新变体"。"新父权变体"的出现联系着八九十年代的市场经济与消费主义。传统"父权制"的产生包含了以下几项条件:(1)男性掌握着几乎全部的家庭生产资料,他们也因此在性别上成为家庭、地域,乃至国家的经济基础。(2)伦理层面上,"男尊女卑""夫为妻纲"等带有性别歧视色彩的观念说辞长久以来占据着"合理""合法"的地位。(3)男女双方在生理层面的分歧,并由这种分歧引发的生产力水平的差别。如果传统"父权制"的表征特点是强悍的、显性的,那么"新父权变体"则以隐性、自然的方式试图对女性进行"内部殖民"。

我们对于八九十年代盛行的女性文学中"个人化写作"的讨论就是基于这一情况而展开的。"个人化或个人主义不仅将文学从所谓'大写的人'引向'小写的人',也使始自二十世纪八十年代中后期的中国当代文学整体格局从所谓的'共名'迈入'无名'。"[1]在二十世纪八十年代,"个人化写作"以令人心感澎湃的锐意姿态引起文坛内外的关注,而至九十年代,林白的《一个人的战争》、陈染的《私人生活》、徐小斌的《羽蛇》等作品则强化了关乎女性个体的表述或袒露,这种表述或袒露又可以视作作者有意识地对"父权制"的脱离。这些小说不同程度地刻意忽略外部环境(这种"外部环境"又被认为由"父权制"主导),而是注重女性人物内心情感的复杂变化。且这些女性形象往往有着无比惨痛的生活经历,而"男性"无疑是这些惨痛记忆的"始作俑者"。"男性"的野蛮无耻行为

---

① 王侃:《林白的"个人"和"性"》,《东吴学术》,2014年第2期。

导致故事的女主人公最终都选择归入"姐妹同邦"的怀抱，以此逃避"男性世界"的无尽欺骗、无尽凌辱。徐小斌就将她笔下女性人物的逃离视作"以逃离的形式在进行着反抗"，"尽管这是一种消极的反抗，却带有着一种不屈的精神"。①

尽管林白、陈染、徐小斌等人的初衷是借由"个体"对抗由"父权制"主导的群体社会结构，但这种"以血代墨"的"女性文学"创作方式很快就掉落另一种"父权制"暗设的"叙述陷阱"当中，并难以挣脱。因为女性作家的自我袒露与自我书写充斥着令男性读者想入非非的"猎奇碎片"，"个人化写作"里有关女性情感欲望的直白叙述甚至成为满足男性读者阅读欲望的"刚需"。贺桂梅就表达了对于相关现象的担忧之情："在'个人'/'私人'维度上对于女性'差异'的展示，事实上没有改变社会性别秩序，而正好满足了后者（即'父权社会文化'）的想象和需要。"②相类似的担忧很快就在二十世纪九十年代中后期成为普遍的现象。当卫慧、木子美等年轻一代作家借助互联网平台，以挑逗式的露骨笔调叙写女性在肉体与精神双重层面的徘徊迷茫时，所谓的"个人化写作"已经以一种不易察觉的迎合方式匍匐于男性主导的"父权制"之下。

戴锦华曾以"奇遇""突围"③这两个词精准地概括出九十年代的女性写作图景④，并表示正是男性对语言、话语的掌控主导，导致女性屡屡遭遇"镜城"之困。⑤尽管"个人化写作"的出现是为了批判语言在"语法"与"话语"上的"父权制"，但批判本身并没有构成真正的"越界"，反而像是另一种形式的逢迎苟合（这可能是林白、陈染等人未曾预料到的），如同贺桂梅所言"这种飘散的植根于个人独特体验之上的性别神话无法指向任何一种整合性的乐观前

①　徐小斌：《逃离意识与我的创作》，《当代作家评论》，1996 年第 6 期。
②　贺桂梅：《当代女性文学批评的三种资源》，《文艺研究》，2003 年第 6 期。
③　戴锦华：《奇遇与突围——九十年代女性写作》，《文学评论》，1996 年第 5 期。
④　在本文中"女性写作"与"女性文学"属同义。
⑤　戴锦华：《奇遇与突围——九十年代女性写作》，《文学评论》，1996 年第 5 期。

途,其结果是很容易昙花一现"。① 甚至于相当部分的女性作家开始毫无遮掩地展露文本的香艳"皮囊",发出令男性读者趋之若鹜的"呻吟"。这种创作方式本身就是基于资本市场需求所做出的大尺度的策略改变,而这也说明了资本市场则早已成为"新父权变体"凌驾的"实践场所"。对于女性作家来说,这无疑是可悲而又无奈的状况。

按照陈晓明的观点,新时期以来女性问题的核心之处在于"妇女的社会存在形式与妇女的自我意识之间的巨大反差"。② 尤其是在"父权"经过资本转账的社会大背景下,相当数量女性作家的自我性别意识反而出现了倒退。当她们通过"身体书写"与"欲望描摹"自以为达成名利双收的时候,她们其实也在当众进行了"自我贬低""衣衫褪尽"的"丑陋表演"。"女性"及"女性文学"也不再是一种高尚勇敢的抗争方式,而像是"耍小聪明"的"投机手段"。马克思主义在二十世纪八九十年代的"重返",意义正在于此。当女性以"性别"为旗帜的奋力反抗在"新父权变体"面前全然失效时,我们或许需要重新梳理"性别"与"阶级"间的关系、历史阶段中的女性斗争运动以及"资本"在两性关系中的逻辑生成。

在二十世纪八九十年代的文学作品里,有关"女性"的讨论已不单单指向性别的分野,更成为城/乡、贫/富、前现代/现代等级问题的指代。铁凝发表在《青年杂志》一九八二年第五期的短篇小说《哦,香雪》便是一例。居住在北方某偏僻山村台儿沟的少女香雪为了一只心仪的塑料铅笔盒,甘心付出积攒已久的四十枚鸡蛋进行交换,同时她还因为延误了火车开车时间需要冒着风雪摸黑走三十里路回家。这篇小说中的性别意识是隐含在文本中的,但同时作者铁凝又将性别与城/乡、前现代/现代等主题糅合在一起。香雪这个少女形象成为乡村的象征,她目睹了作为"现代性""城市

① 贺桂梅:《性别的神话与陷落》,《东方》,1995 年第 4 期。
② 陈晓明:《勉强的解放:后新时期女性小说概论》,张清华主编:《中国新时期女性文学研究资料》,济南:山东文艺出版社 2006 年版,第 74 页。

化"化身的"火车""塑料铅笔盒"跌跌撞撞地闯入她的生活,并使她的生活产生天翻地覆的改变。同样值得一提的是,在二十世纪九十年代蓬勃兴起的所谓"底层小说"中,女性往往承担着"乡村""进城务工""苦难""被侮辱被损害"等角色定位,而且在很多"底层文学"作家笔下,这些来自乡村、懵懂无知的少女最终大多会迫于困窘的生存境遇而需要出卖自己的肉身抑或灵魂,而对女性进行无耻掠夺的则是掌握生产资料的男性。"男性/女性""资产阶级/无产阶级""压迫/被压迫"这三组关系在这些小说里形成同构关系。而我们在思考"女性"所处的角色定位时,会发现这其实又回到了马克思主义妇女观对于女性所遭受压迫的最初阐释,即生产资源成为剥削者的主导力量与被剥削者的受损来源。于是这不再单纯只是性别的问题,而更应该划入阶级属性的范畴。假如以这样的视野进行考量,同期出现的作品(包括二十一世纪初王安忆的《富萍》、盛可以的《北妹》等)就是"性别文本"与"阶级文本"的交叠。二十世纪九十年代小说中有关女性形象的叙述也因此具有了更为复杂的意味内涵。

　　如上所述,马克思主义所指认的两性关系并非一方对于另一方的压迫,一方对另一方的斗争,而是男女双方能在互帮互助的过程中达成和谐共处的状况,这也是共产主义所要实现的目标之一。但进入新时期以来,这种状况并未发生,相反,原有的"父权制"通过新的"变体"对女性产生持续且变本加厉的压迫剥削。而"女性主义""女性文学"尽管在传入中国后旋即成为喧嚣一时的"显学",但诸多研究者与旁观者又是以一种"非我族类"的猎奇心理来看待"女性主义""女性文学"的,更多时候,连女性作家、女性研究者本身都表达了对于以上两个概念的深深怀疑,真正属于"女性"的话语结构体系尚未真正形成。马克思主义返照下的女性文学在跨过八九十年代,进入新时期以后仍有漫长的道路需要咬牙前行。

三、身体何为？女性何为？

新世纪以来的女性文学创作难以避免地首先是与"身体"联系在一起。这种联系又似乎是一种矛盾而又尴尬的存在。二十世纪九十年代那些"身体写作"的倡导者与实践者或许难以预料，她们出于彰显女性性别特质以及女性自我觉醒意识的创作倡议，竟在新世以后演变为一场杂糅着资本运作、欲望迎合等元素的"低廉表演秀"。

在传统文学作品的书写中，男性与女性的"身体"是截然不同的。自古以来，男性的身体就被描述为阳刚、勇猛，具有统治性质。而女性的身体在相当长的历史时期是遭到"禁言"，无法向外界传递的。而假如直接袒露地对女性身体进行描述，则很容易被视作是淫秽、荒诞、无耻的。这种现今想来不可思议的现象在二十世纪八十年代依旧存在。

埃莱娜·西苏的《美杜莎的微笑》被认为是最早涉及"身体写作"的理论源点。埃莱娜·西苏认为，长久以来，男性的文学世界对女性身体产生某种贬抑心理，故而女性"必须要通过她们的身体来写作，她们必须创造无法攻破的语音，这语音将摧毁隔阂、等级、花言巧语和清规戒律"。① 当二十世纪八九十年代，西方女性主义文学理论著作渐次传入中国后，这篇《美杜莎的微笑》及其内里所描绘的女性的文学世界，对于中国的女性文学创作者产生了无可比拟的精神推动力。而自九十年代始，身体写作成为中国女性文学的一股创作潮流。

尽管"身体写作"拓宽丰富了中国女性文学的创作视野与创作方式，但如同本章第二节所论述的卫慧、木子美等人"衣衫褪尽"的

---

① ［法］埃莱娜·西苏：《美杜莎的微笑》，黄晓红译，张京媛主编：《当代女性主义文学批评》，北京：北京大学出版社 1992 年版，第 201 页。

小说,这些赤裸裸拨弄着骚动情欲的"喃喃呻吟"说明对于很多中国女性创作者来说,她们很容易将"身体写作"指认为是一种"肉体写作",即在作品中"过分熏染了随遇而安的享乐主义,过分消费了'肉体',将'身体'的存在简化为吃、喝、睡、性交等"。① 这其实是与埃莱娜·西苏的"身体写作"本意相违背的。因为埃莱娜·西苏的"身体"指向于女性独特的生理结构,以及由这种生理结构差异所衍生的心理结构生成、文化认知属性等。但对于卫慧、木子美这些被称为"美女作家"的人来说,是否需要了解"身体写作"的本义已经变得无关紧要。因为她们很快就从这种"真枪实弹"的"身体写作"中名利双收,收获大批"来路未明"的粉丝读者。原本出于对抗菲勒斯中心主义而产生的"身体写作",在新时期却以诡异的方式被纳入由资本主导的"新父权变体"内:这些曲解"身体写作"的女性文学作品往往通过大胆张扬的情色书写,以及对物质消费追求的赤裸袒露,迎合了新世纪以后阅读消费市场很多读者(尤其是男性读者)的欲望诉求。这里就存在着一个悖论——以反抗男性为宗旨的小说最终却迎合了广大男性读者的欲望需求,这不得不说是一件令人哭笑不得的事情。但被马克思主义所批判的资本市场恰恰就让这一切变得"顺理成章"。这也是为何新世纪的女性文学创作需要重新召唤马克思主义的"回归"的原因。

从"追求自由"到"走向堕落"②的诡异转变,其实质是资本权力在背后的操控运作。尤其是在现今这个讲求"发行量""销售量""出版版次"的时代里,作家的文学创作很容易被阅读市场的供求关系影响,乃至全面控制。如上述言及的几位女性作者,就非常"聪明"地看到"市场"需要的是什么,因而她们在自己的小说里将笔下女性人物无限"欲望化"绝非是书写女性自身的"声音",倒像是一种肆无忌惮的文学投机行为。且这种投机行为为她们带来源

---

① 林树明:《关于"身体书写"》,《文艺争鸣》,2004 年第 5 期。

② 胡沛萍:《身体写作:从追求解放到走向堕落——当代文学中"身体写作"的嬗变》,《当代文坛》,2007 年第 2 期。

源不断的经济利益。随着数字时代的到来,网络成为女性进行文学创作的又一全新平台。相比较传统文学创作、投稿、审稿、发表(或退稿)这一系列流程,网络写作降低了对于创作者在理念、技术、意识形态层面的要求与门槛。于是,"鼠标一点,文章全世界都能看到"的现象在网络时代开始司空见惯。在一定程度上,这种看上去公共开放的创作环境与发表平台可以给女性创作者营造更为自由、个人化的客观条件,但我们点击进入"起点中文网""红袖添香""阿里文学"这些最为知名的文学网站时,却诧异地看到相关的女性创作呈现出题材上的"千篇一律"与内容上的"肉欲横流",而"这种无视'五四'现代启蒙成果的'现代的恶趣味'在今天网络空间是中国现代以来前所未有的"。① 二十世纪九十年代卫慧、木子美等人关乎"肉身"的情欲书写在网络平台上呈现出更为极端化的一面。但这种"极端"同样在资本市场中获得"合理"的阐释:由于网络写作的主要经济收益与名气值提升来源于读者的点击率、打赏阅读、文学网络根据读者反响而对作者进行的奖励,以及作品能否卖出版权实现影视化等,女性自身的"性别话语"与启蒙意义由此变得不再重要(女性知识分子在这种情况下通常是"失声""缺席"的),取而代之的则是读者的潜在阅读需求。围绕男性所想象的"性"而展开的各种暧昧不清却令人浮想联翩的文本书写成为这些网络小说无法避免的"必要操作"。甚至,女性网络作家需要操弄起一套极端"男性化"的话语方式与逻辑实践来满足数量庞大的男性读者的阅读欲求,"二十世纪九十年代中国女性作家费尽心机试图解构的爱情神话,在网络中被轻解罗裳般一挥而去"。② 而这套"男性化"话语方式与逻辑实践能否实现,则延展出网络作品能否获得经济收益、能否达成纸质出版、能否延伸出 IP 链周边产品等现实利益考量。在这些背后,可以看到资本是如何以娴熟而

---

① 何平:《网络文学就是网络文学》,《文艺争鸣》,2017 年第 6 期。

② 王侃:《新的批判动向及其危机——新世纪网络女性写作之检讨》,《文艺争鸣》,2010 年第 8 期。

又从容的姿态让众多年轻女性作家主动放弃对于自身性别意识与性别认知的探索，继而选择臣服于自己的膝下，以佝偻丑相迎合着男权意识形态的种种需求，变异为资本市场体制下全新"父权制"的"追随者"与"代言人"。

由之也可以看到，传统定义上作为实体的生产资料的资本，在这个时代里已经转账为"无声无息"却更加具备操纵性、扩散性的存在。资本的"幽灵"真正实现了在整个"地球村"一马平川，畅行无阻。也正是在这一情势下，女性的"发声"变得更加重要。我们也可以看到女性的"身体"是如何转账成为资本运行的组成要素的。有学者指出："在现代社会，女性其实是资本主义政治经济结构中的重要一环，并直接加入到资本主义的生产性结构中，在其中结成了一定的生产关系。"[①]而对于女性主义者而言，如何从这纷繁复杂的一系列操作中抽丝剥茧出资本运作对于女性的深层次压迫，显然是现今的当务之急。她们首先需要面对的现实是：这的确是一个"女性旗帜"遍布各地的社会，各种宣传口号似乎都在为女性的根本权益保障而在做斗争。我们眼见的各类影视作品、文学作品充斥着"大女子主义""玛丽苏""女王范"等向女性倾斜的词汇概念及女性化内容。这种种表现貌似向女性宣告着这是真正属于她们的时代；但从另一方面而言，这所有的一切都是在商业资本的运作下完成的。商业资本通过"讨好女性"获得最大化的价值利润，男性话语依旧以绝对优势操控着世界的运转，而女性只是在这浓情蜜意的"玛丽苏"中陷入"自我软化""自我催眠"的精神困境，男性的话语霸权依旧难以撼动。当本意作为反抗而出现的"身体"成为资本生产机制直接作用的对象时，那些意图突破菲勒斯中心主义的文学女性的命运只能是被逐步边缘化。同时，女性的"身体"（不管是真实状态下的"身体"，还是叙述文本中的"身体"）被指

---

① 董金平：《马克思主义的女性主义前沿问题及其内在逻辑》，《南京大学学报（哲学·人文科学·社会科学）》，2013 年第 5 期。

认为可以获得资源上的互换——这种"资源上的互换"甚至可以是直接的金钱交易。就如同不同容貌、身材的女性会被贴上迥异不同的"资本标签"一样,文本叙述中女性"身体"的"呈现方式"与"呈现角度"同样也成为资本衡量的参考指标。女性"身体"的美学机制与资本模式就这样形成怪异的糅合。同时,这也意味着在新世纪的女性文学作品中,作家反而更加难以掌控自己笔下女性的"身体"。如同马克思在《资本论》中指出的,因为生产过程的需要,作为资本的生产要素往往需要经过若干次循环反复,才能增加积累到利润的最大值程度。① 现今很多网络小说中对于女性"身体"屡试不爽的"强行投射",以及这些小说被广泛改编成影视剧、舞台剧、动漫等其他形式的运用,无疑体现出马克思主义中关于资本被循环利用与达到利润最大值的观点。马克思主义政治经济学批判的正是这种将"女性身体"作为资本模式并反复循环,榨取利润的商业操作行为。

这里必须论述一个问题作为前提,即我们为什么需要借用马克思主义政治经济学对很多文学作品中被作为资本的"女性身体"进行批判?首先如前所述,长久以来,女性的"身体"在中国传统文学作品中是被"妖魔化""边缘化""贬抑化"的,甚至连女性"身体"的"书写"都是充满禁忌的。这也是二十世纪九十年代女性作家意以"身体写作"的缘由所在,她们希望通过对于自身生理及至心理的深入探索,打破男性中心主义对"第二性"的束缚与控制,对于自我性别身份进行重新确认,这也成为女性作家"认识世界和创造世界的方式",在结构上呈现为"绵亘的、多声部乐章组织、开放式结局,块体状时间经验形态代替了线性历史事件规定"。② 譬如《一个人的战争》,譬如《私人生活》,譬如《羽蛇》,展现了如上所述的这

① ［德］马克思:《资本论 第 2 卷 资本的流通过程 政治经济学批判》,郭大力、王亚南译,北京:人民出版社 1953 年版,第 71 页。
② 林白、荒林、徐小斌、谭湘:《九十年代女性小说四人谈》,《南方文坛》,1997 年第 2 期。

种女性在心理层面与生理层面的"成长"。这些小说中的主人公不断通过对自身生理结构与精神状态的"朦胧呼唤"（向内转），通过与他人相处过程中对于自己"身体"、自己"身份"的再确认（向外转），试图恢复"女性"这一命名的存在与价值。"身体写作"也可以视作女性通过文学对于自身"身体"的某种性别恢复与意识觉醒。

事实上，自中华人民共和国成立以来，女性的"身体"就因受政治意识形态的导向，必须以"花木兰""铁娘子"的角色定位呈现在诸多文学作品中，虚构的"巾帼形象"也对现实状态中的女性产生行为举止上的"示范"与"规训"。当政治因素在二十世纪八九十年代开始"退潮"后，女性作家需要借助"身体"的书写重新构建女性话语结构与体系，继而形成对以男性为中心的话语结构的强有力批判。但市场利益与消费主义双重作用下的经济因素则代替新时期前的政治因素，对于女性"身体"产生新的制约，且女性作家、女性文学所受的这种"制约"由"政治时代"的被动接受至"经济时代"的主动迎合。这也意味着女性"身体"的"堕落"，女性"身份"的再度"迷失"，而所谓的"性别"则是资本操作下被肢解、重组的"形迹可疑"的"性别"。这在局部上也解释了为何现在有数量众多的女性作家否认自己的写作是"女性文学"——因为当一个女性作家以"女性主义""女性文学"为自己的创作命名时，她就已经在不知不觉间陷入"资本"预设的"陷阱"内；她站在女性立场所表达的所有的声嘶力竭、所有的呐喊狂呼，都演变为"资本"运作过程中的商品生产要素，即这些指向女性自我觉醒与自我解放的文学作品最终无奈地走向了"女性"的对立面。但上述言及的这些女作家对于自我性别定位的放弃则陷入了另一种"怪圈"——当她们极力否认强加于自己身上的"性别"标签时，也就意味着她们的写作已经放弃了最为基本的身份认知与身份确认。与此同时，我们可以注意到大众媒体、出版商对某些男性作家的评语，如"最懂女性的男作家""最了解女性心理的男作家"等，恰恰揭示出男性主体对于女性话语权的掠夺。除此之外，上述提及的卫慧、木子美等女性作者将"身体写作"沦为百无禁忌的"肉体狂欢"，同样是市场资本对于女性文学创作（尤其是网络写作）进行操纵所致。女性"身体"及"身体写作"在这种情况下被大多数人误认为是以"肉体""欲望""情色"等为关键词的"臆想式写作"。而本应被推到"前台"的"身体写作"的艺术性与思想性则遭到遮掩屏蔽。

新世纪以来，如王安忆、迟子建、池莉、林白等人的女性写作（尽管她们未必愿意承认自己的文学作品是"女性写作"的产物）依旧保有敏锐的观察力与深邃的思考力，对于女性在现代性、城市化背景下的生存境遇做出富有意义的书写与说明；但不得不承认，这样的作家作品在二十一世纪以来其实是非常稀少的。王安忆出版于二〇〇五年的长篇小说《富萍》就是个非常典型的例子。这部小说将叙述时间设定为"文革"前的一九六四到一九六五年，讲述了来自苏北农村的女孩富萍来到上海投奔未婚夫的奶奶，但之后未婚夫家庭的沉重负担，以及未婚夫李天华本人的优柔寡断，让富萍深感失望，最终毅然决然地选择逃婚，并随之与一个糊纸盒的跛脚男人结合组建了家庭。这个以"逃婚"为主题的小说，呈现出城市/乡村、本地居民/外来移民、定居/漂泊几组对应关系。《富萍》讲述了一个女人，同时也是一群女人的命运。富萍等人的故事被王安忆有意识地嵌进"一九六四到一九六五"这个特殊的时间段，我们也通过这个特殊时间段下发生的故事注意到富萍，以及围绕在她身边的女人，是如何在那个未必充满希望的年代里认识自我，认识世界，继而找到属于自己的位置。《富萍》并没有《一个人的战争》《双鱼星座》《抬头望见北斗星》那般放浪形骸的笔调，但笔者将《富萍》依旧指认为是一种"身体写作"，因为王安忆通过书写达成了对于女性精神层面与生理层面的"自我重返"与"自我寻找"。在这座"风从海上来"的城市里，富萍并没有屈从，亦没有堕落，而是辛勤劳动，付出所有，继而在城市中真真正正地找到了属于自己的位置；同时，她也认清了自我的价值意义。我们也借由《富萍》看到一个女人与一座城市的关系，一个女人与一个时代的关系。这其实就包含了马克思主义所强调的人的社会属性：她以何种方式参与社会，以及社会对其产生的反作用。

但这样的小说显然太少了，尽管走进书店，点击打开文学网站，我们可以看到五花八门打着"女性"旗号的作品，但读后又觉得似乎徒有"女性"之"形"，而无"女性"之"实"。即使这些小说是如此"夺人眼球"："她"可能是架空的时代背景中，拥有无上权力的宫廷女性以及围绕在"她"身边各类对其深情款款、痴情不改的女性；"她"也可能是出现在繁华的都市街头，号称"平凡不起眼"但毫无逻辑地就可以轻易拥有各类名牌、居住在市区最高昂房价住宅区的纯情少女，并且拥有为其两肋插刀的形形色色的"高富帅"。"身体"在这些文本中只是一种联系着利益、品牌、权力、荣耀的"叙述道具"，小说中的女性已经完全不需要通过"身体"去追寻自我的性别意识与身份认同。但极为讽刺的是，正是这类小说吸引了数量庞大的女性读者，每一天，每一小时，每一分钟，每一秒，必然都有成千上万的女性读者流连徘徊于这些"白日梦"中。或许对她们来说，"身体何为""女性何为"早已不是什么需要冥思苦想的难题。她们需要做的只是打开网络页面，模仿着小说人物的言行，模仿着小说人物的穿着打扮、交友选择、"鸡汤金句"，然后闭上眼睛，甜蜜地幻想着自己真的有朝一日穿越到某个朝代成为一呼百应的女王或太后。这对于她们来说，就足够了。

在这一过程中，我们可以看到"父权制"是如何在资本的"协助"下完成"变体"的。很多女性作者以为在自己的小说中肆无忌惮地袒露虚拟人物的裸体以及完成近乎表演的情爱展示，或者让自己的女性人物穿梭在各个历史朝代呼风唤雨、谈情说爱，即是对"新父权变体"的反抗。这绝对是异常荒谬乃至可笑的想法。借助资本的力量，"新父权变体"开始成为"流动"的压迫力量，而且这种压迫中还有对于女性的自我规训。当现实世界的女性读者习仿着书中的女主人公是如何吸引男性目光，以及得到那么多完美无瑕的男性追求时，其实她们已在不知不觉间受到了"新父权变体"的影响，这包括衣着外貌、谈吐举止、思考方式等一系列因素。假如说传统的"父权制"还是以一种固化的理念以及理念下的制度仪式来规范女性，那么"新父权变体"则以无孔不入的鬼魅身影渗透进女性的日常工作与生活内，对女性形成潜在而又具有强大压迫感的影响。而我们眼见的所有关乎女性的讨论，所有关乎女性的斗争，所有的所有，都可以在"新父权变体"与资本市场的双重利导下，趋于变成一场无关痛痒的"娱乐秀"。

女性文学写作者在此时此刻选择重新对接马克思主义，实质上是在马克思主义视角下对于自身、对于这个资本时代所做出的一次审视与自省："身体"对于"女性"来说到底意味着什么？资本运作在这个时代里对女性及女性文学创作究竟会带来哪些影响？"新父权变体"是怎样以"流动"而又无处不在的全方位形式充斥在女性所能触及的所有角落？在这些问题中，女性文学的书写者或许最先要做的，是确认由"身体"延展开去的自我"身份"定位。这种"身份"既是内向的深层次剖析，又是外向的与时代环境、家庭结构、社会意识、劳动分工等的种种联系。在现代性、城市化与市场经济的背景下，连"父权制"都可以表现出"流动""软性"的外在特质，但"流动""软性"依旧无法消除其本质对于女性群体的压迫与剥削。相比较二十世纪女性在斗争对象上的针对性与明确性，二十一世纪以来的女性好像陷进了某种触不可及的"无物之阵"之中，她们无法用手指对准"父权"的落脚点，但"父权"似乎于她们的身旁无处不在，她们随时都可以感受到"父权"窥探自己的幽幽目光。"娜拉走后怎样"或许在这个时代已经是不成问题的问题，但"娜拉为何是娜拉"则因此被摆到更为显眼的讨论位置。因为击碎"新父权变体"的先决条件是自我意识的觉醒与自我身份的认清，在这一基础上,才有资格去讨论资本,去讨论性别差异与平等,讨论"新父权变体"。

尽管女性作家对"新父权变体"的批判,对资本流动下"异化"现象的批判依旧还有很漫长的荆棘路要走,但承接了马克思主义的视野角度,或许会为已处于凝滞状态的女性文学写作方向提供某种焕然一新的选择与出路。

第四章　解构主义:被破坏与被重建

一、"被破坏"与"被重建"的语言

当女性开始试图进行文学领域的创作或批评时,最先深受困扰的难题首先出现在语言层面。在传统的逻格斯中心主义观念中,语言被视作"男性的语言"。事实上,自柏拉图、卢梭、索绪尔以来,语言就被看成通往真理的首选,也是唯一媒介,而柏拉图的《斐多诺篇》则因来自外部的罪恶将书写贬斥为"媒介的媒介"。[①] 在更多时候,语言成了被男性话语中心体系所铺散开去的一种权力话语。希利斯·米勒在分析亚里士多德之于希腊悲剧时引出了"逻格斯"的概念:"亚里士多德认为一部好的悲剧必须自身合乎逻辑,也就是说,其各种成分须与一个单一的行动和意义相关联,这样它们才会具有意义。任何无关的东西都必须排斥在外。这个合理的统一体就是剧本所谓的'逻格斯'。"[②]而当逻格斯中心主义被指认

---

① [法]弗朗索瓦·多斯:《解构主义史》,季光茂译,北京:金城出版社 2012 年版,第 32 页。

② [美]希利斯·米勒:《解读叙事》,申丹译,北京:北京大学出版社 2002 年版,第 3 页。

为是一种以男性话语为导向的话语体系时,作为"第二性"的女性自然而然就被"排斥在外"——她们成为性别层面的"干扰项"。相应的,女性的文学书写必然在伊始就需要小心翼翼、如履薄冰地避开布满"父权"色彩的语言"陷阱"。在"语言被认为是男性"[①]已经成为广大女性作者的一种近乎带有共识性的观点的情况下,她们能做的只有将这种固有的"语言"打破,并在这一基础上形成重建。

这种现象同样出现在新时期以后的中国女性文学写作中,如同久久无法散去的"书写噩梦"。当现代女性想要进行文学创作时,她们突然发现自己的喜怒哀愁诸种情感必须借用男性化的语言形式、语法结构表达出来。而女性自己的"声音"则被由男性支配的"语言"加以肢解消融。语言"男性化"背后透露出男性的视野角度、男性的心理状态、男性的思维逻辑、男性的欲望投射。扭转"语言"设置的"困境",实际上也意味着扭转在两性关系中女性长期所处的弱势身份与被压迫困境。语言层面上的"解构"正是在这一时期产生了效用。因为相对于解构主义者将一切都视作可解构、可超越的指认,结构主义者则认为结构是一种超越历史范畴的永恒、固定状态,且在自然万物中占据着主导支配的绝对地位。而假如如上所述,语言是一种"男性的语言",那么女性就要面临长期处于"失语"的"黑暗状态"。这显然是女性文学书写者极其不愿看到的现象。

自二十世纪八九十年代始,中国的女性文学创作者就试图设置出与男性所"理想的语言"相对立的语言模式。如蒋子丹就将语言转变为一种"游戏"、一种"诡计",因此她的小说创作也被相关学者指认为"一种现代新女性主义小说"。[②]蒋子丹的小说具有极其强烈的荒诞感,这种荒诞感体现在人物关系与情节走向设置上,也

① 女权主义问题评论团:《普通主题的变奏》,[英]玛丽·伊格尔顿编:《女权主义文学理论》,胡敏等译,长沙:湖南文艺出版社1989年版,第410页。

② 王绯:《蒋子丹:游戏与诡计》,《当代作家评论》,1995年第3期。

体现在小说的语言层面上。"荒诞"于蒋子丹小说作品中的"无处不在"在某种程度上也折射出作者对于这个以男性话语为中心的时代的嘲讽戏弄。蒋子丹的短篇小说《绝响》以年轻女诗人黛眉因爱上有妇之夫并为其自杀这一事件作为小说的叙事线索,叙述者"我"在探查黛眉自杀之谜的过程中还原了女诗人不寻常的"情史",以及围绕"情史"所展开的各色人物(主要是男性)的精神面貌。这篇小说在语言上同样如蒋子丹之前的"颜色"系列一样,有着巧妙的策略设置。首先我们可以看到小说中关于男性的语言是与政治、欲望联系在一起的:在办案人员检查黛眉的身体时,他们竟然首先惊讶于"这个女人的皮肤怎么这么好,好得简直连一个斑点都没有,仅有的一颗痣还是朱红色的"。① 已经失去生命的女性身体成为这些男性办案人员最先关注到的焦点所在,而黛眉的"身体"则同时演变为他们展开并扩充男性欲望的载体。小说中的"王队长"在语言描述中则折射出某种权力意志的具象化呈现。王队长在与"我"的接触中时时刻刻透露出对应其身份的"职业用语",譬如"我"在出席黛眉的自杀案案情分析会时被王队长告知"这么做本来是不符合规定的,他要求我在结案之前不得在报上披露任何细节"。而在案件陷入僵局时,王队长则不无抱怨地表现出"她(指黛眉)好歹也是知名人士,把事情弄得这么复杂,让我们没法向上级交代"。在王队长看来,黛眉(女性)到底为了什么而自杀并不是要紧的,当务之急是如何顺利结案"向上级交代"。黛眉生前最为痛恨的总务科长文大肥的出场,则向读者展现出一个最为大众化的庸常男性,他在描述与死者交集时的语言就很有意味:

　　　　"各位各位做做好事做做好事我真不知道黛眉是这么一个顶真的人现在我把这两条黄花鱼全给她白给她我们所长早就跟我说过让我别惹她别惹她现代派诗人没一

_____

① 蒋子丹:《绝响》,《作家》,1994 年第 8 期。

个好惹的他们视生命如草芥说跟你玩命就跟你玩命绝不含糊我真不知道黛眉为了两条黄花鱼怄气会连命都不要了我今天早上才从乡下给所里运西瓜回来我干这行当人民公仆为了全所干部的防暑降温再累也没怨言,可我胆小经不起黛眉这么吓唬她死了不要紧……不不不是不要紧是很要紧她可别成了冤死鬼来寻我……"

——蒋子丹《绝响》

文大肥的这段自白从始至终都未透露其对黛眉非正常死亡的难过忏悔,相反,他一直以各种方式想要竭力替自己开脱,真正令他感到恐慌的居然是黛眉"别成了冤死鬼来寻我"。再联系小说结尾处黛眉婚外情人的"不言不语",从语言层面,《绝响》中的男性被蒋子丹描述出虚伪、下流、无知、胆小等特征。而小说中男性的这些令人不齿的特征是以看似"合理""合法"的理由作为自我伪装,这也形成了小说有关男性的强烈反差,强化了作者对于男性主导的社会更深层次的批判。

《等待黄昏》则是蒋子丹对于以男性语言为中心的话语结构的另一种解构。这部作品对传统被定义、规范的"母爱"行为表露出了作者的怀疑态度:"我病了,几乎与听到有关苏密那可怕的消息同一时刻,我清清楚楚感觉到疾病降临了,它像那只红蜻蜓一样落入我的体内。"①"红蜻蜓"的出现意味着某种变数的产生与降临,以及对固有社会结构格局的有意识推翻。小说中"我"的怀孕与好友苏密亲手扼杀自己的双胞胎儿子是同时发生的。由这一家庭惨剧引发出"我"对自己与肚中胎儿、自己与丈夫、自己与家庭间到底处于何种关系的疑问。这其实也是引发苏密扼杀自己亲生儿子的精神根源。所谓的"贤妻良母",所谓的"贤内助"其实都是在男性话语视角下所产生的词汇。其内涵定义也皆由占据主导性地位的男

---

① 蒋子丹:《等待黄昏》,《收获》,1990年第1期。

性所定夺。而女性长久以来都是在男性的话语定义下规范约束自己的行为准则。《等待黄昏》则对于这些约定俗成的语言使用做出了解构，从而"揭示出'母子共生'关系并非理所当然的美妙，更绝非真理"。①

通过蒋子丹的两部作品《绝响》与《等待黄昏》，可以看到新时期以后女性作家在语言层面所做出的两种策略选择与实践：(1) 借用小说体现出男性文本话语与实质行为的反差，从而揭示出男性的诸种丑态；(2) 表露出对于某些在男性话语体系主导下衍生出的"话语"的质疑与反问。

在林白、残雪等人的小说中，同样可以看到她们是如何运用语义重置来消解既定的文学命题的。譬如"飞翔"。林白的《致命的飞翔》就对这一看似象征"诗与远方"的用词做出了具有消解意味的反讽用法。在小说中，"飞翔"成为缠绕着种种性暗示的所指。不管是北诺，还是李芮，她们都对这种指向两性的"飞翔"充满渴望与憧憬，但她们的"飞翔"往往遇到各种各样、复杂难缠的"干扰""阻拦"。北诺与李芮的情人都是有妇之夫，因此她们的爱情注定是无法被社会道德所认同接受的。而北诺与上级领导隐秘的肉体关系既是北诺自身的生理需求，同时也联系着分房补助等种种经济援助。但物质与精神的相互交织，也导致北诺欲望的"停滞"，以至于最终在欲望与实际利益的双重叠加中迷失了自己的性事之目的为何。而对于李芮来说，当她与情人登陆的妻子兰若见面后，"是谁，使我和兰若这样优秀的女人成为敌人的呢?"②成为李芮首先想到的问题。"敌人"的真面目在这里不言而明，却又模糊不清。《致命的飞翔》还涉及若干具有历史意义的女性名姓与其所承担的词汇之外的内涵用意：

① 张赟:《文学之路上的前锋者——论蒋子丹》,《小说评论》,2010 年第 2 期。
② 林白:《致命的飞翔》,《林白作品精选》,武汉:长江文艺出版社 2007 年版,第 95 页。

他说你总该知道燕妮吧？

我说燕妮是谁？

他说，你连马克思夫人都不知道，你们这一代太无知了。

我说好吧，那我对她们表示足够的尊敬。不过你要是去坐牢，我肯定是不陪的。你不要抱什么希望，免得到时太失望了划不来。

登陆不说话。

我言犹未尽，说：我不喜欢女人为男人作出牺牲。

登陆问：那你喜欢谁？

我说：媚娘。

登陆说，媚娘是谁？

我说，你们这一代真是太无知了，连武则天都不知道。

登陆恨恨地说：恐怕你还喜欢江青吧。

我说，江青是"四人帮"，这大家都知道，这是一个坏女人。我们来说一个好人算了，比如居里夫人。我说我的第一个男朋友就鼓励我学燕妮，过了十几年，你还是让我当燕妮，时代怎么就没有进步，真让人匪夷所思。[①]

这是一个在语义层面非常值得进行深究的桥段。李莴与登陆在对话中涉及的"燕妮""武则天""江青"等已不单单是一个女性的名姓，更是牵扯出这些名词背后的女性形象及特质。登陆与李莴前男友之所以希望李莴能"学燕妮"，是因为"燕妮"代表着在家庭地位中弱势、妥协、相助的一方，这也是男性对于女性的一种"预设"与"期待"——或许恐怕连马克思自己都会感到无限诧异，他本人的名姓会作为一种性别压迫的来源出现在百年后中国女作家的

---

① 林白：《致命的飞翔》，《林白作品精选》，武汉：长江文艺出版社 2007 年版，第 95 页。

小说文本中。在这里，文本背后的林白其实想要质疑的就是这种约定俗成的词义的合法性：女性未必非要个个都像"燕妮们"那样无条件妥协与无条件服从，她们也可以是"武则天"，拥有社会的主导话语权，继而掌控男性的人生命运。

让我们回到对"飞翔"的讨论上。毋庸置疑，小说《致命的飞翔》以"致命"为形容词，就显露出作者对于"飞翔"这个词汇的怀疑。这尤其体现在女性的话语语境中。传统的用词选择与小说语境里，"飞翔"意味着接近光明，接近希望，接近平凡生活内无法触及的新天地。但林白理解的"飞翔"则反向联系着"坠落"，联系着"死亡"，联系着"了无希望"前的苦苦挣扎。就如同最终登陆向李莴求婚一样，看似是皆大欢喜的结局，但这其实也意味着李莴作为现代女性最终在以男性为主导的婚姻制度面前的缴械投降，她被男性以另一种更为隐秘，也更为全方位的方式"捆绑""束缚"，这显然是和"飞翔"的本义相违背的。女性作家视角下语义的置换也同时发生。

语义置换从侧面说明了女性作家对于文学世界中固有文字、符号、隐喻的突围与反叛。德里达就认为，被索绪尔等人视作文字的固有特征——如距离性、间接性、含混性——恰恰也是语言的本质特征，"语言并不那么温顺透明，它的实质与其说是直传逻格斯的言语，不如说是蒙障重重的文字"。① 中国新时期以后的女性作家们沿袭了德里达指出的方向，打乱语法的排位，让能指与所指发生断裂。在结构主义者看来的"固若金汤"，女性作家则将之重新拆散，从而让某些被规范化的含义延伸出了奇妙无穷的多重阐释。由"单一"延异向"多元"，本质也是对男性霸权话语及其价值主体的拆解推翻。而在将语义置换与外延的过程中，女性产生了重新

---

① 朱立元主编：《当代西方文艺理论》，上海：华东师范大学出版社1997年版，第303页。

对之进行命名的冲动，这其实也是"对新的符号系统与象喻系统的构建"。①

在德里达的语言阐释中，"反复"与"播撒"是两个被重点谈论的概念。德里达曾经表示，文字能够表现出"反复阅读、反复起作用的语言特征"。② 同一个字、同一个词、同一句话，在不同主体、语境的重复转换过程中就可能会产生新意。字、词、句的内涵随之改变。依据索绪尔的现代语言学理论，语言的字、词、句的内义是唯一的、固定的，或者说，"语言是一个自足的系统，有其自身的固有结构"。③ 在索绪尔等人看来，意义是先于语言存在的，这也是长久以来在语言层面的一种思维定式。但解构主义则对此表达了否定的态度。如上述所提及的林白小说《致命的飞翔》，可以看到作者颠覆了语言原应连接的意义，并将之指向与原有意义相逆的所在，我们可以从中发现"语言"对于"意义"的导向与改变。这也是德里达解构主义在语言层面的实践表现。而德里达解构主义下所谓的"播撒"，则是"让价值论水准线破裂"的力量，是"给某种消解不可能的，生产性＝生殖的多样性做记号"的行为。根据上述对于"反复""播撒"的简单论述，可以看到这两个概念其实包含了解构主义的几个重要朝向：（1）表明了语言的多义性、含混性、复杂性，能指与所指间无法真正形成贴合，所有的表述都有可能拓展出前所未有的维度。具体到文学作品的阐释，只有结合文本细读，联系文本的语境，才能获知字、词、句可能表露的用意想法。（2）对于语言"唯一性"的解构，以及在女性文学领域的实践运用，其实也是对以男性为话语中心的逻格斯中心主义的打破。因为只有拆解"父权制"视野下的话语主体，才真正有可能建构起适用于女性的话语体

---

① 王侃：《二十世纪九十年代中国女性小说的语言批判》，《文艺研究》，2008年第12期。

② ［日］高桥哲哉：《德里达：解构》，王欣译，石家庄：河北教育出版社2001年版，第126页。

③ 陆扬：《德里达——解构之维》，武汉：华中师范大学出版社1996年版，第79页。

系与方式,即"解构"条件下完成的"重构"行为。

因此女性作家也往往使用语言反讽的方式来体现上述这一"破坏性"用意。潘向黎的小说《白水青菜》就是在一种极度舒缓的叙述节奏中达成这种语言反讽的。《白水青菜》以一个中产阶级家庭中丈夫的婚外情为叙事支撑点,继而由此揭示出两代女性对于爱情、家庭等截然不同的观念态度。小说中的妻子是一个"贤妻良母"式的传统家庭女性,她可以花费极其漫长的时间为丈夫煲一瓦罐美味的汤,也可以同时花费极其漫长的时间等待出轨丈夫的归来。但当丈夫有一天真的回到家中,同样的一锅汤,丈夫却喝出了截然不同的糟糕味道,而这天差地别的味道也宣告着妻子从家庭女性转身走向社会,从此不再受丈夫的经济制约与精神牵制。小说开头有一个微妙的细节,我们可以将结尾视作是对此的呼应:

> 她是他遇到的最会煮饭的女人。他这样说过,她回答:我尊重米。在他笑起来之前,她又加了一句:不过只尊重好的米。①

这实则也是妻子待人接物的一种最为根本的态度。面对丈夫变心,妻子依旧每天为其煲汤,最初我们可以理解为是妻子盼望丈夫能回心转意,但之后则转变为"等待","等待"之后则是"报复"。有论者指出"妻子实际上是生活在一种意志里,是为了想给别人证明什么"②,而在笔者看来,这种"证明"其实是向众人预示她是如何"回敬"一个负心的男人的。丈夫被新欢抛弃后,还满心以为可以恢复到曾经的家庭关系时,妻子的"煲汤"与"走向社会"对丈夫这种令人耻笑的男性心理做出了具有反讽意味的回击——对待"米"是如何,对待"丈夫"亦是如何:

---

① 潘向黎:《白水青菜》,《作家》,2004年第2期。
② 陈国和:《对话在场的缺席——关于潘向黎的〈白水青菜〉》,《名作欣赏》,2008年第15期。

刚才那口难喝的汤好像又翻腾起来,他脱口而出:
"这么大的事,也不跟我商量。你现在怎么这样了?"话一
出口,他就后悔了。他不该这样说。理亏的人是他自己,
是他对不起她,不管她做什么他都失去了质问的权利。
而且这些日子,他几乎不回家,让她到哪里找他商量呢?
他现在这样说,只会给她一个狠狠反击的机会,反击得他
体无完肤。

　　但是,她没有反击,她甚至没有说什么。她只是看了
他一眼。这一眼,让他真正开始感到自己的愚蠢。那目
光很清澈,但又幽深迷离,好像漆黑的夜里,四下无人的
废园子中井口窜出来的白气,让人感到寒意。①

　　小说结尾处,丈夫与妻子都表露出"无言"的状态,但"无言"对
于两者有着不同的意义:这种"无言"对丈夫意味着"性别战"中溃
败所致的"失语",而对妻子来说,"无言"就是对于那个背叛自己的
丈夫最为恰当,也最为有效的反击方式。

　　潘向黎在《白水青菜》中使用的是极其隐晦的反讽语言。小说
伊始,我们会以为这是个"中年女性痴情苦等负心汉"的传统话本
小说套路;或者说,这篇小说很容易被读者预设为以男性霸权话语
为中心的文本。事实上,小说之外的作者潘向黎同样也正有条不
紊地"煲"着"一锅汤",只有当两个主人公再次同坐一桌喝汤吃饭
时,才集中传递出这种指向丈夫,同时也是指向读者的陡然"反
转"。正如同李敬泽所说"潘向黎设下她的圈套,她逐步从我们所
服从的'现实'中积累起说服力的资本"②,小说中的男性也在这一
"反转"过程之间,由最初的春风得意、趾高气扬,转变为黯然失色、
有口难言。

<hr>

① 潘向黎:《白水青菜》,《作家》,2004 年第 2 期。
② 李敬泽:《冰上之信与优雅的争辩——读〈白水青菜〉》,《名作欣赏》,2008 年
第 5 期。

方方的《状态》则将创作视野聚焦在一个普通的国家公务人员身上。陈东东是"层层叠叠机关中一个前途无望的公务员"①，尽管他自诩饱读诗书，但他所有的"才华"都用在了与上级、同事、好友、妻子、暧昧对象的周旋上。尽管他对所有人都各有一番腹中牢骚，但他又不得不迫于实际情况"点头哈腰"，最终只能以一番如同"精神胜利法"般的"玩日子"论调自我消遣，自我满足。《状态》承接了方方之前如《风景》《黑洞》《落日》等小说中的新写实主义笔法，同时也延续了同一时间段如《暗示》《定数》《空中飞鸟》内对于男性的讽刺与批判。具体到《状态》，可以看到这部小说中的男性充斥着各种各样的道德缺陷、性格隐疾。其中以陈东东赴宴所遇港商的言论最为体现出男性对于金钱物质的追逐，以及道德层面的沦丧：

> "……叫我说，哲学就是钱呀。有了钱就有了所有的哲学。哲学的根本问题就是赚钱问题。没有钱，哲学还不是跟茅坑里的手纸一样，只是供人揩揩屁股。我这样说，有没有不恭敬哲学呀？"②

小说《状态》中的女性形象并非是与男性处于对峙关系而存在的，因此作者方方并不刻意去强化两性关系中的矛盾属性。但是作者对于如陈东东妻子郝丽娜、陈东东出差时的露水情人的语言描述（她们身上体现出了果敢、坚决、坦诚等可贵的品质），反衬出男性世界普遍暴露出来的虚伪、懦弱、狡诈、贪婪。因此，方方对于这些女性的语言描述在某种程度上就构成了对于以男性为主导的社会逻辑的强烈反讽，这种反讽也体现在男性现实生存状态与精神层面的严重反差中。

---

① 方方：《状态》，《在我的开始是我的结束》，北京：人民文学出版社 2015 年版，第81 页。
② 方方：《状态》，《在我的开始是我的结束》，北京：人民文学出版社 2015 年版，第81 页。

女性文学作品中语言体现的"非现实""反传统"特质，同样也是对逻格斯中心主义在语言层面的形式解构。林白的《同心爱者不能分手》《回廊之椅》《春天妖精》，残雪的《末世爱情》《小姑娘黄花》，徐小斌的《吉尔的微笑》《末日的阳光》等，都体现出语言层面的游移不定、梦幻朦胧、多义重复等特质。所谓语言的"非现实"其实是女作家有意而为之的对于现实语言的超越。如前所述，现实的语言长久以来就被视作"男性的语言"，当一个女性作家想要对现实景象进行描述时，她时常会无奈于自己所用语言的"男性化"特征，描摹现实的语言"男性化"与本质属性的"女性化"特征在文本中呈现出一种分裂的状态。因此，二十世纪九十年代以来，女性作家开始注重让自己作品中的语言超越时代与现实。以林白的小说《同心爱者不能分手》为例。这篇小说首先在文体上就传递出"虚构"与"非虚构"的交错，读者在阅读这篇小说时会感到现实与虚幻是并列前行的。故而小说的语言往往有一种"游离"的特质，即表露出作者对于正在叙述的故事的百感交集：她正在"叙述"，但她同时也想要逃脱"叙述"，因为"叙述"对于作者林白的纠缠，就如同《同心爱者不能分手》中男性对于女性的纠缠一样。林白在使用语言，但她又害怕语言，更多时候，她选择以"身体"作为"语言"。在这些"靠近"与"远离"的过程中，林白逼迫某些曾经坚不可摧的词汇、句子、段落、篇章，以及词汇、句子、段落、篇章背后的意志、欲望、秩序、模式统统破碎，一并毁灭。发表在《小说评论》二〇〇二年第五期的《自述》或许就表达出了林白对于社会主流话语体系结构的反抗心理："作为一名女性写作者，在主流叙事的覆盖下还有男性叙事的覆盖（这二者有时候是重叠的），这二重的覆盖轻易就能淹没个人。我所竭力与之对抗的，就是这种颠覆和淹没。"①

对于当下的很多女性作家们来讲，她们要做的或许首先就是拆解固有的语言语义，以及分布在这些语义外围的"男性化"叙述

———————

① 林白：《自述》，《小说评论》，2002 年第 5 期。

碎片,继而通过对于语言的解构与重构,形成真正属于女性的话语结构,重塑起女性的主体性意识。因为对于"语言"的重建,也就意味着原本偏执的"意义"被重新对待,女性"话语"才能真正存在。而读者看到的这些女性文本语言中的"反现实""反传统""反逻辑",恰恰是女性作家想要建立的另一套关乎语言层面的"现实""传统""逻辑"。这些种种,是女性作家们现在正在努力的,也是她们在未来所需要完成的。而她们面对的"不仅仅是'女性问题',而且还有人类生存环境和精神处境共同的困厄"。①

二、欲望的"压抑"与"挑战"

论述女性文学欲望的起点,其实也近乎可被认同代表着共和国文学集体欲望觉醒的起始点。自中华人民共和国成立以来,直至"文革"结束,无论是男性,还是女性,欲望的书写普遍是被压抑的。在"左翼"文学评论家的视角中,"欲望"是与"资产阶级"联系在一起的、应该遭到批判否定的产物。这也就不难理解茹志鹃在一九五八年创作的《百合花》中让小媳妇为牺牲的通讯员小战士盖上新婚夜所用被子的情节,为何会在小说问世后引发轩然大波。因为在当时的社会与文学语境中,"新婚夜用的被子"被指向为物化的欲望,尤其是"物化的欲望"被施加在人民子弟兵的"纯洁之身",这显然是不被"十七年"文学的整体创作环境所允许的。

在欲望遭到普遍"压抑"的时代里,在相关的影视文学作品里,我们看到了欲望的"转移"。颇耐人寻味的是,这种欲望的"转移"主要体现在相关文艺作品的女性反派人物身上。如《林海雪原》的"蝴蝶迷"、《迎春花》的孙俊英、《英雄虎胆》的女特务"阿兰小姐"、《霓虹灯下的哨兵》的"曲曼丽"、《羊城暗哨》的"八姑""梅姨"等。相比较这些文艺作品中正面女性人物彰显出的"男性化"色彩,反

---

① 孟繁华:《女性文学话语实践的期待与限度》,《文学自有谈》,1995 年第 4 期。

面女性人物则流露着风情万种、风姿绰约等审美特征。这是非常耐人寻味的。在传统小说中，女性及其身体一以贯之地沦为欲望书写的载体，但这种创作方式在一九四九年后开始被"纠正"。尤其是在"阶级"与"性别"相结合的时期，属于无产阶级范畴的女性自然而然要因保留"阶级纯洁性"而"去欲望化"，故而"欲望"就指涉向了被认为是"阶级敌人"的那些女性，如"女特务""国民党军官的家眷""腐化我党干部的堕落女性"。原因也很简单，"对于这些女性来说，'身体享乐''非理性'和'反革命'之间具有合理的逻辑关系，前者是因，后者是果"。① 因此这些反派的女性形象往往借助自己所掌握的资源（如身体、金钱），试图达成不可告人的"阴谋"。这过程间，也产生了自相矛盾的怪异现象：文艺作品的创作者与受众群体都对这些反派的女性形象做出了某种力比多投射，但他们又必须对这种欲望投射做出具有政治指向的批判否定。这些反派的女性人物是阶级意志层面的"丑角"，同时她们又是审美层面的"美"的体现。但不能否认的是，即使是在"十七年"文学与"文革"文学期间，"女性"依旧是单向度的欲望的化身，只是这"化身"被加以具体化与阶级化了。

　　"文革"结束后，被"压抑"许久的欲望书写终于开始获得"复苏"。但至少在"伤痕文学""知青文学""反思文学"这些二十世纪八十年代初的文学思潮中，所谓"欲望"依旧是与政治因素紧密联系在一起的。如靳凡的《公开的情书》与礼平的《晚霞消失的时候》，这两部"文革"时期的手抄本小说，在新时期以后终于获得公开问世。两部小说都涉及了爱情，但作者对于爱情题材的选择的实质是作为当时社会面貌状态的切入点而做的一种叙事策略。且需要指出，二十世纪七十年代末、八十年代初的诸多小说依旧有意识地避开"欲望"进行书写。因而在这些作品里，"爱情"发展与"国

---

① 李蓉：《论"十七年"文学中的性别、阶级与身体享乐》，《南开学报（哲学社会科学版）》，2012 年第 6 期。

家建设"是形成同构关系的（这点在形式上与二十世纪三十年代"左翼"小说中"革命＋恋爱"的创作风尚非常相似），至于"欲望"，则必须潜流其下，无法以"合法化"的姿态展现于众人面前。

除此之外，可以看到，上述所言及的文学作品大多出自男性作家之手。他们的性别视角、言说方式及思维逻辑，决定了这些自鸣得意的男性作家对于女性的某种难以被察觉却又真实存在的贬抑。这种创作意识在张贤亮的小说中被加倍"放大"：《男人的一半是女人》《绿化树》这些小说中，张贤亮往往设置了在革命时期"蒙难"的男性形象，这种"蒙难"通常体现为肉体层面的折磨与精神层面的苦楚。而在这一特殊背景下，相应的也会出现如"马缨花""黄香久"这些"从天而降"的女性形象，她们抚慰着精神、肉体双重受困的男主人公，而这些男性则"忽然在女人温柔的手中恢复了男人的力量"。[1] 换言之，张贤亮笔下的这些女性人物其实是为了复苏男性主人公丧失掉的欲望而存在的——她们自己也成了男性的"泄欲工具"。而这一时期，女性主体意识的建构尚未真正成形，属于女性自身欲望的"声音"依旧是稀少而微弱的。

女性欲望"声音"的"突破"是从"身体"开始的。王安忆、陈染、林白、徐小斌等女性作家的作品中都细致描写了女性对于自我身体的"召唤"与"审视"。在《同心爱者不能分手》中，林白设置名为"一个人的战争"的一节，其中有对于女性进行生理自慰极其拟真的描述：

> 冰凉的绸缎触摸着灼热的皮肤，就像一个不可名状的硕大器官在她的全身往返。她觉得自己在水中游动，她的手在波浪形的身体上起伏，身体深处的泉水源源不断地溅流，乳白色的液汁渗透了她自己，她拼命挣扎，嘴唇半开着，发出致命的呻吟声，她的手寻找着，犹豫而固

---

[1] 许子东：《许子东讲稿》（第1卷），北京：人民文学出版社2011年版，第88页。

执地推进,终于到达那湿漉漉蓬乱的地方,她的中指触着了这杂乱中心的潮湿柔软进口,她触电般地惊叫了一声,她自己把自己吞没了。她觉得自己变成了水,她的水变成了鱼。①

在所摄取的细节叙述中,林白以极其细致而深入的笔法描述了一个女性自我欲望的获得与满足。这在二十世纪八十年代中期前的文学界是非常罕见的。罕见源于以林白小说为代表的新时期女性文学作品在欲望书写上的"转变":(1)主体形象的转变。在以往的文学作品中,欲望的主体往往是男性,而女性则是使欲望主体("男性")获得复苏排解的"工具"。如同相关论者所指出的:"如果说,八十年代的女性文学史发现了女性的话,那么,进入九十年代的女性文学,正在逐步深入地认识女性。"②从"发现"到"认识",其实也是女性主体自我建构的过程。尤其自二十世纪九十年代的"身体书写"趋势开始,女性借由"身体"的自我认知与确认,强化了欲望主体由"男性"向"女性"的转换。这也从侧面拆解了很长时间以来"欲望话语"及相关表述被男性掌控的局面。(2)不同于男性的欲望书写,女性作家的欲望描摹更为感性,也更为具体化、特殊化。比如对于"疼痛"这一生理性感觉,不同女性作家的书写就可能截然不同。这不但体现出两性对于事物感知、反馈、理解的不同,也反映了即使是处于同一性别的个体,同样具有极大差异。这说明女性的欲望构成是非常独特的,她们的欲望恢复与排解不但帮助她们认清自我的存在意义,也区别了与其他个体的差异性。这些都超越了常规定义的道德伦理层面,从而剖析出更为深层次的性别难题与生存困境。

① 林白:《同心爱者不能分手》,《林白作品精选》,武汉:长江文艺出版社 2007 年版,第 24 页。

② 金燕玉:《从女性的发现到女性的认识——九十年代女性文学的起步》,《小说评论》,1993 年第 1 期。

乐黛云在分析王安忆创作于二十世纪八十年代中后期的几部作品（如"三恋"：《小城之恋》《荒山之恋》《锦绣谷之恋》）时指出，王安忆的这几部小说表露出"对男性中心的性观念的颠覆"①，这主要体现在"颠覆了男性主动、女性被动，男性索取、女性给予的模式"。欲望行为主导方与受众方的改变也可以视作八九十年代中国女性文学在欲望书写上一种整体性的转变。

不同于之前的文本作品中女性的"身体""欲望"作为某种最原始的生产资料而存在，八九十年代的女性作家作品中的"欲望"表露出不再被视作为某种物质交换的条件。因此在如"三恋"系列小说中的女性形象可以摆脱物质层面的束缚，更为直观、更为深入地体验由"欲望"铺陈开去的各种感官的应激性反应，以至于女性为了获得这种向往的"欲望"而形成对男性的"物质交换"。

鲁敏的短篇小说《坠落美学》开头就设置了这样一段话："不谈情感、不谈思想、不谈灵魂，都太抽象，谁知道有没有呢。谈身体吧，趁着还热乎乎的。"②这也奠定了《坠落美学》"欲望凶猛""荷尔蒙冲击"的主题。小说《坠落美学》的情节并不复杂：嫁给富商的空姐柳云在人到中年后，突然对儿子的家庭网球老师、富有活力的年轻男性小田产生了极其冲动的两性欲望，因此她施用各种手段诱惑家境贫寒的小田，使其成为自己欲望的"猎物"：

> 小田空洞地移动身体，不说话，一秒钟都不能等地钻到卫生间去了，好久都不出来，柳云这才慢慢清醒过来，她把腿合拢上，用毛巾盖起自己，越来越像那些老男人啦，已经到了不择手段、不加掩饰的地步啦。③

---

① 乐黛云：《中国女性意识的觉醒》，《文学自由谈》，1991 年第 3 期。
② 鲁敏：《坠落美学》，《荷尔蒙夜谈》，北京：北京十月文艺出版社 2017 年版，第211 页。
③ 鲁敏：《坠落美学》，《荷尔蒙夜谈》，北京：北京十月文艺出版社 2017 年版，第226 页。

这是新世纪女性文学书写中非常意味深长的一幕。传统意义上，男性对女性欲望的掌控是借助经济基础达成的，但《坠落美学》对这一"性别/欲望"的定势形成"反转"，以小田为典型的年轻男性成为柳云等中年女性欲望投射的对象。尽管如丁玲所写的《莎菲女士的日记》同样也有着女性对于男性的欲望投射，但莎菲的欲望投射很快就因道德现实层面的悖论而走向穷途末路。但柳云则在放纵欲望的过程中全然"屏蔽"了现实社会因素的限制——她只要痛痛快快将自身欲望倾泻出来。柳云本人也因此传递出复杂的女性欲望。柳云在年轻时，嫁给了比自己年长、腰缠万贯的富商牛先生。在这段故事叙述中，柳云是被牛先生所追逐的"欲望猎物"。当她收获了外人看来十分美满的家庭生活时，柳云作为女性的欲望却重新被激活，因此在柳云与小田的这段不伦关系里，她转变为老到的欲望"猎手"。尽管这篇小说因为"炸裂"的欲望书写导致若干叙述细节存在逻辑上的不合理性，但同时，这种不合理性又放大了女性对欲望的某种近乎病态化的追求与体验。小说结尾处，柳云因欲望对象的丧命而选择服食带有剧毒的夹竹桃自杀，同时也就摆脱了现实世界对其的嘲讽玩弄，这是欲望受到世俗捆绑后的一种极致化表现方式。极致化的处理方式可以视作当下女性小说的一种创作走向与策略选择：她们解构了原本由男性世界掌控的欲望特征、欲望话语、欲望解构，并在这种文学解构过程中重新建立起独属于女性的欲望书写方式。性别对弈的关系布局因此也就有了全新的论述、阐释。女性也不再仅仅是被男性欲望规训的驯服对象。

分析上述的一些女性文学作品可以看到，文学作品中女性长期被"压抑"的欲望在新时期，尤其是二十世纪八十年代中后期开始有了"挑战"的迹象。换言之，这也是作家在女性欲望书写过程中对男性主导世界的有意识拆解。这主要体现在以下几个方面：首先是男性"欲望主体"的"坠落"与女性"欲望主体"的"崛起"。女性欲望书写的话语实践正是在这一背景下形成的。尤其是在晚近以来盛可以、金仁顺、叶弥等新锐一代女性作家的笔下，相比较于男性在欲望面前的无措、懦弱，女性则更为直接、更为赤裸地袒露自我的身心欲望。金仁顺发表在《人民文学》杂志二○一五年第九期的短篇小说《纪念我的朋友金枝》以当下流行的"整容"话题为聚焦点，讲述了时代女性金枝因学生时代就喜欢的男人而选择整容，最终又因整容失败而香消玉殒的故事。摩登女郎为了心爱的男人毅然决然选择通过整容瘦身等手段重获爱情——这无疑是一个现代版的"画皮"故事。由于小说对于当下流行的"整容"话题的涉及，也促使很多评论者在论述《纪念我的朋友金枝》时，习惯于以金枝希望通过"皮相"转换挽回情人心为立足点。评论者们在这一基础上论述金枝"计划落败"的人生悲剧，以及这人生悲剧背后蕴藏的讽刺性。但假如我们稍稍转换视角，则可以看到其背面也在讲述一个现代女性如何身体力行地追逐、满足自己"彼岸"的欲望（在这篇小说中，"欲望"与"爱情"可视作同一对象）的故事。即使她最终因这种"追逐方式"而丢掉性命，但"追逐过程"就已经体现出女性对于自我欲望的驾驭掌控，这也呼应了鲁迅《伤逝》中子君所喊出的那句："我就是我的，他们谁也没有干涉我的权利！"相比较而言，小说中对应的男性——"校草"袁哲则象征了男性在欲望面前表现出的机能退化，这个男人内心深处的虚伪、懦弱、狡诈等特征同时表露无遗。袁哲背后所指向的那外强中干的男性群像也处于"溃败"的状态中。

此外，二十世纪九十年代以来女性文本的欲望书写也从被设定的"乌托邦"中解脱出来。事实上，八十年代的女性小说已经显露出"欲望张扬"的迹象。但"欲望张扬"又是在被作者预设的"乌托邦"环境下进行的。如张洁小说《方舟》中各色女性共同居住的那幢公寓楼，就被设置为一种文本范畴下的"乌托邦"，小说故事是在这一"乌托邦"架构的前提下进行的。张洁显然有意识地想要让关乎女性欲望的书写得到这种"乌托邦"的"保护"，但也因相关的欲望书写无法接触实际现实，反而造成其自身被贬抑。必须认识到，"乌托邦之所以称为乌托邦的幻想性和彼岸性，使它在事实上并不构成与意识形态的对等地位"。[①] 因此在"乌托邦"环境下展开的对于女性欲望的讨论，并没有切入男性话语结构体系中最具"痛感"的那根"神经"。这也促使新时期以来的女性作家试图从"乌托邦"中脱离出来，将对于女性欲望的思考与书写切入现实生活层面，从而让所有关乎"女性""欲望""话语"等命题的论述不再只是空中楼阁般的虚蹈想象。

但对于所谓的"现实生活"，不同的女性作家有着截然不同的策略选择。如迟子建的小说就普遍以她成长、生活的黑龙江地域为常用的叙述背景，因此她笔下的人物也带着刚烈、直爽的地域特色。其中篇小说《起舞》讲述了发生在哈尔滨"老八杂"的寻常百姓家的爱恨情仇。《起舞》中的两个主要女性人物，丢丢与齐如云，都因"起舞"而各自引申出一段动人心魄、缠绵悱恻的爱情故事。这也从侧面反映出两代女性关于情爱与欲望的认知态度。迟子建小说中女性的欲望书写不同于其他作家，迟子建并无意要将女性欲望推向极致化，并在这种极致化中试图完成对于男性的"征服"。迟子建只是书写普通女性如何在现实层面达成基本的欲望诉求，并将各个时代中女性欲望的具体表现做出层次化的梳理，从而揭示的出女性欲望表达与达成在整个历史维度的演变过程。在迟子建在小说中，如《树下》《群山之巅》《越过云层的晴朗》，我们都可以看到其文本内的女性尽管也遭遇到诸种欲望的"阻击"，但她们的欲望诉求大多能通过一种转移的方式获得满足，而她们的欲望表达方式也体现出感性、明朗等特征。《起舞》中丢丢与齐如云尽管在各自的时代里，欲望也曾被"压抑"，但她们通过"起舞"的方式来消解这种"压抑"，同时也局部消解现实生活带给她们的精神困顿。对于这两个女性来说，"欲望"在这时候已经演变为一种对于人生

---

① 伍方斐：《后现代欲望叙述的解构特征与当代文学的转型》，《广东外语外贸大学学报》，2005 年第 1 期。

的态度意志。在《起舞》中,我们看到了两代女性在欲望层面从"被压抑"到"自我解脱"的转变,直至在欲望"地平线"上的超越。这让迟子建的"欲望书写"在同期女作家中成为非常独特的存在。假如说以"身体写作"为代表的女性作家在进行欲望书写时,还带有强烈的两性对峙态度,那么迟子建则是以一种俯视的视角来看待自己笔下这些活色生香的女性及其欲望的自然展开。迟子建还原了这些女性欲望逻辑链的起点,即"爱"。在"爱"的催生下,女性的欲望"生长"获得了合乎情理的解释。此外,迟子建笔下的女性欲望联系着真实平凡的市民生活,它并非是全然脱离万有引力的虚构描述,也不是将一切推向极致化而形成的"欲望符号"。迟子建的小说讲述了女性欲望是如何产生的、女性欲望的发生过程中遇到的困境,以及女性欲望在社会、时代、历史中的"突围"。也正因为如此,迟子建的欲望书写有着贴近土壤表层的现实感与扎实度。

相对的,残雪的小说则刻意虚化了小说的叙述背景(所谓的"历史""时代背景"等在这时候全部"退场"),她在书写女性欲望时似乎更期望于构建出带有永恒意义的普遍现象与问题。残雪小说的女性欲望表述也因此带有异常强烈且富含挑逗性的戏剧成分。长篇小说《五香街》就体现出了这种文本层面的戏剧性张力与先锋性尝试。小说中 X 女士、X 女士的丈夫与 Q 先生间"事先张扬"的"三角恋"发生在"五香街"这个封闭且有限的虚拟空间中,而居住在"五香街"上的各种各样人物的出现及其"发声",则是为了试图证明 X 女士本身的"特异"与"不贞"。譬如 X 女士的丈夫就声称自己妻子能控制千百面镜子飞入太空,而后又能将这些镜子召回地面;譬如 X 女士的妹妹表示自己姐姐会飞。至于 X 女士与 Q 先生的婚外恋情,则被"五香街"的居民以一种极具逻辑性、正当性的叙述方式表达出来,从而以证明其真实无误。但借助视角转换可以看到,"五香街"居民自身的言行就存在极度反差的逻辑矛盾。他们一方面以"卫道士"的虚伪嘴脸痛斥 X 女士的出轨行径;另一方面,他们内心各种肮脏龌龊的欲望却时时涌现溢出。有论者尖锐地指出，"五香街"居民的这种普遍性的思维逻辑与生存方式构成了"五香街"独有的"街巷文化"，既而以"可爱的寡妇"为典型，"五香街的文化造就了这样的'精英'，这样的'精英'又反过来促进了五香街文化的发展"。① 尽管"五香街"是一个封闭的文本空间，但同时这个封闭的文本空间也有向我们所处的现实生活延伸的可能。残雪试图通过这部作品说明是怎样的一股社会话语结构造成对于女性欲望的压迫，以及这股由男性主导的社会话语结构在自身构成方面的荒谬性与可笑性。因此残雪尽管在《五香街》中有意识地模糊了具体时代背景对人物的影响，但这种叙述背景的虚化设置反而折射出了现实世界对女性所造成的极大压迫感，以及这种压迫感本身的不合理。同时，"可爱的寡妇"这一形象的出现，则揭示出关乎女性的斗争不单单指向剑拔弩张的男性，在女性内部同样存在难以调和的矛盾关系。残雪以荒谬到极致的笔调揭示出这个世界更为荒谬、更为不堪的本质，以及女性必然要在这一情势下经历漫长而曲折的"斗争"。

除了将现实背景的"虚拟化""架空化"处理，残雪还格外强化了"梦""癫狂"对其小说中女性欲望的影响。福柯在《我的身体、这张纸、这团火》中指出："说梦因此并不意味冷淡哪一种受到潜在尊重的癫狂，甚或笛卡尔是排斥了癫狂。恰恰相反，笛卡尔说梦也是我们的方法秩序，将癫狂假设的荒诞激烈也包括了进去。"对于"梦"的分析以及"梦"与"现实"的联系同样也是二十世纪九十年代以来很多女性作家经常使用的一种创作方式。如同所引用部分的论述，"梦"以及"癫狂"，包含着"非理性""非现实"的"方法秩序"，因此也就形成了对于"现实""理性"的"方法秩序"的反叛、重构。这在残雪小说中皆有具体的表现。前者如《山上的小屋》。这是一篇布满种种梦呓的小说，其在形式上表现出八十年代中后期先锋文学思潮中那种破碎、朦胧、非理性的特征。小说中"我""我的母

① 朱正琳：《"五香街"的性文化》，《读书》，1988 年第 11 期。

亲"都在做着混乱、荒诞的怪梦,而她们在现实中对此的阐释则让这些梦显得更为怪诞诡异。这些梦中"狼嗥""在风中狂奔的大老鼠""下流的梦"等意象则指向小说中女性在现实层面中的欲望缺失与相应的诉求。而后者,则如《末世爱情》中的罗寡妇。罗寡妇的癫狂行为体现在她经常选择在半夜里烧纸钱,"巡警偶然在半夜里撞见她在马路当中为死者烧纸钱,并且后来他又一次撞见她在干同样的事,只不过是将地点换到了电影院后面"。① 尽管这篇小说以"爱情"作名,但作者的叙述视角与叙述方式则显示出这个故事的"反爱情"主题。残雪一如往常对于群体意志有着近乎"残忍"的零度逼视,同时也在这种逼视中暴露出群体的疯狂、残忍、无知。罗寡妇"烧纸钱"的行为其实也是对于自己被肢解的现实情感的祭奠。

残雪等人小说的"梦"与"癫狂"行为并不是如上所述的指向女性自我欲望"保护"的"乌托邦"。相反,通过这一个又一个怪诞离奇的"梦",通过女性种种不可思议的"癫狂"行为,也是残雪借助另一种方式所形成的对现实角度的"对话"与"自审"。在这些非正常情况下,新时期以来众多女性深层次的"怪诞的面目裸露出来,使人看到的是痛苦痉挛的灵魂和疯狂抽搐的现实"②,也正因为如此,"读者看到的不再是为理智左右的人物、事件,而是存在的原生状态的人和事"③,即女性最为自然的本欲抒发。

可以看到,中国当代女性文学的欲望书写在新时期以后开始发生了积极的转向。从"被压抑"到"复苏",长久以来遭到"污名化""贬抑化"的女性欲望书写获得某种新的"激活"契机。而这种"契机"也联系着新时期以后女性作家对男性霸权话语结构的有意

---

① 残雪:《末世爱情》,《情侣手记》,长沙:湖南文艺出版社 2014 年版,第 200—201 页。

② 王绯:《在梦的妊娠中痛苦痉挛——残雪小说启悟》,《文学评论》,1987 年第 5 期。

③ 荒林:《超越女性——残雪的小说》,《当代作家评论》,1994 年第 5 期。

识解构。尤其在二十世纪八十年代中期前后，西方女性主义文学理论、作品，以及西方现代性理论的传播引入，让女性作家有了更为充分、更为完备的理论资源与技巧选择去应对、消解现实层面因素对于女性欲望"生长"的阻力。这包括由"男性→女性"的"欲望投射"转向"女性→男性"的"欲望反制"、通过构建"女性乌托邦"来消解现实与意义、借助"身体书写"对于自我欲望进行重新确认等。尤其在九十年代中后期开始，女性作家逐渐有意识地从"女性乌托邦"的设置内走出来，积极介入现实层面的思考与探讨，分析女性自我欲望的成因、展开过程及现实有效性：对外，这些女性作家的文本作品试图分析梳理女性欲望与历史、时代、个体、群体的关系；对内，则深入探索女性欲望的"显著"特质与"被忽略"的"暗涌"。这也从侧面解构了长久以来由男性主导的对于欲望书写的掌控，以及这些欲望掌控背后的话语结构、思维逻辑、价值态度。而一些女性作家，她们在形成女性欲望书写由"被压抑"到"复苏"的转变后，更加具体细致地深入对于"自我"的"消解"与"重新建构"中，这显然已经超越单纯的性别层面，而将质疑的目光投射向了人类群体、人类群体生活居住的时代环境，以及人类群体的繁衍发展历史的合理性上。她们不再局限于两性间的"欲望战争"，而是要揭示出"欲望战争"背后的实质。这也显示出了新世纪以后女性作家更为宏大、更为深远的格局视野。

三、"历史"的"质询者"与"阐释者"

新时期以来中国女性文学的历史书写，被认为是对以男性话语结构为中心的传统历史叙述的有意识拆解。这种历史书写方式的转变与二十世纪九十年代中后期的"新历史主义"及相关批评模式有关联。有学者指出，"新历史主义"的出现旨在揭示出以下若干问题："什么人使用权力？统治什么人？什么人被权力排斥，付出了什么代价？由此设定的话语有什么局限？它为谁的利益服务?"①而在性别视角的历史叙述中,男性掌握着历史叙述的主导权,他们的话语结构、思维方式、价值取向等也被深深地嵌进历史的维度;相反,女性则成为徘徊于历史叙事之外的"边缘群体",她们在传统历史叙述中往往显得"势单力薄"而又"无可奈何"。"新历史主义"的出现毫无疑问将这些"边缘者"重新召唤进"被叙述"的对象范畴中,从而重估"女性"的历史价值。"女性"回归历史"话语",也从侧面"剥夺"了男性"话语"对于历史叙述与走向的"立法"职权,以及这种"立法"职权背后包含的绝对权威性。

不同于传统男性作家在历史题材小说中强调的"宏大叙事""真实性"等特征,女性作家在小说中的历史书写体现出"现实"与"虚构"的相互交织。换言之,女性作家并不太刻意去追求某种历史的"现场感";相反,她们在小说中"现实"与"虚构"交叉的特质恰恰说明了这些女性作家对于历史"现场感"的怀疑态度。女性作家也不再如同男性那样立志于成为历史的"立法者",她们只是通过独特的视角延伸成为某段历史的"阐释者"。王安忆的小说《纪实与虚构》就体现了这一点。王安忆在《纪实与虚构》的序言中如是写道:"孩子她这个人,生存于这个世界,时间上的位置是什么,空间上的位置又是什么。孩子她用计算的方式将这归之于纵和横的关系,一切都简单多了。再后来,她又发现,其实她只要透彻了这纵横里面的关系,就是一个大故事。这纵和横的关系,正是一部巨著的结构。"②假如我们把这种"纵和横"的关系切入小说中,或许就会发现,"纵和横"的关系其实也就是"纪实与虚构"的关系。《纪实与虚构》共分成十个章节,单数章节记述幼小年纪的"我"坐在一只痰盂上随着家人来到上海,先后经历动荡不安的"文革",远离上海的下放,继而惨淡归来,以及在上海结婚定居,反映出当下社会的生存景象,这显然是属于"纪实"的部分;双数章节则试图追溯"我"

① 陆扬:《后现代性的文本阐释:福柯与德里达》,上海:上海三联书店2000年版,第204页。

② 王安忆:《纪实与虚构》,北京:人民文学出版社1993年版,"自序"第5页。

的母系家族（茹氏）在悠远历史长河中的来龙去脉，"我"对于母系姓氏"茹"字一番颇费心血的考据（继而论证出母亲一脉发端于北魏某支游牧民族柔然），开启了一段富有传奇性意味的家族史。但是当作者煞有其事地展开某段故事的叙述时，她紧接着就对这段故事的真实性提出了否认——一切看似真实无误的"史料"（例如《通志》《南史》《南浔县志》的引用）都被作者最终判定为虚构的产物。叙述者在追寻浙江绍兴的茹家溇过程中发现有关茹家的状元光辉传说与实际真实历史相冲突——"传说"被排除在历史维度之外，这再次深刻显示了小说这种文学体裁的虚构本质，阐释出历史时空的多重迷障（体现出"阐释者"的角色功能），这无疑也成为王安忆小说叙述力量的支点。

假如说，我们在《叔叔的故事》中看到的是男性视角与女性视角的相互博弈，那么于《纪实与虚构》内，这种博弈关系的对抗双方则变成了"历史的立法者"（纪实）与"历史的阐释者"（虚构）。而在小说末尾，我们似乎看到了作者某种"蓄谋已久"的有意安排：虚构最终占据了文本话语体系的主导地位（"历史的阐释者"以压倒性优势取代了"历史的立法者"），"现在，我发现虚构的武器已经来到了我自己的鼻子底下，我成了最后的景观了"。[①] 王安忆以虚实交错的创作方式重新阐释被传统意识形态颠覆/遮蔽的历史褶皱，"历史的阐释者"借助"虚构的真实"来表现"历史立法"的失效性，而"历史阐释"行为本身给读者提供了还原历史"庐山真面目"的无尽可能。

王安忆获茅盾文学奖的长篇小说《长恨歌》则涉及女性在这样一段如假似真的历史维度中的自我定位问题。在上海弄堂中长大的王琦瑶，误打误撞地在一次"上海小姐"选美比赛上大放异彩，并随之获得国民党高官的追求，成为被高官"寄养"在"爱丽丝公寓"里的"金丝雀"，直至高官飞机失事。王琦瑶的人生轨迹重叠了二

---

① 　王安忆：《纪实与虚构》，北京：人民文学出版社 2003 年版，"跋"第 459 页。

十世纪中国的几个重大历史事件,譬如国民党在国共内战中的失败、中华人民共和国成立、"三大改造"完成、"文化大革命"、改革开放等。但在王安忆的叙述中,"历史之为何""历史之真相"并不是她创作《长恨歌》等历史题材小说的最为根本的目的所在。王安忆想要说明的是一个普通女性在这样波澜起伏的历史中的体验与感受。因为在以往的传统叙述模式中,诸如王琦瑶之类的"声音"很容易就被忽略屏蔽——在男性视角观照下的此类"声音",既不"典型"也不"强势"。而王安忆则从这种男性话语中心内抽身而出,《长恨歌》也将"一个女人和历史发生了怎样的联系""这些历史联系的本质指向何处"这些问题作为小说持续的叙述动力。尤其是王琦瑶最终死于现代建设进程的情节设置(她既是被一种个体化的谋杀行为夺去了生命,同时她的死亡也指向了"现代性"对于难以共存的人、事的"绞杀"),这种个人命运的发生与时代洪流的转向以近乎矛盾的方式贴合在一起,从而构成了我们当下所处社会复杂而又怪诞的现状。除此之外,《长恨歌》也揭示出超乎我们固有历史观念预设的历史时期的日常生活景状,譬如王琦瑶在五六十年代这样的特殊时期,还可以以一种无所顾忌的状态和严师母比拼吃穿方面的讲究程度,这个细节镶嵌在五六十年代中看似"不寻常"却又最为"寻常"。郭冰茹就指出,王安忆的小说将"充满血腥、暴力、荒谬、非理性、悲愤和惨烈的浓重色块"[①]稀释成"忧伤而琐细的日常景致"。假如说"革命"是关于五六十年代历史书写中具有主导地位的主题之一,上述所提及的《长恨歌》中的细节则表明即使在"特殊时期",普通百姓的生活依旧可以保留出一种"常态化"景象。而所谓的"特殊"与"常态化"的冲突,追本溯源其实是大多数读者关于历史的观念预设与实际"现场"的违逆。这在某种程度上也拆解了我们对于"历史"场景的固化的经验

---

① 郭冰茹:《日常的风景——论王安忆的"文革"叙述》,《寻找一种叙述方式》,北京:北京大学出版社 2014 年版,第 261 页。

设置。

严歌苓的《天浴》《小姨多鹤》《少女小渔》等小说同样是以女性在不同历史场景中的现实境况作为叙述主线。由于严歌苓自身的"文工团"经历与"定居海外"背景,可以看到严歌苓小说的"构成"非常多元化,这些文本中的女性"身份"也不尽相同。《天浴》讲述了"文革"期间援藏少女文秀为了一纸"回城"的批文,而不断将自己的身体作为仅有的"资源"献给了各种掌握"回城"权力的男性,这部小说指向说明了"诡吊历史"与"掌握权力的男性"是如何以合力的方式对文秀这个单纯的少女进行精神、身体的戕害。《小姨多鹤》在故事情节设置上则更能体现人物"身份"的复杂性:多鹤是日本战败后被遗弃在中国境内的女性,她为了生存被转卖给火车站站长的二儿子张俭作为"生育工具",她的出现也对张俭的原有家庭结构产生深刻影响。而多鹤本人则必须在"中国女人"与"日本女人""母亲"与"小姨"这多重身份间转换,这种"转换"是尴尬而又迫不得已的策略考量,从侧面也反映出在历史转换期的普通个体所必须直面的人生困境与抉择。《少女小渔》则以"移民"主题作为小说切入点,小渔为了能获得美国绿卡,在男友江伟的安排下与洋老头"假结婚"。但就在"假结婚"的过程中,她遭受到了来自各方的压力,却与"洋老头"结成了真挚的友谊。严歌苓有着国内很多女性作家难以企及的创作视野,故而她的叙写笔调可以在多个"历史"维度穿梭,并且塑造这些"历史"维度背后的带有"异质性"的女性形象。如上文提及的《小姨多鹤》《少女小渔》这两部小说都是将女性人物置于充满矛盾的叙述环境当中,女性所做出的人生决定往往受到来自不同国家文化、不同社会家庭、不同人际关系的角力,但这些身处异域的女性极度复杂的内心"声音"同时也生动地传递出来,这可以视作女性对于时代与历史的某种深层次"呼应"抑或"质疑"。还需要说明的是,严歌苓在书写历史题材中的女性形象时,格外注意其"身份"属性。在传统的历史书写中,女性在很多情况下是不具备"身份"的,她们往往是作为男性的"附属品"而存在的

（即"物"），她们也因此被刻意抹去了独立的情感与态度。这在新历史主义出现后，开始产生颠覆性转变——女性具有了明晰的社会身份与社会认知，自我的价值意义正是在这一"身份"基础上得以再确认。或者她可能身兼多重国籍身份，或者她身处异域他乡，但在严歌苓看来，这无法改变其最为本质的"女性"性别身份。

尽管"新历史主义"的出现成为女性文学解构以男性话语为主导的"历史叙事"的重要契机，但在部分学者看来，"新历史主义"与"女性主义"两者还是存在若干差异，如朱迪斯·劳德·牛顿就指出，这种差异主要体现在"对性别之间的关系和冲突，对妇女以及妇女的主动性和权力在'历史'中的地位的不同看法，表现在对这一切与传统上属于男人的政治和经济领域之间的深层的或者因果的联系的不同看法"。① 对于很多女性作家而言，"历史"在性别层面更多地指向女性在历史维度的成长史，甚至在相关情况下，女性作家会在这一过程中将女性的"声音"从"历史"的进程中有意识地逸出（因为正统历史的叙述方式、叙述目的会对女性成长史的延展形成干扰）。因此女性作家的历史书写不但注重对男性话语中心的历史叙述的解构，更强调对女性历史"声音"的建构。对于这些女性作家而言，女性的成长史因其本质的特殊、敏感而更具言说价值，这又可以将女性文学的某些历史书写划定为"成长小说"的分支。徐小斌自言"用血写"②的《羽蛇》就是试图建构起关于女性个体成长史的长篇小说。《羽蛇》讲述了少女"羽"成长的阵痛与觉醒，同时，这部小说又在这过程间完成了对于一段女性家族史的阐述。颇有意味的是，《羽蛇》的几代女性都对对方有一种难以言说的恐惧与憎恶，即使对方是自己的母亲或者女儿。这从侧面打破了由血缘关系搭建起的指向女性群体的"家族神话"，继而作者徐

---

① ［美］朱迪思·劳德·牛顿：《历史—如既往？女性主义和新历史主义》，黄学军译，程朝翔校，张京媛主编：《新历史主义与文学批评》，北京：北京大学出版社1993年版，第205页。

② 徐小斌：《羽蛇》，北京：人民文学出版社2004年版，"自序"第4页。

小斌对于女性内部存在的诸种精神缺陷（包括优柔寡断、自我迷恋、相互欺骗等）做出了强有力的批判。而"羽"的成长则伴随着冷漠、欺骗、侮辱、伤害……她本人也在一次又一次的打击后逐渐逼近性别"谜语"的真相。"史"在这里不再是某种"宏大构建"的需要，它的存在只是要说明女性成长过程中所遭遇的一系列猝不及防的伤害，以及由这种种伤害引发的对于自我身体、精神的再度思考、确认。这些内容显然是被男性作家或有意或无意地加以屏蔽遮掩的，而女性作家的历史书写恰恰是要达成关于这一"空白"的补充说明，继而对固有历史逻辑结构与叙述方式产生颠覆性影响。结合《羽蛇》这部作品，我们可以发现具有承接意义的女性成长史过程中体现出来的连续性与重复性——她们的人生轨迹部分贴合了时代的拓展外延，但又相应地表现出了独立于时代频率的循环重演。与此同时，对应的男性形象在文本里往往是"模糊"的，甚至是"缺席"的，这也是对以往历史书写中男性/女性叙述关系的一次重构。

如《羽蛇》描写玄溟童年时受慈禧召见的场景片段，当然无从断言其真实性或虚假性，但这显然并不是作者的创作意图所在。对于徐小斌来说，她在文本中将这种"真实感"与"虚构性"的杂糅，首先想要说明历史本身的不确定因素，在很多人看来的"理应如此"其实存在更多朝向的阐释空间。然而不管作者使用怎样的阐释方式，其本质都旨在揭示出作为独立个体的女性的精神感受与情感体验，即文本层面的"真实感"。而文本层面的"真实感"又会反作用于过往历史，形成文本的互文结构，继而帮助挖掘出历史中被人忽视的尘埃碎片。如同芭芭拉·琼生对于《比利·巴德》做出的延伸阐释："文本的互文结构是环环延伸，永无尽期的，这足以决定任何一种阅读，当它将自身的印迹留在文本之中后，势必激发起相异于原初模式的新的阅读取向……"①

---

① 陆扬：《后现代性的文本阐释：福柯与德里达》，上海：上海三联书店2000年版，第102页。

这也引发了男性视角与女性视角在历史书写层面的"断裂"，以及"断裂"后的"错位"。男性作家在更多情况下所做的是将历史加以"结构化"，因为只有对于"历史"进行结构处理，才能保证这种"历史"言说方式的合理性与权威性。但女性作家看待历史的视角与观点则截然不同，她们中的很大一部分人将历史视作指向以男性话语为权威的意识形态。也正因为如此，她们对于历史呈现出"游离"的状态——历史的某个瞬间片段可能成为她们进行文本叙述的出发点，但这并不意味着她们最终要回归历史，因为她们并未将历史看成叙述的"本原"。或者说，历史只是这些女性作家进行某项"延异游戏"所需要使用的叙述工具，最为重要的，依旧还是女性在社会环境中的自我定位问题。

这种自我定位已经不再局限于家庭内部，而是将女性问题与跨边界、跨区域的文化问题进行重叠论述。譬如给虹影带来巨大声誉，同时也伴随着争议的小说《英国情人》。《英国情人》有着几可乱真的历史背景架构，小说中裘利安与闵女士的情感交集从侧面折射出东西方文化的碰撞交融。虹影笔下的闵女士是一个颇为复杂的女性形象，她身上承袭了中国传统礼法教义指向自我的从容淡定、温婉贤良，但在另一方面，闵女士又会于某些特殊情况下表现出毫无顾忌的大胆举止。同时，虹影又选择以裘利安的叙述视角来返照闵女士的种种，从而试图说明裘利安对于东方女性的异域想象，以及现实映照下的这种想象的实际差异性。因此，《英国情人》这部小说是在跨越国籍与性别的基础上，将中国女性嵌在二十世纪文化、政治、战争的大背景下进行勾勒显形。《英国情人》中部分放浪形骸的情爱描写也就不单单指涉向"性"，同时也"充满了多重的文化隐喻"，性的推进与文化的展开在小说中形成同构关系。[①] 而女性的个体体验与感受成为同构关系的切入口与落脚点。

---

① 汪云霞：《对岸的诱惑——论虹影〈英国情人〉的跨文化想象》，《社会科学》，2011年第12期。

尽管我们可以根据小说中的部分细节叙述觉察到虹影在写作《英国情人》时,对于小说涉及的二十世纪三十年代中国文人交际圈、二战史、地缘政治等因素做了详尽的历史资料搜集与整理,但虹影并非是为了表明自己小说的"历史真实",相反,"历史"成了《英国情人》中的一种情境设置,其最终依旧还是回归到了对于二十世纪中国知识分子女性生存境遇的纵深向思考。而闵女士精神上的"两面性"其实也对应了被传统历史叙述"彰显"抑或"贬抑"的部分。闵女士在情爱方面所表露出的无所顾忌与随心所欲,正是对于被固化的历史叙述"贬抑"部分的"重显",在历史的"缝隙"内"打捞"起女性被遮蔽的情感诉求,而这也同时成为重新论述文化关系、政治格局的起点。

新世纪以来的女性作家还会选择以神话介入历史的策略方式去解构历史。因此在相应作家作品中,天赋异禀的女性拥有了带有神话色彩的"超能力"。迟子建小说《群山之巅》中的少女安雪儿尽管在生理上具有缺陷,但她可以未卜先知,预知身边人事的未来与生死,她也因此被龙盏镇的居民视为具有"经验无法解释"[①]的神奇力量的"仙人"。直到安雪儿受到辛欣来侮辱蹂躏后,这种预知未来的神奇力量才消失褪尽,而其本被视为是生理缺陷的身高也逐渐恢复正常。这其实涉及两个非常关键的论述点:(1)以《群山之巅》为例,女性在小说中承担着预知未来人事变化的"神性"作用,她们不再是历史的"接受者"与"被压迫者"。(2)辛欣来对于安雪儿犯下的罪恶行径,同样也体现出作者迟子建有关历史进程中男性对女性的话语控制、压抑行为的强烈否定。除此之外,神话包含着历史所不具备的想象性、多向性、非逻辑性等特征,当神话——而且是以女性为主体的神话构建——介入历史叙述中时,本身就是对历史的结构形式、意义内涵、发展逻辑链的消解重塑。这其实也隐含了历史维度的另一种被忽视的可能。

还需要提及的,是当下网络世界盛行的、主要由女性作者参与

---

① 林岗:《凡尘世界的罪与罚——读〈群山之巅〉》,《南方文坛》,2017 年第 2 期。

的"后宫""女帝"类主题的小说创作,如流潋紫的《后宫:甄嬛传》、蒋胜男的《芈月传》等。在这些小说里,女性掌握了无上的权力财富,并凭借手握的资源参与(甚至是主导)国家或地方权力机构的决策运转。尽管笔者在前几章曾分析了这些主题的网络小说创作存在价值观混乱、商业化倾向浓厚、艺术水准参差不齐、易陷入菲勒斯中心主义"叙述陷阱"等问题,但毋庸置疑,这也反映出更为年轻一代的女性作者对这个男权社会以及相关叙述的所谓"合理性""合法性"的强烈质疑,继而做出文学层面的全新阐释——在女性视野下推翻了长久以来占据着主导地位的历史叙述方式。《后宫:甄嬛传》《芈月传》都强调了"传"的意义,其本身就传递出作者想要为女性在历史中的身份问题做出正面积极的"回应"。虽然这种"推翻方式"多少显得"简单粗暴"(如很多女性网络作家自然而然地将女性历史意义的重塑片面地理解为如同闹剧般的"玛丽苏"书写),但这种"简单粗暴"也在部分程度上显露出女性的历史意识与社会意识的逐渐觉醒(包括对于历史进程的反思),以及在历史维度中自我身份意义的重新定位与确认。

可以看到,女性文学的历史书写在新世纪以后逐渐发生变动转向:原先由男性话语体系所掌控、引导的历史叙述模式受到来自"女性主义""新历史主义""解构主义"等多股思潮运动的合力消解。不同于新时期以前的历史书写被一种强悍意识形态所笼罩,女性作者在这时期的历史书写中显现出对于历史固有叙述模式的质疑态度(这也表达了女性作者对于男权社会构成的历史维度的性别挑战诉求),并于这一过程间重点关注、详细讨论在历史脉络中被贬抑、被损害、被边缘化的女性群体。因此在她们的创作理念中,历史的"真实性""唯一性"不再是最为核心的判定准则,女性作家开始更加关注女性个体在相应历史时期的遭遇体验(包括身心状态的转变)、历史对这些女性的作用影响,以及女性在历史中的"身份""位置"。这也为女性确立属于"自我"的历史话语与历史意义确定了重要的前提条件。

第五章　民族主义:家国情怀的
　　　　　性别视角

一、民族心和家国情下的文学自觉

倘若深而究之,一切关乎民族主义这一思潮的讨论和挖掘都多元且繁杂。这不仅仅是因为它带着意蕴深广的含义,更在于它能够在相当宽泛的视域内涵盖万象。于是在对其进行全面的审视之时,便会清晰地看出民族主义的视角总是呈现出多辐射、深剖析、广延伸以及众解读等现象。当然对其有过定义和剖析的研究者也是将其精心分类,从各自的视角将民族主义立体展现出来;但大体上所有的这些还是挣脱不开政治的、经济的和文化的三大类。具体而言,有一些学者将民族主义定义为政治上的诉求,他们认为这一思潮在这一宏大背景下应运而生,并且其内核和宗旨都是以此为中心不断向外扩散。在这个基础之上,对于民族国家而言,在与"他者"的多向观摩中,政治民族主义会引发经济上和文化上的民族主义。从这一点上来看,一方面经济上优厚的物质基础会给各方面的发展提供源源不断的资源;另一方面一旦满足了政治和经济的诉求,文化便会如雨后春笋般节节向上,尤其是很多国家从文化传统这一参天大树中找寻一抹绿荫,然后以此为着力点将其最大限度地辐射到"他者"的视域中去,在一种自我认同和"他者"认同的双向互动中得到一种对于民族国家而言更高的意义。

不过,任何一种思潮都是在表面的定义之下潜藏着无限的深意,这些看似早已成文的论述总是有着多样的阐释空间。民族主义这一思潮更是如此,在政治、经济和文化的大范围之下,还可以从其他的角度去更全面地解读和剖析它。比如学者汉斯·科恩就将其归类为一种民族国家的文化心理状态,并认为这样的一种情感上的共鸣和心理上的同感更有利于与国家共同体进行完美的匹配;而约翰·普累莫纳茨则从"他者"的眼光将民族主义划分为东方式民族主义和西方式民族主义。尤其是近百年来,西方文化都在很大程度上占据着所谓的制高点,它们用一种文化的优越性装饰自身并擅长将其影响力无限延伸,这就造成了东方文化被迫式接受和仿效式学习。客观而言,这一过程中,的确有很多新鲜的文化血液注入进来,无论是对文化的内在机制还是外在的传播走向都有很多积极影响。但是潜藏在民族主义深处的暗潮汹涌会更激发相对弱势国家的文化自卑感和落差感,这样的忧患之情往往会反弹出追赶甚至超越的诉求。

于是,在这种切实会存在的诉求之中,还会不自觉地存在"自我"和多个"他者"或隐或明的竞争,而这便会进一步转化为"自我"翻山越岭并走向远方的力量源泉。关于此,一些学者的相关观点不妨借鉴。比如徐迅所诉:"民族主义所激发出的对民族自然的归属感,创造出一种文化的情境,使得以往彼此互不相识的陌生人之间产生相连的感觉,将以往被动臣属于国家之下的人民转而成为积极主动的国民。"①这种类似心手相连的情感并不是简单的因缘际遇的选择或者冥冥之中的追寻,而是一种从民族国家的角度而衍生出的后天的"自我执拗",这样的生生不息的承续使命指引着拥有"共同体"的个体逐渐走向民族国家命运的远方。鉴于此,不

---

① 徐迅:《民族主义》,北京:中国社会科学出版社 2005 年版,第 71 页。

难理解学者胡宗兵从"内生型的西方民族主义和外生型的东方民族主义"①去细化这一思潮。

如上所述,西方的文化在近百年来最大限度地被其经济的发展所带动,那些相对陈旧的生产设备和过时的生产关系仿佛"一夜尽消",他们的文化在强大的催化剂的作用下内生地成为一种"完美范式"。而东方的文化就面临着"一个很愿打,一个不愿挨"的困境,发展的过程中暴露出的是无奈接受、本能防卫和被动反应的这些现状。于是这就像被催熟的植物一般,带着先天的不自然和后天的畸形化孑然前行。虽然很多时候狭隘的民族主义"是依赖于反殖民主义、反外来压迫的军事暴力的胜利完成"②,但可喜的是,合理的民族主义情绪的确会对民族国家的发展起到很大的作用。这种放置在宏大背景下的思潮会潜移默化地将自身共同的文字、语言、族群连缀起来,营造一种凝聚力十足的民族共同体,用看似无形的力量生发出有形的作用。

其实,纵观民族主义这一思潮的演变历程,便会发现它并不是如火山喷发一般汹涌溢出,而是在历史中逐步修正并成型的。本身这一思潮就是兼具"普遍性"但是又带着某种"特殊性"。通过这样一个思潮以及发生在这个思潮下的现象,反映出民族和国家那些区别于"他者"的真实面貌。具体论之,法国大革命等事件中的矛盾冲突将其自然而然牵引出来,紧接着西方国家对其越来越重视,以至于最终激发了他们"野心向外"的外交扩张。

不难想象,这种多方面向外表面上只是先进和落后的碰撞,更深层次的是殖民地国家在被侵入、被压迫和被掠夺中忧患交加地挣扎。一定程度上,或许可以认为这是一种激进主义的变体,这样的以我为主地占领高地预示着一方欢呼雀跃而另一方黯然啜泣。不过民族主义的繁杂多元也恰恰体现于此,很多殖民地国家在19

①　胡宗兵:《国际政治中的民族主义误区及其成因》,《欧亚观察》,1996 年第 3 期。

②　彭树智:《东方民族主义思潮》,西安:西北大学出版社 1993 年版,第 8 页。

世纪末 20 世纪初苏醒过来,在这个意义上,这应该是一种自我或者主体的清醒。而在民族自由和国家独立的归来之路中恰恰将民族主义的情绪牵制于其中。不得不说,整个二十世纪,民族主义思潮更是得到了全面发展,尤其这一思潮在二十一世纪被裹挟进全球化的浪潮中更显得别有新意。于是,从最初的悄然萌生直到现在的立体多元,民族主义对世界的政治平衡、经济发展以及文化诉求都有着相当大的影响力。

虽然民族主义这一思潮总在更新和变化着,但它自身的内聚型的特征始终会促使民族国家自身在重"形"又重"魂"间获得巨大的认同。倘若细细思之,在外来的强势文化"睥睨"之时,所谓的血泪交加和忧患共生就是"觊觎"的动力。如果从中国自身的民族主义来谈论,它的发展也是经历了以上的曲折之路。简单而言,近代的中国就是在外来的"轮番轰炸"下幡然醒悟的,而中国的民族主义思潮也是在这样的过程中炸裂而生。不难想象,在一种外来的强势文化范式之下,中国的文化传统在焦灼、错误、迷茫甚至孤独中不得不改变着发展的轨迹,与其说是真正的对手从天而降,不如说是自身的民族主义情绪终于有机会得到喷发。从鸦片战争、甲午海战以及各种丧权辱国的条约等事件开始,中国一切平整的传统就被撕裂得四分五裂。面对满目疮痍的病态中国,环视步步紧逼的外来世界,于是便有了高声疾呼:"我国民若不急行民族主义,其被淘汰于二十世纪民族帝国主义之潮流中乎!"①此情此景,想必是再也没有一种深入骨髓的体悟能够让民族国家如此痛彻心扉。对于一种文化发展而言,或许可以在一些时候有策略地绕道而行或者匍匐前行。但是对于民族国家而言,在无预料的"险山恶水"重重阻挠之下,尤其是行走于全球浪潮的文化之中,必然不可以选择一种卑躬屈膝般的妥协。

---

① 王忍之:《论中国之前途及国民应尽之责任》,《辛亥革命前十年间时论选集》(第一卷上册),北京:生活·读书·新知三联书店 1960 年版,第 465 页。

细细考究，有学者认为"就近代中国来说，民族意识的普遍萌发始于十九世纪末的甲午战败之后，对民族主义的理论阐释则始于二十世纪初年，特别是 1903 年梁启超发表《政治学大家伯伦知理之学说》和浙籍留日学生的刊物《浙江潮》发表《民族主义论》之后"①。的确如此，就是在这样的"国破方知亡国恨，满目疮痍黯河山"的土崩瓦解中，民族主义情绪逐渐强烈起来。这样的情绪和诉求使得民族国家不再有以往的对文化的滞留感而一味地心安理得，而是在极有限的条件下抱有一种敬谨之心，于是所谓的天下主义和华夏中心主义就可以作古。梁启超曾呼吁："今日欲抵挡列强之民族帝国主义，拟挽浩劫而拯生灵，惟有我行我民族主义之策。"②想必这是一种民族国家沉沦后的不再放逐。未放眼世界前的自我认同和环视过后的自我重造的心境是迥然不同的。前者是可以没有任何涟漪地平静处之，而后者是不知何处去的巨大沉重。当然这些仅仅是民族主义思潮逐渐迸发的前兆，这之后"辛亥革命的爆发标志着民族危机意识、救亡图存意识、民主共和意识的积聚和彰显"③。随着"二十一条"事件的发生、巴黎和会上外交的失败以及"五四"爱国运动的澎湃而起等，新的时期之下有过之而无不及的民族主义浪潮轰轰烈烈应势而生。

　　从晚清以来直至抗日战争，民族主义的情感达到一个高潮。在抗日战争期间，中国的民族主义是前所未有的一种新模式。所谓的穷途而哭不过如此，面对亡国的危机，必须用一种强烈的民族情绪去抵抗。中华人民共和国的成立使得中华民族真正自主和独立。民族主义的浪潮在很长一段时期内表现为为争取民族国家的稳定和平而不懈努力。在二十世纪八十年代伊始，尤其细化到这

---

　　① 　郭世佑：《孙中山的民族主义与现代民族国家的创建》，《湘潭大学学报》，2005年第 1 期。
　　② 　梁启超：《新民说》，《辛亥革命前十年间时论选集》（第一卷），北京：生活·读书·新知三联书店 1963 年版，第 178 页。
　　③ 　王立新：《美国对华政策与中国民族主义运动》，北京：中国社会科学出版社2000 年版，第 14 页。

一时期的中末期，一个明显的变化是由外向内地逐渐倾斜。虽然伴随着一系列更为开放的政策，中国的文化更加对外开放，但是民族主义思潮的内心要求促使这一时期的文化得以深刻地反思和剖析自己。当然这一进程一直延伸到二十世纪九十年代直至新世纪。

比较特殊的是，随着国家最大范围地被裹挟进全球化的浪潮中，在异域和本土的相互对视中民族主义的思潮得到了新的呈现方式。一言以蔽之，这一时期在国家统一基础上对内在文化的丰厚性和不凡性进行了挖掘，这种追溯很有效地将凝聚力和归属感融为一体，并举重若轻地将沉潜在深处的民族国家品牌别有风味地呈现出来。

倘若放在一个横截面上考察，便会发现整个近现代中国的民族主义思潮在起起落落间不断变换着方式。大体上有技术上的重"仿"、政治上的重"形"和精神上的重"魂"三种。所谓的重"仿"和重"形"就是对西方的先进技术和制度等进行一种"借壳"的征用。民族主义的追寻在这一点上很简单：别处有难得的"鼎"，自己也要尽力获取。不过这种简单的模仿只是取其皮毛而已，生产力的单向提升并不能挽救生产关系的继续衰败，最终只是走向了一种没有结果却不得不尝试的探究之路。但这些努力是一种对自身需求和利益的守护，而民族主义这一思潮恰恰就是意识形态，它在悲怆和无助之时显现出巨大凝聚力和向心力，这种力量会促使保持民族国家的长效性、持久性和稳固性。最后对于以上的重"魂"，这是从情感层面的视角去探讨，而这也是这一思潮为什么可以经久不衰的重要原因。很多时候这种思潮之所以可以激发出巨大的影响力，恰恰是因为民族国家在忧患交加之时"穷途而哭"。怎么就没有路了呢？就算有路为什么走到某处就不通了呢？尤其是从近代开始的屈辱史，这条复兴之路走了一年又一年，失落了一次又一次，叹息了一场又一场，被世界耻笑了一回又一回，却仍旧在跌跌撞撞和磕磕绊绊中风雨蹒跚。

客观地说,有些思潮是维护统治和企图扩张的工具,有些历史是真假莫辨和含混其词的胜利者的宣言,有些文论是纸上谈兵和不痛不痒的遗产,但整个近现代的中国民族主义情绪很多时候蛰伏于一个被忽视的角落,伴随着民族国家的起落"敢怒而不敢言",在很多个时期都是被迫执行和被迫歌颂。于是在无边无沿的"穷途而哭"后,这个国家放弃了伤心欲绝,最终选择了一种具有民族底色的"家国之心"。其实,在对这一思潮的梳理和审视中,便会清晰地看到它的内在机制、外在呈现和延伸变化等都涉及多层文化。并且它自身的价值体系很适合将民族国家的认同感、忠诚感和归属感归于一个体系之中,于是一贯而下的民族情感油然而生。但是这种由内而发的情感并不是简单地局限在自身的民族发展和国家复兴上,而是涵括了一种更高层次上的关怀,是站在一种终极体悟上去达到一种高境界的追求。

上面论述过,民族主义这一思潮如果从单个民族而言或者整个世界去看都具有相当的广泛性。但在具体的文化层面上,民族国家总是以其名义给自身的文化进行别具特色的"命名"。当然这不见得就是一种自我标榜,客观上说这大多时候可以称之为一种"品牌效应"。所以每一种文化都有其特殊的传统,而且每一种文化在向前的发展中都需要不断地去追溯它自身深含的民族性,在这一层面上文化民族主义的意义便恰如其分地显现出来。它对于民族主义的意义就是四两拨千斤般的"润物细无声"。

当然民族主义的思潮反映在文化上也是因为其本身具有的延展性。大致上有几种观点可以将其概括出来,其中一种认为:"它是一种在其他国家的压力下做出的被迫反映式的民族主义。但也因为这一点,它成为落后国家建立和发展民族国家的普遍模式。"①这样的一种文化民族主义观点将着力点放在了文化的自我保护

① 洪纪:《文化民族主义的缘起与主要特征》,《青海师范大学学报(社科版)》,1997年第3期。

上，一定程度上将自身塑造成了一种隐性的弱者，在此民族国家的文化诉求并没有切实落到实处。还有一种观点认为"文化民族主义是把文化作为民族和国家认同的核心依据，主张各民族文化相互尊重、和平共生，它在本质上是自由的、平等的、开放的"①。抛开启蒙者的一些意图和社会现实的残酷等因素，显然后者更具有普遍性和实践性，它更合理地意识到文化的发展不能简单地防御和自守，而更应该在敏锐的体悟间避免同质化又兼具多样化。

非常明显的是，虽然对于文化民族主义的定义也是众说纷纭，但是它区别于政治和经济上的一点是它在"互通有无"的过程中虽然也会造成落差，但这种鸿沟并不是不可以填平或者逾越的，甚至在互相磨合的民族国家间还会为彼此的文化找寻到新的生发点。所谓的强权侵占、经济制裁以及武力征服等手段都没有文化上的"对外输出"渗透得如此的细水长流。当然对于民族国家而言，它们对于国家的想象和阐释最终也会通过文化的方式有很大的展现，而文化的发言就如同一张民族国家的展示牌。在其上承载着所谓的文化独特性和优越感，这种文化的认同背后是一种文化的发散性，凭此试图在别的视域中取得一种至高的话语权和选择权。

但值得注意的是，随着整个世界的跨时代和跨空间的思想流动速度越来越快，昔日的永恒性早已经不复存在，代替它的是在时间的节奏变动中一切都成为一种流动。所以在时空压缩经验的大背景下，文化民族主义的题中之义就是民族国家可以保留自身，可以学习新物，可以走向远处，但是切忌死守传统，切忌沉迷抄袭，切忌征服"他者"。细细思之，从晚清放弃闭关锁国伊始到五四爱国文化运动为止，这厢东方之魂刚刚"灵魂出窍"，那厢西方之魂立马"鸠占鹊巢"。饶有趣味的是，这样的现象伴随着中华民族文化民族主义的觉醒，东方和西方已经从遥遥相望逐步演变为互为参照。对于曾经的那个内忧外患的年代，比如五四运动中很多仁人志士

---

① 钱雪梅：《文化民族主义刍论》，《世界民族》，2000 年第 4 期。

在时代背景下进行所谓的"反传统",将其回溯一下,便会发现从晚清开始的中国社会的大转折带来了巨大的动荡和变化,传统的政治、经济和文化等都经历着前所未有的挑战。西方的碾压车轮轰然而过,东方的神经早已渐次颤动。也就是在这仿佛浓缩的近一百年间,各种西方的新思想和新理论汹涌而来,在何去何从的无奈中仁人志士开始艰难探索。

尤其这样的情绪积聚到五四运动,国民受奴役久矣,青年自主、女性解放、政治解放、经济解放等,都亟须发生和发展起来,所谓的这一时期的文化民族主义情绪就是"爱之深,责之切",就是在"矫枉过正"的"反传统"中想要试图展现的家国之心。胡适在某一阶段就认为中国很多方面都远不及别的国家,他指出"不但物质不如人,不但机械不如人,并且政治社会道德都不如人"①。而这些都促使有志之士为国民呼号,这些努力在新文化运动中更是得到了新的发展,在这股洪流中的陈独秀、鲁迅和胡适等,都"不畏浮云遮望眼"般地拯救国民。

在中华人民共和国成立后,在国家独立和自由的基础上,民族自强和国家复兴的精神便被展现出来,不得不说"一个民族的正向的身份感,能产生强大的心理力量,给个体带来安全感、自豪感、独立意识和自我尊重。提供安全感的土地,也只有祖国了。如十九世纪末、二十世纪初的文化危机,就会对一个民族造成不安全或者虚弱的心理"②。这个时期在文学的表现形式上,作家们积极书写全民的国家意识,将这些情绪和观念渗透到了很多作品中,比如梁斌的《红旗谱》、柳青的《创业史》和赵树理的《锻炼锻炼》等小说皆是如此。比较特殊的时期是从二十世纪七十年代末开始,知识分子开始从"文革"的创伤中逐渐沉缓过来,而且伴随着一次主动开放的时代大潮,个人和国家以及本土和"他者"等多重关系被重新

① 胡适:《请大家来照照镜子》,《胡适文存》(第3集第1卷),上海:上海书店1930年版影印,第48页。

② 徐讯:《民族主义》,北京:中国社会科学出版社2005年版,第53页。

思考。例如冯骥才的《铺花的歧路》、茹志鹃的《剪辑错了的故事》、高晓声的《陈焕生上城》等作品都将视角放在当时的时代背景下对传统进行了深层次的思索。

比较明显的是，"寻根文学"在这之后积极对文化传统等进行回溯和追寻。这一文学思潮的着力点放在了挖掘神秘的中华文化之"根"上。而在这个过程中知识分子扮演了很重要的角色，因为"民族主义的历史创造是由社会精英和知识分子发动的……精英和知识分子是民族主义的创造者、解说者、操纵者……知识分子和精英是文化的主要载体，占有文化霸权和话语霸权，控制着大部分社会资源，它们对文化权利和政治权力非常敏感。在社会文化的变迁中，要维持它们的社会功能和社会地位，他们常常利用民族主义话语来表达他们的文化权利和政治权力"①。在二十世纪八十年代这个延伸和转折的时期，"寻根文学"很大程度上是在文化民族主义的语境下去实现自我并且试图在世界文学的版图中呈现自我。包括之后的"先锋文学"以及二十世纪九十年代以来的各种文学思潮，都可以或隐或显地品读出民族主义的脉络深藏其中。

其实，文学创作就是如此，它们是社会生活的一种直接的反映，就如同李泽厚在《美的历程》中所言："它们所力图展示的，不仍然是这样一个繁荣、富强、充满活力、自信和对现实具有浓厚兴趣、关注和爱好的世界图景么？尽管呆板堆砌，但它在描述领域、范围、对象的广度上，却确乎为后代文艺所在未达到。"②或许文学或者文化描述的对象是会有所差异，但是重塑一种共同的民族国家的自豪感和自信心的企图是毫无疑问的。客观而言，西方文化的确富有进取性和进攻性，而东方文化往往在中庸的沉静中擅长不断向自我的深处进行沉淀。于是当两者在某一个时间节点产生撞击，所谓的矛盾便会一触即发，这就不可避免地在内在机制和外在

---

① 徐讯：《民族主义》，北京：中国社会科学出版社 2005 年版，第 78—79 页。
② 李泽厚：《美的历程》，北京：生活·读书·新知三联书店 2009 年版，第 83 页。

审美上都有所不平衡。

关于这一点,日本作家谷崎润一郎在《阴翳礼赞》中曾有过一个想法,他认为如果恰巧是东方世界创造了所谓的现代文明(抑或称之为先进文化形态),那么这样的现代文明会是什么样的展现方式呢?这点无须考虑,肯定所有的样式和形态都会沾染上东方的色彩。但是有意思的是,不同于西方文化可以与机器(先进文明)很好地结合,东方文化的特征是会和机器等文明不能完美对接。于是,很自然的现象就是,在全球化的新浪潮中,这种东方文化的致命伤会导致其只能接受和学习自身所遭遇的文化。

其实平心而论,民族主义如同一条潜在的河流,在近现代中国的发展脉络中这条河流始终没有枯竭。如果说西方的文化强势对中国文化是一种契机的话,那么这种逐渐显现的意识和情绪让一个民族国家不再徘徊和观望,而是选择一种决绝的方式绝处逢生。当然有的学者认为文化或者文学或许并不是实用的话语系统,但是这种潜在的文化意识让"一件作品可能是作为历史和哲学开始起生命的,然后逐渐被列入文学;或者,它可能是作为文学而开始的,后来却由于其考古学上的意义而受到重视"①。或许只是一个简单的汉语句子,但是它背后深含着一个民族巨大的忧心忡忡,也许只是一个听起来云淡风轻的故事,可是这之后是一个国家难以述说的沉重过往。

也正因为此,我们将文化或者文学作为一种战斗利器,将我们自身甚至民族国家的价值判断附加于上,所以"我们会因为某些'特定理由'(特定的利害关系)来建构、改写文学,尽管这些改变是无意识的,几乎不被察觉的,但这确实存在着一个'不自觉的价值判断系统',我们的陈述活动都处于一个隐而不见的价值范畴网络

---

① [英]特雷·伊格尔顿:《二十世纪西方文学理论》,伍晓明译,北京:北京大学出版社 2007 年版,第 10 页。

之中"①。于是，在这一思潮"涉水而过"的整个历程中，很多历史的来龙去脉，很多文化的演变过程，很多传统的转化新生都交汇于其中。无论如何，这一思潮对于文学或者文化的影响是巨大的。或许最初的时候民族国家都是从自我的认可到自我的怀疑直至自我的重塑，重要的是它带来的是从自身民族文化出发，在世界的文化之林中迎接挑战。不得不说，这是一种有智慧和有担当的并具有现代意识的精神力量。也只有经过这样的抽丝剥茧的过程，民族主义这一思潮的积极意义才会更显得弥足珍贵。

二、女性的视角和家国的底色

谈到女性、民族和国家等问题，便首先会发问：它们之间是何种关系？又是如何呈现这种关系的？客观而言，它们之间是一种"剪不断理还乱"的复杂关系。前面论述过，对于很多被西方文化"开垦"过的民族国家而言，它们在民族独立和国家自强的过程中也不乏将性别问题掺杂在其中，并且将其作为重要的实现体而存在。在西方的文化体系中，女性的自我体认和自我实现是经历了一个比较漫长的过程而生发出来的，并且伴随着二十世纪二十年代至三十年代的一系列女权运动而愈发成为体系。在这之后，女性成为一类被彰显出来的新式群体，她们无论从政治上、经济上还是文化上都试图与男性相提并论。这一切的努力都使得她们在获取权利的同时也争取到了更多的话语权。这些具体表现在文化领域中就是更多女性告别了过去的"洗手做羹汤"式的配角生活，开始或者说有意识地利用文字的力量消解和解构男权世界的政治话语和文化宣言。

但这一点恰恰反观了中国女性主义的应运而生是在被动中的

---

① ［英］特雷·伊格尔顿：《二十世纪西方文学理论》，伍晓明译，北京：北京大学出版社2007年版，第13页。

"揭竿而起"，于是中国的女性解放等背后绝对是以民族国家的大背景屹立于后。倘若深而究之，很多批评理论都认为从民族国家的角度而言，女性话语的被开垦是在男性的启蒙意识下进行的，甚至是在面对西方的"坚船利炮"之后以女性作为着力点，凭此来稀释对强势文化的巨大冲击。比如孟悦、戴锦华的专著就提道："中国妇女解放从一开始就不是一种自发的以性别觉醒为前提的运动，妇女平等地位问题先是由近代史上那些对民族历史有所反省的先觉们提出，后来又被新中国政府制定的规律定下来的。在这两点之间并没有出现任何意义上的社会性的妇女解放'运动'，妇女在争取解放道路上的每一进步都最终被承认、被规定。"[①]但不可否认的是，这一视角是一种不得不选择的指认。这种所谓的"启蒙"在五四时期便毫无悬念地转化为一种女性个人的表达和诉求。

但即使如此，所谓的女性文学表达和书写，本质上还是被放置在被赋予政治意味的启蒙之位上。很明显的现象是在最初勃发期，很多封建时期便可见的关于女性的陈规陋习便早已显现，但是作为民族国家的附属品而彰显出来。这些问题在一定程度上得到了解决，但是隐藏在这之下的女性主体并没有真正被建构起来，这样的女性主体在发生和发展的过程中未被彻底地重视。正所谓"我在场、我见证、我发声，但我自身被否决"，这也是女性主体被悄然淹没在静水中没有起波澜的悲哀之处。但饶有趣味的是，如果研究者将视角定位在民族国家的角度，以此来关照女性主体是否实现的话，便会从中拉出一条隐秘的渠道，这条渠道连接着女性的解放、民族的独立甚至国家的复兴。

那么问题来了，对于中国自身的文化脉络而言，从古至今女性主体和女性解放等问题都是处于被遮蔽的角落里。平心而论，在

---

① 孟悦、戴锦华：《浮出历史地表——现代妇女文学研究》，北京：中国人民大学出版社 2004 年版，第 24 页。

西方的女性主义文化没有汹涌般袭来之前,很少有人会问:女人去哪了? 那么为什么这一问题在近代开始变得如此重要,以至于被一次次拿到案头做起文章来? 貌似是因为西方的女性文化的"洗涤人心",抑或是在于很多学者认为是男性主导建构了女性这一客体。一定程度上,这些都从各自的角度表明了对这一问题的真知灼见。但是既然现代式的家国和现代式的性别在近代并置于同一时空下,那么中国的女性主义问题便有了自身的阐释视域,这也是非常值得探究和挖掘的地方。那么这种本土的重要视域到底是什么? 或许民族主义的语境下给近代中国带来的危机、忧患和赶超意识是很难估量的,这或许可以是一个可以解读的视角。

其实,从晚清开始,中国的确开始逐步步入一个崭新的时代,这个过程中有一条重要的脉络就是巨大的危机意识,如学者徐迅所言:"如果一个民族的信仰受到挑战或者质疑,在民族认同的范畴就会出现危机。文化危机所带来的迷茫和消沉乃至失去认同,不仅是一个民族衰微败落的征兆,而且孕育着国家危机。当民族认同不再是一个国家整合社会的力量源泉,可能就会有新的社会力量兴起,经过社会运动,或改良,或革命,以国家的方式建立新的认同。确立民族认同的过程动荡而痛苦。"①于是这种煎熬过后亟须思虑要建立一个什么样的新式国家以抵御外国之侵。当然也恰恰是这样的危机使得女性解放找到了生存的契机。值得注意的是,在家国的大背景下开始培养新式民众,在这其中女性便成为重要的"栽培对象"。或许,这种"在当时并不是常识"的时代背景下,西方文化中的女性地位的重要性和女性解放的意义都极大地促使民族主义者"破旧立新"。的确,面对固有的陈规陋习,面对局限的思维模式,面对偏颇的权威判断,在民族国家的视角下重新建构女性,这的确给女性文化的发展提供了新的话语体系。需要警惕的是,在民族国家的视角下去探讨女性文学,必须厘定中西方巨大的

---

① 徐讯:《民族主义》,北京:中国社会科学出版社 2005 年版,第 50 页。

语境差异。虽然将双方放在二元对立的模式中略显偏颇，但不能忽视的是，恰恰是这样的比照才更加显现出中国女性问题的独特性。学者王绯曾有过论述："中国女性解放运动总是与阶级、民族、国家的革命绞合纠缠在一起，中国女性阶级、民族、国家的群体意识总是高于或超越于其性别主体意识，甚至中国女性的觉悟和行动总是要借助于超越性别的社会革命来带动和促发。"[1]在此首先必须承认西方的女性问题是从根源上肃清了很多关于主体、身体以及精神等问题。而这些理论"飘洋过海"地悬浮于中国大地上，怎能叫人仅仅停留于此并简单地使用"拿来主义"？由此不难想象，身处近代极飞速变革的大时代下，中国的女性问题不是被所谓的男性霸权简单建构起来的，一旦站在民族国家甚至内外对比的制高点上去看，性别问题可以是性别问题，但性别差异在一个被殖民的语境之下，它更多地转化为一种承载民族危机和国家复兴的载体。

不妨从民族主义的视角去看，假设以西方的文化为文化范式的话，那么近代的中国俨然在他们面前成了一个滑稽的"小丑"，甚至一定程度上在他们眼中就是十足的弱者。有意思的是，中国的女性角色在其中同样扮演着弱者的身份。一旦将研究的视角转向于西方文化中的女性主体单向度的缺失，甚至是简单粗暴地将女性并置在男性的启蒙之下，那么很容易就陷入西方文化带来的泥潭之中无法自拔。一旦如此，那么从民族国家的角度而言，新一轮的潜在危机就在悄悄地萌发。于是在此不难理解女性和民族国家的结合也可以起到"负负得正"的效果。需要补充的是，涵盖在这之上的是民族国家的觉醒和崛起，那么女性的主体建构、身体解放以及精神提升都是可以和民族国家相辅相成的。

更深层次的是，就如同萨义德曾经谈过的论题，西方世界对

①　王绯：《空前之旅：中国妇女思想与文学发展史论（1851—1930）》，北京：商务印书馆 2004 年版，第 21 页。

东方世界有一种强烈的控制和征服欲望。对于殖民地或者弱势的民族国家而言,这种自我清醒的意识并不是要坚守所谓的文化保守,而是要在这样的落差中,善于去更科学合理地解读女性主义。学者乔以刚就曾论述过:"阶级解放和民族解放固然并不能够直接导致个性解放,但前者是后者的必要前提。正如第三世界女权主义学者所指出,帝国主义国家与发达国家在政治经济和文化上的统治与被统治的关系,以及第三世界国家中不平等的权利结构是妇女受压迫和歧视的根源。"[①]其实在特殊的语境下,女性的这种被选择在更大的背景下必须将其引导进主流的轨道中来,不然本土繁杂国情一不留神就会导致女性甚至男性都会被"他者"所吞噬。

具体论之,在女性与阶级、政治、民族甚至国家的多重变奏中,女性文学的蹒跚风雨路从"五四"之后便正式启程了。这一阶段女性的文学视角逐渐从内在的传统表现向外在的家国层面转向。这一时期的女性作家们像把迷失的自我找回来一样,在明白了为何和如何后开始新的探索。她们的作品也如同蓄势待发的炮弹一样只等待出膛的一瞬间迸发出去。这时期的代表作家有冰心、陈衡哲、苏学林、凌叔华、冯沅君以及石评梅等。她们的很多作品,如《秋风秋雨愁煞人》《最后的安息》《隔绝》《隔绝之后》以及《幽闲》等都是当时时代的缩影,并且她们在女性解放和传统制约的双重影响下将新式思想的方方面面揉碎并书写出来。

其实,要从民族国家的话语去谈论女性文学的话语的话,二十世纪三四十年代是极具代表性的。纵观这一时期的时代发展,民族和阶级的视角远远超越于其他的视角,所以即使对于女性而言,将个人与民族和国家镶嵌在一起是必需的。当然在这一时期活跃起来的很多女作家也创作了很多具有时代特色的作品。但是相比

---

① 乔以刚:《多彩的旋律:中国女性文学主体研究》,天津:南开大学出版社 2003 年版,第 53 页。

较前一时期,明显的是这时的题材选择和展现内容更加深广。于是可以轻易地就罗列出很多代表性的女性作家:萧红、谢冰莹、罗淑、罗洪、陈敬容、丁玲……大体上,这一时期的女性写作对民族命运的书写进行了关注和扩展,虽然女性的进一步解放还在行进,但是可以看到她们已经把这样的步伐进一步纳入更宽泛的国家意识形态中。一定程度上,不稳定的外在环境使得所谓的性别意识没有那么清晰和绝对,民族国家这股洪流流所过之处是硬朗、刚强和不屈的表达。尤其像很多作品,比如丁玲的《水》、萧红的《黄河》以及谢冰莹的《从军日记》等都是如此。

虽然有着以上的沉淀,但是女性文学在二十世纪五十年代到七十年代步入了一个特殊的时期。可以简单通过两部小说便可看见此时文学或者女性文学的发展脉络,其中之一宗璞的小说《红豆》便是一个典型的代表。小说将叙事的张力放在爱情和革命之间,通过大学生江玫与齐虹之间的"爱恨交织"来展现时代的风云变幻。在这部小说中,可以清晰地看出那个时代所谓的个人话语和政治话语的极致矛盾,也可以深刻地展现出时代巨变中知识分子如何进行选择和救赎。整个故事仿似在触及爱情,实则在传达那个年代人们的共同的思想脉络。还有另外一部杨沫的《青春之歌》,小说以"九一八"事变和"一二·九"运动为大背景。在主人公林道静的一次次身份转换中展现民族危亡时期国民的选择。从整个故事中都可以看到林道静在自身反抗、觉醒和成熟的路上不断前行,于是个人和民族、国家命运紧密相连在一起。其实类似这样的作品在"十七年"文学中还有,但是因为主流意识形态的影响,女性的意识在这一时期被淹没在时代的洪流中,可以被拿出来当作女性文学"范本"的并不是很多。

当然从二十世纪七十年代末开始,或许对女性文学而言已经开始"重现曙光",一定程度上受到新启蒙等思潮的推动,文学或者是女性文学都逐渐显露出对"个人主体自觉"的重视。比如张抗抗曾经谈道:"我写的是'人'的问题,是这个世界上男人和女人所面临的共同的生存和精神的危机。"①也许这种危机对于此时的女性意识而言都是感同身受的。正是在之前不断反思和重新发掘中她们迎来了一个日新月异的时代。在中国二十世纪七十年代末开始逐步推行的一系列开放政策后,社会的加速转型带来了文学领域上的"新天新地"。在这个过程中,西方的文化思潮的确是层层向国内袭来,这对于女性文学而言尤为如此。所以,可以看到"许多女性作家与男性作家一起,汇入到了'民族寓言'的写作中去……如果说这一时期的女性文学书写较之以往有什么差异的话,那便是丁玲式的双重书写已不再是个别现象。这意味着当代的女性作家对性别(女性)意识的认知已经达到了一个新的、更高的历史刻度,并由此迈向成熟与完满"②。的确如此,这一时期的女性表达更多地拥有了一种自身的参与度,由此她们不仅仅是简单地用文学阐释自我怜悯和自我诉求,而是将很大的一部分视角转向人性、社会甚至国家之上。一定意义上,这是一种"有我,我家,更有国"的另一种表达方式;也可以说,这是一种对所谓的宏大叙事的新样式的阐释。

具体而言,谌容的小说《人到中年》可以算是一个典型的例子。作者通过主公人陆文婷的生活寄予了对时代深刻的感受。其实故事本身并没有太多可以深究的必要,但是就是这样的一个女主人公身上有很多饶有趣味的地方。她在一个"寻找男子汉"的大背景下"横空出世",又是一位兼具家庭和事业的新时代女性,在经历了来自各方面的压力后终于疲惫不堪地去审视生活困境和人生黑暗。客观上看,在当时的年代陆文婷的女性的意识已经比较明显,但是作者很微妙地将这种意识进行了别有意味的置换。于是可以看到,她是社会生活中的"男性",在家庭中她也实质上成了"男性",因为她的丈夫傅家杰很多时候扮演的其实是"她"的角色。于

---

① 张抗抗:《我们需要两个世界》,贵阳:贵州人民出版社 1999 年版,第 191 页。

② 王侃:《当代二十世纪中国女性文学研究批判》,《社会科学战线》,1997 年 6 月版。

是陆文婷一定程度上必须"杀死另一个本该有的自己",并且在时代的大背景下成为一个拥有"羞羞的铁拳"的女性。由此可以看到她很多时候竟然会因为国家的需要等原因对家庭和家务等给以抱怨和不满。一定程度上,可以看到作者试图用这样的人物去解构民族国家视域下的性别差异,但是本质上在巨大的意识形态中还是显得不够有力量。

张洁在这一时期是非常具有特色的女性作家,有学者曾评论她:"自觉或不自觉地,张洁的作品正是以一种既内在于这一社会之中,又被放逐或自我放逐于这一社会之外的方式书写时代……从某种意义上说,正是这些被'悬置'的、女人的故事,以她们的生命和性别体验填充了张洁作品中被'悬置'了的现实。"①

她的《方舟》故事简单却意蕴深厚,作者通过三个女性荆华、梁倩和柳泉编织了一个温情又悲凉的梦。纵观整部小说,便会发现作者在社会的转型中也在文学表达中转换视角。小说的主题并不是一个新鲜的主题,但阅读这个主题寻常的女性小说,感受却分外新鲜,这很大程度上应归功于作者独到的女性体验。三位女性在爱情中希望寻觅志同道合的意中人,却在现实的面前频频失意。这与其说是男性笼罩下女性的迷失与刺伤,不妨说是整个民族国家的转型中带来的迷乱和阵痛。作者的笔管里灌着反抗男权的热血,于是流溢出笔尖之后就变成了维护女性的冰渣子。男性、时代、民族以及国家等侵袭而来,现实生活中,温热的心灵经历其一就足以造成致命的摧毁,更何况是多重的打击。张洁的作品在女性文学的世界里,不得不说是浓墨重彩的一笔。

其实,不能忽视的一个现象是,从现代文明被辐射进中国开始,中国女性的问题就已经被探讨。关键的是女性所经历的不全是因为性别的差异而导致的,尤其是结合到中国本土的经验之上,

---

① 戴锦华:《涉渡之舟——新时期中国女性写作与女性文化》,北京:北京大学出版社 2010 年版,第 72 页。

便会很自然地想到无论是近现代还是当代女性文化的发展,被打开的国度带来的是被打开的文化裂缝。卡尔维诺就认为:"我们总是在寻求某种隐藏着的,或者潜在的,或者设想中的东西,只要这些东西出现在表层,我们就要追踪。"①而恰恰在中西方的巨大的文化断裂中,最隐秘、最细微和最敏感的"女性秘密"被连根拔起。一旦这些问题被察觉并被挖掘,它们往往牵扯方方面面,故蕴含着无限的张力,因而可以去探讨。尤其是二十世纪八十年代中后期,很多西方的女性主义理论家被引进来,比如西蒙·波伏娃、凯特·米勒特、弗吉尼亚·伍尔夫、贝蒂·弗里丹以及伊格尔顿等都是其中的女性研究大家,她们的专著《第二性——女人》《女性的奥秘》《性别政治》《自己的房间》《女权主义文学理论》等,都被奉为比较经典的女性主义"完美范本"。当然也是这些"启明者"将中国新时期的女性文学撬开一个豁口,于是无限的秘密和情感借此喷涌而出。

其实,对于新时期的很多女性主义作品,必须站在更高的层面上去全面评价,就有学者评论道:"她们的作品不仅体现了对本土女性性别遭遇的深层探索,也直接或间接地表达了对具有中国本土特色的社会、历史、民族、家庭、阶级、阶层的文化思考,显示了中国女性文学与中国历史、中国文化、中国现实的渗透融合的丰富内涵,显示了超越女性主义狭隘的开阔胸襟,也只有这样才具有了与男性作家共同支撑文坛的可能。"②谈到这一点,并不是要强行把女性文学镶嵌在宏大的叙事形态中,而是希望女性文学更具有深度和广度。比如在论述小说的技巧时,卡尔维诺曾经阐释过一个有趣的故事,大致上是关于柏修斯如何除掉女妖美杜莎的情节:美杜莎有一个奇怪的技能,她可以把接触她目光的人全部变为石头。

---

① [意]卡尔维诺:《未来千年文学备忘录》,杨德友译,沈阳:辽宁教育出版社1997年版,第82页。

② 张岚:《政治无意识与女性性别自觉——中国女性创作的跨文化解读》,《当代评论》,2007年第3期。

一直以来,没有任何人可以将她"斩草除根"。所幸的是,柏修斯巧妙地利用了盾牌上的映像获得了成功。他的秘诀就在于最"轻逸"的风和云。可是,新时期的一部分女性文学恰恰有时缺少这份"轻逸",这种看似风轻云淡的展现并不是要忽略掉外部的风云变幻,也不是一定要在浓墨重彩的渲染中才可以将女性的内在精神挖掘出来,而是尽可能地用一种女性精神的内醒化和包容性去在中国的审美文化中得到共鸣,这样也可以拯救西方女性文化强加带来的"水土不服",会帮助更多的女性或者男性摆脱文化的荒原,摆脱生存的困境,以此救赎人生。

具体而言,铁凝的《玫瑰门》就是一部非常典型的新时期女性主义小说。故事通过婆婆司绮纹、舅妈竹西以及姑婆"姑爸"等女性人物的内在异化,抑或是和现实的错位,进一步揭露出女性潜藏的欲望和深层的困境。作者以女性视角,将笔触触摸进人物灵魂深处,展示了不同的女性生命个体沉重的生存境遇和悲凉的人生命运,由此探讨什么样的方式才是女性彻底的认知和觉醒。即使在揭开了女性主义神秘的面纱之后,转型期的新的时代里,也总有一种"女性悲剧"抑或是"男性悲剧"甚至是人类悲剧在不断地蔓延。但幸运的是,就像有学者评论时提到的:"铁凝所关注的,不是或不仅是社会的性别歧视与不公正;因为她不曾仰视并期待着男性的崇高和拯救,所以她也不必表达对男人的失望与苛求;她所关注的,是女性的自省,是对女性自我的质询。或许在不期然之间,铁凝完成了将女性写作由控诉社会到解构自我的深化。"①其实客观上去看,虽然有一些女性作家在新时期的写作非常沉迷于一种自我的简单呈现,但更多的女性作家不再是将自身的经验和感悟放在一个相对封闭的场域内,而是在困顿挣扎和无奈孤独背后凝聚着温情脉脉。

---

① 戴锦华:《涉渡之舟——新时期中国女性写作与女性文化》,北京:北京大学出版社 2010 年版,262 页。

另一部值得探讨的小说是王安忆的《小鲍庄》，这部小说展现了一个独特的生存空间。在这部小说中尽管每个人性格迥异，但他们能够因为仁义等代代相传。一个家族，作为社会的基本构成单位，它不仅仅是里面共同生活的一些人那么简单，尤其是在中国这样一个极其讲究血亲关系和家族意识的国家。可想而知，人类的亲密感情、矛盾冲突都会在这里自然而然地表现出来。实质上，这部小说也从另一个角度让这里的一切成为一种民族国家的象征，在新时期的新文化中，作者试图揭露出落后的国民性等一系列问题。也许每一位创作者精心孕育出的作品，都是来源于自身经验或者别样体验，就如同凡·高画笔下灿烂过头的向日葵，冥冥中昭示着这部作品有朝一日成为稀世珍宝。当然这部小说可以被认为是"寻根文学"，但是这里谈论它，只是意在将这部作品放置在女性作家的视角，重新从民族国家的角度去定义女性作家的历史地位。本雅明认为："所谓写小说，就意味着在表征人类存在时，把其中不可通约的一面推向极致。处身于生活的繁复之中，且试图对这种丰富性进行表征，小说所揭示的却是生活的深刻的困惑。"①二十世纪八十年代以后，随着西方许多新的文化形态的影响，很多女性写作在"民族寓言"和主体意识间对种种不可通约的体验进行了深度开垦。

在这其中，王安忆的"三恋"（《荒山之恋》《小城之恋》《锦绣谷之恋》）就是比较典型的女性感悟和女性经验书写。这一类作品都是将视角放在女性审视自我、男性甚至整个文化之中。其一《荒山之恋》将故事定位在"有妇之夫"和"有夫之妇"之间，全然呈现了他们的爱情悲剧。作者用一种女性独特的体察，将男性和女性的精神状态与生存困境淋漓尽致地展现了出来。其二《小城之恋》中，作者大胆地将"他"和"她"之间的关于"性"的关系等倾诉出来。在

---

① ［德］瓦尔特·本雅明：《写作与救赎——本雅明文选》，李茂增、苏仲乐译，上海：东方出版中心2009年版，第84页。

这部作品中作者将叙述的对象尽可能地详尽道出,在看似波澜不惊中却对女性有着更深刻的剖析。其三《锦绣谷之恋》写了一个在两性情爱中渐渐对婚姻感到乏味的女性,她在得失之间进退两难,其实这部作品好似一个女性自说自话,虽然隐疾可察,精神困境亦可明状,但总是困于维谷,无处言说。其他作家如张洁、张辛欣、铁凝等亦都是如此在揭露社会之惑和生活之困时力图展现新的女性姿态。

女性在新时期的写作已经因为西方世界的背景而具有了新的内涵,而这些具有本土经验写作的作家们处在进退两难的文化选择之间的时候,内心总是会有很多复杂的情感。不得不说这些情感会如开水般沸腾,在这个过程中原本细微的传统意识和新生的新鲜意识便会不断撕扯和不断膨胀,于是在不断蓄积和沉淀中,很多情绪和情感就会在不经意的作品中表现出来,这些都是极具感染性和丰富性的。但她们的作品还是从一个个女性的矛盾与困惑延展到一个群体与社会之间,甚至是两种社会文化之间的碰撞与融合。不得不说,这正体现了新时期女性文学应该有的强大的张力。

三、"全球化"语境下的反叛和坚守

从二十世纪七十年代末开始,女性文学就伴随着民族国家激烈的变革而开始新变。从最初人道主义和启蒙思想的被重新定义和使用,从"人"的议题又开始被再次挖掘出一个新的角度,新时期的女性思想就从以前的由外牵引转向由内生发。不得不说,这是在新时期的崭新的时代大潮下,女性作家们将自我的性别意识和文化启蒙以及社会使命融合在一起,更有力度和深度地去体悟她们眼中的世界和心内的文化。这从早期的张洁《爱,是不能忘记的》中的钟雨便可嗅见些许变化。这个充满着爱心并对生活有着美好向往的女性,偏偏在机缘巧合下遇到了一位担负民族、国家重任的老干部。两者在各自的"内心需求"下完成了一段短暂而朦胧的婚外情。无意去探讨这一现象的孰是孰非，这是作者用女性的视角将女性在爱情里或者任何形式的感情里应有的权利展现出来。此外还有张抗抗的《北极光》中的女性陆岑岑。在新的时代下，女性所处的现实生活和文化环境都发生了变化，她们对男性的选择也逐渐有很多新的要求和标准，于是陆岑岑在选择上提出了更高的精神要求，只为寻求到真正与之志同道合的男性。

当然，像《人到中年》《在同一地平线上》等作品也涉及了女性在自我和社会中寻找平衡的问题。在这个过程中，女性的确决绝地"杀死"原来的自己，但转眼间又要面临重塑新的自己的问题，而在"形"和"魂"之间找到一个合理的支点并不是轻而易举的事情。但是在这一类女性作品中，更多的还是很多女性人物在窒息和隐秘的人性之中得到深刻挖掘和剖析，这些东西在社会的变迁中代表了转型期的特点和特色。不过这些东西在二十世纪八十年代的很多女性"异化"的作品中得到了另一种诠释。一方面，从"五四"的女性不断解放直至新时期的女性意识深化，虽然两个时期各有特点也互有差异，但是无一例外，女性都更多地以新的面貌参与了国家的社会生活。当然在这一看似女性掌握了更多的话语权的背后，她们面临被"异化"的风险。于是在张洁的《方舟》中，三个女性告别惨痛的婚姻，携手以"男人"的方式谋求生存。还有残雪的《山上的小屋》，作者用一种梦呓般的女性视角对父亲（男权）进行反抗。在精神的"洁净"中女主人公经受着各种奇怪的变化，在荒诞和突兀中女性所面临的困境昭然若揭。

类似此类的女性作品还有很多，包括之后的二十世纪九十年代的女性作品面临的新的时代。学者戴锦华就曾论述过："九十年代女性所面临的文化情境要丰富复杂得多。一边是急剧推进的现代化、商业化过程，它不仅在事实上不断恶化着女性的社会生存环境，而且使经商业包装而翻新的传统女性规范再度涌流；在另一边，男性写作不断丰富着某种阴险莫测、歇斯底里、欲壑难填的女性形象,使其作为一个新的文化停泊地,用以有效地移置自身所承受的创伤体验与社会性焦虑。与此同时,商业化进程所造成的主流社会及话语的裂解与多元化,在制造着挤压女性的社会力量的同时,也造成新的裂隙、诱惑和可能。"①这一时期虽然面临着如此大的巨变,但是还是有很多女性作品绽放出来,而且不同年龄层次的作家都展露出不同的女性创作锋芒,比如早期的张抗抗、王安忆、铁凝等,还有稍晚些的陈染、海男、须兰等,甚至很多"新生代"如卫慧、棉棉、魏微等。

虽然随着时代的推进,整个女性意识也在更加多元化,但是一定程度上或许又是一个新的理想重建的时代。如果将阐释的视角从二十世纪九十年代转移到世纪之交的节点上,便会清晰地发现这其中"全球化"的背景已然有了很大影响。不得不说,在这股浪潮下,一些女性作家对全球语境给予了自己的回应,比如卫慧、棉棉以及金仁顺等都是被裹挟在其中的女性作家。或许在一定程度上,她们在对感官的极致描绘中展现了一种女性从未展示过的经验,但是所谓的身体极致的表现方式还是值得商榷的。比如棉棉的作品《糖》《香港情人》《盐酸情人》等,都刻意将女性或者说女性的身体放置在男性的视角下,将性爱等情节肆无忌惮地表现出来。还有卫慧的《上海宝贝》也基本上是这样的叙述,作者让女主人公倪可在两个男人天天和马克之间周旋,只为了达成自己在感情中的目的。这类作品都基本上将性放在文学叙事的中心,她们很擅长抓住这些内容进行铺张地大事渲染。很大程度上,或许这在当时是一种前卫的女性叙事方式,但是客观上她们是二十世纪九十年代市场经济的承载体。她们很多时候的笔触都展现出资本主义影响下的奢靡的、物质的以及商品化的生活方式。不得不说,这些过于极速转型期的文化对她们还是造成了极大的冲击。

---

① 戴锦华:《涉渡之舟——新时期中国女性写作与女性文化》,北京:北京大学出版社 2010 年版,第 359 页。

如果说她们之前的陈染（《无处告别》《与往事干杯》《私人生活》）和林白（《一个人的战争》《致命飞翔》）等的这些作品在自我的体认中还力图展现对历史的指认，那么卫慧、棉棉以及金仁顺等作家基本停留在虚空的女性"前卫"表现上。倘若深而究之，在"全球化"的时代，政治、经济、文化等领域无一例外成为其中的重要组成部分。而在这时期的女性文学展现上，后殖民的影响的确留有深刻的痕迹。这些西方的符号可以轻而易举地在她们的作品中展露无遗，比如西方的时装、香水、家居甚至男性等都是她们痴迷的物象，西方文化背景下的生活方式、文化表达以及价值观念等都让她们趋之若鹜。这样的文化态势可以在很大程度上将自身文化的自卑感和无力感展现出来，严重的话这就是一种被殖民的文化心态，简单地在作品中将女性作为一种符号，并一味地将欲望凌驾于情感之上，本质上这是比较有危机的一种女性写作。

或许，女性写作在很多时候都有不同的特点。而"'女性文学'的话语实践，既可以看作是一种颠覆男性中心的意识形态话语，又可以看作是一种女性自我期许的理想话语。后者的设定如果成立的话，那么与其在此岸锻造彼岸式的期待，将其在现实的土地上落实，毋宁让其光芒照耀自己，以新理想主义的情怀在内心升起不能夺取的高贵与圣洁——它也许更让人产生'性别'的敬意"[1]。当然这种论述本身就是比较理想的女性写作状态。无论是颠覆男性中心的意识形态话语，还是女性自我期许的理想话语，从民族国家的角度而言，那些关于女性自我体悟的书写，某一种程度上可以是关乎民族国家的话语的阐释和诉求。在现代的"全球化"时代下，即使不用二元对立的视角去比对西方和东方，在这样的相互观望中必定会出现文化的冲突。就算是新时期的女性文学，很多时候女性作家的作品在这一时期貌似和民族国家距离较远，但是本质上她们的作品是整个全球化浪潮下独有的本土女性经验和资源。

---

① 孟繁华：《女性文学话语实践的期许与限度》，《文学自由谈》，1995 年第 4 期。

细细思之,中国女性文学的逐步成熟与世界文学(尤其是西方女性主义)的关系是相当密切的。在这个视角下,本土和世界就必须放置在同一个维度上进行考察。所谓的"全球化",本质上"不是同质化,也不是全球一体化,而是差异化、对话化和多元化"。① 所以无论是哪个时期的女性文学,都是隶属于一种本土化的女性资源。将西方的文化合理地对接在本土的文化中,进一步将本土的女性话语更好地呈现在全球话语系统中,这是任重而道远的任务。反观当下的很多女性写作,暂时不谈文学叙事、文学架构和文学价值在哪里,最根本的缺陷在于完全将民族国家的背景放置一边,更甚的是一些作品持有的是无视或者讥讽的态度。其实,就像学者指出的那样:"在现代化的历史进程中,任何一个民族再也不可能闭目塞听而无视其他文化形态的存在;再也不可能不从'他者'的文化语境去看待和反思自身的文化精神。了解并理解他人,其实是对自身了解和理解的一种深化。"②之前已经论述过,虽然在文化的相互比照中不同文化间的矛盾和冲突都会在这其中自然而然地表现出来,但是合理的民族主义意识会将知识分子忧患的情感、民族自强的精神和文化赶超的追求激发出来。这一点无关乎男性还是女性,所谓的性别意识也只是一种"主义"层面上的建构。

当然,随着"全球化"的演进,新时期女性文学对于性别政治的思虑被进一步纳入民族、国家、阶级的宏大范畴中去,这的确是非常值得关注的话题。笔者也一直试图从民族和国家出发,重新阐释女性的历史地位,重新发现女性解放的意义,使民族主义话语成为新时期中国女性文学重要的叙事力量。其实,每个民族和国家在自身文化的发展中,都必须有自身的内在机制和文化姿态。但是在自我的文化轨迹中,又必须将它归置于当今的"全球化"浪潮中。一种文化无论有多独特,在新的时代背景下都不可能做到完

---

① 王岳川:《全球化与中国》,济南:山东友谊出版社 2002 年版,第 305 页。

② 王岳川:《全球化与中国》,济南:山东友谊出版社 2002 年版,第 125 页。

全"保留自我"。不难想象，如果一种文化模式长期被拘禁在固定的既定范围之中，它永远也得不到更顺畅的"新陈代谢"，最终的结果充其量是一种自我把玩的文化样式。

一定程度上，这种"向外看"的视角让民族国家开始自审自身的文化模式和文化隐疾，这种不断积蓄的情感会不自觉地内化为一种民族主义意识。这种意识包裹着自卑、焦灼以及不甘等太多复杂的情绪，但幸运的是它在无尽的煎熬中会让民族国家的文化深刻地意识到掌握文化话语权的必要性和重要性。当然不可或缺的是，在这之后，一种文化又必须去思虑自身以什么样的文化武器作为防身之本，又要凭借什么样的文化资源去在更大的文化平台上扬眉吐气，这些才是民族国家的文化发展需要切实警惕的地方。

不得不承认，在中国女性文学的萌生和发展中，西方女性主义的推动和促进的确是功不可没。千百年来在中国本土的文学写作和体验中，女性一直以来是身处"未见其人，未听其声，未感其神"的境地中。中国的女性解放和女性意识在新时期因为西方文化的启示得到了巨大的开发和发展，她们因此在一定时期内貌似在这种"异域灵感"中找到了自我认同和自我实现。但事实上，从民族国家的角度而言，这样的视角是特定的时期应有的文化选择。但是无论任何时期，尤其是在"全球化"的文化比照中，文化避免"同质化"显得格外重要。况且西方的扑面而来本身带着它们自身的"文化侵占"意图，一旦处理不好这样的文化"他者"的地位，那么很容易在文化的相互裹挟中处于被动甚至被带到不知何处落地的境地中去。所以在此种语境下，"女"字便涉及一种民族主义意识下的文化反叛意识，并过渡到力图建构一种以民族国家文化认同为核心的文学话语，进而发展为一种凭此想去世界文化中立足的文化民族主义叙事机制。这在一定程度上可以跳出文化发展限于小范围的窠臼，走向一种在瞬息万变的"全球化"文化框架之内仍旧可以良性循环的发展模式。

可以想象，伴随着西方文化不断将文化洒落在世界的很多个角落,伴随着"文化全球化"的浪潮影响世界文化的方方面面,除了各国之间文化的"互通有无"变得更为便捷和迅捷之外,还有就是文化彼此的交涉会自然而然地引发很多文化竞争甚至冲突。张承志就曾经在《清洁的精神》中有过类似的看法:"新的时代将是大多数穷国与西方的对立时代,将是艰难求生的古老文明与贪婪的新殖民主义对立的时代。全部良知与正义,都将在这个天平上衡量;全部学术和艺术,也都将在这个天平上衡量。"①由此可以想象,暂且不论"全球化"时代先进文化是否就是以西方为代表的文化,但是不能掩盖的事实是,长久以来它们作为世界文化圈内的主流意识文化,在文化发展中的确有着文化强压的实力。那么相对弱势的文化早就演变为"案板上的鱼肉",很多时候不得已在岌岌可危中渴望着触及新的文化愿景。

当然,客观上去审视每个民族国家的民族主义意识,无论是在文化发展中身处何种地位,都必须有一种相对包容的文化心态。每个民族国家都希望自身的经典文化传统可以得到最大限度的认同,并在这种认同中更加提升民族向心力和凝聚力。但是反观当下的文化批评等领域,总是有很多难言的怪象,很多研究就力在将自我和"他者"放在一种激烈的比对中,并且很擅长将两者并置在一种必须撕扯的架势上。其实,民族国家及其中的个体都会有民族主义的意识,但是"冲劲"十足的反叛和赶超意识并不意味着就要"鱼死网破",而是在文化的相互"取经"中不要让民族意识陷入不必要的窠臼中,这才是民族国家或者说民族主义思潮视角下文化应有的姿态和方式。

倘若深而究之,所谓的内忧外患无非是一种奋发向上的内在动力,即使文化的先进性是一种生生不息却难以触及的远,文化自我的保护和发扬也不能因此就刻意为之"大跃进"。正所谓:"在批评人家的时候,特别是这不是牢骚和取笑攻讦、人家也不是一个鸠

---

① 张承志:《清洁的精神》,合肥:安徽文艺出版社 2000 年版,第 110 页。

山而是一个民族的时候,我们中国人应该学会严谨。"①既然"全球化"浪潮之下,不是所有的文化样式都具备操控权,那么唯有在所谓的各种先进理念中不断盘旋并找寻最合适的;一个民族和国家的认同感和归属感无论何时都不是也不能是"他者"能够赋予的,那么何不从一开始就抱有谨小慎微的审查力去比对和审视整个文化的大背景,只有如此文化的发展步伐或许才可以稳妥并稳健吧。

虽然西方文化在很多方面都领先于我们,但越是在这样的语境下,对于中国文化发展而言,越是要慎重地考虑如何在文化全球化的语境下去自我救赎。有学者指出:"倘若在过去,历史势必依照延续两千年的自身逻辑消解和克服这些危机,进入新一轮王朝循环。只是到了十九、二十世纪,当西方的示范展示另一种迥然不同的发展道路时,中国才对自身历史的内部挑战产生了一种多少是变化了的回应方式。这样,中国历史的内部要素与西方文明的示范效应叠加在一起共同制约着中国现代化反应类型与历史走向。"②客观上而言,在近代史的发展中便可以窥测到之后全球化和新大同的语境深埋其中。事实上,当时的大环境更多的是沉浸在"炮火喧嚣"之中,正所谓"一波还未平息,一波又来侵袭"。

于是,在这样的内忧外患中,外面的纷乱环境越是铺天盖地袭来,在求新求变的机会面前越要懂得厚积薄发。本质上,对于西方的资本主义国家而言,文化的背后还是资本的运作。"资本主义意识的实质就是追求财富的无休止扩张,就是以征服全球为目的。这种无限扩张一方面动摇了有一定疆域和宪政法治结构的现代民族国家体制,使国家逐步丧失了保障公民权的作用;另一方面,也在'帝国主义'执行资本主义扩张的殖民经验中,孕育了'种族主义'的观念和意识,以此作为对殖民地进行施政的合理依据。此外,帝国主义者在执行资本主义的扩张原则时,也破坏了既定的法

---

① 张承志:《清洁的精神》,合肥:安徽文艺出版社 2000 年版,第 89 页。
② 许纪霖:《中国现代史》,上海:上海三联书店 1995 年版,第 3 页。

律或道德原则,并在殖民经验中塑造了另一种态度和观念,即否定或隐藏自己的认同身份,并把自己的使命视为服务历史和生物法则的必然性。"①很大程度上,这种在漫天动乱和积贫积弱的时代下的经验会直接影响知识分子对现实环境、时代风貌以及发展前景等做出判断,并尝试在时代新变和文化自觉中积极地变革,由此也可以映射出那个时代重要思潮的流变脉络以及对整个近现代发展的特殊意义。

众所周知,中国近代化是在东西方不断的碰撞和博弈中,在内外忧患中的文化自觉和文化觉醒下缓缓向前推进的。从鸦片战争西方用坚船利炮打开中国国门起,中国社会就处在了苦难之中。尽管之后爆发的太平天国运动、义和团运动、甲午中日战争都在一定程度上影响了文化的正常进行,但战争在带来破坏的同时也催生了新的思想和新的文化尝试,许多仁人志士在认识国情的基础上,把拯救国家和民族的重心放到文化改革之上。鸦片战争使国人从天朝上国的迷梦中惊醒,之后洋务派实践"中学为体,西学为用"的主张并兴办了许多著名的新式学堂,派遣了几批留学生出国留学,以便学习西方先进的技术,试图借此来拯救中国。紧接着维新派开始了建立君主立宪国家的尝试,办学会,兴学堂,办报纸。在维新派的带动下,中国兴起了一场轰轰烈烈的西学热。林则徐、魏源是中国近代史上开眼看世界比较早的人物,他们最早了解了西方世界并介绍给国人,为国人开拓了一个看世界的窗口,开阔了国人的视野。冯桂芬、王韬也是在鸦片战争的失败中认识到中国传统的腐朽并积极倡导向西方学习。康有为、梁启超在总结经验并结合当时国情的基础上,进一步强调开民智的重要性,并提出了一系列的文化改革的措施。在应对外来侵略时,近代民族国家在煎熬中渐渐寻求救国之路,虽然经历着艰难迂回的发展过程,但是这个努力是急需也是必要的。直到一九○五年科举制度的废除和

① 吴春花:《当代西方自由主义》,北京:中国社会科学出版社 2004 年版,第 185 页。

一九一一年辛亥革命推翻了清政府统治,中国文化发展的近代化又向前迈进了一大步。

不得不说,危机过后的新风范和新气象使得时代呈现出了"旧貌换新颜"的变化,对于在时代大潮中的这一批人而言,一方面个体在时间的流变中展现出时代的风貌来,另一方面个体的发展能够找到新的历史走向。必须正视的一点就是,对于漫长的历史而言,个体的存在如同沧海一粟。尤其在那些极其动乱的时代里,很多个体在面对外部隔膜、冷酷与疏离的动荡时都找不到归处。一定程度上,一旦文化的自然发展因为外在的原因被压制甚至被剥夺,类似这样的经历使得知识分子在矛盾的心境中产生了自卑感和挫败感;另一方面一旦这种落差后的缺失状态不断酝酿和发酵,精神世界的荒芜反过来对个体进行深层次的发问。对他们而言,的确是特殊的时间节点使得他们审视自我命运和时代发展,个人的追求和价值必须找到一个非常合理的安放之地。事实上,一系列的战乱和动荡导致当时的中国文化发展如同被掘尽的矿层,很多人都是在摇摇欲坠的坍塌中吸取着异域的养料。而恰恰每个个体都在历史的潮汐中留下印记,所以在这样的印记中就可以找到一个再次挖掘那段时期文化风貌的切口。

诚然,战争、改革或多或少都会对文化发展造成一定程度的破坏,但也带来一些积极影响。一方面,改革、战争使国人被迫承认传统自身的落后,激发改革文化的自觉,催生了文化尝试上新的努力,使文化模式产生了新的进展;另一方面,改革、战乱在对文化产生破坏的同时,也为文化发声提供了一个相对宽松自由的空间。这种自由包括教育者、先进人士办学的自由,政府对教育干预减弱,学生相对有了更为宽松的自由空间等,这些也算是一种特殊条件下的"自由"。值得注意的是,其摧枯拉朽的革新使得文化发展在这一点上取得了重要的突破。倘若深而究之,在这种防御背后是西方大国(比如美国)等以自我为绝对的中心,将其设定好的价值理念、社会制度以及强权政治等最大限度地推广至力所能及的地方。所以这种文化共发展的表面是各国可以平等参与到世界发展的体系之中,但本质上压制和抗争无处不在。而且很大程度上,西方国家的这种霸权主义和强权干预的方式是导致民族矛盾和冲突的根本因素。这种变相的发展方式帮助他们获得了所谓的政治或者经济等权益,但同时也埋下了一颗随时会激化一些国家民族矛盾的定时炸弹。

如今"互联网"将写作与阅读的门槛大大降低,尤其表现在女性写作上。因为一直以来,写作是文人的衍生物,文人是权贵的衍生物,权贵当然是隶属于男权社会的,写作是一件很"man"的事情。而现在,在全球化的背景和互联网的东风下,人们惊奇地发现,女性写作的能力竟然一点都不亚于男性,无论是在数量上还是质量上。虽然互联网上女性写作内容一言难尽,追捧者奉若人生圣经,憎恶者鄙若鸦片毒瘤,但笔是武器,笔下的内容是力量与毁灭,而时间是淘沙的浪,即使在这样的平台中也可能有金子,毕竟基数是那样的大。无论如何,新的时代总有新的危机,但一切正如韩少功所说:"万端变化中,中国还是中国,尤其是在文学艺术方面,在民族的深层精神和文化特质方面,我们有民族的自我。"[①]重要的是,无论是女性写作还是文学创作,想要文化涅槃,就必须在文化的交流和碰撞中进行和合融通。只有如此,才可以在全球的文化大背景之中对传统既继承又创新,最终书写出蕴含着时代内蕴的崭新文化和文学,从而铸造经典,垂范后世。

---

① 洪子诚主编:《中国当代文学史·史料选》(下),武汉:长江文艺出版社 2002 年版,第 783 页。

第六章　消费主义：女性文学的新语境与新形态

　　二十一世纪以来，中国的社会文化语境发生了重大转换。在商业原则的主导下，消费文化通过市场与资本之手对当代文化进行着改造，不但成为日常生活中最突出的文化表征和现实语境，而且渗透到文学内部导致了文学内在机制的重大转变，成为最能反映当下文化内涵的核心话语。更由于社会文化氛围的变化和视觉文化的异军突起，以直观性、娱乐性和祛意义性为主要表征的图像叙事成为消费时代突出的语言表述形式、思维模式和逻辑方式。传统的文学对话大多是在创作者和阅读者之间进行，而媒介的发展使得文学外部的对话成为可能，成为文字、图片、动画、声音甚至视频等多种媒介的综合体。由此，女性写作与视觉文化形成了互动互释，在文本形态上呈现出图文化、影视化、动漫化和网络化等新特征。

一、图文化：女性言说被改写的尴尬

　　图文化是指文学作品中除了传统的文字表达之外还融合进了大量的图片元素、与文字形成互动的一种文学表达方式。由于大众文化的通俗性和娱乐性，读者逐渐对单调的文字表达失去了耐心和兴趣,能够提供视觉兴奋、辅助文字理解的图文表达则暗合了读者的阅读期待。新世纪之后,一些新概念和新形式(如新视像小说、摄影小说、电影小说等)不断产生,导致图文关系出现了新的格局。

首先,女性文学作品的出版理念发生了改变:从传统的"文主图辅"转向了"图文并重",甚至"图重文辅"也未尝不可。二〇〇三年,浙江美术出版社推出了《名家之间》丛书,每本都是把一位名作家和一位名画家放在一起,把作家的文字和画家的画作放在一起。不同于之前书籍中图片仅仅作为文字的点缀,《名家之间》选取了一个文与图"对话"的平等视角。如第一批推出的六本书从版式上看,文字与绘画是比例相当、平分秋色。文章作者是陈染、林白、方方、陈丹燕、朱文颖、黄蓓佳等著名女作家,画家则是驰骋在画坛的夏俊娜、俞红、申玲、陈淑霞、蔡锦等女画家,她们的文章和画作被融合在了一起。策划人力求通过这样的方式实现女性与女性、文学与绘画的对话交流,最终彼此相映生辉。

二〇〇四年林白的代表作《一个人的战争》重版,出版人叶匡正提出了"新视像读本"的概念和策划方案。"所谓'新视像'是纸介书的一种新艺术形态,图像不再是衬托文字的绿叶,图片与文字互为参照,文学文本和艺术图像互为主题,形成后现代的超文本链接,在图文阅读的转换中形成全新的阅读体验。"[①]它所追求的不再只是图文说明和装帧设计上的改进,而是一种共生状态的再创作,期望实现文、图、书三者的平等对话,使图书独立为一种不同于老版本的新的艺术主体。叶匡正在书中称这次重版使得文学文本和艺术图像互为主题、双向解读,共同构成一种整体的视觉表达,期望这样一种形式能够达成文、图、书三者的平等对话,使书成为一种新的艺术主题。但遗憾的是文本的配图流露着画家李津典型的男性眼光和男权意识。因为作为"新文人画"代表的李津,其画作

---

① 焦雨虹:《消费文化与二十世纪九十年代以来的都市小说》,上海:学林出版社2010年版,第135页。

惯有的主题和画风是"深奥的藏传佛教形象,男女之间的亲昵画面"以及"姿态撩人的年轻半裸肖像"。① 林白是以女性主义的身体写作,通过诗意、唯美的语言呈现了女性隐秘的身体感受和生命体验,她笔下的女性虽怪异却神秘、独特、美丽而高贵,而图文本中大量全裸或半裸的女人身体绘画传达出的却是难以掩饰的邪媚、诡异和色情成分。这和林白鲜明的女性主义思想截然相反,它们拼贴在一起所形成的不是相互诠释和深化,而是相互消解和拆台。

从文学的语言特性上来说,图文化趋势必将对女性写作造成威胁。斯坦利指出,传统意义上的语言有着非常浓厚的性色彩,作为一种体系,语言体现了性别的不平等,而女人显然处于受害的一方。② 但这种语言上的不平等直到二十世纪九十年代才引起中国女性作家的关注和焦虑,并引发了针对语言的批判与反思,这在很大程度上唤起了女作家对语言的本体性自觉。面对语言的"本体"制约,二十世纪九十年代的女性写作通过"语义置换"和"逻辑倾斜"两种策略对语言进行了"重新语义化"③,进而实现对语言的巧妙利用、改造和突围,在文本中建立起女性自己的言说。正是在语言这个维度上进行了创造性写作,作家们创作出大量的女性主义文学文本,进而形成了中国女性写作在二十世纪九十年代的高峰。由此看来,女性写作对语言的倚重不容忽视,是否成功地运用并改造原本的语言系统决定着女性写作能否成功突出男权文化的牢笼和能否建构真正的女性话语。但图文化趋势是要在根本上放弃对语言进行改造和建构的策略性运用,与女性写作的方向决然相悖,这必将造成对作品中女性意识的消解。

显然,图文化在很大程度上只是出版商的一种谋利策略。文

---

① ［美］玛芝安:《中国画家李津》,《荣宝斋》,2003 年第 1 期。

② 转引自王侃:《历史·语言·欲望——1990 年代中国女性小说主题与叙事》,桂林:广西师范大学出版社 2008 年版,第 73 页。

③ 转引自王侃:《历史·语言·欲望——1990 年代中国女性小说主题与叙事》,桂林:广西师范大学出版社 2008 年版,第 80—89 页。

学市场上的图文文本所迎合的是大众读者对浅层阅读的消费需求,与本就曲高和寡的女性写作形成难以化解的矛盾,反映了在消费文化语境下女性主义表达的困境和隐忧以及其他各种复杂的关系和语义。正如戴锦华所预言的那样:"商业包装和男性为满足自己性心理、文化心理所作出的对女性写作的规范与界定,便成为一种有效的暗示,乃至明示传递给女作家。如果没有充分的替惕和清醒的认识,女作家就可能在不自觉中将这种需求内在化,女性写作的繁荣,女性个人化写作的繁荣,就可能相反成为女性重新失陷于男权文化的陷阱。"①不得不承认,在女性进入消费时代的视觉领域之后,她们的私人生活面临着更加"无处告别"的尴尬和难以逃遁的、被粗暴改写的命运。

二、影视化:女性言说空间的失守与沦陷

新世纪以来,影视剧成为最广泛、最时尚、最强劲的大众文化形式,之前"文学驮着影视走"的状况变为了"影视牵着文学走"。于是,各种形式的文学都逐渐踏上了"触电"之旅。

当女性写作遭遇影视文化盛世,形势显得尤为独特和暧昧:一方面,女性写作传统的精英性要求其与以影视为代表的通俗文化保持一定距离;另一方面,消费社会的商业逻辑却要求其必须赢得一定的大众消费市场以求继续生存和发展。女性写作再不能是清高的女性神话,而只能在与消费主义的正面接触中重新寻找并确定自己的方向。于是女性写作进入了充满裂变与疼痛的祛魅时期,这不仅表现在作家身份的跨界、传播方式的改变,还渗透进了作品的艺术结构和艺术手法、作家性别叙事的变迁和性别意识的表达等内在的文本表达策略之中。

首先,最为明显的是越来越多的女性写作文本被改编为影视

————————

① 戴锦华:《犹在镜中》,北京:知识出版社 1996 年版,第 204 页。

作品,而女性写作也在一定程度上显示出向影视文化的自觉靠拢。池莉是国内较早进入影视行业并且影响巨大的一个作家,从二十世纪八九十年代开始由其作品改编的影视剧便是一部热闹过一部,新世纪之后的《生活秀》《惊世之作》《水与火的缠绵》《有了快感你就喊》更获得较大反响。二〇〇〇年她还亲自编写了影视剧本《口红》,并且引起未播先红的社会效应,之后又将剧本改写成了同名小说。池莉的小说本就畅销,由小说改编而来的影视剧的走红更是将她推向了畅销作家的巅峰。被誉为中国婚姻第一写手的王海鸰虽于二十世纪八十年代便开始写作,但直到《牵手》《中国式离婚》《新结婚时代》《大校的女儿》《金婚》等影视剧热播才家喻户晓,她众多和影视剧同名的小说也巧借影视剧之风成为畅销书。尽管王海鸰在不同的场合都公开宣称自己更喜欢的还是纯粹的小说创作,但也坦言迫于生活压力和各种难以推却的剧本邀约,创作重心多年来一直是影视剧本。剧本意识对王海鸰来说已然成为一种主导性的创作思维,她的小说实际上已经脚本化,成为对话、动作和简单场景描写的结合体。无独有偶,以纯鲜明女性意识和神秘色彩著称的"纯文学"代表作家徐小斌进入中央电视台中国电视剧中心供职之后,其小说创作也逐渐沾染了影视化气息。她曾坦言《德龄公主》最初就是一个电影创意,新作《炼狱之花》在创作之初也心存将来要将其改为长篇动画的想法。严歌苓的《金陵十三钗》《小姨多鹤》《一个女人的史诗》《第九个寡妇》等作品更是在影视界刮起阵阵飓风。在消费文化大背景下,出版社和发行商"巧借东风",在两种传播渠道间铺路搭桥,以求成功实现文学与影视的互动营销。曾经对影像持漠视和不屑态度的作家们也在消费文化浪潮中开始了对影视改编这块"高地"的进攻和占领,纷纷与影视建立了"联姻"关系,向来与消费文化少有隔阂的年轻作家对影视之邀更是乐于接受。

时至今日,几乎每部畅销的文学作品都曾经或即将被改编为影视剧,而每一部受欢迎的影视剧也都有同名的小说文本畅销于市。而至于这些文本是先有剧本后有小说，还是先有小说后有剧本，往往已难以辨识。在这样的文学环境下女性写作所面临的状况颇有意味：在消费文化时代，当"女性"和"女性话题"迅速成为整个社会文化的消费热点，女性写作便迅速由之前曲高和寡的清冷境遇走向了影视文化火热的包围圈。

其次，影视化对女性写作的影响还渗透进了作品内在的文本表达策略之中。

第一，对画面感的强调。文学是语言的艺术，女性写作尤其依重作家对语言的利用和改造；而影视剧给人的首先是视听冲击，再是故事情节。文字语言的特征是抽象性、模糊性、间接性和不确定性，影视剧对于小说的改编需要以可听、可视、动感的声像语言替换原本无声的文字语言。所以，越是描写具体的、写实的语言越便于影视的拍摄；而那些注重营造文学意境的作品则相对较难。在市场需求的刺激下，当前的女性写作已逐渐改变了二十世纪九十年代那种倚重于语言晦涩、过多关注人物内心而轻视故事情节的叙述等特征，理论性的心理描写或议论内容被舍弃，偏重写实的具体性叙述语言越来越多。

安妮宝贝对画面的描述最为具体。她小说中的人物总是偏爱蓝、黑、白三色，黑色布裤子、黑 T 恤或蓝格子衬衣是男性出场时的装束；白棉布裙子、白衬衣、黑裙子或者牛仔裤则是女性的最爱；向来被人视为浪漫、忧郁之色的蓝色更是颇受安妮宝贝的喜爱。蓝色的窗帘，穿蓝格子衬衫的男人，着白色棉布裙的女孩，与面前黑色的咖啡，构成一幅幅颇有意味的画面，洋溢着安妮宝贝独有的文字气息。相较于安妮宝贝的淡然和忧伤，张悦然笔下的画面则是一种醒目和浓烈。在《葵花走失在 1890》中，葵花对凡·高汹涌澎湃的爱情是故事继续发展的力量，而这种力量便蕴藏在一幅幅色彩明亮的画面描述里。小说《红鞋》中对于画面的精确刻画和对色彩的运用更是达到极致。无论是优美、明朗还是残酷、血腥，张悦然都可以用鲜艳的色彩和细致的描述将画面鲜明地呈现出来，这种强烈的视觉效果使她的叙述非常具有张力,这也是其他"八〇后"甚至更年轻的女作家共同的文本特征。就是这种颇具张力的叙述语言,在一定程度上弥补了张悦然等人的小说在故事情节上的薄弱和视野上的狭小。但值得警醒的一点是:当作家过于迷恋和倚重这种视觉上的、平面性的画面感时,已鲜有人再真正致力于对作品深度和厚度的追求,从而在一定程度上使得年轻一代的文学呈现出难以掩饰的"生命之轻"。

第二,叙事的空间化。媒介特性决定了文字的时间性,小说的媒介是文字语言,而文字语言是在时间范畴内展开和延续的,所以小说的写作和阅读注定以时间性为特征。传统上所谓"小说是时间的艺术"便是指时间性的突出。但在影视文化中占据第一位的是空间性,这反映到新世纪女性写作文本中,主要表现为情节的断裂、破碎,导致时间链条的断裂,时间在刹那间转化为空间,故事就在某个空间停顿、上演。小说叙事的空间性暗合了当代视觉文化的需要,追求动感、节奏、张力,推动小说发展的是空间的位置移动和转换等外力而非传统的故事情节。大量的事相在空间维度上汇集,但由于缺乏内在逻辑上的联系,这种汇集往往显得凌乱而盲目。比如卫慧、棉棉、周洁茹等人的大多作品,都是在不断转换的空间和碎片化的场景中来呈现人物另类而混乱的后现代式生活。虽然这种后现代化的小说形式从某种意义上看更有弹性,更吻合当代人的思维模式和阅读期待,也在产生之初因与日常序列习惯的不同而具有一种陌生化的艺术张力和审美效果,但是由于这种扩散的思维缺少一种必要的集中性制约,往往更像是停留于表层,时间感和历史感被放逐,成为虚无的不在。

第三,情节的镜头式呈现。对画面感、空间感的强调,与一些电影化的手法和技巧(如平行剪辑、特写、淡入淡出等)一起进入了女性文学创作,形成通过镜头式的切换、画面景物的切割交错、连接对立等创作手法,来交代故事真相,呈现人物思想情感的跳跃和变化。这种女性叙事在一定程度上替代了二十世纪九十年代女性文本中以人物思想意识的复杂呈现和事物的主观化描摹为主的状况。例如,安妮宝贝的《莲花》中庆昭的形象是通过善生眼中的几个场景来得以呈现的。这种转化场景的叙述方式宛如电影镜头的切换,在推动情节发展的同时又使庆昭的形象有一种鲜明的可视感。这种具备了电影镜头感的小说一方面方便读者的快速阅读,另一方面也更易于改编为影视剧。到了赵玫、王海鸰等"影视专业户"那里,小说更是基本完全脚本化,成为对话、动作和简单场景描写的结合体。

由此看来,影视化已不仅仅是新世纪女性写作在消费文化语境下的一种生存和发展策略,还是一种思维方式、表达策略和审美特征。由小说改编而来的影视剧一般都突出日常性、世俗性和娱乐性,原著中的女性诉求也常常被削弱甚至忽略,而文本内部的影视化趋向也因过于注重视听表达的喧哗降低了对女性文本内在的和理性的更高追求。可见,影视剧这一大众性文化形态对女性写作的侵犯,不但显示了消费文化的无处不在,还意味着二十世纪九十年代所建立起来的女性独立、自我的性别言说空间的失守和沦陷。

三、动漫化:在虚幻中飞翔

"动漫是以动画和漫画为主体内容的图形、图像、声像作品以及与此相关的衍生产品的统称。"[1]其夸张和虚幻的人物造型设计能够带给人全新的视觉和心理体验,备受青少年甚至成人的青睐,表达了多元社会艺术与商业、消费共存的文化景观,体现着商业和高科技对人们审美趣味性的影响,成为近年来一种时尚的视觉文化形式。对于年轻人来说,动漫是一种重要的文化和精神资源。并且,其影响巧妙地辐射到了新世纪的女性写作领域中来。

---

① 乔宏:《动漫概论》,北京:高等教育出版社 2007 年版,第 11 页。

首先，最为明显的是一批"八〇后"女作家的作品。在中国流行的动漫主要有两大类型：一是以青春、爱情为主题的少女动漫；二是诡谲、残酷而忧伤的魔幻动漫。动漫又可以归为"爱与死亡"两大永恒的主题，在各种想象性的叙事中反映了青少年对于世界和生命的探索与发现，对于善与恶、美与丑的认识与扬弃，以一种奇特、新颖的方式呈现出强烈的后现代主义色彩。这些都可以在"八〇后"女作家的作品中找到同质性的表达：明晓溪的《泡沫之夏》，小妮子的《恶魔之吻》《龙日一，你死定了》《仲夏夜之恋》等校园类小说，以及张悦然的《红鞋》《葵花走失在1890》《樱桃之远》等忧伤叙事类作品。

在《樱桃之远》的序文中莫言就明确指出"在小说形象和场景上，我们可以看到日本动漫的清峻脱俗，简约纯粹"。的确，作为"八〇后"文学的主要代表作家，张悦然的小说也是最具有动漫化特征的，其嚣艳而奇诡的想象便是借助于对动漫文化的运用而实现了一种新型的文学表达。并且，张悦然的小说在内容主题上亦呈现出与动漫的同质性：要么执着于爱的追寻，要么残酷而悲怆地渲染死亡的气息。正如莫言所说："她的小说，读起来既冷飕飕又暖烘烘，既朦胧又明澈，既真切又虚幻。"[①]这里的"冷飕飕"指的就是一种冷漠感和残酷性。这种叙事的冷漠与残酷甚至超越了先锋作家余华、莫言等人，将生命置于零度之下冷冷审视，毫无人性的热度。枪杀、流血、死亡等暴力和血腥在作者毫无感情色彩、低于零度的语气中冷飕飕地呈现出来，人物残酷而怪僻的性格因何而成也并不作交代，只是为了呈现而呈现，为了残酷而残酷。因而历史与深度在张悦然的小说中并不存在，这种平面意义上的青春言说与动漫的单纯、表面和浅薄保持了一致，体现着典型的青少年亚文化特征。由此可以看到，动漫文化作为一种文化存在已然内化到了文学中来，成为青春作家写作的精神文化资源。

---

① 莫言：《葵花走失在1890》，北京：作家出版社2003年版，"前言"第1页。

其次，动漫化不仅仅是青春作家的专利，在年龄更长一些的作家那里也有着明显的呈现。潘向黎的《我爱小丸子》将主人公的生活以一幅典型的动漫化图景呈现出来。这种动漫化的生存图景反映了当前社会商业大潮中年轻一代的心态，同时这一特殊的生活心态和状态也是动漫文化在现实生活中的映现。潘向黎以女性独有的细腻和温情捕捉到了这一社会文化现象，并以文字将之巧妙地呈现出来。小说发表之后备受读者喜爱，印证了大众对这一社会文化现象的认可和接受，而且表明这种独特的女性表达也颇符合当前人们（尤其是年轻人）的文化心态。

如果说潘向黎的《我爱小丸子》尚显轻松、欢快有余而深度、厚度不足的话，那么素有文学"女巫"之称的徐小斌便弥补了这一缺陷。她透露新作《炼狱之花》"既不适合改电影，更不适合改电视剧，它似乎适合改一部长篇动画，风格样式似乎界于宫崎骏的美好大气与蒂姆·波顿的黑暗诡谲之间"①。"《炼狱之花》和我过去的所有作品都不一样，她将是我新的梦想——我希望她能改编成中国第一部 3D Imax，迈出国门，走向世界。"显然这部承载着徐小斌"新的梦想"的作品中存在一种新的创作思维，即小说中明显呈现的"动漫思维"。据徐小斌自己透露，宫崎骏和蒂姆·波顿的作品激发了她的创作灵感，使她找到了将"一部中国版的哈利·波特"和"写出 21 世纪的真实的人与事"两种创作构想结合为一的途径，即"把现实的果放进了魔幻的筐里"这一写作策略。她着重采用了夸张、想象等漫画式艺术手法，营造了一个亦真亦幻的文学世界，将影视界的黑幕和潜规则、人心的邪恶和贪婪通过新颖的动漫化叙述——揭露，既具有深刻的现实性，又有浓浓的趣味性，俨然一部成人童话。小说鲜明的动漫化风格迅速引起了投资者的注意，"已经有人做好了改编动漫书问鼎迪士尼的打算"，徐小斌"新的梦

---

① 徐小斌：《魔幻的筐与现实的果——〈炼狱之花〉自序》，《炼狱之花》，北京：人民文学出版社 2010 年版，第 1 页。

想"也将因这种成功的新颖艺术尝试而成为现实。

对于女性写作来说,这种新颖的动漫化风格无疑带来了一种清新、有趣而亲切的欣喜。但动漫文化与商业机制的密切关联既决定了这类文学作品在文学市场上会受到大众的喜爱与欢迎,又决定了其市场化、产业化的可操作性,因此女作家需要在运用动漫文化资源的同时提防女性写作因此而滑向另一种浅薄和庸俗。

四、网络化:虚假的自由

由于网络写作的自由性和开放性,大批女性参与到网络创作中来,"除了在网络文学天地,我们还从来没有在其他文学历史空间能够看到如此众多的女性作者参与文学创作,从安妮宝贝、黑可可、王猫猫到南深、樱樱、恩雅、玉骨、水晶珠链,成名或未成名的网络文学女作家在网络空间随处可见,网络成为女作家自由的天堂"[1]。由此,在创作与阅读两个方面,网络写作与传统写作、网络文本与纸质文本都形成了对垒之势。

然而,网络女性写作在短时间内便经历了从无功利性的文学表达到商业性的文字叫卖。安妮宝贝可算是国内最早的网络女性作家,一九九八年她便开始在网络论坛上写作,二〇〇〇年以代表作《告别薇安》而迅速成名。当时的网络写作没有经济回报,作者只是为了释放一种心灵上的表达欲望。她曾这样明确表示当初的创作心理:"写给相通的灵魂看。彼此阅读和安慰。就是如此。"[2]这一时期被很多人称为网络文学的"黄金时代"。然而,在这个消费时代中任何一种纯粹都难以长久。在文化、资本和性别等复杂文化权力关系的操纵下,各文学网站很快被纳入商业化运作的轨

---

① 何学威、蓝爱国:《网络文学的民间视野》,北京:中国文联出版社 2004 年版,第 102 页。

② 吴过:《桀骜不驯的美丽——网络访安妮宝贝》,榕树下:http://www.rongshuxia.com/book/7597.html.

道，成为当代文化产业的主要生产场域，追求精神自由表达的网络女性写作也很快随之丧失了原本的纯洁与自由。

　　大批高人气的网络女性作家在成功的商业操作下纷纷从网络世界通向现实，与各大网站签约，其网络文本从免费阅读转为收费阅读，并在各出版社的邀约下出版了纸质文本，走向图书市场。并且，近年来网络女性小说成了影视的"掘金场"，众多网络人气小说都被改编为影视剧并相继掀起热播狂潮，使作家和作品都更炙手可热。庞大的读者群和高额的影视改编报酬为网络作家带来了可观的经济收入，这不仅刺激了她们的创作热情，还吸引了更多的人参与到类似的网络写作中来。正如有学者所说："网络文学的最好的时期已经过去，老子说的赤子之心的时期，消失得太快了！"

　　从表面上看来网络女性写作是愈益繁荣，但是实际上危机已经开始显露。

　　在经济资本权力的操纵下和网站的商业运营中，女性写作的网络文本迅速呈现了类型化的特征。浏览各大女性文学网站便可发现，几乎所有的女性文本都可被大致归纳为这样几类：言情小说、校园青春、婚姻生活、玄幻仙侠、历史时空、科幻网游和灵异推理等，每一个分类下面都有海量作品每天更新。并且，每一部作品的成功都会引起一个新的潮流，随之产生的一大批类型化文本不约而同地充斥于各大文学网站。以近年来盛行的、最受女性喜爱的穿越小说为例，自金子的《梦回大清》开始走红网络之后，一股穿越之风便开始掀起，在各大文学网站中占据了绝对的数量优势。单在红袖添香网站的"穿越"特色馆中，每天更新的穿越小说便多达数百篇。但这些小说情节类似、人设雷同，少有新意，如果说最初的穿越小说还因丰富的想象力和对历史的新奇虚构而具有一定的文学价值，那么现下却是呈现想象萎缩之势。在网站的市场化运作机制中，网络女性写作沦为文化工业中的一种文化商品被无限复制。其惊人的增长速度和长度犹如一把双刃剑，一方面促进了网络女性写作的快速发展，另一方面其产业化、复制化的特性又消弭着网络女性写作的原创性和自由性。

与传统女性写作的严肃、凝重相比，以大众消费为归依的网络女性写作所追求的是感官性、宣泄性的轻松和娱乐。即便是涉及历史这一传统的严肃范畴，网络女性作家也能以后现代式的书写将之个人化、游戏化和戏谑化。例如在穿越小说中，历史等宏大的概念范畴在这里不再具有传统意义上的分量，作者并不受史实的羁绊，而是将其高度虚拟化，成为一种可有可无的文化背景点缀。不同于传统女性写作对女性生命体验的逼真呈现，穿越小说完全是凭想象和虚拟来表达一种超出作家本人生活经验的虚幻故事，意欲在这种想象和虚拟中释放内心的种种欲望和梦想。这种将当下和历史融合、汇集了一群如花红颜和俊美皇室子弟、加之皇家秘史和宫闱奇观等通俗元素的叙事恰恰契合了网络阅读对趣味性、消遣性和游戏性的要求。相较于俊男、美女、言情、身体、欲望、权谋等凸显的通俗元素，历史性、文学性和思想性等传统文学元素对于作者和读者来说更多的只是一种文化点缀或消遣道具。

对于女性写作来说，更具危机性的是网络女性写作的消费性对作品中性别意识的左右。在经济资本权力的终极操纵下，这一呈现必然取决于市场的引导。而市场的消费目的又决定了作品中的女性叙事以当下的女性日常经验为主，尤其是女性对感情、物质和权力的态度。女性经验的日常性和当下性在文本中被直率甚至夸张地呈现出来，便直接反映了当下女性的价值观和女性意识。这些文本客观反映了女性在当前社会中的真实诉求：有着一定的女性意识，渴望保持主体性；但当遭遇来自物质、权力等方面的压力时，平时高扬的女性意识也是可以妥协的，对于男性也是可以利用而不必一味抗拒的。可见，无论是以虚构、娱乐还是以反映现实为旨趣的网络女性作品，当涉及两性关系时都直观地反映了当前女性对自身主体性的有选择性舍弃。这一方面是现实状况的反映，另一方面也是对读者大众心理的迎合。

如果说二十世纪九十年代的女性写作曾将女性从"一切已然

成为的历史无意识"的状态中唤醒并改变了女性的失语状态，那么新世纪的网络女性写作则是进入了一个喧嚣的狂欢阶段，并对女性进行了过分的消费化叙写。随着这种消费的无限制发展，大量不求质量、毫无新意的网络女性文本以惊人的速度产生，在广泛的传播中不断麻痹着女性的主体性思维，消解着女性的主体性建构，使网络女性写作的原创性和自由性濒临被消解殆尽的危机。

对于女性写作来说，复杂的消费文化语境无疑是一种强大的挑战和考验。但只要女性作家保持女性精英应有的性别意识、对消费文化的警惕和对文学性的追求，注意避免使女性写作和自身沦为被消费的客体，我们有理由相信女性写作一定会在蜿蜒中抵达一个理想的境界。

下

部

第七章　意义的终极结构及其书写

一、历史作为意义的终极结构

何为历史？对历史的定义和理解，存在两个基本的向度：（1）所谓历史，是指人类活动的场域，这个场域有着时间与空间的规定性，人类在这一场域中的活动构成了历史内容，构成了历史的"本体性"；它是所有的历史研究所面对的最初和最后的对象。（2）所谓历史，是指关于前述"本体性历史"的叙述，即史述，它构成了历史的"文本性"，它将"本体性历史"转换为"文本性历史"，将在历史场域中发生过的人类活动（即历史内容）转换为语言中的存在，成为书案上的文牍。中国的《二十四史》，以及遍布全球、卷帙浩繁的各民族各国家的关于种群起源、社会迁延、政权迭替、地缘变更、时代发展与文化传统的种种史著，皆属此例。通俗的说法，可将"文本性历史"认为是"历史记录"或"历史记忆"，美国历史学家贝克尔就曾如此给历史下过定义："历史就是说过和做过的事情的记忆。"对历史内容进行不同属性的归类，相应的历史叙述也就有了差异纷呈的类别，这些不同的类别包括：社会史、政治史、文化史、经济史、宗教史、战争史、哲学史和文学史，当然也包括性史与性别史。

任何人,在与历史相遇的时候,他/她都必定同时会面对历史的这双重属性(本体性与文本性)。美国人杰姆逊认为:"历史本质上是非叙述的和非再现的,然而,我们又要说,除非以文本呈现的方式,历史是无法把握的;或者说,只有通过文本化,我们才能够接触到历史。"①这里的问题是:后来的人们,或者"历史"之外的人们,都只能通过"文本"去接近"本体",然而,"文本"是语言性的,是叙述性的。梁启超也说:"史者何? 记述人类社会赓续活动之体相。凡活动,以能活动者为体,以所活动者为相。史者也,综合彼参与活动之种种体,与其活动所表现之种种相,而成一有结构的叙述也。"语言作为介质是不透明的,人们无法通过语言一目了然地洞悉历史"本体";叙述则不可避免地伴生修辞,这使得历史叙述所企图达到的还原历史现场的功能变得令人疑窦丛生,叙述中的"历史现场"自始至终存在着被涂抹、被篡改的变形走样的危机。法国人保罗·利科尔认为,历史的"虚构成分比实证主义的历史概念所承认的要多","叙述性虚构中的模拟成分比实证主义的历史概念所允许的要多",因此,所谓的历史性即人类的历史状况,便是"经验主义的叙述和虚构叙述的参照相交于一点","是与叙述这一语言游戏相关系的生活形式",说到底,我们叙述和撰写的历史属于所发生事件构成的"效果历史",属于历史性本身的效果历史。② 美国人海登·怀特在《元史学:十九世纪欧洲的历史想象》中开篇即说:"我把历史作品视为叙事性散文话语形式中的一种言辞结构,……它一般而言是诗学的,具体而言在本质上是语言学的。"③"简而言之,我的看法是:占主导地位的比喻方式以及与之相伴随的语言规则,构成了任何一部史学作品那种不可还原的'元史

---

① Fredric Jameson, *The Political Unconscious*, Ithaca, NY:Cornell University Press, 1981,p.82.

② [法]保罗·利科尔:《解释学与人文科学》,陶远华、耀车等译,石家庄:河北人民出版社 1987 年版,第 300—306 页。

③ [美]海登·怀特:《元史学:十九世纪欧洲的历史想象》,陈新译,南京:译林出版社 2004 年,第 1 页。

学'基础。"①在另一篇重要的文献《作为文学虚构的历史本文》中，他更是耐人寻味地追问：历史上"到底发生了什么"?② 在他看来，任何"历史"都不过是一种文本的修辞活动，是一种"修辞想象"，因为在"历史的存在"和"历史的本文"之间，永远不存在一种真正的对应关系，更不可能是对等关系。

毫无疑问，语言哲学的勃兴，后现代背景的降临，新历史主义的问世，才使得历史在单向度的"本体性"上被剥离出"文本性"，使其具有了双重属性。"文本性"的被发现与被强调，使基于文献与史述的历史研究尤其是历史知识变得暧昧含混。历史的双重属性——准确地说，是历史的文本性——使接近历史的企图变成一种令人沮丧的无望的实践。历史文本既可能是通向历史的"林中路"，也可能是让人迷失于历史的障目一叶。尽管考古体的实证史述依然存在，但仍然无法动摇已经形成的对于语言的怀疑。进一步追问就会发现，由语言而派生的叙述、修辞、想象甚至虚构等语言游戏或语言规则，其适用的广度与深度取决于由语言本身所涵蕴的话语立场。换句话说，"效果历史"所要达到的"效果度"取决于话语持有者的历史期待。在实践层面上，"语言"通常直接被等同于"话语"，而处于"政治语义学"维度中的"话语"则直接联系着权力或意识形态。不用说，所有的历史书写都受到某种话语的支配，所有的历史书写实际上都不过是一种话语实践，历史文本说到底是由话语建构的。当克罗齐说"所有的历史都是当代史"时，他的意思是，"当代"或"当下"作为一种强势话语建构了"历史"。所以，本雅明说："历史是一种建构的产物，这种建构的基础并非同质的、空洞的时间，而是被当下填满的时间。"③历史叙述或历史书写

---

① ［美］海登·怀特：《元史学：十九世纪欧洲的历史想象》，陈新译，南京：译林出版社 2004 年，第 3 页。

② ［美］海登·怀特：《作为文学虚构的历史本文》，张京媛主编：《新历史主义与文学批评》，北京：北京大学出版社 1993 年版，第 163 页。

③ ［德］瓦尔特·本雅明：《历史的概念》，章国锋译，萌萌主编：《启示与理性："古今之争"背后的"诸神之争"》，上海：上海三联书店、华东师范大学出版社 2006 年版，第 272 页。

中的题材取舍、修辞态度、阐释方式与价值取向,归根结底取决于话语立场,由此建构的"历史"总是有所选择也有所舍弃,有所彰显也有所遮蔽,有所褒扬也有所贬抑,有所尊崇也有所扼杀。通常,主流的历史叙述都是由占统治地位的意识形态话语统摄,它以权力或隐或显的支撑来确定对历史的权威阐释。

解构浪潮的到来,才使得我们有可能就被舍弃、被遮蔽、被贬抑和被扼杀的历史进行发问。这些发问又进一步使我们意识到某些已被固定为常识的"历史"具有的暴力性质。就我的论题而言,由性别视角切入的对于历史的审视,其目的就在于指认历史的男权性质,指认由男权意识形态话语建构的"历史"对于女性的舍弃、遮蔽、贬抑和扼杀。要知道,历史不仅对于一个族群、一个国家来说是至关重要的,它同样对处于性别关系中的群体和个人来说是至关重要的,因为历史"历史性"地规定了性别关系中的群体或个人的历史角色与关系地位,并将它作为一种历史意识灌输给这个群体或个人。

何为历史意识? 历史意识是历史认知的产物。历史意识可以界定为人们关于历史的起源、目的以及与此相关的历史发展的连续性与方向性的确定无疑的认识与信念,历史意识深信历史不过是人的意志的实现过程,其核心即主体性的确立。作为启蒙运动的一项重大的思想成果,历史意识的历史性生成是通过近代化过程完成的。整个近代化的目标就是使人摆脱对自然与上帝的迷信与恐惧从而成为世界、文化及历史的主体。"人被看作是具有无限大的可能性的存在。他自己可以实现这些可能性中最高的可能性。在历史发展过程中,他能够也必定使自己成为新人,与上帝或自然创造的不完满的存在大不相同。人达到这种自我创造的方法,越来越被认为就是来控制他自己存在的条件。他被看作是环境的产物,同时也被看作是这些环境的操纵者;他被看作是历史的产物,同时也被看作是历史的有目的的创造者。"①在这里,"主体

---

① [英] R.格鲁纳:《现代历史哲学》,任莲魏、安德华译,《哲学译丛》,2000 年第 3 期,第 19 页。

性"概念对于历史意识至关重要。历史塑造了主体,主体同时又是历史方向与历史价值的规定者与缔造者,"历史意识"围绕主体而形成。"历史特许这一个或那一个主体为最高的中心,为真理和意义的终极起源和记录者,而所有其他的事物必须借助于那些术语才得以被理解和被解释。"①

有关历史意识的一个追问是:"人/主体"这一理论框架只在历史哲学中具有阐释价值,相反,在实践中却明显不具有普适性。在不同的分析框架中,"人"总是会被赋予更为具体的文化内涵。在政治学的辨识中,"人"必须经过"阶级"范畴的厘定;在性别视角的观照中,"人"必须经过"男/女"二元的区分。因此,谁是历史主体,在解构视野中便成为一个待定的命题。当我们相信或承袭传统的历史意识中关于男性是历史主体的神话和前定,那就意味着"人们关于历史的起源、目的以及与此相关的历史发展的连续性与方向性的确定无疑的认识与信念"是由男权赋予的,是男权话语的历史演义。一句话,既有的历史不过是男权意志的实现过程。作为历史主体,男性成为被历史特许的最高中心,成为"真理和意义的终极起源和记录者"。

西方史学自二十世纪七十年代始,中国史学自八十年代末始,"性别"构成了历史分析与历史批判的一个崭新的范畴。作为分析范畴的"性别"被理解为社会关系的构成要素和表示权力关系的重要方式,由此展开的历史分析"反映了受压迫的状况、压迫有含义分析和压迫的本性,……从学术的角度来理解……不平等的权力结构"。②

不证自明的是,女性存在于"本体性"历史之中,她参与了历史进程,并毫无疑问地是历史内容的组成部分(在激进女性主义者看

---

① [美]波林·玛丽·罗斯诺:《后现代主义与社会科学》,张国清译,上海:上海译文出版社 1998 年版,第 93 页。

② [美]琼·W.斯科特:《性别:历史分析中的一个有效范畴》,[美]佩吉·麦克拉肯主编:《妇女:最漫长的革命》,北京:生活·读书·新知三联书店 1997 年版,第 153—154 页。

来,女性理所当然地是历史内容的前提与基础)。人类社会早期,妇女被认为是人类繁衍的主要生产力量,"民只知其母,不知其父",以母系血统计算世系,形成母系氏族社会,并对女性给以至高无上的崇拜。在中国,有女娲造物的神话,《大荒西经》曰:"有神十人,名曰女娲之肠,化为神,处栗广之野,横道之处。"《说文解字》道:"娲,古神圣女,化万物者也。"《风俗通义》又说女娲抟土造人,成为人的始祖。此外,《淮南子·览冥训》又把炼五色石补苍天、杀黑龙、止淫水、断鳌足立四天之极的神功归于女娲。《穆天子传》中的西王母也是一个受人崇拜的女神,在《淮南子》中又变为万能之神。此外,黄帝的妻子嫘祖,是天上尊贵并最能干的女神,她创导了养蚕、缫丝,使纺织成为改变历史、泽被万世的事业。原始社会遗存的女性崇拜的雕像在世界各地均有发现,如奥地利的维伦多夫洞穴、意大利的格里马尔洞穴、法国的布拉桑普利洞穴。中国的辽宁辽西也有类似的女雕像。但是,遗憾的是,这样的"历史记载"只存在于尚只有宇宙观而无历史观的洪荒时期。当真正的历史开始的时候——比如在以基督的诞生为纪元的历史框架里——女性开始被放逐。

女性必须面对这样的历史尴尬:既有的历史文本遮蔽、涂改并消解着女性历史的"本体性"。回到贝克尔关于历史的定义:"历史就是说过和做过的事情的记忆。"也就是说,被记住的就是历史,没有被记住的就不是历史。如果从这个意义上理解历史,不用说,女性没有历史。女性在人类的"历史记忆"中被放逐,成为沉默的另一半。孟悦、戴锦华在《浮出历史地表》中认为,女性作为失去话语权的被压抑着的性别,呈现一种无名又无言的状态。她不是没有自己的历史,而是无由说出自己的历史。作为两千年的历史盲点,女性是"一切已然成文的历史的无意识"①。必须承认,历史作为人

----

① 孟悦、戴锦华:《浮出历史地表——现代妇女文学研究》,北京:中国人民大学出版社 2007 年版,第 4 页。

类活动的场域，女性作为实践主体在其中的政治、经济、宗教、战争乃至文学等公共领域和公共空间的活动基本缺失，由历史所涵括的关于公共领域和公共空间的各种宏大叙事，涉及女性的部分几乎为空白。这种局面进一步加剧了各种历史价值的认知中对女性价值的压降趋势，性别关系中的等级制度与权力模式，已经成为历史意识中的"超稳定结构"。我们可这样来理解最近三十年来"性别"何以成为历史研究的新型范畴：它从另一个角度证明了"历史"是一个相对于女性的政治概念。以性别视角而论，历史或历史叙事一直是由男性神话的叙事传统所构建的，在已有的历史叙事中，女性是缺席的他者，同时，因为其被支配和被书写的命运，女性又是历史永远的客体。因此，在英文中，"历史"被堂而皇之地写成his-tory：一个性别属性无比清晰的历史命名。

福柯指出，历史充满了断裂，也充满被强权意识形态所压制的他异因素；史学的任务就是要对历史进行"谱系研究"，揭示断裂，让历史中被压制的他异因素诉说它们自己的历史。[①] 福柯的历史意识被女性主义的历史批判所借重。历史批判对于女性来说是如此重要，不仅在于要否定男权意识形态的神话，还在于，女性作为"他异因素"，在被男权历史的压制过程和方式中可以透视出社会、政治、文化的复杂机制的运作情况。顺着福柯的意思，女性应当在历史中发现、揭示甚至制造"断裂"。比如，通过谱系研究，去发现母系社会的历史是如何"被断裂"的；再比如，如何在男权历史的连续性中发现"断裂"。本雅明说："破除历史连续性的意识，对于行动中的革命阶级来说是独特的。"[②]这话对于处于"革命行动"中的女性同样有价值。于是，历史在当下女性写作中的文学表达便有了这样的基本模式：它是断裂的，女性写作的使命就是发现和揭示它的断裂；同时，作为批判对象，在价值上它是被拒绝和被否定的。

[①] 徐贲：《走向后现代与后殖民》，北京：中国社会科学出版社1996年版，第49页。

[②] ［德］瓦尔特·本雅明：《历史的概念》，章国锋译，萌萌主编：《启示与理性："古今之争"背后的"诸神之争"》，上海：上海三联书店、华东师范大学出版社2006年版，第272页。

尼采说过:"我们需要历史,但不是像知识的花园中养尊处优的闲人那样需要它。"女性需要历史。因为存在的所有意义都是由历史给出的,一切意义皆植根于历史。同样的,女性需要历史并不是为了显示闲人式的清雅与知识过剩,相反,是为了战斗。对于女性来说,在历史断裂处展开的写作,一方面要终结男权历史作为"元历史"的不可辩驳的合法性;另一方面也意味着女性要获得历史,意味着女性作为主体在历史意识中的崛起。正如近代历史意识的形成是以人摆脱对自然与上帝的迷信和恐惧为前提一样,女性成为历史主体也必须从解构男性作为历史的权威形象入手。通过一种历史批判、一种历史书写,最终在历史中构建女性自己的主体性,几乎成为女性写作的起点。针对历史的言说或书写对于女性来说是如此重要,是因为获得"历史"就意味着获得拯救。本雅明说:"编年史家叙述事件时不分巨细。他们关心的是真实,即不要让曾经发生过的事件被历史所遗漏。实际上只有被救赎的人类才完全拥有自己的过去。这意味着,只有对于被救赎的人类来说,过去的每一个瞬间才是可引证的。"[1]通过历史获得拯救,与通过写作获得拯救一样,都是女性为构建主体性而发动的文化革命。

马克思主义认为,历史认识的主体是战斗着的被压迫阶级自身。在马克思那里,它是作为最后被奴役的、复仇的阶级出现的,将以世代被压迫者的名义,将解放的事业进行到底。而在女性主义那里,它是女性自身,它同样将以彻底被压迫者的名义,将历史拖入"最漫长的革命"。

二、中国新文学中的女性史述传统

女性写作始于"历史",始于女性成为历史主体的渴望与内在

---

① [德]瓦尔特·本雅明:《历史的概念》,章国锋译,萌萌主编:《启示与理性:"古今之争"背后的"诸神之争"》,上海:上海三联书店、华东师范大学出版社 2006 年版,第266 页。

动机。中国新文学中的女性写作也不会例外。但起步于二十世纪初的中国现代女性写作与起源于近代的西方女性写作存在历史意识的巨大差异。有着独立的妇女运动背景的西方女性写作一开始就表现出对男权中心的历史传统的对抗与解构,历史(history)作为男性神话(his-story)受到了女性写作全面的质疑与拷问,潜流与断层不断被揭示或展露,冲蚀和消解着作为稳定的历史表象的男性形象。而二十世纪初的中国女性,只是启蒙运动这一文化弑父行为中被附带解放的"女儿",只是"历史诡计"中的被动的获益者。她们不仅被启蒙话语所覆盖,同时被启蒙政治所榨取和利用。她们的写作,同样深刻地体现了历史中的性别政治。

清末民初,中国女子被冠以"女国民"之称,这不仅意味着女性这一性别群体在法律上的权利定位,更重要的是一种带有平权色彩的历史身份的获得:"我侪所受之责任,应与男子相同,皆有国民之责任。"①带着这样的身份浮出历史地表,并带着这样的身份开始了"着眼于民族/国家/政治立场的文学起步"②。而此时,中国女性和中国女性写作所直接面对的"历史",其实是不曾做过性别辨析的。她们在历史的"新/旧"断裂处,还没来得及对历史深层的男权结构进行清算,便匆匆开始与男性一起进行了构建新型历史的合谋。由秋瑾所开创和所代表的所谓"女国民化"写作,倡扬女性在公共领域和公共空间中的实践意义,实际上是强调女性作为政治化的公民主体介入历史,并在这种介入的过程中获得主体感。此时的中国女性写作表现出一种试图进入历史的真诚努力,是一种入世和"入史"的姿态。这种姿态深刻地影响了此后的中国女性写作。我们可以看到,此后的中国女性写作或在新文学起步时加入启蒙话语的阐释、演绎和传播之中,或在阶级革命和民族解放运动

---

① 参见《江苏》第 3 期,1903 年 7 月。转引自罗苏文:《女性与近代中国社会》,上海:上海人民出版社 1996 年版,第 476 页。

② 王绯:《空前之迹:1851—1930 年中国妇女思想与文学发展史论》,北京:商务印书馆 2004 年版,第 181 页。

中接续中国近代以秋瑾为典范的向"家""国"并进的女权传统，超越个人和理念的狭隘立场，与阶级或国家意识形态互为融通，并最终为阶级或国家意志所统摄。丁玲二十世纪三十年代的小说《田家冲》就可视为女性进入"历史"的一个经典比喻：三小姐的勇毅以及她在一个男性群体面前表现出的高度觉悟，意味着女性是推动历史进步的一种强劲的可见的力量。女性在这里被塑造成启蒙者（这一置换，改变了启蒙者形象惯由男性充任的政治修辞。这在很多人看来多少是一种谮妄的历史改写），她们在智慧、气质和胆略上都优于男性。在丁玲一九四二年以前的写作中，"女人、老妇和儿童，比起男人来都是更加能干的革命工作者——这一思想在《田家冲》中体现出来了，在《给孩子们》《一颗未出膛的枪弹》《新的信念》等小说中也反映出来了"①。丁玲自己也曾写道："党的材料证明，许多男同志在敌人关押拷打之下自首了，而女同志则一个都没有。"②女性的历史主体感，在这样一种"越位"式的改写中被强调。说到底，这种"越位"改写表达的是女性力图深度介入历史的愿望和企图：她们试图成为历史的核心形象，而不再只是历史边缘的徘徊者。中心/边缘、主体/客体这样的话语结构清晰地呈现在丁玲的历史愿景中。在《田家冲》里，三小姐的家庭身份还意味着，在丁玲看来，革命实践是解决个人问题，特别是资产阶级妇女个人问题的办法。丁玲个人的政治选择是对三小姐这一文学形象的最好诠释。也就是说，丁玲主张女性的历史书写与历史实践应当取得统一，互为表里。女性写作如果缺乏实践基础，缺乏现实所指，那么，"妇女问题"就永远只能依赖于想象性解决，永远只能是一个"苍凉的手势"，而写作本身就沦为空洞能指。在丁玲一九四二以后的写作中，那种僭越性别秩序的女性形象悄然退隐。而这一现象只是说明了这样一个事实：在与历史合谋的进程中，她与她的写作已更

---

① ［美］白露（Barlow）：《丁玲的女权主义在她文学作品中的表现》，《丁玲研究在国外》，孙瑞珍、王中忱编，长沙：湖南人民出版社1985年版，第295页。

② 参见《丁玲——新中国的先驱》，《天下》，1937年第5期。

为深刻地内在化于历史之中。

这样的历史意识与史述传统在杨沫的《青春之歌》中得以充分地融会、萃取与升华，形成一种经典化的表述模式。这部在各种文学史论中被称作"知识分子成长史"的小说，讲述了女性/个人如何可能进入历史。小说中首先的一个政治修辞是，知识分子被设置成女性形象（林道静），它体现了"延安话语"对于启蒙的角色秩序的重新规定，而知识分子与女性形象的这一叠合，深刻地反映了一个被疏于清算的历史规定：女性仍然是历史深渊中苦等拯救的落难者，只不过这一次她放下了祥林嫂的讨饭篮子，披上了知识分子的体面外衣。其次，从余永泽到卢嘉川，再到江华，这些依次登场的由男性扮演的启蒙者与拯救者，其对林道静施以启蒙的内容由早先的个人主义转向更具国家意志的"历史与阶级意识"。这种转化的取义，就在于要将林道静锻造为一个更具家国意识与政治身份更为突出的女国民。再次，小说以"必然性"的雄辩姿态，证明了女性及其个人的"成长史"必须揳入更为宏大的历史，方能在终极意义上被赋予价值；脱离宏大历史的、单纯孤立的女性/个人成长史是没有意义的，至少是脆弱可笑的，它只能作为历史的否定项而遭到唾弃和批判。由《青春之歌》所代表的"十七年时期"的女性写作，包括陈学昭的《工作着是美丽的》，包括菡子、刘真的战争小说，无不是同一写作传统的再体现与再巩固。所以，"经历了民主革命的中国女性，仍然身处家国之内；所不同的是，以爱情、分工、责任及义务的话语建构起来的核心家庭，取代了父权制的封建家庭；而强大的民族国家的呼唤，则更为经常而有力地作用于女性的主体意识"。[1]

二十世纪八十年代的中国女性写作，面对新的历史境遇，"女国民化"的写作传统仍然脉络清晰。同样强调对历史的介入，女性

---

[1]　戴锦华：《涉渡之舟——新时期中国女性写作与女性文化》，西安：陕西人民教育出版社 2002 年版，第 11 页。

作家从对"伤痕""反思"等启蒙叙事的参与,到对"改革"等国家叙事的支持,再到对"寻根"等民族叙事的体认,旗帜鲜明地汇入了由历史所统摄与包容的各种宏大叙事中。这在谌容的《人到中年》、张洁的《沉重的翅膀》、王安忆的《小鲍庄》、方方的《风景》等作品中,都可以得到清晰的辨识。她们的写作,不只是在技术层面参与了历史记忆的构成,更重要的是,她们与秋瑾、丁玲形成呼应,在一个更为显豁也更为"高级"的层面上,以对公共领域和公共空间的介入而拥有新的历史"本体",并进而试图由此成为历史主体。

由丁玲、萧红、冯铿、罗淑、葛琴、草明、杨沫、张洁、王安忆等串起的作家名单,以及由《太阳照在桑干河上》《生死场》《生人妻》《青春之歌》《小鲍庄》《沉重的翅膀》等展开的作品目录,构成了中国新文学"女国民化写作"的谱系。女国民化写作被认为是杰姆逊式的"民族寓言",是"家国之内"的话语叙事,是整合于启蒙现代性和民族国家的表述与认同之中的历史书写。

现代以降的中国女性与男性在历史建构中的精神同盟,并不是一劳永逸的婚姻缔约。随着女性主体的内在匮乏被逐渐体悟,尤其是,以启蒙为名的各种宏大叙事对女性作为象征符号的利用和榨取一旦被参破,质疑就立刻变得不可避免。于是,历史便会在疑虑重重的审视中被疏离。

在对文学史的回顾中我们可以看到,一些起步于"五四"的女性作家,她们的某种写作热情相比于"五四"而提前退潮,她们不约而同地从启蒙角色中撤出,退守到一种远离历史的个人主义立场。冰心、庐隐、凌叔华,莫不如是。从"启蒙现代性"向"审美现代性"过渡,其中冰心大约是最具典型性的。夏志清认为冰心是个"离五四传统稍远的作家",他说:"即使文学革命没有发生,她仍然会成为一个颇为重要的诗人和散文作家。"①丁玲也曾说冰心"不能真正

---

① ［美］夏志清:《中国现代小说史》,转引自《冰心研究资料》,北京:北京出版社1984年版,第411页。

有'五四'精神"。① 作为获取文学资格的一种策略,冰心以"问题小说"这样的启蒙叙事与历史做了一次短暂的合谋,随即放弃了小说的写作而改写诗和散文,并进入"爱的哲学"的话语世界。与五四文学普遍的激越和愤慨的话语方式不同,冰心的婉约"代表的是中国文学里感伤的传统"②。她放弃小说这样的叙事性文体,就是要规避"历史"对"叙事"的内在要求,规避新文学对叙事文体的"现实主义"功利性限定。③ 换句话说,放弃小说是冰心拒绝与历史进一步合谋的策略(她对童年记忆与对大自然的神秘主义抒写,无不同时说明她对历史/现实的规避态度);作为这一策略的另一面,她操起了诗与散文这样的抒情性文体,转向一种个人性的、自我的心灵化写作。冰心称自己的这种转向为"歇担在中途"④。随着女性作家愈益深刻地体悟到进入历史后主体性的内在匮乏,"历史"对于她们来说便愈益成为一种负担,一种不可承受之重,使得她们必须在精疲力竭时歇下。一九三〇年,冰心发表了《第一次宴会》,这个在冰心后来创作数量本就微小的小说中不被留意的作品,却揭示了一个隐秘的倾向:一个新婚的年轻女人,一个刚刚获得新的社会角色的女人,在翻检行李时发现母亲悄然赠送的礼物,霎时间被一股巨大的情感所击中;尽管她曾像美国作家艾德里安娜·雷奇所说的那样试图抵制母亲的影响(在小说中她曾表示不想有儿女,不想成为母亲。我们也可以在与冰心同时代的女性家冯沅君的小说《慈母》《旅行》《隔绝》《隔绝之后》等小说中读到含义复杂的母女纽带关系。总体而言,在冯沅君的这些小说中,"母亲"这一形象在情感价值上被肯定,但在历史价值上被否定),"不顾一切想弄清母亲

---

① 丁玲:《"五四"杂谈》,《文艺报》,第 2 卷第 3 期,1950 年 5 月 10 日。

② [美]夏志清:《中国现代小说史》,转引自《冰心研究资料》,北京:北京出版社1984 年版,第 53 页。

③ [美]安敏成:《现实主义的限制——革命时代的中国小说》第 2 章"血与泪——五四现实主义文学理论",姜涛译,南京:江苏人民出版社 2001 年版。

④ 转引自丁玲《"五四"杂谈》,《文艺报》,第 2 卷第 3 期,1950 年 5 月 10 日。

与女儿的接合处，以便施行彻底的分离手术"①，但最后，女儿与母亲的角色裂痕却被一种共通的性别经验所弥合。对母亲形象的价值认同，对由母亲形象所代表的性别经验的认同，使冰心的历史意识弹向了"启蒙现代性"的反面，因为在中国，"母亲"是父权制话语规范中"妇德"的代言形象，而在西方，"在英语中，母亲被说成m'other，我的他者"②，即一种主体性缺失的空洞形象。毫无疑问，历史在冰心的写作中被疏离；即使它仍然被冰心所书写，它也是被引入了另一个向度的：在那里，历史的世俗面孔正在被"母亲"所替代，历史的神圣内容正在被"母性"所填充。

丁玲则在其后的《我在霞村的时候》《在医院中》《夜》等小说中极为尖锐地触及了历史惰性对妇女的嘲弄、阻碍与深刻的伤害，其杂文《"三八节"有感》是一种激烈的与世抗辩，是愤怒的高潮。作为"革命"这一伟大历史事件的亲历者，丁玲以其独特的身份获得了进入历史核心区域的途径。在历史的结构深处，丁玲真切地感知了其间不可动摇的性别秩序。丁玲这个时期的写作揭示了女性话语与民族国家话语之间的冲突：从女性角度提出性别秩序问题，暴露了民族国家、阶级秩序内部的父/男权制。这种冲突会分裂、颠覆民族/阶级的主体形象，从而动摇国族主义的合法性。而丁玲在《"三八节"有感》之后的遭遇则说明她本人在进入历史时的现实困境。显然，历史（history）不会轻易改变其性别属性，不会随意将它已经握有的权杖易手，相反，它总是倾向于毁灭它所抗拒的东西。一九五七年，张爱玲发表《五四遗事》，隔着四十年的时间之河回望新文化运动：一对受过启蒙洗礼的青年男女，为自由恋爱而奋斗，但出人意料地最终有了一个一夫三妻的令人啼笑皆非的结局。"这已经是一九三六年了，至少名义上是一个一夫一妻的社会，而

---

① ［美］艾德里安娜·雷奇：《关于女人的诞生》，转引自［英］L.爱森堡、［英］S.奥巴赫：《了解女性》，屈小玲、罗义坤译，北京：光明日报出版社1990年版，第53页。

② ［法］埃莱娜·西苏：《从潜意识场景到历史场景》，张京媛主编：《当代女性主义文学批评》，北京：北京大学出版社1992年版，第218页。

他拥有三位娇妻在湖上偕游。"①这个小说不像张爱玲往常习惯做的那样醉心于感性心理与生活细节的厚描,而是直接地将性别理念戳露出叙事体外,揭示一种性别宿命论。由女性积极参与建构的历史尽管已有了四十年的厚度,期间有"启蒙与救亡的双重变奏",也有"城头变幻大王旗"式的社会形态的改弦易辙,但性别奴役一如既往;在工具理性的潜在作用下,无论历史置于何种主题之下(启蒙或救亡,激进或保守,革命或反革命),女性都只是徒具使用价值的历史工具,她们从来没有真正成为历史主体,而从《新青年》开始就被反复提及的"女子问题"也从未真正在历史实践中找到对应的解决途径。历史在本质上仍然是反女性的。总体上说,张爱玲的小说只有一个叙事逻辑,即女性在性别结构中永远的劣势地位。这个叙事逻辑被这样一个基本命题所具体化:嫁人就是卖淫。这个命题在丁玲的《梦珂》中被挑明,在张爱玲的《沉香屑·第一炉香》《连环套》《倾城之恋》等作品中被放大。张爱玲说:"以美好的身体取悦于人,是世界上最古老的职业,也是极普通的妇女职业,为了谋生而结婚的妇人全可以归在这一项下。"②不管张爱玲的小说写得如何丰饶多姿、活色生香,其作品中真正有力量的部分仍然来自前述的叙事逻辑和基本命题,来自张爱玲对历史及其本质的绝望而苍凉的透视。

需要指出的是,无论是冰心、丁玲还是张爱玲,她们的写作并不与历史构成断裂关系。冰心的写作,最多只是历史边缘的写作,它的边缘性与男权核心的历史形成了一个结构性的并置格局,并且容易被男权中心的话语重新整合。冰心后来以乔装男性的身份写作《谈女人》的举动多少证明了这种重新整合的可能。丁玲的抗

---

① 张爱玲:《五四遗事》,《张爱玲文集》第 1 卷,合肥:安徽文艺出版社 1992 年版,第279 页。

② 张爱玲:《谈女人》,《张爱玲文集》第 4 卷,合肥:安徽文艺出版社 1992 年版,第72 页。

辩则向来被认为是"人民内部矛盾",是"革命内部的革命"。① 有论者在分析丁玲的《在医院中》时指出,主人公陆萍与医院的冲突具有了鲁迅《狂人日记》中狂人和社会之间的冲突同等的性质,他们都是试图指认环境的病态最终却反被认为"有病",只不过陆萍所处环境的性质并非前现代的"封建习气",而是"以'现代方式'组织起来的'病态'",陆萍的努力也就是一种完善"现代性"的努力。② 也就是说,丁玲基于性别立场所做的历史批判,究其目的还在于修复与改良历史。不管丁玲的个性有多强悍③,面对历史对女性的压抑,她所做的仍然只是把某种愿望投射到历史帷幕上,而不是去撕裂它。而到了张爱玲,就只剩下彻头彻尾的一声叹息,只剩下对于历史宿命的彻底隐忍。

　　疏离化的历史书写,构成了中国女性写作针对历史的又一种写作传统。这在茹志鹃的《百合花》《静静的产院》《春暖时节》中被继承着。这个传统同样也深刻地影响了二十世纪八十年代的女性写作,我们可以不费力地在张洁的《方舟》、遇罗锦的《冬天里的童话》、张辛欣的《在同一地平线上》、刘西鸿的《你不可改变我》、铁凝的《棉花垛》以及王安忆的诸多小说中发现疏离于历史的个人/女性的话语叙述。疏离化的历史书写,虽然仍是历史结构内部的边缘化写作,但女性与历史的裂痕已经清晰可见。与此同时,裂痕虽然可见,但在一个仍然由宏大叙事所整合、所统摄的写作时代里,

---

　　① 贺桂梅:《转折的时代——40—50 年代作家研究》,济南:山东教育出版社 2003年版,第 239 页。

　　② 黄子平:《病的隐喻与文学生产——丁玲的〈在医院中〉及其他》,《再解读——大众文艺与意识形态》,唐小兵编,香港:牛津大学出版社 1993 年版。

　　③ 美国人海伦·斯诺曾这样描写她对延安时期丁玲的印象:"她给你的印象是她可能打算做的任何事情都是彻底胜任的,不害怕的。她显然是一台发电机,有无可约束的能量和全力以赴的热情。我感到丁玲是一个只有一个人的党,在一切方面都非常独立不羁。"见[美]海伦·斯诺著《中国新女性》,北京:中国新闻出版社 1985 年版,第218—219 页。

即使在像《在同一地平线上》这样已然是"'个人'终于上升为'主义'"①的作品里，与男性在同一地平线上共同成为历史主体的愿望仍然是女性写作的话语逻辑。"如果说女性对辗转于多重历史暴力之下的女性命运的书写，裂解了民族寓言书写的文化/政治整合企图，那么，女性笔下的贯串了文明史因而超越了特定历史的女性命运的勾勒，却又在不期然间呼应并加入八十年代主流文化的另一建构过程：以拒绝历史暴力的姿态、以本质化的中国历史场景的书写，完成'告别革命'、加入全球化进程的意识形态意图，而中国妇女解放的脉络与革命历史的复杂交织，却因此而再度遭到不同程度的遮蔽。"②

三、新时期：强调断裂和拒绝的历史书写

二十世纪九十年代的中国，"性别"经过学院化的提升之后成为批判性的理论话语，同时成为一个历史分析的崭新范畴。有意思的是，到了这时，"历史"也被宣告"终结"了。人们越来越清楚地看到，历史研究的重大意义之一在于给"历史"祛魅。在这个持续的祛魅化进程中，历史主体毫不客气地从神变成了人。毫无疑问，当"性别"这一历史溶剂被浇泼到历史的庞大身躯上时，进一步的祛魅结果将不言而喻。与福山宣告"历史终结"的理由不同，"历史终结"在女性主义那里不是因为意识形态之争的消弭，恰恰相反，而是因为新意识形态之争的崛起。我们可以清楚地看到，整个九十年代女性作家在写作上对以男性为历史主体的宏大叙事的集体拒绝。

由于对历史的审度被置入性别视野，历史的性别归属也在辨

---

① 王安忆：《女作家的自我》，《王安忆自选集之四·漂泊的语言》，北京：作家出版社 1996 年版，第 414 页。

② 戴锦华：《涉渡之舟——新时期中国女性写作与女性文化》，西安：陕西人民教育出版社 2002 年版，第 69 页。

析中得以甄定，这使得二十世纪九十年代中国女性写作的历史叙事与秋瑾/丁玲式的崇尚入世入"史"的叙事传统有了很大的差异，这种差异反映了当时性别视角架设后出现的新的价值立场所导引的叙事方向：它以拒绝历史的姿态展开了对男权历史的批判；它以制造或揭示断裂的方式进行着；与此同时，由于对自身主体性的强调，重写历史（"她史"，herstory）的冲动也成为这个时期女性写作的内在叙事动机。

（一）历史驱逐与溃败感书写

丁玲《田家冲》中的三小姐，杨沫《青春之歌》中的林道静，这些文学形象都是女性在历史中获救的标本。正因为有了获救的最终效果，此前她们参与历史的种种行为与过程就变得有意义和有价值。这好比唐僧在西天取得真经，之前的九九八十一难就被赋予了价值和意义。进入历史，并在历史中获救，就成了丁玲、杨沫以及由她们所代表的"女国民化"历史叙事的强大动机。对历史进步的乐观主义肯定与对创造历史的浪漫主义想象一起，构成这一类写作的某种同一性。在这一类写作中，历史先天地具有不容争辩的合法性，它作为获救之本为女性/个人提供了人生的终极目标。与此同时，这一类写作的诸多文本还雄辩地表明，进入历史不仅是必需的，而且是可能的；进入历史的阻力，如家庭身份、社会关系、知识差异、个人际遇甚至性别鸿沟，都可以在历史的强有力的召唤下被克服和被跨越。三小姐做到了，林道静也做到了。这一类文本无处不在地洋溢着进入历史的冲动和进入历史后享受获救感的欢愉。即使在二十世纪八十年代，谌容《人到中年》中的陆文婷也仍然以忘我的"献身"精神继续表达着参与民族国家的历史重建的渴望。陆文婷虽一度生命垂危，但最终仍然奇迹般复苏，她的献身精神在社会各个层面所获得的高度评价，意味着她的生命最终在历史中获救。

但二十世纪九十年代，中国女性的历史叙事却充满了女性进入历史的挫折感与溃败感。乐观与浪漫被绝望与残酷所取代。历史成了外在于女性的强大的异己力量，成为与女性互为否定的对立项，它不再为女性提供获救的途径，相反，它本身成为女性坠入万劫不复之深渊的宿命力量。历史在当时中国女性的书写中失去了固有的伟大形象，相反，历史的男权形象却被强调和突出，而针对男性的批判与祛魅，则使历史褪去了最后的神话外衣。

铁凝的《玫瑰门》提供了这样一个文学范本：历史如何冷酷无情地拒斥了一个女人试图参与其中的种种努力，并最终让一个遍体鳞伤的女人陷于彻底的溃败。主人公婆婆司猗纹的一生对应着若干以"革命"为强势表征的历史场景：大革命、通过革命而获得解放的中国以及"文化大革命"。相应于中国的妇女解放运动与"革命"之间的天然联系，司猗纹的一生就是对"革命"的"永不定格"的呼应。在"平等""自由""国家的存亡"等革命话语的感召下，她"英勇果敢"地在"十八岁的一个雨夜"委身于华致远，完成了她"献身"革命的象征仪式。其后的每一个"革命"时刻，她都以她为自己创造的一种姿态——"站出来"——在不同的历史场景中进行着不倦的登台表演：先是在新婚姻法颁布后将自己再嫁，试图以对历史的"革命性"顺应来割断自己与旧家庭的种种屈辱关系；再是在"文革"到来时，她抢在红卫兵抄家之前就"大义凛然"地主动捐出了房产和珍贵的红木家具，以示对历史运动的拥护之心，并兴奋地将"斗争"引入个人生活中可能触及的所有方面。她内心深处最大的恐惧是被历史遗忘，为此，门第高贵的她可以"憎恨她那个家庭，憎恨维护她那个家庭的社会，她无时无刻不企盼光明，为了争得一份光明一份自身的解放，她甚至诅咒一切都应该毁灭——大水、大火、地震……毁灭得越彻底越好"，目的只在于不成为"被新社会彻底抛弃和遗忘的人物"。[①] 她的生存能力也在历史的召唤下变得异

① 铁凝：《玫瑰门》，《铁凝自选集·玫瑰门》，北京：作家出版社1996年版，第57—58页。

常强大:她自食其力,糊纸盒、锁扣眼儿、砸鞋帮,当过女佣人,做过"光荣的人民教师",勉力维持着艰难时世中的生活。她利用历史所允许、所提供的一切机会和可能,抓住每一个机会,出演一个又一个可能被历史关注的个人剧目:她出演过"千里寻夫",出演过丑闻,出演过慷慨的捐献,出演过读报和"样板戏"。但很不幸,历史坚定地拒斥了她试图参与其中的努力:"十八岁的雨夜"没能使她在现实中飞升为一个圣洁的女人,相反这是她人生坠向悲剧深渊的开始;她也没能在"解放"的历史契机中真正获救,相反却在出演了新版的娜拉式"出走"后又被摁回了人生的原点;"文革"同样没能让她的人生有所转机,相反,无休止的"斗争"让她最终成为比《金锁记》中的曹七巧更为乖戾和令人作呕的"恶母"。无论她怎样努力,她仍然不断被历史踢出,回到她"应在"的位置。她的命运与欲望不曾为任何一种关于女性的话语所表达;她试图僭越社会的、女性的规范,但她不断出演的、遭遇的正是不同的女性规范。不用说,所有的这些规范都是由"历史"所圈定的。历史碾过了伤痕累累的她;只有死亡才能终结她试图挤进历史时遭遇的全面的溃败感。历史给予女性的创伤性记忆,被一种溃败感所表达。

池莉的《凝眸》同样表达了女性进入历史的挫折感和溃败感。由"凝眸"这一动词所象征的历史审视,在池莉的这个小说中有力地改写着既有的历史意识。这个小说是丁玲的《田家冲》和杨沫的《青春之歌》在二十世纪九十年代的改写,它同样讲述一个知识女性投身工农革命的故事,并且有意无意地仿效着"革命+爱情"的叙事模式。萃英女校教师柳真清因为目击了一场不期而遇的残酷杀戮而决定投身革命,她追随严壮父加入红军,从而完成了她进入历史的象征仪式。严壮父的身份颇有意味:他是五四运动的参与者、董必武的弟子、周恩来的学生、叶挺的部下以及故事发生时的红军第二军团第十八师师长;因为严壮父的缘故,柳真清认识和结交了贺龙、段德昌等红军高级将领。这样的历史书写具有对"信史"的刻意的仿真效果,而这一些历史人物的聚合象征了"正史"的意味以及柳真清对"历史腹地"的进入。随着啸秋的到来,历史的权力本质开始发生作用,二男一女的爱情关系在权力的作用下发生变形。更为严重的是,随着严壮父和段德昌的被杀,再度出现的暴力与杀戮让柳真清目瞪口呆。历史的秘密在"凝眸"中被窥破:历史原来只是男权游戏,附着其上的正义、真理、国家、民族等种种宏大话语,不过是历史的一种政治修辞、一种权力的美容术。"她认为严壮父不是为了她,啸秋也不是为了她,男人自有他们自己醉心的东西。因此,这个世界才从无宁日。将永无宁日。"①历史就这样让女性参悟了它的诡计,并让她参与历史的热情和在历史中获救的企图被彻底浇灭和击溃。

　　一个有意味的写作细节是,作家们甚至尝试让她们的女性人物以花木兰式的易装方式进入历史。《玫瑰门》中的姑爸,以"姑爸"(而不是姑妈)为自己命名,以烟斗、抠胸、分头来"消灭"自己的性别。稍早的《棉花垛》中的乔,也"很英气"地系上皮带,并拥有一支象征了男性特权的钢笔。但姑爸在历史的暴力中被一根插入身体的通条再次"确认"她的性别,而乔则被扯下皮带成为日本人性虐的对象。"无论她(们)在历史的语境中试图逃离或尝试改变自己作为一个女人的命运,历史、历史中的暴力都将把她还原为一个'女人',并钉死在一个女人的宿命之上。"②同样的,柳真清也穿着刻意模糊性征的"直身的旗袍",在一个不期然的历史瞬间,以"像一个男人"一样的"拂袖而去的壮举",以男性的姿态进入了男性的舞台和历史。结果都一样:溃败,是她们共同的结局。

　　对于历史,三小姐、林道静式的"勇毅"和奋不顾身的投入,在饱尝溃败感的柳真清们这里被弃绝了。柳真清从历史中抽身而退,跟随母亲在乡村一隅从事女子教育,宣扬女权思想,她"终身未

　　① 池莉:《凝眸》,见《池莉文集》第 3 卷,南京:江苏文艺出版社 1995 年版,第 238 页。
　　② 戴锦华:《涉渡之舟——新时期中国女性写作与女性文化》,西安:陕西人民教育出版社 2002 年版,第 357 页。

嫁,对男性一概冷淡,以至于男女混杂的学校也不愿任教"。而《玫瑰门》的意味深长的结尾也一再被不同的批评家们反复论及①:苏眉在生产时被"女婴和产钳配合着撞开母体","把她的身体撞开了一个放射般的大洞"。与此同时,两个看似不相干的事件与之并置:一是与鼠患作战的竹西在"专药男鼠的鼠得乐"和"专药女鼠的乐得鼠"之间,"为使鼠们丧失生育能力"而经过一番踌躇之后选定了"乐得鼠";二是妹妹苏玮来信说,她得到一只纯种德国母狗,"她为她取名叫狗狗。狗狗一进门,她便找狗大夫为狗狗做了绝育手术",于是苏眉想给女儿取名狗狗,一如妹妹的宠犬。与"生育"的情节相并置的是两个"绝育"的行动,这一并置寓意深远。"玫瑰门"作为女性生殖器官的象喻,在铁凝的理解中显然不是在基督教义中被宣示的获取永生的"窄门";在一个激进而深刻的意义上,"生育"只意味着置女性为"他者"的历史循环,而只有当"玫瑰门"被彻底关上,历史才有可能终结。柳真清式的不嫁和自绝于历史的隐居,不也是一种自我阉割吗?

这一次,历史被彻底置于女性的对面。在铁凝、池莉针对历史暴力的批判中,历史的反女性本质带着某种狰狞赤裸裸地现形了。裹挟着诡计和暴力,历史利用、榨取、伤害并最终驱逐了女性。铁凝、池莉的批判表明,相对于女性和女性价值而言,历史具有显而易见的反动性,因而女性试图进入历史的企图便是一种无妄,是终极意义上的荒诞。

(二)历史解构与母亲谱系的建构

历史或男性历史在性别视野中被宣判以后,等待它的就只有在进一步的写作实践中被解构、被颠覆的命运。与此同时,因为对自身主体性内在匮乏有着深刻而清晰的体认,一种构建自身历史

---

① 徐刊:《双调夜行船——九十年代的女性写作》,太原:山西教育出版社 1999 年版,第 26—27 页;《涉渡之舟——新时期中国女性写作与女性文化》,西安:陕西人民教育出版社 2002 年版,第 354 页。

的冲动也在此刻的女性写作中被有力地实践着。

铁凝、池莉的历史批判，是针对男性历史的"本体"而展开的。尤其在池莉的仿真式历史书写中，对"信史"和"正史"的书写效果的追求其实是对历史的现场感和本体感的求取。某种意义上说，在"本体"层面上揭露男权历史的暴力性质并不具有太高的技术难度。真正困难的，是要发现和揭露在各种历史叙述中被虚构和被修辞所藏匿的性别政治。这样的发现会向我们揭示，男权历史不仅具有"真实的本体"，同时还拥有"虚伪的形式"。

一九九〇年冬，王安忆发表《叔叔的故事》。这部深刻揭示了二十世纪八十年代中国社会思想与精神危机的小说，同样在女性写作的意义上被解读：这一次的危机征兆被赋予了男性历史。所谓"叔叔的故事"（Uncle's story），只是"历史"（his-story）的另一种说法，是一个历史叙事的浓缩形式，并在写作的一开始就预先设定了王安忆"重建世界观"①的企图。"叔叔的故事"是在二十世纪八十年代的文学话语中建构起来的，在当时的文学语境中属于众所周知、耳熟能详的公共历史。我们可以在张贤亮的《绿化树》《男人的一半是女人》等文本中不费力地发现它的人物与情节原型：二十世纪五十年代落难的一个知识青年，因为写了一篇文章而被划归"右派"，他怀着理想主义的情操度过了苦难的煎熬，成为作家，成为历史转折后的"重放的鲜花"，成为一个时代的文化英雄。关于"叔叔的故事"，关于这段历史，有着不同版本的叙述。来自"叔叔"本人的叙述代表了这段历史叙事的公共性与权威性；在他的叙述中，这是一个"普罗米修士"式的心灵炼狱的故事，他有着俄罗斯童话"鹰与乌鸦"中鹰一般的高贵，他在落难过程中与女人的关系也有着"类似旧俄时代十二月党人和妻子的故事"那样的浪漫修辞。但流传的其他叙述版本对"叔叔的故事"非常不利：他那篇文章被认为"文笔非常糟糕"，"不如小学三年级学生"；他的右派身份也是

---

① 王安忆：《近日创作谈》，《乘火车旅行》，北京：中国华侨出版社 1995 年版，第 38 页。

假的,纯粹是为了凑数而被错划的,并且他的档案里满是他"痛哭流涕卑躬屈膝追悔莫及的检查";他被打成右派下放的地点也出现了争议,于是由"叔叔"叙述的在下放途中受到理想主义精神洗礼的情节变得可疑;尤其是他发生在农村的"爱情",完全不符合"爱情"的纯洁定义;最后,"苦难"作为某种资本被他迅速地转化为现世的社会资本与性爱资本,他作为文化英雄的圣洁与光芒在无休止的性爱欲望中被耗散殆尽。所有流传的叙述版本有力地拆解了公共历史叙事。仅就"叔叔"的性爱故事,王安忆就在这个"元小说"中的强行介入,一针见血地指出:落难时的性爱,绝对不是可供先觉者挑灯夜读《资本论》的"美国饭店"之类的避难所,它更不可能成为可以为勇士提供鲜活血肉和生命之力的心愿之乡,那里有的只是白天最恶毒的互相诅咒、打老婆和夜里的"力大无穷、花样百出";这里其实没有"一个朴素的自然人和一个文化的社会人的情爱关系",也没有"一个自由民与一个流放犯的情爱关系",即"十二月党人和妻子的故事"那样的关系;章永璘或"叔叔"在那时的性爱选择,"既非任性胡闹也不是吃饱了撑的,更不是出于想了解和经历一切(崇高的和可卑的)的令人入迷的欲望的冲动,所有这一切仅仅成为,并且昭示着'我'(指叔叔,下同——引注)的生存准则而已——特别是,这种生存准则没有显示'我'的自由,而是显示了'我'的屈服,'我'的限制,显示了作为历史存在物的'自我'对于那时的'我'的判决"。①

　　"叔叔的故事"或曰以"叔叔"为表象的历史叙事,迅速地在对谎言的辨识中衰朽,"叔叔"所象征的文化英雄的形象正在失去其历史基础。这个小说再一次清晰地揭露了"故事"/历史的建构方式:谁在讲述"故事"/历史? 讲述者的身份(文化的、政治的、性别的)决定了讲述的动机和意图,并最终决定了"故事"/历史的结构

---

① 韩毓海:《"悲剧的诞生"与"谎言的衰朽"——王安忆〈叔叔的故事〉及中国当代文学的艺术问题》,《当代作家评论》,1992 年第 2 期。

与形式。在性别话语中解读《叔叔的故事》，使这小说蕴含的解构力量被进一步释放：当我们在拆解"叔叔"这个文化英雄的历史形象时，他作为男性的主体形象同时被拆解；当我们在拆解一个当代知识分子的虚伪的公共历史时，虚伪的男性的公共历史也同时轰然坍倒。

王安忆的高明之处，还不在于用一种或几种叙述去消解公共叙述，因为所有的叙述都有不确定性，并且都不可避免地带有意识形态偏见。王安忆的高明之处在于她最终让"叔叔"回到他自己的历史中，回到历史深处，让他在自己的历史中衰朽。小说的最后有这样两处情节：先是一个德国女孩毫不犹豫地用一记耳光拒绝了"叔叔"的性骚扰，然后他突然破口大骂起来，"骂的全是他曾经生活过的那小镇里的粗话俚语"，这时他"有一种时光倒流的感觉，他觉得自己好像又回到了很久的过去，重又变成那个小镇上的……的叔叔"。随后，叔叔那个早已被他遗忘了的、小镇上的儿子大宝来找他了，并与他进行了一场生死攸关的搏斗，最终叔叔打败了儿子，但他在心中有了一种真正被打败的感觉：

> 叔叔忽然看见了昔日的自己，昔日的自己历历地从眼前走过，他想：他人生中所有卑贱、下流、委琐、屈辱的场面，全集中于这个大宝身上了。这个大宝现在盯上了他，他逃不过去了，他躲得了初一躲不了十五！[①]

由"小镇"和"大宝"所象征的"叔叔"自身的历史，最后把他拽回了人生的原初。这是他"躲得了初一躲不了十五"的历史，有着卑贱、下流、委琐的品性，是他体内的力比多，是他的无意识，是他试图驱赶、试图遗忘但却无时不在支配着他的思想和行动的神秘力量，除

---

① 王安忆：《叔叔的故事》，《王安忆自选集之三》，北京：作家出版社1996年版，第76页。

了衰朽，他无法终结它。"叔叔"的历史叙事最终就这样被他的历史"本体"所解构。

有意思的是，十年之后，《叔叔的故事》中的经典段落在铁凝于二〇〇〇年出版的《大浴女》里被再次回放。方兢是二十世纪八十年代初"伤痕"风潮中的明星，以此为资本他获得"导师"角色，"他的周围，围满了俊男靓女"，而他还要去捕获更多的像尹小跳这样的、他未曾体验过的女性。当尹小跳被他的魅惑打动时，"她隐隐约约觉得她在这个备受折磨的男人面前是担当得起他要的一切的，如若他再次劳改，她定会伴随他一生一世受罪、吃苦，就像俄国十二月党人的那些妻子，甘心情愿随丈夫去西伯利亚厮守一辈子"。[①] 被男性历史想象所覆盖的尹小跳下意识地进入了"历史场景"中的性别角色与性别秩序。种种"叔叔的故事"都只是一种历史必然。借着尹小跳的醒悟，铁凝批判道："那的确是一种愚昧，由追逐文明、进步、开放而派生出的另一种愚昧，这愚昧欣然接受受过苦难的名流向大众撒娇。"由对"愚昧"的拆穿，王安忆、铁凝经由写作而展开的历史批判同样会是贯穿这个时代的女性写作的一种必然。

西苏说："从哪里失去，就从哪里补回来。"这句话可以转译为：女性在历史中失去，就应该从历史中补回来。性别历史传统及经验的匮乏，是女性成为性别主体道路上不可逾越的结构性空白。当男性历史的虚妄被批判性地指认之后，女性就有可能在断裂处、在"历史"的终结处建立起女性关于自身的历史想象，历史也因此才有可能进入被其遮蔽的"潜意识场景"。

但是，关于女性，关于女性的历史，又如何叙述呢？事实上，只要女性一提及历史，黑夜便呼啸而来，铺天盖地，密不透风。翟永

---

① 铁凝：《大浴女》，沈阳：春风文艺出版社 2000 年版，第 27 页。

明著名的"黑夜"之喻①，本身就是对女性的一种历史想象。除了关于母系社会的一些断简残片，关于女性的历史，关于历史中的女性，我们还知道些什么？这颇难回答。伍尔夫说："这答案……要到那些几乎没有灯光的历史长廊中去寻找。"②女性写作一旦进入关于自身的历史书写，其实就是进入了黑夜式的写作，进入了历史的"潜意识场景"。

一种关于母亲谱系的历史书写，在二十世纪九十年代的中国女性写作中成为主流。张洁的《世界上那个最疼我的人去了》《无字》，王安忆的《纪实与虚构》，徐小斌的《羽蛇》，赵玫的《我们家族的女人》，张抗抗的《赤彤丹朱》，池莉的《你是一条河》，蒋韵的《栎树的囚徒》等，成为这个时期中国女性作家历史想象的最为重要的文学范本。她们各自出发，在无路处前行；她们各自的历史叙述，又在总体上构成了中国女性历史想象的宏大谱系。通过她们的叙述，我们终于可以——如伍尔夫所说——"幽暗朦胧地、忽隐忽现地，可以看见世世代代妇女们的形象"③。

母亲谱系的历史书写，在这个时期非常明显地呈现出两种形态：母亲谱系的外部书写与内部书写。所谓外部书写，是指将母亲置于历史（history）之中，置于历史关系和历史进程之中；所谓内部书写，是指游离于历史之外或潜抑于历史之下的母亲"秘史"，它通常是母女代际关系的结构呈现。大多数的作品都同时兼具"内部"与"外部"的双重书写。进一步辨析会发现"内外有别"：在外部书写中，当母亲不得不与历史中的男性形象和男性话语发生碰撞的时候，母亲一般地总是被叙述者推崇与庇护，其形象被一些伟大而美好的品德所填充；而在内部书写中，在母女代际关系这样一个

---

① 翟永明：《黑夜的意识》，《磁场与魔方》，北京：北京师范大学出版社1993年版，第141页。

② ［英］弗吉尼亚·伍尔夫：《妇女与小说》，《伍尔夫作品精粹》，瞿世镜译，石家庄：河北教育出版社1991年版，第398页。

③ ［英］弗吉尼亚·伍尔夫：《妇女与小说》，见《伍尔夫作品精粹》，瞿世镜译，石家庄：河北教育出版社1991年版，第398页。

"纯粹女性"的经验结构中,情况却一般走向前者的反面。

1. 外部书写

池莉的《你是一条河》、张洁的《世界上那个最疼我的人去了》是执着于母亲谱系的"外部书写"的范例。在《你是一条河》中,辣辣在三十岁时已经是八个孩子的母亲了,"母亲"作为文化代码中的生育符号的意义被发挥到了极致。辣辣甫一登场,便处在历史场景的前台,"八个孩子中有三个名字记载了历史某个重大时期"[①]。这样的叙事设置非常有意思:一个土地一样肥沃的女人,一段盐碱地一样贫瘠的历史,它们的对峙就一定是一个"生命战胜历史劫掠"的神话。西方女权/女性主义者认为,男权文化对母亲角色的圣洁化处理,其意图在于掩盖母亲妊娠的痛苦,同时还"认为母亲角色是有诱导作用的意识形态手段,用来限制女人的自我意识和对公共事务的参与"[②]。但实际上,对于辣辣来说,生命的延续和生活的可持续性才是她作为母亲的唯一的角色功能。因此,"尽管八个孩子中有三个名字记载了历史某个重大时期,但除了饥饿,其他重要运动似乎与他们总是隔膜着。一般都是在运动结束好久,辣辣才道听途说一些震撼人心的事件"。不用说,她并不在乎母亲角色背后的"意识形态动机",当然也并不在意所谓的自我意识,也不需要对"公共事务的参与"。在这个小说里,历史的意义仅在于它使一个母亲为摆脱生存困境而做出的所有努力都具有了合法性,这其中包括辣辣在一九六一年的灾荒时期为十五斤大米和一颗包菜跟粮店的老李睡觉,包括她为每月微薄的生活费而保持着与小叔子王贤良及老朱头的暧昧"爱情"和"友谊"。作为母亲形象,她非常粗俗,她不符合男权文化的"圣洁"修辞;她也使那些"意识形态手段"成为可笑的空谈。然而,在另外一个层面上,她的圣

---

① 池莉:《你是一条河》,《池莉文集》第 3 卷,南京:江苏文艺出版社 1995 年版,第 49 页。

② [韩]卢升淑:《中国现当代女性文学与母性(序言)》,《中国女性文化》NO.1,荒林、王红旗主编,北京:中国文联出版社 2000 年版。

洁却被内在地认可,甚至对于她作为母亲的生育功能的文化意义,池莉也是在一个更为内在的性别立场上刻意强调。① 最终,这个母亲在与历史、与男性形象碰撞中光芒四射。辣辣的三女儿冬儿,曾在郭沫若《女神》的熏陶下鄙弃过母亲的粗俗,于是去最荒僻的农村插队,自称孤儿,更名"净生",三年后考上大学,成为新一代知识女性;当她开始成长为一个现实中的女人,承当起女性的命运时,曾被她鄙弃的"母亲经验"却让她幡然醒悟,她饱含泪水地回到即将辞世的母亲身边,在回忆中与母亲做了最终的价值认同。由男权话语所认定的"圣母",与由女性立场出发所肯定的"圣母",显然有着质的区别。后者对母亲形象的推崇,是建立在对母亲经验的内在肯定之上的,同时,相对于男权话语对母亲形象的榨取和不可避免的侵害,它却始终将母亲置于竭力的庇护之中。

张洁大约是唯一公开宣布自己的祖籍随母不随父的中国女性作家。② 在《世界上那个最疼我的人去了》中呈现的母—女—外孙女的血缘谱系,同样坚定地让男性形象处于缺席之中。经由在"爱情"中涅槃的祈盼(《爱,是不能忘记的》),经由在弃绝中"宣告男性拯救之虚妄"(《方舟》),母亲/母爱成为张洁最后的方舟。这个有着非虚构色彩的文本,在放肆的恸哭中,对血缘谱系中的母亲形象进行了极致的颂唱。在这个血缘谱系中,男性形象其实并不绝对缺席,相反,他们始终是缺席的"在场者"。无论是从未露面的父亲,还是后来在母亲生活中出现过的男性他者,以及"我"的丈夫,他们作为"外人"成为这个血缘谱系的价值参照者。正是因为有了这些男性形象作为参照,母亲无所诉求的全心付出才异常醒目。失母的疼痛被张洁这样表述:最后的方舟倾覆了,救赎的热望在燃烧的泪水中被烧成灰烬。因此在这个文本里,母亲的价值被空前

---

① 斯皮瓦克曾尖锐地指出,任何将妇女的生命生产排除在外的有关人类生产、劳动及财产的图景是不完整的。妇女的子宫在生产中占有有目共睹的一席之地,那足以将妇女置于任何生产理论中的施动者地位。

② 参见《张洁文集·自叙传》,北京:作家出版社 1997 年版。

放大。同样是认同母亲经验，张洁则以一种大彻大悟的断然举动，将母亲直接置放于神圣祭坛。

母亲或成为母亲，就这样成为内在于女性写作的一种崇高叙事。这让我想起早些年王安忆的《小城之恋》：一个在欲望的惊涛骇浪中方死未生、在底层的艰难生存中苦苦挣扎的女人，因为母亲的身份而有了圣洁的光芒。

> "妈妈!"孩子耍赖地一迭声地叫，在空荡荡的练功房里激起了回声。犹如来自天穹的声音，令她感到一种博大的神圣的庄严，不禁肃穆起来。①

2. 内部书写

徐小斌的《羽蛇》是母系"秘史"即内部书写的范本。《羽蛇》是一个有着巨大的颠覆企图的历史书写。按作者的说法，书中女人的名字玄溟、若木、羽蛇、金乌等，都是太阳的别称，小说再版时则更名为《太阳氏族》。这是一个用"太阳"来为女性命名的企图，它对同样曾用"太阳"来进行自我命名的男性历史构成颠覆企图——实际上，徐小斌也确实让这个家庭中唯一的男性高位截瘫，以另类阉割的方式宣告了男性历史的终结。这个重新命名的"太阳氏族"展示了一个庞大的母亲谱系。然而，这个以母女代际关系构成的母亲谱系被仇恨所充斥。在谈到这个小说时，徐小斌自己表示："慈母爱女的图画很让人怀疑。……母亲这一概念因为过于神圣而显得虚伪。实际上我写了母女之间一种真实的对峙关系，母女说到底是一对自我相关自我复制的矛盾体，在生存与死亡的严峻现实面前，她们其实有一种自己也无法证实的极为隐蔽的相互仇恨。"②小说的历史跨度也颇壮观：从晚清直到二十世纪九十年代。

---

① 王安忆：《小城之恋》，《王安忆自选集之二》，北京：作家出版社1996年版，第241页。

② 贺桂梅：《伊甸园之光：徐小斌访谈录》，《花城》，1998年第5期。

其中涉及的历史场景包括太平天国的密帏、晚清的宫廷、圣地延安以及二十世纪九十年代国内外的商战等。在这些历史腹地，展开了以玄溟为首的、"后母系社会"式的"她史"。玄溟因为失去儿子而移恨若木，若木则把对母亲的仇恨转嫁给自己的女儿，仇恨就这样在这个血缘谱系里以多米诺骨牌的方式世代相传。为了从这个轨迹中逃离，羽开始了惊心动魄的自我拯救——这种拯救却意外地以暴虐和残酷的自毁的方式展开：她六岁时就扼杀刚出生的弟弟；疯狂地跳楼摔伤自己；在背上刺青；痛斥一切事物；与一切人为仇；做脑叶切除手术……类似的描写在徐小斌的另一篇小说《天籁》中也展开过：歌唱家母亲，因政治灾难流放西北后，一边培养女儿唱民歌，一边下毒手弄瞎女儿的眼睛，她期盼女儿的歌声传遍天下，自己也可借此扬名。我们看到，《金锁记》及曹七巧作为一个"潜文本"在二十世纪九十年代徐小斌的"她史"中浮现了。

与此同时，王安忆的《长恨歌》中对渐已色衰但风韵犹存的母亲王琦瑶与青春却不无粗鄙的女儿薇薇之间微妙较量的刻画，那种为争取自身的合理化互相学习又互相憎恶的微妙情状，同样是"她史"写作中的重要一笔。而陈染的《无处告别》《另一只耳朵的敲击声》则以"现在进行时"的方式写出了母亲以爱的名义对女儿黛二小姐进行的监视与侵犯。

徐小斌式的"她史"书写在象征层面上构成了"弑母"的文化倾向。这种倾向有其性别意义上的书写价值：它以对性别经验本相的揭示，消解了男权话语中的母亲形象范式，消解了母亲形象在男权话语中的神化叙述。实际上，在徐小斌式的"她史"叙述中，被安置在母亲谱系中的母亲/女儿的文化身份已悄悄发生转换，她们之间的关系被转变为文化学上的"妇女与妇女"的关系。这样，张洁、池莉等对母亲的颂扬仍然价值不凡。另一方面，对于"她史"中残酷经验的描写，使得试图通过历史而获得拯救的命题仍然是一个沉重的、在怀疑中不得不再次悬置的命题。即使像羽那样以如此惨烈的方式试图将自己甩出命定的轨迹，但"脱离翅膀的羽毛不是飞翔,而是飘零,因为她的命运掌握在风的手中"(徐小斌语)。① 毫无疑问,在"她史"叙述的背后仍然站着一个身躯庞大而表情阴鸷的历史神话——尽管徐小斌已用"太阳氏族"的名义对它进行了驱逐。实际上,正是对于拯救之困境的深切认识,才使得二十世纪九十年代的女性写作不流于浅浮、盲目和廉价的乐观哄闹。

必须指出的是,二十世纪九十年代的"她史"叙述尽管"开始试图撰写一个关于历史不是这样而且从来没有这样的反历史的神话"②,但对"她史"中的母亲/女性经验的叙述一直使用非历史化的处理方式。我们看到,张洁的《无字》虽然讲述的是跨越一个世纪的三代女人的故事,但她们的人生被做了这样的总结:"如今一个世纪即将过去,各种花式虽有创新,本质依旧。所谓流行时尚,不过是周而复始地抖落箱子底儿。本世纪初的女人和现时的女人相比,这一个的天地未必更窄,那一个的天地未必更宽。"③同样,《羽蛇》中的五代女人,她们的历史传承以自我复制的方式进行着,"历史严重改变了这些女人的外部,但没有改变女人的内在性"④。女性经验/女性形象在历史中的非历史化现象,一方面说明女性作为历史无意识所具有的非历史化性质,说明女性被历史"固化"的宿命;但另一方面,这也很容易使对女性形象/女性经验的叙述进入本质化的危机境地。

（三）个人与历史

个人化写作是二十世纪九十年代文学/文化的典型表征。但个人化写作对于女性作家来说还另有意义。"个人化"意味着个人

---

① 徐小斌:《个人化写作与外部世界》,《中国女性文化》NO.2,荒林、王红旗主编,北京:中国文联出版社2001年版,第65页。

② ［英］弗吉尼亚·伍尔夫:《妇女与小说》,见《伍尔夫作品精粹》,瞿世镜译,石家庄:河北教育出版社1991年版,第398页。

③ 张洁:《无字》,上海:上海文艺出版社1998年版,第153页。

④ 陈晓明:《表意的焦虑:历史祛魅与当代文学变革》,北京:中央编译出版社2002年版,第361页。

与历史之间的解约,而对于女性来说,"个人化"还进一步意味着与男性历史的解约。

二十世纪九十年代中国女性作家的个人化写作,在这样一个层面上被理解着:它被理解为是女性作家个人的自传,"在我们当前的语境中,它具体体现为女作家写作个人生活、披露个人隐私,以构成对男性社会、道德话语的攻击,取得惊世骇俗的效果。因为女性个人生活的直接书写,可能构成对男权社会的权威话语、男权规范和男性渴望的女性形象的颠覆"①。由于自传因素的存在,女性作的个人化写作也被认为是"私人写作"。

"自传"与"私人写作"在这里发生了微妙的关系。"自传"是个人经验史,是"成长的故事"。而处于"私人写作"命题中的"自传"则意味着"表明了一种个人方式的纯粹性","个人经验从主流历史中分延出来,产生了独立的品格"②。沿此思路,我们会发现,像陈染的《私人生活》、林白的《一个人的战争》这样的自传体式的个人成长小说,以"纯粹的个人方式",拒绝认为个人的意义是只能从"主流历史"中获得的历史意识。

可以进行这样的对比:林道静的个人成长史,只有被植入更为宏阔的历史背景与更为壮大的历史洪流中才是有意义的。就像一棵树苗必须植进土壤,才能获得水分、营养及其他生命之本。但在陈染和林白的小说中,只剩下了"私人"或"个人",作为土壤的"历史"被抹去了。这意味着,个人不需要参照历史来进行自我命名,女性不需要参照男性来进行自我定义(想想波伏娃曾说的:"定义和区分女人的参照物是男人,而定义和区分男人的参照物却不是女人。")正是对"历史"的拒绝,才使女性成为"绝对",而个人成长史中的女性个人经验才获得了"纯粹性"。有论者在评论林白的《一个人的战争》时说:"林白从一个女性的经验出发,对个人记忆

① 王干、戴锦华:《女性文学与个人化写作》,《大家》,1996 年第 1 期。
② 尹昌龙、沈芸芸:《记忆与写作:我们时代的个人方式》,《小说评论》,1995 年第 3 期。

的书写更多出了一层意义,那就是在恢复个人写作的概念的同时,恢复了女性写作的概念,而女性写作无疑又拓宽了个人写作的空间。由女性承担的个人写作,更加强化了一种稗史写作的含义。"①正是这种"稗史"的写作意义的强调,才使林白等人的写作从"正史"中解放出来。

但一种焦虑和痛苦仍然存在。如前所述,在徐小斌的《羽蛇》中,羽的成长史就是一个和"历史"搏斗的过程,她只有两个选择:要么在搏斗中以死亡换取"绝对自由与终极胜利",要么拒绝世界,成为一根其命运被风掌握的羽毛。王安忆显然被这种焦虑困扰着。于是在《纪实与虚构》里,孤独的个人一直努力寻找与历史的对接。王安忆个人认为这个小说是"寻根小说",这意味着这次写作是个人对历史的寻求,是个人试图在历史中获得意义。如果说二十世纪以来的中国文学的写作中,个人与历史、女性与民族认同之间,始终存在着一种彼此同一、整合又尖锐和深刻冲突的文化张力,那么,《纪实与虚构》是对这个张力的全面展露。在这个小说里,由女性个人出发对母系家族史的寻找,最后很容易被认定为是实际上对父系氏族的寻找。因此,有论者认为:"女作家的自述传与家族史——事实是民族史与元历史写作,已不仅仅是女性命运对大历史的解构,而且是在书写/文化行为自身,进入了对'历史'这一以真理、意义终端面目出现的文化结构,同时也是现实秩序基础的反思。"②这意味着,在某些女性作家这里,历史是无法从个人的对面抹去的。

显然,二十世纪九十年代的个人化写作是有类别的。"王安忆的'极端个人主义'是建立在尊重'与公众的契约'上的,有更多的

---

① 尹昌龙、沈芸芸:《记忆与写作:我们时代的个人方式》,《小说评论》,1995 年第 3 期。

② 戴锦华:《涉渡之舟——新时期中国女性写作与女性文化》,西安:陕西人民教育出版社 2002 年版,第 70 页。

社会理性内容,而陈染、林白等个人化写作则注重自我表达与自我宣泄。"①由王安忆所阐述的个人与历史的关系,使人不禁想起西苏的一段论述:

> 妇女作为历史的主体,总是在几个地方同时出现。妇女改变对整齐划一的、标准化的历史的看法,那种历史均匀地调和着并疏导各种势力,把矛盾冲突驱赶进唯一的战场。在妇女身上,个人的历史既与世界的历史相融合,又与所有妇女的历史相融合。作为一名斗士,她是一切解放不可分割的一部分。她必须高瞻远瞩,而不局限于一拳一脚的相互交锋。她预见到自己的解放将不仅是改变力量关系,或者是把球抛向其他营垒;她将在人类关系上、思想上和一切常规惯例上引起一场突变:她的斗争不仅仅是阶级斗争,她将其推进成为一种更为广大得多的运动。②

　① 王侃:《诗与思的维度》,北京:作家出版社 1999 年版,第 64 页。
　② [法]埃莱娜·西苏:《美杜莎的微笑》,黄晓红译,张京媛主编:《当代女性主义文学批评》,北京:北京大学出版社 1992 年版,第 197 页。

第八章　语言之维与本体焦虑

一、逻各斯与语言本体

语言是历史的产物。但是,正如我们前面所论述的,历史被语言所消解,并在语言中被重构。二十世纪以来的理论生产都被嵌入了语言学的维度,从尼采到海德格尔,从弗洛伊德到拉康,从巴黎到法兰克福,从英国到美国,"语言"被认定为是一切理论的出发点。人们已经意识到,没有任何一种思想能够悬空地存留于语言空间之外。一如欧洲中世纪以来"理性"对"神性"的取代,"语言"也毫不客气地将"理性"取而代之,成为新的"逻各斯",成为至高无上的"道"。

事物并不是仅仅因为存在就有意义的。人、动物和物体以物质的形式不同程度地存在着,但直接的物质形式并没有赋予其意义。要获得某种确定的意义,就必须赋予人、动物和物体以象征意味。只有把有生命和无生命的栖居者都转换为象征性的实体,社会与文化才能理解这个世界——即使只是尝试性的、暂时性的。"那些赋予世界以意义的象征符号构成了语言。"[①]对于个体而言,

---

① ［英］丹尼·卡瓦拉罗:《文化理论关键词》,张卫东等译,南京:江苏人民出版社2006年版,第3页。

语言是他/她文化习得的途径，是他/她文化身份的表征，也是他/她进入社会体系的通行证。因为"事物的界限必须首先借助语言媒介才能得以设定，事物的轮廓必须首先借助语言媒介才能得以规划；而人类活动之从内部组织起来，他关于存在的概念之获得相应的明了而确定的结构是随着所有这一切的完成而完成的"①。

　　在前现代的语言"常识"中，语言通常被赋予物化形态，成为人与自然、人与社会、人与人以及人与其他各种意义之间的媒介。在前现代的理解框架里，语言的工具性是被唯一指认的性质。在中国，语言崇拜一直被有效地抵制着，原因很简单，就在于语言一般被认为是"道"的载体。老子说："大音希声，大象无形"；"信言不美，美言不信"。庄子说："荃者所以在鱼，得鱼而忘荃；蹄者所以在兔，得兔而忘蹄；言者所以在意，得意而忘言。"②魏晋时期的"言""意"之辩，也留下了王弼的如下著名结论："夫象者，出意者也，言者，明象也。……然则忘象者乃得意者也，忘言者乃得象者也。得意在忘象，得象在忘言。"③在所谓"形而上者为之道，形而下者为之器"的上/下等级里，语言被置于价值低微的"器"的工具性定位中。"五四"新文化运动对于白话文的工具性态度，以及若干次的"文艺大众化"讨论中关于"新瓶"与"旧酒"的喻说，无不表达了语言的形而下地位。同样的，在欧洲，自笛卡尔以来形成的"常识"也一向只把语言仅仅视为理性的工具。

　　但是，"逻各斯"在词源学上的本意是"言说"，就像"道"在汉语中的本意也是"说"（道可道，非常道）一样，语言终有一天会被人们在这样的意义上重新发现：它就是"逻各斯"本身，是"道"本身。因此，二十世纪以来理论生产的"语言论转向"，究其实质，"并非转向

---

① ［德］恩斯特·卡西尔：《语言与神话》，于晓译，北京：生活·读书·新知三联书店1988年版，第63页。

② 见《庄子·外物》。

③ 见《周易略例·明象》。

一个全新的领域,而只是复归于阔别已久的逻各斯原初境界"。①
这样的发现导致了如下的惊呼:"以语言为模式! 按语言学的逻辑
把一切从头再思考一遍! 奇怪的倒是过去竟不曾有人想到这样做
过,因为在构成意识和社会生活的所有因素中,语言显然在本体意
义上享有某种无与伦比的优先地位。"②语言学因此被从音位学、语
用学和语义学的知识和学科框架中解放出来,弹向本体论。语言
哲学也应运而生。正是基于对语言的"本体性"的发现,卡西尔认
为:"语词(逻各斯)实际上成为一种首要的权力,全部'存在'
(Being)与'作为'(doing)皆源于此。"③他强调:"语词(逻各斯)在起
源上居于首,因而在力量上也位于尊。"④由此进一步地,在对人的
"本性"的理解中,他改造了亚里士多德的"人是理性(逻各斯)的动
物"的经典定义:"对于理解为人类文化生活形式的丰富性和多样
性来说,理性是个很不充分的名称。但是,所有这些文化形式都是
符号形式。因此,我们应当把人定义为符号的动物(animal symbo-
licum)来取代把人定义为理性的动物。"⑤在他这里,"语词""符号"
皆为语言的化身。

　　语言的本体论意义在海德格尔那里得到了最充分的确证与辩
护。在海德格尔看来,"存在"总是在"通往语言的途中",在语言中
"恬然澄明",语言是现象学意义上的"呈现"之路:"这个来到的东
西把存在着的思从它那方面在它的言谈中形诸语言。于是这语言
本身被举入存在的澄明中。于是语言才以那种十分神秘却完全支

　　① 王一川:《语言乌托邦——20 世纪西方语言论美学探究》,昆明:云南人民出版
社 1994 年版,第 32 页。
　　② [美]弗雷德里克·詹姆逊:《语言的牢笼》,钱佼汝译,南昌:百花洲文艺出版社
1997 年版,"序言"第 2 页。
　　③ [德]恩斯特·卡西尔:《语言与神话》,于晓译,北京:生活·读书·新知三联书
店 1988 年版,第 70 页。
　　④ [德]恩斯特·卡西尔:《语言与神话》,于晓译,北京:生活·读书·新知三联书
店 1988 年版,第 72 页。
　　⑤ [德]恩斯特·卡西尔:《人论》,甘阳译,上海:上海译文出版社 1985 年版,
第 34 页。

配着我们的方式存在。"①"语言,凭借给存在物的首次命名,第一次将存在物带入语词和显象。这一命名,才指明了存在物源于其存在并达到其存在。"②在海德格尔晦涩的阐述中,仍然可以清晰地看到他的结论,即语言相对于"存在",有着支配性的权力。由此,海德格尔说:"语言是存在的寓所。人栖居于语言这寓所中。用语词思索和创作的人们是这个寓所的守护者。"与此同时,海德格尔批评形而上学的"逻辑""语法"对语言的工具性支配,提出"把语言从语法中解放出来成为一个更原始的本质结构"。③很显然,这个"更原始的本质结构"指向"逻各斯"。在相同的取向上,维特根斯坦及由他所代表的分析哲学,把世界问题化约为语言问题:"我的语言的界限意味着我的世界的界限。"④这句话的意思是,语言并不是描述"世界"的简单工具,而是"世界"本身的呈现。由是,"全部理论认知都是从一个语言在此之前就已被赋予一形式的世界出发的;科学家、历史学家以至哲学家无一不是按照语言呈现给他的样子而与客体对象生活在一起的"⑤。

二、被语言建构的主体

语言作为"本体",作为"逻各斯",这样的结论一经做出,就会导出如下命题:人作为主体,来自语言的建构,主体即是语言的构

---

①　［德］马丁·海德格尔:《关于人道主义的信》,中国科学院哲学研究所西方哲学史组编:《存在主义哲学》,北京:商务印书馆1963年版,第132页。

②　［德］马丁·海德格尔:《艺术作品的本源》,《诗、语言、思》,彭富春译,戴晖校,北京:文化艺术出版社1991年版,第69页。

③　［德］马丁·海德格尔:《关于人道主义的信》,中国科学院哲学研究所西方哲学史组编:《存在主义哲学》,北京:商务印书馆1963年版,第88页。

④　［奥地利］路德维希·维特根斯坦:《逻辑哲学论》,郭英译,北京:商务印书馆1962年版,第38页。转引自王一川:《语言乌托邦——20世纪西方语言论美学探究》,昆明:云南人民出版社1994年版,第114页。

⑤　［德］卡西尔:《语言与神话》,于晓译,北京:生活·读书·新知三联书店1988年版,第62页。

造物（所谓"符号的动物"）；语言一旦撤出，主体就成为一个毫无内容的空洞。语言与主体的关系，在语言的本体论视野中被重新审度。结论同样会是"革命性"的。杰姆逊就此谈道："在过去的语言学中，或是在我们的日常生活中，有一个观念，以为我们能够掌握自己的语言。语言是工具，人则是语言的中心，但现代语言学正是在这个意义上成为一场哥白尼式的革命。……结构主义宣布：说话的主体并非控制着语言，语言是一个独立的体系，'我'只是语言体系的一部分，是语言说我，而不是我说语言。"①

　　作为语言学教授的尼采很早就发现了语言的"权力意志"。他说，"语言到处成为一种自为的暴力"，"在语言的衰落中，人们也成了词的奴隶"。② 尼采以后的西方哲学最重要的成果之一是宣布"主体性的黄昏"之降临。上帝虽然死了，但"人"并没有因此替补进由上帝退出后空缺的主体性身位，相反，弗洛伊德关于"潜意识"的发现再次将人拖入非理性的深渊。紧接着，弗洛伊德在《梦的解析》中发现了语言的结构，这一发现在拉康那里被进一步发挥。拉康把心理分析看作语言阐释，他断言潜意识是语言的产物，是语言对欲望加以组织的产物。在他看来，语言是社会尤其是主体存在或成立的结构性情境，或者说，语言是无意识得以存在的结构性情境。③ 语言既是无意识得以存在的情境，也是无意识得以表现的情境。换言之，无意识由于语言才以如此方式存在，同时，无意识在语言中存在。毫无疑问，因为"语言"的介入，"主体"的神话被窥破。因此，鲍德里亚说："准确地讲，从来没有语言主体，……同样，从来没有意识主体，也没有潜意识主体。……从今天开始，从现在

---

① ［美］弗·杰姆逊：《后现代主义与文化理论：弗·杰姆逊教授讲演录》，唐小兵译，西安：陕西师范大学出版社 1986 年版，第 28—29 页。
② ［德］弗里德里希·尼采：《瓦格纳在拜洛伊特》（1875—1876），《悲剧的诞生》，周国平译，北京：生活·读书·新知三联书店 1986 年版，第 126 页。
③ "情境"（condition）一词也译为"条件"，本指其他事物得以存在或成立的前提，在拉康这里带有结构、规范或符码等语言学含义。

开始,知识主体的形式已经被未分的言语粉碎了。"[1]

　　早在索绪尔对语言所做的语言/言语的结构性划分中,我们就可以看到"主体性黄昏"的端倪了。《普通语言学教程》揭示了隐藏于具体语言行为背后的巨大的结构,这个巨大的结构不仅给予一个语词的概念含义以精密界定,同时也限定了主体的所有可能。从此语言学的任务就被规定为去寻求语言深处的结构。结构主义的运作结果,不只是使语言最终背弃了历史现实,同时也将行使语言的主体毫不犹豫地撇下。萨丕尔就坚持认为,语言基于结构准则而起作用,他的举隅是:说母语的人通常是无意识地依赖于这一结构准则的。我们这个时代最受推崇的知识分子兼语言学家乔姆斯基同样十分赞同索绪尔对于语言/言语的区分。他指出,语言包括两个部分:语言能力,即语言的体系或结构;语言行为,即一句偶发的言语或一整套言语。语言能力先于语言行为并且实际地产生语言行为。个体语言是通过将语言的基本规则("深层结构")转化为具体的句子和句法结构("表层结构")而产生的。在这个脉络清晰的语言学演进线索中,语言与人/主体的等级关系一再被证明。在这条脉络中,我们听到了持续不断的主体破裂的声音。

　　罗兰·巴特宣布"作者死了",意味着主体性的南柯一梦宣告终结。无论是德里达的"延异",还是克利斯特娃的"互文性",阐述的都是主体如何被操纵、如何被重构的复杂机制。在解构理论中,文本或写作,在终极意义上被视为"语言游戏",而不是"主体生产"。

　　在一个并非本体论的层面上,语言可以被这样理解:所谓语言,指的就是语法,即语言使用的规则。在规则指定的秩序空间里使用的语言,总是正确的和合法的,反之就是错误的和非法的。从索绪尔到乔姆斯基的研究,大致都可称为是寻求"语法"。语法规定了主体的思维方式和对话交际方式,最后,实际上也规定或塑造

---

　　① 〔法〕让·鲍德里亚:《象征交换与死亡》,车槿山译,南京:译林出版社2006年版,第334页。

了主体的生活方式。维特根斯坦曾说:"想象一种语言就是想象一种生活形式。"①维特根斯坦通过对"日常语言"的研究,试图说明,由日常习俗和规则所表征的"语法"如何在看似无意的运作中强有力地塑造了我们的生活形式,塑造了生活中的主体。

语言还可以在这样一个层面上被理解——这是理解语言最具创造性的发明——当语言试图强制规定一种仅仅作为语言执行的言语,于是就出现了权力话语。巴特说过:"作为语言结构的运用的语言既不是反动的也不是进步的,它不折不扣地是法西斯的。因为法西斯主义并不阻止人说话,而是强迫人说话。"②话语是语言的实践形式。当语言或语言结构在实践中体现出作为权力的强制形式,它便与话语获得同构。作为一种权力秩序的表达,"话语天然地是政治的"。③ 在后现代的诸种理论中,话语建构了关于知识、真理以及社会实体的种种陈述,也建构了言说或写作的种种主体。

三、语言的性别之属

涉及女性和女性写作,以上有关语言的讨论就必然面对这样的问题:语言有性别吗? 如果有,是男是女? 语言若无性别,当作别论;语言若是女性,也当有别论。但是,如果语言是男性的,作为"逻各斯",作为这个世界或存在的"本体",它可以颠覆吗? 女性作为写作主体,她被语言的男性品质先天地限定着,她在这样的语言中写作以及她使用这样的语言针对男性而表达的批判,是否有效? 是否具有合法性? 或者,简单地说,这样的语言可以构建女性的主体性吗? 如果不可以,其间的悖论又在何处?

---

① 转引自王一川:《语言乌托邦——20世纪西方语言论美学探究》,昆明:云南人民出版社1994年版,第117页。

② [法]罗兰·巴特:《符号学原理:结构主义文学理论文选》,李幼蒸译,北京:生活·读书·新知三联书店1988年版,第5页。

③ [美]福克斯、米勒:《后现代公共行政》,楚艳红等译,中国人民大学出版社2002年版,第10页。

女性写作在进入一个性别自觉期之后,就宣言式地提出过必须破坏语言,"因为语言被认为是男性的"。① 德尔·史班德在《男人创造语言》一书中指出,男性优越的神话是父权社会的规则造成的。人们借助规则赋予世界意义,并生活在规则之网中。男人制定了所有的规则,而其中,语言无疑是最主要的一个。② 这是在"逻各斯"的意义上确认语言的性别属性。"逻各斯"曾以理性为化身主宰世界,当理性衰落后,它又以语言为化身主宰存在。而无论理性还是语言,男性始终是它们的表象。可以设想,当我们说"世界"在语言中"呈现",或说"存在栖居于语言"时,这个"世界"或"存在"很显然都不是在性别上居于中立的。语言在界定和维护"男人的世界"中起了关键性的作用,同时又具有形成、决定、改变妇女体验的威力。由于在语言的创造与解释中女性的缺席,女性缺乏自己的语言来表达自己的体验,无名感是女性的普遍处境。女性的体验常常由男性并通过由男性发展的语言媒介记录、描述,而在男性的语语系统中,女性的体验或者被忽略或者被歪曲。因此,如果说结构主义在语言中发现了深层的"语言结构",其实就意味着结构主义发现了语言的男性"逻各斯",并且在结构主义者看来,"结构"是超历史的,它恒久地居于支配性地位,不可撼动。对于这个"结构"的强调,就意味着女性在面对语言时只能处于永久的"失语"境地。这也是结构主义在女性主义那里成为首当其冲的批判对象,以及女性主义成为二十世纪以来重要的解构理论与解构力量的原因。

几乎所有的语种,男性都是规范与标准,女性则处于从属的甚至是负面的地位。所有的语言都规定了男/女的等级关系,并通过语言规定了性别伦理。英语中,很多表示女性职业身份的名词都是在表示男性的名词之后加上词尾构成的,如 actor 或 poet 加上-

---

① 见《普通主题的变奏》,〔英〕玛丽·伊格尔顿编:《女权主义文学理论》,胡敏等译,长沙:湖南文艺出版社 1989 年版,第 410 页。

② 康正果:《女权主义文学批评述评》,《文学评论》,1988 年第 1 期。

ess，方构成 actress 或 poetess。另一个很具有说服力的例子，就是在英语中"he"和"man"作为泛指指示语的使用，所谓"男性词的泛化现象"，表现在一些代词和名词的使用上，这样的词指男也指女，这类用法"在语法上涵盖女性，在文化上却排斥女性"。[①] 有意思的是，阳性代词作为公共代词的做法早在十九世纪就已法定化。英国议会远在一八五〇年就通过一项法令规定，在议会内部应用 he 来指男女两性。[②] 在《男人创造语言》一文中，德尔·史班德断言："英国语言完全是由男人创造的……它现在仍然主要是由男人来支配的……这种对于语言的垄断是保证男性至高无上、女性的微小无形的手段之一。只要这种我们与生俱来的语言继续一成不变地作用于女性，那么男性这种至高无上的地位将永远存在。"[③]汉语中"父母""夫妇"和"子女"的排列顺序，以及女子出嫁后"张氏""李氏""祥林嫂""阿庆嫂"的身份称谓，表明的同样是由语言呈现出来的性别秩序。

　　语言以"语法"的形式规定了这个世界的性别的权力分布。尤其是在维特根斯坦所谓的"日常语言"中，"语法"执行着权力的规训。这些规训，又以"歧视"为手段展示了性别中的权力结构。比如，在法语中，按照阳性支配阴性的原则，像"三百个女人和一只（雄性）猫走在街上"这样的句子，翻译成法语时，谓语动词必须与"猫"保持一致，而不是与"三百个女人"相一致。[④] 比如，当我们说 He is a professional 时，这个"professional"与某些体面的工作联系起来，比如医生、律师、教授等，而当我们说 She is a professional 时，这个"professional"在英语世界里却是"prostitute"，成为"妓

　　① 穆凤良、李秀萍：《英语中的性歧视与中性化》，《外语与外语教学》，1998 年第 5 期。

　　② 雷宏友、王志云：《语言中性别歧视比较及根源探微》，《贵州大学学报》（哲社版），2005 年第 2 期。

　　③ 转引自托尼·莫依：《边际与颠覆：朱里亚·克里斯蒂娃》，林建法译，《上海文论》，1992 年第 2 期。

　　④ 贺显斌：《翻译话语中的性别问题浅探》，《外语与外语教学》，2003 年第 10 期。

女"。再比如，斯坦利(Julia Stanley)的调查发现，英语中与女性相关的很多词都有非常浓厚的性色彩。虽说与男性相关的不少词也有这种意味，但通过统计发现，有关女性乱搞性关系的词有二百二十个，而有关男性乱搞性关系的词只有二十个。她指出，作为一种体系，语言体现了性别的不平等，而女人显然处在受害的一方。①比之男性，语言对于女性来说更是牢笼。同样，在汉语中，涉及色情的许多词汇，几乎都带有"女"字偏旁。作为象形文字，"女"也只与身体有关，代表了生殖器或乳房。这，只要翻一翻《说文解字》就知道了。

毫无疑问，这些"语法"直接地与"唯女子与小人难养"这样的元话语有关，与"上帝造亚当，再用亚当的肋骨造夏娃"这样的元叙事有关。当语言作为牢笼对女性进行惩罚与规训时，语言其实就是男权话语本身。因此，埃莱娜·西苏说："每一件事都决定于语词，每一件事都是语词，并且只能是语词……我们应该把文化置于它的语词当中，正如文化把我们纳入它的语词和语音中一样……任何政治思想都必须用语言来表现，都要凭借语言发挥作用，因为我们自从降临人世便进入语言，语言对我们说话，施展它的规则……甚至说出一句话的瞬间，我们都逃不脱某种男性欲望的控制。"

四、语言囚牢：本体性的"绝境体验"及其批判

老实说，二十世纪以来的中国女性写作长期以来并不染有"语言焦虑"，这与长期以来中国文化与中国文学中缺乏语言崇拜有关，也与中国二十世纪以来未能产生西式的语言哲学和分析哲学有关。但二十世纪九十年代以来，由语言而起的"本体焦虑"终于开始困扰中国的女性作家，在这种焦虑引起的惊惧、迷惘、绝望和

---

① 转引自康正果：《女权主义文学批评述评》，《文学评论》，1988 年第 1 期。

愤怒中,针对语言的批判与反思爆发了。

　　或许是学者身份所致,也或许是双语优势所致,徐坤应该是二十世纪九十年代对语言最具"政治敏感"的中国女性作家。早在小说《白话》中便有关于语言的游戏式讨论:一群社科院的博士、硕士下放农村,一本正经地坐下来讨论如何与当地群众"打成一片"。正当无计可施时,搞语言的小林突然找到了问题的症结——知识分子和工农大众常常结合不好,关键在于双方使用的语言不同,一方是说书面语,一方是白话,两者格格不入。一语既出,全体茅塞顿开,于是当时决定像五四一样"掀起一场白话运动"。语言问题在这里被强调为关乎"启蒙"的政治问题。沿着这样的写作思路,一旦女性视点被楔入,基于性别立场的语言批判就不可避免地展开了。

　　《狗日的足球》是一篇关于语言批判的激烈檄文。在这个无论整体还是局部都做了精心的寓言设置的小说里,"足球"首先被设置为"是他们男人的世界语"。柳莺在强制/诱惑的双重胁迫下,进入了这个语言体系。毫无疑问,"男性崇拜"是这个语言体系的基本"语法"和"深层结构",与之相应的是,"一切歹毒的粗野"都在这个语言体系中"被赋予了堂而皇之的命名"。[①] 高潮出现在结尾:当柳莺进入足球比赛现场,进入这个男性语言的真实空间时,现实语境的严酷一下子击倒了她。当胜负的天平向着人们预期的相反方向倾斜时,"几万人的粗口汇成一股排山倒海的声浪,用同一种贬损女性性别的语言,叫嚣着,疯狂地压过来,压过来,直要把她压塌,压扁"。就像"理性"需要用"癫狂"来确认一样,语言中的男性崇拜也是通过对女性的贬损来确立的。并且,很显然,在这个语言体系里,"所有的男人和女人都已经把这种语言认同了。……听上去就仿佛几万人事先预谋好了似的。其实他们根本无须事先预谋排练,自古以来他们就已经如此了,自从有了男与女的角色区别那

────────────

　　① 徐坤:《狗日的足球》,《遭遇爱情》,武汉:长江文艺出版社1997年版。

天起就已经如此了"。这样的"语言分析"已经是在总体性或"本体"层面上甄别语言的性别归属以及语言作为先验的存在对人群的规训。因此：

> ……当她鼓足勇气，想表示自己的愤怒，想对他们的侮辱进行回击时，却发现这个世界根本就没有供她使用的语言！没有。没有供她捍卫女性自己、发泄自己愤怒的语言。所有的语言都是由他们发明来攻击和侮辱第二性的。所有的语言都被他们垄断了。

> ……她感到自己的反抗力量正一点一点被耗尽，被广大的、虚无的男权铁壁消耗殆尽。在尖厉的号声中她听到自己的嗓音断碎了，皮肤断碎了，裙子断碎了，性别断碎了，一颗优柔善感的心，也最后断碎了。

严格地说，这个小说失之匠气，有过于刻意的斧凿之痕，有"为赋新词强作愁"的某种做作。但这仍然不影响这个小说的深刻寓意：女性在语言中身陷绝境。

因为有"足球"这样的世俗形象，这就使徐坤的语言批判还带上了"日常语言"的意识形态分析。小说中有一些非常"生活化"的细节。如柳莺的室友邵丽是个狂热的球迷，看球之余还拿着足球书籍狂啃猛背。但一次谈话泄露了她的天机：她喜欢足球的原因很简单，就是为了与男友"有共同语言"，为了获得进入那个语言体系的通行证，从而不至于被"呆一边晾着"。一如克里斯蒂娃对拉康理论的认同：女性主体自始至终必得生活于父权的象征秩序即语言秩序之中，对象征秩序的完全拒绝，只能招致精神错乱。柳莺或徐坤对"足球"的语言学分析于是便会陷入这样的困惑："她和邵丽这种女人看足球究竟是纯审美的，还是男性崇拜型的，是女人'寻找'男人的努力呢，还是试图'加入'男性群体的努力。"另一个

"生活化"的细节，是进入足球场前的安检。在象征的层面上，"安检"代表了语言对试图进入其中的个人的监控与规训。在遭受了安检的苛遇后，柳莺发现"足球"（语言）使"男人粗鲁女人变态"——语言使个人发生了扭曲；同时，它控制了人的中枢神经，一个由"足球"释放出来的"场"，"在辖服所有人的行为"。但所有的看似生活化的细节"碎片"，最后都指向了一个总体性的发问："你说整个世界这场球到底是怎么个玩法？究竟是谁定的游戏规则？"关于"足球"的语言学分析最后停留在了一个关于"世界"的本体究诘中。显然，由语言对女性的本体性否定而造成的精神痛楚，已经在二十世纪九十年代的中国女性写作中被真切地捕捉到了，而徐坤的语言批判也清晰地表达了二十世纪九十年代女性写作的又一个"本体焦虑"。

可以说，徐坤式的语言批判开启了二十世纪九十年代女性写作中另一"绝境体验"的书写。如果说，此前由张洁的《方舟》、池莉的《凝眸》、陈染的《无处告别》所书写的"绝境体验"，表达的是在历史与文化中获救的无望，那么，徐坤在这个"绝境体验"中嵌入了语言的维度。获救的可能，再遭重创，这使得中国女性写作的感伤主义传统在二十世纪九十年代以后有了更深重的一笔。

《厨房》是"绝境体验"的另一重要范本。厨房是日常生活场景，"厨房"同时也是日常语言。由"厨房"这一"日常语言"所透露的语法，展示的是对于女性生存位置或空间的语言规定。这种规定是"本体"的，因而是宿命的。因此，小说一开始便道："厨房是一个女人的出发点和停泊地。"[①]枝子，一个不甘做"灶下婢"的女权主义者，一个从厨房出走的当代娜拉，一个在商海沉浮中百炼成钢并对男性世界的惯性优势构成强大反拨的"女强人"，当她试图追求一种完整的生活形式时，却不得不回到厨房，以厨房为出发点接近有可能使她的生活接近完整的男人。毫无疑问，"厨房"作为语言，

---

① 徐坤：《厨房》，《行者妩媚》，香港：中国文学出版社 1998 年版。

作为"日常生活"的意识形态,规定了她最后的"停泊地"。枝子无法越出围绕"厨房"所构建的语法,相反,强大的语言秩序使得她在厨房之外取得的胜利陷于虚幻。有意思的是,即使枝子回归厨房,回归语言秩序,但她仍然摆脱不了失败的结局。显然,回归厨房,回归语言所给定的位置,并不能成为她向男性邀宠的条件,她的回归只是语法的习惯用法,某种意义上,还是语法施予一个曾经的出轨者的惩罚。因此,到最后她所收获的、无意识间"紧紧提在手里"的只不过是厨房里的垃圾。一如女性自身,不过是语言秩序中的剩余物。徐坤再次让她的小说人物在"厨房"中陷于语言的绝境。

徐坤是个有着自觉的语言意识的作家。她对"语言"的省悟,其超妙处在于对语言的性别政治的认识。在另一个小说《游行》里,徐坤又做了这样的叙事设置:语言的三种不同形式——诗、散文、音乐——分别与三个男人对应,并分别对应着老年、中年、青年。主人公林格在不同的语言形式间游走,她对不同语言形式的俯仰姿态,极为形象地隐喻了女性在语言缝隙中挣扎的存在困境。诗作为语言的最高形式,使得林格在遭遇诗人程甲时,一种源自童年的神圣感被唤醒,随之产生了献身的渴望。"老年诗人"还意味着语言的历史与传统,意味着与历史、传统联系的崇高感。但当老年诗人褪去衣服,他颓败的身体象征性地喻示了语言内部的丑陋与肮脏。语言的"神性"被消解。林格就此游向散文,游向散文家黑戈。散文可能在徐坤那里意味着"叙事";这个散文家用"人文精神""终极关怀""弑父娶母"等名目繁多的宏大或不宏大叙事编织了他的语言王国,但仅仅林格怀孕这样一个事实就导致了这个虚弱的叙事织体的顷刻崩塌。林格滑向音乐(摇滚),滑向一种看似叛逆的语言,她为伊克乐队的演出殚精竭虑,也为自己在俗世的拯救做最后的努力,但这群青年在赢得女人的掌声与鲜花后迅速向世俗、向偏见投降。林格最后失败了。虽然"诗"的伪神圣、"散文"的虚弱、"音乐"的媚俗,都在叙述中被逐一戏谑,由男性代表的坚固形象也被逐一瓦解,但在这场与语言的较量中,女性并不是最后的胜者。面对的语言虽然形式不一,但林格的溃败结局是毫无二致的,并且是一开始就可以预见的。面对语言的高墙,那种四处碰壁又无处告别的绝望感在文本中四处弥漫。对于女性或女性写作来说,在一个深刻的层面上理解到语言是囚牢,那就意味着她进入了绝境体验。

对语言的这种本体性反思,引发了女性作家对于语言的本体性自觉。不断地有女性作家开始针对语言的男权属性展开本体性批判。如果说"厨房"针对的是"日常语言"的批判,那么方方的《暗示》则是对维特根斯坦所谓的"理想语言"的批判。在这个小说里,方方为"女人如水"给出了男权语法中的所指:

> 这老话本来就是男人想了来的,女人一直以为是夸女人的,是指女人的清爽和柔顺,却从来没有真正意识到它的刻毒之指:女人不仅有开肠剖肚这痛,且还需将这痛楚掩盖得天衣无缝。因为女人就是水。①

在这样的语言学分析中,我们发现,女性承受的压力是了无痕迹的语言无意识,是在灵肉分裂的痛苦中陷于失语的愤懑。语言有意间构建了关于女人的理想形象,同时又无形间致女人于万劫不复。女人在语言中完全没有回旋的余地,而语言的暴力却一直在某种修辞中"大象无形,大音希声",一如博尔赫斯的那个著名比喻:像水消失在水中。二妹因为没读懂男性的"暗示"而不得不在语言秩序之外陷于精神分裂,而"暗示"作为隐秘的语法却使主人公叶桑——"她的生命早已得到无数的暗示"。顿悟间,她意识到"我就是这水"。正是对于语义破解后的绝境体验,致使叶桑选择了投身长江:实际上,对于一个对语言有如此彻悟的女人来说,这无非是从一种绝境进入另一种绝境。路也的小说《世界之外,哪儿都可

---

① 方方:《暗示》,北京:中国文联出版社 2001 年版。

以》里,主人公陈西西在结婚前夕突然产生了身份迷惑,她在对"嫁"与"娶"的语义甄别中突然意识到了即将发生的身份置换。婚礼上,在一个烦冗的身份介绍程序结束后,她发现唯独她自己的身份突然失落了,她原有的身份在一个微妙的语言置换机制中被抹去了。这篇小说披露的是男权机制如何通过语言获取合法化,即通过语言的先验性将婚姻关系或性别结构中男优女劣的权力级差合法化。在递进的意义上,这篇小说还是指出了语言相对于这个世界的本体意义:语言构建了这个世界,覆盖了这个世界。因此,对于女性来说,对于一个在语言中觉醒的女性来说,世界不会有她的容身之地,相反,"世界之外,哪儿都可以"。

五、语言的解构之途:语义置换与逻辑倾斜

面对语言的"本体"制约,女性写作如何成为可能? 我们如何相信,在女性写作中展开的男权批判,其所使用的语言——不管何种语言——是未曾被男权意识形态所污染的? 女性如何能通过写作,在语言中获得拯救?

总结近代以来中外女性写作的历史经验,对于上述问题的讨论,答案也是明确的。"面对带有性别的语言,妇女只有两个选择:1. 拒绝规范用语,坚持一种无语言的女性本质;2. 接受有缺陷的语言,同时对语言进行改造。显而易见,所有的女性主义者都采纳了第二种选择。"[①]

好在语言不是铁板一块。最早的缝隙,还是由结构主义给出的。索绪尔指出,语言具有可变性,因为语言符号的能指与所指间的关系是任意的,语言的约定完全是主观的默契。索绪尔说:"语

---

① 张京媛主编:《当代女性主义文学批评》,北京:北京大学出版社 1992 年版,"前言"第 8 页。

言根本无力抵抗那些随时促使所指和能指的关系发生转移的因素。"①这意味着语义链是脆弱的,同时意味着"重新语义化"是可能的。所谓"重新语义化",指的就是割裂能指与所指间旧有的链条,同时使能指与新的所指发生链接,在这个新的链接中,语义被置换。"重新语义化"也意味着在旧有的结构中被固定的"语义",将在"重新语义化"的永动式的操作中被延异,在不确定性中陷于流浪,如伯曼所说:"一切坚固的东西都烟消云散了。"

弗兰克·吉恩指出:男性中心社会对妇女经济、政治上的控制"已经以性的术语语义化了","我们必须把以前构成的性别范畴重新语义化,把意思和意义掌握在我们自己的手里,克服传统上关于女性的联想"。② 可以这么说,"重新语义化"是女性写作在语言的权力平台上与男权意识形态展开博弈的开始。"重新语义化",是对"语义的压迫"的抵制,是对语词/语言的既定秩序的破坏,同时被破坏的当然包括在这个秩序中体现的权力秩序,包括由这个秩序来表征的性别秩序。这也是二十世纪九十年代中国女性写作在意识到语言的权力属性后所做的语言努力之一。

就二十世纪九十年代的中国女性写作而言,"重新语义化"是在这样两个向度上展开的:

1. 语义置换

铁凝的《寂寞嫦娥》所做的对语义链的"割裂",就是切断传统上对于"嫦娥"的男性想象。传统神话书写中的"嫦娥"所引发的语义链上挂满了"美丽凄清""楚楚动人""超凡脱俗"等"性的术语",与此同时,她月宫中的清冷生活也被认为是自食其果,是性别僭越的惩罚,而"碧海丹青夜夜心"的情境同时包含了男性对她的诗意想象与世俗诅咒。同样作为寡妇,铁凝笔下的"嫦娥"以村姑形象

---

① [瑞士]费尔迪南·德·索绪尔:《普通语言学教程》,高名凯译,北京:商务印书馆,1980年版,第113页。

② 弗兰克·吉恩:《超越种族中心主义》,转引自陈晓兰:《女性主义语言研究与文本分析》,《国外文学》,1999年第2期。

登场,她富有肉感,欲望饱绽,同时又吃苦耐劳,宽容大度,她也不会在清规戒律中让自己陷于寂寞的深渊。她先委身作家为妻,后嫁与园丁为妇,除了引起人们用"非同寻常的句式"表达的"非同寻常的愤慨"①,惩罚缺席了。显然,这个"嫦娥"越出了传统语义的双重规定。方方的《一唱三叹》中,英雄模范母亲晗妈响应国家号召,将自己的儿女送往边疆僻壤,国家话语中的"母亲"所引发的语义链则缀满了"坚忍""牺牲""光荣"等崇高语汇,像一副"华丽的铠甲"②,不仅压抑了母亲正常的物质情感需求,而且还造成了"母亲"意识的幻象,"直到有一天,有一天岁月的风雨流水磨耗了一切可闪的光芒",母亲才"意识到失掉的早已失掉,得到的亦从此消失"。而方方对"母亲"的"重新语义化"则在于,她在小说中终于让晗妈面对媒体(公共领域/公共机制/国家机器)时发出了最真实的声音:"如果让我重活一次,我一定要把儿子都留在身边。"

"语义置换"的精彩篇什当数蒋子丹的《桑烟为谁升起》。小说家"我"打算构思一个爱情故事,而故事起因于两句诗"假如需要死一千次,我愿一千次弥留在夏季";"死一千次"以及浪漫的"夏季"等语词在传统中的语义指向,很容易让人联想到一个不幸女人美丽而悲惨的故事。"两句诗可以决定一个命运,关于一个不幸女人的命运,这个念头叫我害怕……"③为缓解这种语义链带来的恐惧和焦虑,"我"选择以跟主人公萧芒对话的方式进行写作。但随着情节展开,"我"的构想与萧芒自己的人生设计渐行渐远,萧芒的初夜、丧夫、朝圣都在走着传统女人的宿命轨迹,而"我"作为一个局外人对她的悲剧命运洞若观火却无能为力。"我"终于忍无可忍,力求用语言强行描述出她别样的生活,为她缔造了一个女性的语言王国,在这个王国里,女性不再为"优秀"/"悲惨"、"平庸"/"幸

---

① 铁凝:《寂寞嫦娥》,《中国作家》,1999 年第 1 期。

② 方方:《一唱三叹》,见小说集《一唱三叹》,西安:陕西人民出版社 1992 年版。

③ 蒋子丹:《桑烟为谁升起》,见小说集《左手》,武汉:长江文艺出版社 1996 年版,第 97 页。

福"这样的语义链所困。

　　语义置换其实是一个重新命名的过程。这个过程激发了女性作家对于语言符号与想象成规的突围热情。陈染说："语言是一种奇妙的东西,语言的四周弥漫着我们对于它所产生的感受的无限性,语言深处,是一种没有外延的意味。"这句话表达的显然不是对语言的臣服,相反,是深感语言的"外延"缺失而产生的命名冲动。在这种冲动里出现的,是对新的语符系统与象喻系统的构建。像有论者指出的那样,不少女性作家为其作品中的主人公设置了相当怪异的名字,"所有那些名字都包含一些寂寞的、幽暗的和优美的色彩,这和男性命名和书写的女性有很大的不同。例如《私人生活》中的倪拗拗,《破开》中的殒南,《无处告别》中的黛二、缪一和麦三等等"。[1]再如"林白笔下的邸红、多米、七叶、二帕、嘟噜,徐小斌笔下的羽、金乌、若木、玄溟,陈染笔下的巫女、秃头女、麦穗女、守寡人等等,她们像一些醒目的标记,构成了与男性审美经验的界线","区别于传统文学中美女花草的男性欲望对象化命名"。[2]　与此相应的是一些怪异的句法也应运而生,如"另一只耳朵的敲击声""凡墙都是门""沉默的左乳""说吧,房间"等。那些特征鲜明的象喻系统则包括"黑夜""镜子""房间""河""血""飞翔"等。

　　这些语符与象喻系统,接近于克里斯帝娃所说的"符号"(又译"记号")。它产生于语言的矛盾、无意义、混乱和空缺之处,联系着与"象征界"相对峙的"想象界",是象征秩序之外的语言。特里·伊格尔顿说:"克莉思特娃将这种记号'语言'看作是破坏象征秩序的一种手段。"[3]

---

　　① 蒋青林:《论中国当代女性小说语言范式的递嬗演进》,《中国地质大学学报》(哲社版),2004年第6期。

　　② 赵树勤:《找寻夏娃——中国当代女性文学透视》,长沙:湖南师范大学出版社2001年版,第120页。

　　③ [英]特里·伊格尔顿:《文学理论:导引》,见[英]玛丽·伊格尔顿编:《女权主义文学理论》,胡敏等译,长沙:湖南文艺出版社1989年版,第376页。

2. 逻辑倾斜

在语义和语法之间划一条十分明确的界线是困难的。帕尔默指出，越是详细地研究语法，就越能意识到语法和语义之间的密切联系。[①] 因此，"重新语义化"其实也是与语法的斗争，是对语法的纠偏。"虽然女作家们无法跳出父权制和男性作家创造的文类，但是她们可以像艾米莉·狄金森说的那样，'讲真理，但以倾斜的方式来讲'。"[②]倾斜的逻辑，或倾斜的语法，构成了女性写作的批判性的言说方式。在广义的层面上讲，这种倾斜，最终导致话语重组，导致新的叙事话语的出现。"这就像一种至高无上的重新组织，只有**非逻辑**法则参与其中，在这种组织中占上风的是对一种新意义的发现。"[③]

对于二十世纪九十年代的中国女性写作而言，"倾斜的方式"首先是"我"在叙述中作为主语频频出现。这是一种努力，即将小说中的主人公塑造成积极的说话主体。由于强调"我"在语言中的主体位置，"我"作为一个支点导致了语法与逻辑倾斜。

> 我已经再也抓不住自己那可以对应她的话的明晰思路了，**我**的嘴唇仿佛先于头脑进入了一片寂天寞地的空洞之境，**我**只能徒劳地张着嘴，发不出声响。**我**感到身边是一团团灯光黯淡的气流，冰激凌一般幽香沁腑的滋味，**我**昏昏沉沉掉入一团光滑的白色之中。……当**我**的手指马上就要触摸到那一团凉凉的模糊不清的白颜色时，一面意想不到的墙垣拦住**我**的去路，它顺着遥远却又格外近逼的光线驶进**我**的耳鼓，然后**我**发现那堵拦路的墙是

---

① ［英］F.R.帕尔默：《语义学》，卫志强译，《国外语言学》，1984 年第 3 期。

② 张京媛主编：《当代女性主义文学批评》，北京：北京大学出版社 1992 年版，"前言"第 7 页。

③ ［法］安东尼·阿尔托：《清晰语言声明》，转引自朱丽娅·克里斯蒂娃《过程中的主体》，陈永国译，汪民安、陈永国、马海良主编：《后现代性的哲学话语——从福柯利赛义德》，杭州：浙江人民出版社 2000 年版，第 154 页。黑体字原文就有。

我肩上的殒楠的声音,**我**听到殒楠说……

　　这时,**我**那漫不经心的左手在衣兜里猛然触碰到一个凉凉的东西,某种预感使**我**想起了梦中天国里的老妇人丢在**我**衣兜里的那串晶莹的石珠。**我**急忙把那东西拿出来,由于**我**的紧张,那东西掉落到地上,**我**和殒楠惊愕无比地看到一堆洁白的小牙齿似的石珠滚落一地。

　　我的舌头僵在嘴唇里像一块呆掉的瓦片一样。

——陈染《破开》①

　　这会儿,**我**在清晨的街上无所事事,逍遥自在,清爽而宽阔的街道使得**我**心里豁然开朗。**我**已经在人群里漫不经心地独自漫走了一个多月,城市生活的那种荒诞无稽的紧迫,完全被**我**抛置脑后。**我**感到无比惬意。

——陈染《沉默的左乳》②

　　我装着一副见过世面、身手不凡的样子和他聊起来。事隔多年,**我**回想起这次经历,**我**觉得当时之所以心甘情愿地上当和上了当仍然不受伤害,仍然能继续漫长的旅途,这一切都归结于**我**良好的自我感觉。在那次旅途中,**我**总是提醒自己,**我**是一个真正的奇女子,不同凡响,一切事情均不在话下。

——林白《一个人的战争》③

---

　　① 陈染:《破开》,《陈染文集》第2卷,南京:江苏文艺出版社1996年版,第282页。

　　② 陈染:《沉默的左乳》,《陈染文集》第2卷,南京:江苏文艺出版社1996年版,第292页。

　　③ 林白:《一个人的战争》,《林白文集》第2卷,南京:江苏文艺出版社1997年版,第148页。

于是**我**不再说话，**我**随手翻着老木从前的美术及摄影杂志，**我**看到一幅摄影，显然是高速摄影，题目叫《子弹穿过苹果》，**我**长久地看着这幅画，但**我**始终辨认不出子弹，也看不出苹果，我眼前是一片浑然的青色，像美丽的火焰。

——林白《子弹穿过苹果》①

在这些并非刻意采撷的段落里，"我"是其中的关键词。这个关键词出现的频度与密度显然意味深长。仅从基本的句法或语法来看，其中的某些"我"也并非必需。在《破开》中，称呼"殒楠"时甚至总是加上这样的修饰语"我的朋友殒楠"以显示"我"的无处不在。这样的频度和密度，是对"我"作为语言主体的自我强调。更重要的是，这些"我"在语法上是自我指称的，它既是陈述者又被自己陈述，它意味着"我"是一个积极的讲述主体。在叙事文本这样一个语言织体中，"我"作为一个叙述视点，开始区别于茹志鹃的《百合花》式的旁知视点，主体的"声音"高调介入。同时，"我"作为立足于这个叙述视点的叙述者，有可能将叙述聚焦在女性主体的内在经验而不是外在关系之上，而之前相反的例子是——尽管林道静是杨沫个人的"影子"，但"总的来说，杨沫在《青春之歌》所表现的视点是有男性化倾向的，叙述者经常直接通过男性人物去'看'女主人公，并且着眼于促进林道静成为无产阶级战士的外在因素，那就是男人/党的拯救和带领，至于她的内心世界所起的变化，并不是叙述焦点之所在"。② 正是对语言中的主体位置的强调，使得一种性别主义的叙事话语有可能被重组和被创设。

"倾斜的方式"还包括在女性写作中普遍使用的反讽的语言方式，即正话反说。

---

① 林白：《子弹穿过苹果》，《林白文集》第 2 卷，南京：江苏文艺出版社 1997 年版，第 292 页。

② 陈顺馨：《中国当代文学的叙事与性别》，北京：北京大学出版社 1995 年版，第 75 页。

我对殒楠说,在我活过的三十年里,我听到过的最美妙的称呼只有两个:一个是旧时我的一位当画家的情人他曾公开叫我"黛哥儿"(我的名字叫黛二);另一个是我的某一位前夫在一次给我的来信中称我是"我的小娘子"却被我误读成"我的小婊子"。我立刻挂电话告诉他我是多么的喜爱"我的小婊子"这一叫法,这真是我的不很长的女性生命史上最辉煌、最动人不已的、给予我最高生命价值定位的叫法,一座复杂庞大的思想体系和迷宫般诱人的肉体的里程碑。

——陈染《破开》

　　站着就义从来都是男人们的事情。女人只有倒下后才能做出英勇牺牲。林格现在就无比幸福地仰倒在诗意的砧板上,让那一行行长短不齐的诗文在腰下高高地垫着她,准备接受冥想中那一支如橡巨笔的书写或点化。

　　"就让那支 pen(笔)或 penis(阴茎)把我击中,击成万道碎片,击得粉身碎骨吧!"

　　凭良心说黑戊还是挺能干的。他腰间悬挂着一只尖锐无比似乎能够荡涤一切的巨笔,能够肆意挥洒涂抹出白露琼浆花言巧语柔情蜜意,这让林格感到十分满意。黑戊常常会出其不意从前后左右无所不在的方向杀将出来,以强悍的膂力摩击揉挤着她,冲撞出的热气打在她身体的每一个部位上,那种狂躁暴戾的气息令林格很是颤抖着迷,兀自就想溶化颓软下去。已经年届不惑了却仍在狼奔豕突东撞西撞的不好好定位,这让林格思忖着恐怕他直干到八十岁也不会有什么更年期。尽管他的多数动作从史的方面来说并没有楔入多大的深度,但他带球过人的招数却有着极其巨大的方法论革新意义。他能够一刻不停地奔突交叉跳跃,从文艺批评转向社会政治学,又从文化民俗学转向后现代主义，跨学科多角度全方位地头顶背飞倒勾斜传，偶尔还能踢出一些莫名其妙十分出格的主义和动作，一时谁也弄不清他隔多长时间会从哪个方位射。社科竞技场上一时间被他四蹄腾飞扬起的灰尘给蒙蔽了，动作全都跟着失范，也看不清什么比赛规则了。

——徐坤《游行》

反讽毫无疑问地是一种"重新语义化"行为，也是一种让语法或逻辑发生重度倾斜的话语策略。言辞的表层结构始终处于言不达意的状态，而真正的语义则在言辞意指方向的反面。以上抄录的段落就非常能说明这个问题。在二十世纪九十年代的中国女性写作中，尤其当叙事必须面对男性形象或针对男权话语时，反讽便成为普遍的语言行为，从修辞学意义上的反语到文本的总体反讽构思，一应俱全。在徐坤、陈染、林白等语言极度敏感的女性作家那里，反讽为她们提供了一个冲出僵化的语言传统的一条路径，她们自觉地在作品中征用一些现成的陈词滥调、惯用语俗语、经典文本、政治文献等，对之或戏仿或影射，使之出现在不同的语境中，显得突兀、可笑、令人警醒。池莉的《来来往往》中，"毛泽东诗词"作为求爱信的核心内容，在文本中的两次差异极大的解读，可谓这种反讽的经典。

反讽的功能在于瓦解。解构主义将反讽理解为语义不稳定的作用者，它与"播散""延异""互文""游戏"一起构成了解构主义瓦解传统形而上学的一元论、二元论和逻各斯中心主义的解构策略。它通过解构语言的结构、文本的中心"企图破坏一种特定的思想体系以及它背后一整套政治结构和社会制度所赖以保持自身力量的逻辑"①。女性主义作为解构理论，女性写作作为解构行为，在反讽

---

① ［英］特里·伊格尔顿：《当代西方文学理论》，王逢振译，北京：中国社会科学出版社 1988 年版，第 224 页。

的自由嬉戏中让"真理"发生了倾斜,使"最后的语汇"在断裂中陷于失落。当然,反讽在女性写作中又不是纯然解构的——女性主义坚持一种解构中的重建。而在反讽中被重建的,就是主体意识。当反讽越过单纯的修辞层面而成为个体认知世界、言说世界的一个重要视角时,具备反讽思维就是对自我的胜利,因为"反讽是自我控制的一种最原本的手法。换言之,掌握了反讽,也就掌握了自我掌控的能力,正是通过这种自我反思和掌控,个体能够在历史现实中找到自己的视角和位置"①。反讽是主体性的充分体现,是主体性的象征。所以克尔凯郭尔认为:"因为主体通过反讽把自己从日常生活的连续性对他的束缚中解脱出来,……没有反讽就不可能有真正的人生。"②对于二十世纪九十年代中国女性写作来说,反讽不仅意味着对男权意识形态话语的悖逆,同时也意味着对主体意识的高度强调。

索绪尔曾说:"语言是最不适宜于创制的。它同社会大众生活结成一体,而后者在本质上是惰性的,看来首先就是一种保守的因素。"针对语言可能出现的变革,他同时还说:"在整个变化中,总是旧有的材料保持占优势,对过去不忠实只是相对的。所以变化的原则是建立在连续性原则的基础上的。"③他的话说出了某些让女性主义沮丧的真理。但现在看来,女性作家仍然找到了使用语言并与语言进行战斗的办法。在女性主义者看来,语言是权力斗争的场所和形成性别歧视与压迫的工具和策略。但显然女性并不是在语言中永远处于无能为力状态的,相反,她们仍然积极有为。这让人想起艾德里安娜·里奇曾说过的话:"文化的价值和偏见形成了公共话语的语境,然而在任何改变人类生活条件、打破约束他们

---

① 张芸、程茜:《反讽与创作主体意识》,《东方论坛》,2007年第1期。
② [丹麦]索伦·克尔凯郭尔:《论反讽概念——以苏格拉底为主线》,汤晨溪译,北京:中国社会科学出版社2005年版,第283页。
③ [瑞士]费尔迪南·德·索绪尔:《普通语言学教程》,高名凯译,北京:商务印书馆1980年版,第111页,第112页。

观念的斗争中,语言都是一个潜在的武器。"①

六、身体与语言的共振

　　也是从尼采开始,肉身化的身体在哲学中浮现。身体在二十世纪以来的各种话语中被重新发现、重新想象并重新建构。尤其在"后现代","身体"与"历史"一样成为知识的迷雾。但是有一点,当意识到"身体由于成为活动的容器,即宇宙和社会变迁、自然和社会运作的实际场所"②时,有关身体的"政治学"便立即诞生。毫无疑问,身体在女性主义的视野中同样是性别政治的重要场域,一如西苏所说:"身体常常成了她被压制的原因和场所。身体被压制的同时,呼吸和言论也被压制了。"③

　　身体写作在女性写作中被作为一种革命性的语言实践而被反复讨论。需要说明的是,理论意义上的"身体写作"强调的是"身体"作为能指的语言学/叙事学价值,强调"身体"与"语言"之间的等价关系,它努力寻找身体、语言和世界之间的秘密通道。因此,身体写作不只是描写躯体,不只是在写作中将女性问题身体化,而是将语言身体化。身体与语言之间的神秘关系,在陈染那里曾被这样描述过:"如果笔尖下的那个字词或语码触碰了我的神经上的某个敏感部位,那么我那只握着铅笔的手指的快感就仿佛与天空的闪电冰凉而热烈地一握。"在林白《一个人的战争》里,作者借助主人公多米对写作状态的描述而展示了身体与写作(语言)之间互相打开、互相支持的关系:"这是我打算进入写作状态的惯用伎俩,我的身体太敏感,极薄的一层衣服都会使我感到重量和障碍,我的

---

　　① 〔美〕萨利·麦克奈尔·吉奈特等主编:《社会和文学中的妇女与语言》,转引自陈晓兰:《女性主义语言研究与文本分析》,《国外文学》,1999 年第 2 期。

　　② 〔法〕朱丽娅·克里斯蒂娃:《过程中的主体》,陈永国译,汪民安、陈永国、马海良主编:《后现代性的哲学话语》,杭州:浙江人民出版社 2000 年版,第 159 页。

　　③ 〔法〕埃莱娜·西苏:《美杜莎的微笑》,黄晓红译,张京媛主编:《当代女性主义文学批评》,北京:北京大学出版社 1992 年版,第 193 页。

身体必须裸露在空气中,每一个毛孔都是一只眼睛,一只耳朵,它们裸露在空气中,每一个毛孔的深处、沉睡的梦中那被层层的岁月所埋葬所阻隔的细微的声音。"①

质疑一直是有的:"躯体能成为一种新的语言来源吗?要是有一种直接而愉快的(或更确切地说,一种明确的重新建立的)对身体的感觉,是否有可能从无意识的激动状态直接走向一种书面的女性文本?"②另一方面,乐观的、肯定的意见也在不断给出。伍尔夫在评论她同时代的女性作家多萝西·理查森时就称赞她发明了"妇女的语言""女性的精神逻辑语言"——"它比旧的句子更具弹性,可以拉得很长很长,挂得住最细小的微粒,也容得下最模糊的形状"。③相似的结论在西苏和伊丽格瑞的论文中也有多处表达。

在我看来,"身体"这一范畴所代表的哲学意味无非在于它的"差异性"与"不确定性"。身体不论作为肉身化的个体还是性别化的群体,差异具有绝对性。同时,身体又被认为是流动的,开放的,因此,不确定性就成为其另一个特性。尤其是对不确定性的认识,使女性主义者认为有可能建立一种身体的语言。

由于强调"过程"在主体建构中的重要性,克里斯蒂娃批评索绪尔式的"语言结构",她说:"语言结构是过程的障碍。它们阻止过程,将其固定,将其屈从于相互牢固团结的语义和制度的统一。"④因此,克里斯蒂娃对身体的强调的用意便在于身体是"过程",在于无法将语义进行捆绑的不确定性。伊丽格瑞则进一步将女性身体进行语言化:

---

① 林白:《一个人的战争》,《林白文集》第 2 卷,南京:江苏文艺出版社 1997 年版,第 40 页。

② [英] 罗莎琳德·琼斯:《描写躯体:对女权主义创作的理解》,[英] 玛丽·伊格尔顿编:《女权主义文学理论》,胡敏等译,长沙:湖南文艺出版社 1989 年版,第 400 页。

③ [英] 弗吉尼亚·伍尔夫:《罗曼司与心灵》,[英] 玛丽·伊格尔顿编:《女权主义文学理论》,胡敏等译,长沙:湖南文艺出版社 1989 年版,第 388 页。

④ [法] 朱丽娅·克里斯蒂娃:《过程中的主体》,陈永国译,汪民安、陈永国、马海良主编:《后现代性的哲学话语》,杭州:浙江人民出版社 2000 年版,第 159 页。

而女人却全身都是性器官。她几乎能随时随地体验快感。……

……无疑正是因为这个原因，说她容易激动，说她不可理喻，说她心气浮躁，说她变幻莫测——当然还说她的语言东拉西扯，让"他"摸不着头绪。对于理性逻辑而言，言辞矛盾似乎是疯话，使用预制好的符码的人是听不进这种语言的。女人至少敢于说出来，在自己的声明中重新不停地触摸自己。她几乎从不把自己与闲话分开，感叹、小秘密、吞吞吐吐；她返回来，恰恰是为了从另一快感或痛感点重新开始。只有以不同的方式去谛听她，才能听见**处于不断编织过程当中的"另一意义"，既能不停地拥抱词语，同时也能抛开它们，使之避免成为固定不动的东西**。[①]

伊丽格瑞的这段话让我想起林白的《说吧，房间》以及后来的《妇女闲聊录》。那些絮絮叨叨的、回环往复的、非线性、非逻辑的语体与叙述，似乎都能在伊丽格瑞这里找到理论上的支撑与阐释。

但"身体"与"语言"的互译毕竟有巨大的理论与实践难度。同时，过于强调语言的"性征"也容易使对女性写作的理解陷入本质主义的泥沼。我倾向于德勒兹的"身体—语言"说。德勒兹并不试图发现身体和语言运动的表面上的"相似性"（如开放性、曲折性、隐晦性），"而是力图在身体和语言相互作用的基础上而形成一种独特的身体—语言系列，它是两种系列之间的一种'共振'和'平行'，但它又同时向着语言和身体两个系列进行着双重的拓展运动"。[②] 在这个运动中，"身体意象"被形诸语言，身体被嵌入语言，

---

① ［法］露丝·伊丽格瑞：《非"一"之性》，马海良译，汪民安、陈永国、马海良主编：《后现代性的哲学话语》，杭州：浙江人民出版社 2000 年版，第 218 页。黑体字原文就有。

② 姜宇辉：《德勒兹身体美学研究》，上海：华东师范大学出版社 2007 年版，第 22 页。

身体经验的不确定性促使语言改变自身的结构形式而使"意义"处于开放,同时,语言则进一步通过自身的"意义"开放变化使得"身体意象"脱离了单纯的生理-生物的客观性的状态的限制而向着更开放的意义层次和空间拓展。在我看来,二十世纪九十年代中国女性写作中的"身体写作",就是这样一个层面上的"身体—语言"系列。

> 在那个废弃了的尼姑庵里,在那个隐藏在一株株阔大茂密的老树的荫下的小西南屋里,她毫不留情地把自己脱得一丝不挂。……她躺在被汗水浸湿的床上,拿着一面镜子对照着妇科书认识自己。镜子上上下下移动,她的手指在身体上代表着另外一只手。她不认识这柔软的手,这烧红的面颊;她不认识这光滑的肌肤,流泪的眼睛,胸壁上绽开的坚实的乳房。
>
> ——陈染《与往事干杯》

> 有时候当她一个人的时候她会把内衣全部脱去,在落地穿衣镜里反复欣赏自己的裸体。她完全被自己半遮半露的身体迷惑住了,她感到(或者是想象、幻觉、记忆)一只手在她的身体上抚摸和搓揉,手给予肉体的感觉最细密,最丰满,它的灵活度导致了无穷的感觉层次,既能提供富于力度的按揉抓捏(那富于弹性的组织是如此魅力无边,使我不忍释手),我们天然地要寻找这样柔美的事物,就像雨水要落到河里而太阳要升起。
>
> ——林白《致命的飞翔》①

> 冰凉的绸缎触摸着她灼热的皮肤,就像一个不可名

---

① 林白:《致命的飞翔》,《林白文集》第 1 卷,南京:江苏文艺出版社 1997 年版,第 7 页。

状的硕大器官在她的全身往返。她觉得自己在水里游动，她的手在波浪形的身体上起伏，她体内深处的泉水源源不断地奔流着，发出致命的呻吟声。她的手寻找着，犹豫着固执地推进，终于到达那湿漉漉蓬乱的地方，她的中指触着了这杂乱中心的潮湿柔软的进口，她触电般地惊叫了一声，她自己把自己吞没了。她觉得自己变成了水，她的手变成了鱼。

——林白《一个人的战争》

这时她的心跳加速血流加快，镜中，一种病态的红润渐渐席卷了她，一股燥热空洞地涌起，她扯去内衣，赤裸裸地站在镜前徒劳地扭动身体，她觉得一股热流正逼向那个隐秘之处，她闭上眼睛，把自己想象成正在被武士占有的舞姬，于是手指伸向身上那一丛丝茅草一般的阴影，手指立即被一种乳白色的黏液淹没了。

——徐小斌《双鱼星座》①

这样的段落，在二十世纪九十年代中国女性写作文本中可谓俯拾皆是，构成了一种触目的写作景观。在这些"身体—语言"的系列中，满眼的"身体意象"被形诸语言，并与语言发生共振，"身体"和"语言"都僭越了成规而有所拓展。这种拓展，可用两位女性作家的话来做结——徐坤说："一切的语言设计，从音律，到韵脚，再到汉字声形的控制与恣张，都是那么毛茸茸、湿漉漉的，滑爽，通畅，是从她身上各个开口处流淌出来的。根本不能想象男性作家那坚硬死厥的身体里会生长出这样的语言。她找到了这样一种肢体的流淌的语言，首先从语言上获得了诠释自己身体的理念。"②身体改

---

① 徐小斌：《双鱼星座》,《迷幻花园》,北京：华艺出版社 1995 年版。
② 徐坤：《双调夜行船》,太原：山西教育出版社 1999 年版，第 89 页。

变了语言。而林白说："我一直想让性拥有一种语言上的优雅，它经由真实到达我的笔端，变得美丽动人，生出繁花与枝条，这也许与它的本来面目相去甚远，但却使我在创作中产生一种诗性的快感。"[①]语言使身体具有"意义"，并使"意义"处于诗性的多义、开放状态。

---

① 林白：《选择的过程与追忆——关于〈致命的飞翔〉》，《林白文集》第4卷，南京：江苏文艺出版社1997年版，第303页。

第九章　欲望:性表达与新的形象范式

一、欲望的政治

《汉语大词典》释"欲望"为:"1. 希望,盼望;2. 想得到某种东西或达到某种目的的要求。"①统观诸多现代汉语词典的释义,大致可归纳为:"对能给以愉快或满足的事物或经验的有意识的愿望;强烈的向往;肉欲或性欲;想得到某种东西或想达到某种目的的要求。简言之,欲望就是一种主观产生尚未实现的愿望、想法,某些情况下指代性欲。"佛经有云:"生死根本,欲为第一。""欲望"在佛教释义中关乎生死,构成"本体"。王国维也曾肯定地说:"生活之本质何?'欲'而已矣。"②在一种更为理论化的阐述中,"欲望"被认为是人性的组成部分,是本能的一种释放形式;它构成了人类行为最内在与最基本的根据与必要条件。

尽管有马斯洛的"层次说",但在大多数情况下,"欲望"都被置

① 见《汉语大词典》(缩印本)中卷,上海:汉语大词典出版社 1997 年版,第 3992 页词条"欲望"。

② 王国维:《红楼梦评论》,《王国维文集》,北京:北京燕山出版社 1997 年版,第 203 页。

于形而下层面被讨论,一如在"天理/人欲"的阐释结构中,"欲望"始终处于"理性"的对面,是文化与政治规训的对象。(《礼记·曲礼上》曰:"欲不可从(纵)。")因此,李贽、戴震、龚自珍在各自的关于"释欲""纵欲"的言说中,总是将"欲"与"人"、与"私"这样的概念粘连,构成了针对"道"、针对"逻各斯"的批判谱系。在近代以来的西方,现代性被认为是"本能造反逻各斯"(舍勒语),从此对欲望的尊重被认为是对生命的肯定形态。叔本华说:"生命意志的肯定仅仅只是自己身体的肯定。"①在他看来,身体的自我经验是肉身愿望意志的发生,身体的欲望经验构成了生命的真正本质,人作为自我主体因此得以确立。尤其是,在资本主义条件下,在消费时代语境下,或在二十世纪九十年代以来中国女性写作的论题下讨论"欲望","欲望"更是直接与物质、与身体、与本能、与力比多相关联的个人主义话语,并会得到弗洛伊德主义的强力支持。在这个维度上被讨论的"欲望",其实就是"食色",就是"饮食男女"。

"欲望"是徘徊于历史、文明和秩序之下的幽灵。它与力比多的深刻关系总是让这些宏伟结构深感恐惧与忧虑。它一方面被认为是历史与文明的动力(如马尔库塞在《爱欲与文明》中所阐述的),另一方面又被认为是历史与文明的否定力量(如弗洛伊德在《文明及其缺憾》中所阐述的)。后者,使"欲望"进入了抑制和规训的机制,人类文明进步的过程被描述为"把欲望'领土化'在某种封闭结构"②的过程。然而,力比多是不可能在身体里被删除的,"欲望"因此也不可征服。对于"欲望"的规训因此便有了这样的策略:话语转移。"所谓对欲望的话语转移,就是通过话语的叙述,用一套价值与意义引导人们,使其对欲望注意的重心发生转移;或者说,使其转移欲望发展的方向,使人、人群走向心灵具有家园、社会

---

① [德]叔本华:《作为意志和表象的世界》,石冲白译,杨一之校,北京:商务印书馆1982年版,第457页。
② 方成:《精神分析与后现代批评话语》,北京:中国社会科学出版社2001年,第122页。

具有秩序的轨道。……孔子用话语把欲望追求转移到'仁',苏格拉底转移到'美德',康德转移到'理性'。"①苏格拉底对话语的转移更有一段清醒的表白:"当一个人的欲望被引导流向知识及一切这类事情上去时,我认为,他就会参与自身心灵的快乐,不去注意肉体的快乐。"②近代以来的话语转移,更是将"欲望"纳入关于民族/国家的想象中,使"欲望"在各种各样的宏大叙事中被重新编码。中国,或西方,莫不如是。这在"革命+爱情"的叙事模式中被充分说明。

新时期以来,特别是二十世纪九十年代以来的中国文学中,"欲望"已不再需要遮羞布。捆缚于"欲望"之上的种种锁链与种种紧箍咒纷纷挣断和失效。欲望被祛魅,被祛蔽。尤其是,当写作的个人化立场被确立,欲望便从宏大叙事中全身而退。在各种各样的宣扬"个人"的写作里,欲望被作为此前关于欲望的话语权力的否定力量而被叙述,同时也成为叙事的动力。"欲望"与"法则"的对立不复存在,相反,"欲望"本身正成为叙事"法则",从故事层面转入话语层面,成为新型的叙事话语。因此有人说:"凸现欲望的叙事除了消解既往文化价值之外,其实还在告诉人们,任何文化建构,都必须首先直面当下的欲望表现;或者说,直面当下的欲望表现正是为了新的文化重构。"③

综观二十世纪九十年代的中国小说,总体而言,欲望叙事被认为是反深度的。九十年代的欲望叙事突现的是欲望本身,因此欲望叙事是不及物的,它既没有道德或理想的语义关联,也没有崇高或优美的美感形式;关于欲望的所有叙事最终只是指向欲望本身。它是自我指涉的,因此,九十年代中国文学叙事中的欲望是"能指化"的。按拉康的说法,欲望就是能指,并且是从一个能指转向另

① 程文超:《欲望叙述与当下文化难题》,《花城》,2003 年第 5 期。
② [古希腊]柏拉图:《理想国》,郭斌和、张竹明译,北京:商务印书馆 1996 年版,第 231 页。
③ 程文超:《欲海里的深情守望》,《文学评论》,1996 年第 2 期。

一个能指的没有终结的运动。欲望的满足，只是一种永无归期的流放。同时，二十世纪九十年代中国文学叙事中的欲望又是肉身化的，是"以肉身颠覆终极意义的欲望化叙述"。① 这时，欲望与身体、与性欲一起处在了等号的两边。因此，在这个时期的欲望叙事中，我们只看到了一个接一个的色情化场景的描写，一个又一个勾引故事的上演。这些场景，这些故事，构成了欲望的能指链，构成了无深度的欲望化文本。更为重要的是，作为在欲望驱动下的写作，无论是作为写作主体的作家，还是作为在文本中行动着的个体，都在欲望的裹挟、卷涌和冲蚀中丧失主体性。

但对于女性写作来说，有关欲望的各种叙述另有意义。在她们那里，"欲望"不可以没有深度，不可以没有终极意义。因为在女性主义看来，欲望"主要指广义和深层意义上的一种始终由文化内涵作为中介的对他者的欲望"，因此，必须把欲望的"各种表现与有关性关系的社会体制（不仅限于家庭生活）及其机能联系起来考虑"。② 欲望在女性写作中便始终具有政治性：因为它是男权机制的解码器。正如马尔库塞所认为的那样，性的问题是一个政治问题，他指出："在今天，为生命而战，为爱欲而战，也就是为政治而战。"③这句话同样可以被女性主义挪用来为写作中的欲望叙事进行辩解：欲望叙事作为一种战斗着的政治书写或政治实践，它将使女性在有关欲望的叙述或言说中，抵制被对象化的命运；与此同时，女性作为言说主体，作为欲望主体，将通过欲望而走向解放，并最终获救。

二十世纪九十年代以来，"身体写作"或"身体叙事"一直是女性写作的一个颇具核心意味的概念。这个概念涉及这样两个方面

① 程文超等：《欲望的重新叙述——20世纪中国的文学叙事与文艺精神》，桂林：广西师范大学出版社2005年版，第304页。

② 谭兢嫦、信春鹰主编：《英汉妇女与法律词汇释义》，北京：中国对外翻译出版公司1995年版，第73页。

③ ［美］赫伯特·马尔库塞：《1966年政治序言》，《爱欲与文明：对弗洛伊德思想的哲学探讨》，黄勇、薛民译，上海：上海译文出版社1987年版，第11页。

的内涵：一是用身体叙述。在这里，身体是与语言相匹配的一个本体概念；既然语言已为男性占有，那么，身体便成为与语言相抗辩的最后武器，在这个意义上，西苏强调女性必须"用身体思想""用身体言说"："妇女必须通过她们的身体来写作，她们必须创造无法攻破的语言，这语言将摧毁隔阂、等级、花言巧语和清规戒律。"①"用身体叙述"强调了女性主义或女性写作的色彩强烈的实践性。有关于此，已在前文有所论述。二是叙述身体，即言说欲望，或说性表达。大多数时候，我们都是在这一个层面上讨论女性写作的"身体/欲望叙事"的。叙述身体，言说欲望，只有一个目的，即让女性成为欲望主体。长期以来的文学表达中，女性及其身体一直是欲望的对象与客体，即使在女性获得写作资格以后很长一段时间里，女性作家在文学中的性表达仍然是踌躇再三，欲说还休。在丁玲的《莎菲女士的日记》里，我们最多看到了一个为情欲的撕扯而痛苦不已的怀春少女。与茅盾、林语堂等男性作家自然主义笔法下的"时代女性"或"红牡丹"们相比，丁玲的写作完全符合所谓的"精神洁癖"原则的规训。即使是在二十世纪八十年代，在张洁等崭露性别话语的叙事里，有关身体或欲望的言说，也都经过曲折的修辞，最后不过是新启蒙话语中"人的文学"侧畔的一个不起眼的注脚。与此同时，女性经由男性作家代言的性表达（曹禺的蘩漪，苏童的"红粉"）却在很大程度上被视为女性欲望的真相与模式。但毫无疑问，在一种主体性意味强烈充沛的文学表达中，身体或欲望的面貌无疑会比被代言时有更逼真的本相，有更丰饶的形式。无论从哪个意义上讲，女性只有在成为欲望主体之后，才有可能进一步成为历史主体。因此，性表达在女性写作中意义深远，这也是为什么"身体/欲望叙事"在女性写作中被视为具有革命性的原因所在。

新时期伊始，中国的女性作家对文学中的性表达有了一个正

---

① ［法］埃莱娜·西苏：《美杜莎的微笑》，黄晓红译，张京媛主编：《当代女性主义文学批评》，北京：北京大学出版社1992年版，第201页。

面的、相对深刻的、集体性的关注。早在二十世纪八十年代中后期完成"三恋"写作的王安忆曾说:"如果写人不写性,是不能全面表现人的,也不能写到人的核心。如果你是一个严肃的、有深度的作家,性这个问题是无法逃避的。"①不久后,张抗抗则将性表达进一步纳入"女性文学"的讨论语境,她说:"'女性文学'有一个重要的内涵,就是不能忽略或无视女性的性心理,如果女性文学不敢正视或涉及这一点,就说明社会尚未具备'女性文学'产生的条件,女作家未意识到女性性心理在美学和人文意义上的价值。假如女作家不能彻底抛弃封建伦理观念残留于意识中的'性=丑'说,我们便永远无法走出女人在高喊解放的同时又紧闭闺门,追求爱情,却又否认性爱的怪圈。"②到了二十世纪九十年代,统观中国女性作家就身体/欲望所展开的书写,在数量上已是非常可观。更为重要的是,尽管因为性别压制导致的欲望焦虑仍然存在,但性表达显然已不再成为写作心理和阅读接受中难以跨越的沟壑。这时候的女性作家更愿意用一个法国人的话来表达"身体/欲望叙事"的写作企图:"因为她的内驱力的机制是巨大非凡的,她在抓住机会讲话上、在直接与间接地变革一切以男性机制为基础的交换体系上是不会失败的。她的力比多将产生的对政治与社会变更的影响远比一些人所愿意想象的要彻底得多。"③

　　欲望叙事之于女性写作,是一种政治书写,是一种批判话语。这样的倾向在进入二十世纪九十年代以后的女性写作中被进一步强化,其政治意图也便在其中得以聚焦和彰显。这使它把自己从二十世纪九十年代以"新生代"为代表的"能指化"的欲望叙事中划了出来,成为既孳生于这一潮流但又区别于这一潮流的书写形态。

---

　　① 王安忆、陈思和:《两个 69 届初中生的即兴对话》,《上海文学》,1988 年第 3 期。
　　② 张抗抗、刘慧英:《关于"女性文学"的对话》,《文艺评论》,1990 年第 5 期。
　　③ [法]埃莱娜·西苏:《美杜莎的笑声》,黄晓红译,张京媛主编:《当代女性主义文学批评》,北京:北京大学出版社 1992 年版,第 196—197 页。

二、原欲与道德解咒

二十世纪九十年代中国女性写作中的性表达有这样一个起点：性作为原欲，是一种本质性力量；关于它的讨论和表述，应该以悬置道德为前提。参考此前关于性欲的文学叙事，我们可以看到，性欲之于男性是可以免于道德监控的，不仅如此，它还可以作为文化修辞成为男性"阳刚"气质的注解。比如，郁达夫的《沉沦》里，一个年轻男人在性欲中的沉沦可以与"祖国你快富强起来吧"的堂皇话语相链接，他的沉沦也就因此获得了道德豁免。（试想，一个在欲海中沉沦的女子可以与"祖国"这样的形象相叠加吗？）张贤亮的《男人的一半是女人》中，章永璘的性欲可以导向针对时代匮乏的政治批判，而黄香久的性欲只能引来道德诉讼。陈忠实的《白鹿原》中，白嘉轩强悍的性欲与他令人瞠目的"性史"不仅构成了他的阳刚、强势的形象，同时也使这部自称为"民族秘史"的小说一开始便进入了"高潮体验"；与此同时，小娥的性欲只能让她被族群弃绝，最后走向孤绝与自毁。这个写作谱系的考察表明，原欲使女性陷入原罪，相反，男性却因此进入历史，构成了历史形象的不同侧面。

道德在尼采那里被认为是钳制生命力的魔咒。20世纪中国文学的叙事里，每一轮的道德解咒都鼓励了男性的原欲喷发，从《沉沦》式的偷窥，到《红高粱》式的野合，再到《白鹿原》式的阳具炫耀，酒神冲动一次又一次地由男性表征，冲动的强度也是一波更胜一波，涨潮式的后浪推前浪。尼采所谓的道德魔咒已在男性写作中失效，他们的写作也在尼采那里得到了强有力的理论支持。然而，性表达在中国女性写作中长期陷于困境，陷于不可开启的道德囚笼。有意思的是，她们的性表达不会在尼采那里得到任何支持。性表达在男性写作与女性写作中的不同遭遇，深刻而鲜明地反映着无处不在的性别政治。

从原欲出发，从性出发——而不是从"爱"出发，悬置道德，悬置道德机制中的男权意图与性别政治,使欲望叙事成为女性自救的文化批判与政治实践,便成了二十世纪九十年代女性写作的重要命题。

王安忆是当代中国最早关注性表达的女性作家之一。早在"三恋"中,她已开始让人物处于原欲的驱使之中,让原欲作为解释人物行为的根本依据。无论是在《小城之恋》中人物在欲海里的挣扎,或是《荒山之恋》中人物因欲望而灭亡,原欲被作为一种本质性的力量被描述。它的强大越出了道德的逻辑,它不能被道德所解释,相反,它自己才是唯一的解释之源。道德第一次在女性写作的性表达中显得无力。但王安忆仍然在叙事的结尾处设置了升华机制——如《小城之恋》中的"母性之光",《锦绣谷之恋》中的"顿悟"——使欲望不至失去边界。然而到了《岗上的世纪》,原欲最终被王安忆设置成为拯救之途。在这个小说中,性对于主人公李小琴来说一开始并不具有生命意义,她为争取一个返城指标而主动与生产队长杨绪国进行的权色交易,只不过是这一性别政治的无数案例中又一生动的个案。但在杨绪国出狱后,李小琴立刻与他有了七天七夜令人销魂的"岗上的世纪",陷入鲜活赤裸的性欲世界,而在严酷现实中遭受的身体磨难与精神创伤立时在欲望的释放中被修复。小说的结尾处如此写道:

> 他笑了,将她抱起来放倒,两人长久地吻着,抚摸着,使每一寸身体都无比地活跃起来,精力饱满,灵敏无比。他们互相摸索着,探寻着,各自都有无穷的秘密和好奇。激情如同潮水一般有节奏地在他们体内激荡,他们双方的节奏正好合拍,真正是天衣无缝。他们从来不会有错了节拍的时候,他们无须努力与用心,便可到达和谐统一的境界。激情持续得是那样长久,永不衰退,永远一浪高过一浪。他们就像两个从不失手的弄潮儿,尽情尽心地嬉浪。他们从容而不懈,如歌般推向高潮。在那汹涌澎

湃的一刹那时，他们开创了一个极乐的世纪。①

在这里，欲望的释放被王安忆赋予了创世纪的意味：一个女人由此得到拯救。与某些男性作家（如张贤亮）惯于在性表达中追求历史与政治内涵的取径不同，王安忆则关注欲望本身对于女性个体的生命意义。"《岗上的世纪》尽管仍涉及具体的历史情境，涉及个人之于历史的诡计，涉及社会，但故事的核心，在于它讲述了本能与欲望如何战胜并压倒了一切，成为如果不是惟一的，至少是孤注一掷的现实。"②如果说张贤亮在《绿化树》里还让章永璘不断地在与马缨花的各种差异区分中延宕欲望的实现，王安忆则直截了当地让欲望填平了李小琴与杨绪国之间的一切鸿沟，尽管城乡差异、身份差异、知识差异、年龄差异乃至美丑差异在他们之间是那样明显地摆着。性欲作为一种本质力量，在此回复到其初始的意义，也恰恰因为如此，它意外地呈现出纯净澄明之境。这是个关于性欲本身的故事。它不会像米兰·昆德拉的小说那样，不会因为东欧政局的变化而使"性与政治"的讽喻失去效应；它也不会像张贤亮那样，不会因为时代的变迁而使建立在性欲之上的"思想性"显得轻薄与虚伪。它是永恒主题。因此，实际上附着于这个故事之上的历史情境是可以被置换的。王安忆不久后发表了《香港的情和爱》，在这个故事里，背景被置换，换成了后现代的、物欲横流的、资本主义社会的香港，但关于欲望的故事内核如出一辙：逢佳为获得一张出国护照（在李小琴那里是进城指标）而与老魏（和生产队长杨绪国一样，他们都是某种资源的掌控者）同居，但欲望激活了他们各自的生命，改变了他们对生命意义的认识，欲望使他们的生命走向了新的旅程，他们在欲望中获得新生（拯救）。

---

① 王安忆：《岗上的世纪》，《小城之恋·王安忆自选集之二》，北京：作家出版社1996年版，第391页。

② 戴锦华：《涉渡之舟——新时期中国女性写作与女性文化》，北京：北京大学出版社2010年版，第302页。

因欲望而获救，欲望成为女性获救的涉渡之舟，这样的表达在以往的中国女性写作中是前所未有的。正如有论者指出的那样，《岗上的世纪》的意义"在于它作为一部有趣的女性文本所形成的对众多的女性'被侮辱与被损害'的故事、构成对'伤痕文学'中的女性形象与命运的解构"①。这种颠覆或解构指出了这样一种真相：一种与欲望相关的更为本真的性别经验一直被不同的话语叙事所遮蔽、所修改着。而女性"被侮辱与被损害"的叙事设置，只是为了让女性永远处于期待拯救的被动处境。在女性主义的欲望立场里，繁漪是因为欲望生，因为道德死的，而不是相反。在《被爱情遗忘的角落》里，存妮在欲望中是鲜活的，而当道德降临时，她便只能是池塘中僵硬的尸体。同样的逻辑也可以用来解读沈从文的《萧萧》。因此，二十世纪九十年代中国女性写作的欲望叙事，首先揭示了这样的命题：当道德被悬置后，与之相关的各种话语或秩序被架空后，我们会发现，女性的获救原来不必借助历史之手，相反，拯救的力量源于自身，源于身体的内部。从此以后，欲望叙事在女性作家那里便大量地在一种"去道德化"的话语空间里展开，它同时也成为面向道德的政治写作。

欲望之于女性，或欲望叙事之于女性写作的拯救意义，具体地在这样两个方面展开：

（1）与身体欲望相关的性别经验，被认为是更为本真的生命体验，它的发掘，它的表达，使"女性"成为一种存在，使女性在历史之外、在语言之外获得了"形象"。

二十世纪九十年代中国女性写作中的"成长主题"，被越来越多地嵌入关于身体的欲望叙事中。"成长"作为生命经验的形成与展示，其中的历史内涵越来越被抽空，欲望气息却越来越浓郁。首先，在一种更为激进的笔触下，"身体写作"愈益被具体化为"器

---

① 戴锦华：《涉渡之舟——新时期中国女性写作与女性文化》，北京：北京大学出版社2010年版，第302页。

官写作"。同样写"身体",二十世纪九十年代与八十年代相比显然有更激进的变化:

> 她身体的每一寸土地都在活动,她的体内如有一条汹涌的暗河,在湍急地流动。每一寸土地都醒了,活了,睁开了知觉的眼睛。
>
> 她苏醒了。……苏醒过来的身体像一具新的生命的躯壳。她惶惑地面对着它那么多层出不穷的鬼花样,不知如何是好。
>
> ——王安忆《流水三十章》①

> ……多米恢复了感觉,她感到某种异物充塞在自己的身体里,这是一种类似于木质一样的异物,又硬又涩,它毫无理由地停留在她的身体里。
>
> 一阵剧痛滞留在多米的体内,只要男人一动,这痛就会增加,就像火,在身体的某个地方烧烤着,火辣辣地痛。
>
> ——林白《一个人的战争》

> 当我的手指在那圆润的胸乳上摩挲的时候,我的手指在意识中已经变成了禾的手指,是她那修长而细腻的手指抚在我的肌肤上,在那两只鹅绒圆球上触摸……我的呼吸快起来,血管里血液被点燃了。
>
> ——陈染《私人生活》②

> 手指悄悄地在膨胀的下部摩擦着,一阵高潮突如其来地从小腹开始波及全身,湿淋淋的手指从痉挛的下部

---

① 王安忆:《流水三十章》,上海:上海文艺出版社1990年版,第394—395页。
② 陈染:《私人生活》,南京:江苏文艺出版社1996年版。

抽出来，疲倦地放进嘴里，舌尖能感觉到一丝甜腥的伤感的味道，那是我身体最真实的味道。

——卫慧《上海宝贝》①

在所引述的第一个段落中，这个在二十世纪八十年代"苏醒"的身体被语言进行了强有力的修辞，并且，由于没有"爱的援引"，这样的"苏醒"便让身体的主人陷于"惶惑"。而在后三个段落里，在二十世纪九十年代的身体书写中，"身体"的"总体性"已被消解，"身体"已经"碎片化"、具体化到器官，欲望在器官中直接呈现。即使是王安忆本人，她在二十世纪九十年代的《米尼》《我爱比尔》等小说中的性爱场景描写，也同样运用更为自然主义的笔法。这样的身体描写，无论是作为"潜意识场景"还是作为"性别场景"，在女性写作中都是政治书写的有机部分。尽管仍然存在"看/被看"的悖论，尽管仍然存在被男性欲望重新对象化的危险，尽管仍然存在被商业逻辑再度编码的现实，但很显然，在我们的写作传统中长期以来统治着性表达的主/被动关系被有力地扭转了。这种扭转并不是因为秩序的宽宥，相反，这种扭转有力地动摇了秩序。它意味着如福柯所说，在权力施加压迫的地方，抵抗已然发生，权力结构也可能随之发生变易。1989 年，诗人伊蕾用一句"你还不来与我同居"的复沓式的吟哦，就令整个理性秩序惶乱不堪，而二十世纪九十年代更为肉欲化的身体书写则在这条革命路线上带来更为深刻的震撼。就像克里斯蒂娃所说的"具有谋杀性质的语言"，"以典型的进攻姿势投向公众"。②

其次，性经验被当作性别经验加以书写，"在性/欲望中成长"，几乎是这一类成长叙事的不约而同、不谋而合、殊途同归、万法归一的写作取向。林白的《一个人的战争》、陈染的《私人生活》、海男

---

① 卫慧：《上海宝贝》，沈阳：春风文艺出版社 1999 年版，第 41 页。
② ［法］朱丽娅·克里斯蒂娃：《过程中的主体》，陈永国译，汪民安、陈永国、马海良主编：《后现代性的哲学话语》，杭州：浙江人民出版社 2000 年版，第 152 页。

的《我和我的情人们》和卫慧的《上海宝贝》等长篇小说,蒋子丹的《桑烟为谁升起》《等待黄昏》和徐小斌的《双鱼星座》、陈染的《与往事干杯》等中短篇小说,都是这一写作取向的重要范本。在《一个人的战争》(这个小说在最初发表时颇具深意地用了《汁液》这样的题目)中,多米在五岁时就开始了对身体充满色情质的体验,她在单调、无聊、郁闷的生活中学会了自慰,有了"没有人抚摸的皮肤是饥饿的皮肤"的欲望感受,无师自通地掌握了身体的秘密,掌握了快乐的节奏与强度。之后有初潮,曾热衷于偷窥,曾经历过被强暴与被诱奸,经历过怀孕和流产,最后陷于同性之恋而不能自拔。与张洁的曾令儿"用一个晚上走完一个妇女一生的路"(《祖母绿》)不同,林白放大了"一个晚上"的每一个细节、每一个过程与每一个心理瞬间,让"一个晚上"变成无法终结的"在路上"。《私人生活》中,贯串倪拗拗从幼年到成年的成长过程的,是她与邻居禾寡妇之间暧昧的同性抚慰,是她与中小学男教师 T 之间漫长的诱奸情节。倪拗拗的生理成长史,串连了一个又一个性的经验场景;而她的精神成长史,布满了肉体的标记。《桑烟为谁升起》则讲述一个女人的身体如何在"古典"训诫中成为"障碍",又如何在某个神圣话语诱引下被长驱直入。而《与往事干杯》以一个女人与父子两代人的性经历,明显地模仿着法国人玛格丽特·杜拉斯的"在性中成长"的主题模式。[①]

那些闪烁着欲望和幻想的性经验,那些源于个人情史与私密记忆的叙事,曾是主流叙事的禁忌。当它作为无法被男权"同一性"所整合、所融化、所阐释的文学形象时,它作为"差异"使自己获得了意义。林白在《记忆与个人化写作》中说:"对我来说,个人化写作建立在个人体验与个人记忆的基础上,通过个人化的写作,将包括被集体叙事视为禁忌的个人性经历从受到压抑的记忆中释放

[①] 王干:《寻找叙事的缝隙》,《文艺争鸣》,1993 年第 3 期。文中提道:"在陈染的小说中,像空气一样地存在着一个人的影像……玛格丽特·杜拉斯以她宽阔的胸怀拥抱着东方的陈染,而中国的陈染以她独特的光芒反射出杜拉斯那些被遮蔽的空间。"

出来,我看到它们来回飞翔,它们的身影在民族、国家、政治的集体话语中显得边缘而陌生,正是这种陌生确立了它的独特性。"①有必要指出的是,在女性主义者看来,在个人化写作中发露的个人经验,同时也是无数未被讲述和未能讲述的女性经验中的一种。正是在这一意义上,女性个人的同时也是女性群体的。因此,林白、陈染等在叙事中展露的个人经验同时也被认为是性别(群体)经验。在一些女性主义者看来,"讲述女性自己的经验即是为自己命名。让经验从话语层面浮现出来从而'凝固'为意义,这正是今日女性的写作目标和进入历史的途径之一"②。

同样有必要指出的是,女性写作的身体/欲望叙事是有限定性的。一旦越出这个限定,就会成为相对于女性写作的反动。尤其是在文化市场的强大逻辑支配下,当"身体写作"成为某个文学类型的商业品牌,或成为某个作家的"象征资本"时,它便彻底成为女性写作的消解力量而踞于一个阴暗的对面。卫慧大约便是一个范例。有关于此,已有太多的论述。

(2)由于对欲望之本质力量的认知,女性写作对于"爱情话语"有了更具穿透性的理解,经典的爱情叙事被解构,而在经典叙事模式中被囚禁的女性从此得以解放。

毋庸置疑,曾有太多的女性作家参与了经典爱情的叙事建构。在这些叙事中,按照男性欲望的想象,通常女性都会被指定为贞女形象,身体和欲望都不被允许出场。即使是在张洁的《爱是不能忘记的》,这个以"痛苦的理想主义"而打动无数人的小说里,男性崇拜与禁欲主义仍然是触目的叙事内核:一个男人的遥不可及的背影可以让一个女人仰望一生,一次并非有意的馈赠可以让一个女人感铭至死;并且,毫无疑问地,她会为之守身如玉。"爱的记忆"从此成为这

---

① 林白:《记忆与个人化写作》,《林白文集》第 4 卷,南京:江苏文艺出版社 1997 年版,第 295—296 页。

② 陈惠芬:《神话的窥破——当代中国女性写作研究》,上海:上海社会科学院出版社 1996 年版,第 38 页。

样一种叙事规定："女性的书写者，在其性别书写中剔除了性爱、身体、欲望，使爱情成为一种理想主义的乌托邦所在，成为一份纯净的精神盟约。"①但是，欲望进场之后，爱情就变形了。欲望不只是让爱情变得"性感"，更重要的是，那些借助爱情的神圣理由对女性进行的剥削与榨取，在欲望的观照下昭然若揭。经典爱情，实际上也是性别政治的隐形策略。而女性写作中的欲望叙事则让这一策略撕去了伪装。解构爱情神话，"使身体及性爱登场，便可能成为显露女性生命经验，呈现女性的主体性的历史机遇"②。毕竟，身处欲望（而不是爱情）时，男人女人才真正地站在同一地平线上。

　　王安忆曾说："我写'三恋'又回到了写雯雯……"③写作中的这种回溯，对于王安忆别具意义。它的意义在于，"雯雯系列"是经典爱情叙事，而"三恋"却相反。因此，王安忆的回溯，实际上是一次自我解构。"雯雯"在"雨，沙沙沙"的诗意想象中向往一个撑伞男人的庇护，与此相反，《小城之恋》《岗上的世纪》则让女主人公在欲海中淘洗，在欲望中自救。欲望在王安忆那里有特定的救赎意义："三恋"之后的写作里，她总是让人物在欲望的炼狱中接近爱情的真义。《我爱比尔》中，随着美国情人比尔的离去，随着比尔离去后其形象渐渐淡化，为攫住爱情记忆的阿三开始与一个又一个外国人发生关系，直至身陷囹圄。她纵欲的人生表达的是这样一个爱情方程式：用堕落的深度来标示爱情的高度；爱情愈烈，堕落愈深。这样一种经验显然无法为经典爱情叙事所容纳。透过《我爱比尔》，我们看到，当欲望在叙事中登场后，"雨，沙沙沙"的诗意想象退场了，爱情变成了一种生命历险，向往中的男性庇护同样也是缺失的。但女人在欲望的炼狱中聆听到了神曲，窥见了生命的真义。

---

　　①　戴锦华：《涉渡之舟——新时期中国女性写作与女性文化》，北京：北京大学出版社2010年版，第57页。

　　②　戴锦华：《涉渡之舟——新时期中国女性写作与女性文化》，北京：北京大学出版社2010年版，第61页。

　　③　王安忆、陈思和：《两个69届高中生的即兴对话》，林建法等编：《当代作家面面观》，长春：时代文艺出版社1991年版，第592页。

相似的主题,在《香港的情和爱》中也回响着。可以这么说,王安忆的自我解构,实际上最终解构的是经典爱情叙事中的男性崇拜与禁欲主义。

而在池莉那里,"爱情"有了更为欲望化的阐释。在她看来,"初恋不过是两个孩子对性的探索。……初恋与爱情无关"①。同时,在她看来,爱情只是一种话语虚构,"是我们贪图两情相悦的极乐的一刻天长地久,我们编出了爱情之说",因此,所谓爱情,只是性欲的包装,是伪装的力比多。她宣称,她的写作就是为了解构爱情神话。她说:"世界上没有什么东西是永恒的。爱情在万事万物中最不永恒,这是事实。"由此,她进一步说道:"我一直以为爱情之说极不合理,它为人类发出错误的导向。因这错误的导向,我眼看我四周的婚姻在分崩离析,人们痛苦绝望。这情形令人愤愤不平……有一句话不知是谁说的,说爱情是文学创作中永恒的主题。我不这看,我的文学创作将以拆穿虚幻的爱情为主题之一。"②与王安忆式的以"肉"证"灵"、以"性"明"爱"的张力表达不同,池莉笔下的爱情不过是与欲望角逐的性别游戏。

池莉用《不谈爱情》开始她的"拆穿"之旅。在这个小说里,自以为是为爱情而结婚的庄建非,仅过了半年,"在对自己的婚姻作了一番新的估价之后,终于冷静地找出了自己为什么要结婚的根本原因:性欲"。如前所说,爱情只是性欲的包装,而婚姻只不过让性欲合法化。很多人谈论过池莉的《绿水长流》,谈论过这个别具一格的小说对王安忆的《锦绣谷之恋》的戏仿,对久演不衰的《庐山恋》的颠覆。这个小说让人认识到池莉是一个爱情的彻底的无神论者。池莉的《不谈爱情》《太阳出世》《你以为你是谁》《细腰》等一系列小说揭示了"爱情之说给人类带来了很多麻烦和痛苦"③,揭示

---

① 池莉:《绿水长流》,《池莉文集》第 1 卷,南京:江苏文艺出版社 1995 年版,第 118 页。

② 池莉:《请让绿水长流》,《中篇小说选刊》,1994 年第 1 期。

③ 池莉:《请让绿水长流》,《中篇小说选刊》,1994 年第 1 期。

了爱情的谎言性质，揭示了爱情的话语施暴，更为重要的是，池莉指出，被爱情所伤害的"人类"中，女性是其中最受伤害或受伤最深的。在《一夜盛开如玫瑰》里，一个年轻的大学女教授，一个离婚的知识女性，一个内外交困的女人，在一个夜晚与一个出租车司机邂逅后进入了经典爱情叙事规定的情境中。爱情合乎某种逻辑地发生了。但第二天，当她按着这个司机给她留的姓名和电话去寻找他时，才发现这一切不过是个骗局。于是她崩溃，陷于精神分裂。池莉的《紫陌红尘》《细腰》等小说同样表达了爱情话语对于女性的深度伤害。池莉唯一一次对于经典爱情叙事的跟从，是《让梦穿越你的心》的童话式抒情，在这个小说里，爱情被寄寓在一个异族男人加木措身上，被植入文明体系之外的雪域高原。这个小说表达了池莉相同的性别认知：爱情不是我们的世外桃源，相反，爱情必须依附一个没有性别政治的世外桃源才可能生长。关于女性与爱情，池莉所达到的写作深度非常惊人。在《绿水长流》里，她借助晚年风韵犹存的姨母对满脑子爱情的年轻女人如此教导："傻孩子，我们不谈爱情。"

蒋子丹的《绝响》则有更惨烈的叙事面目：女诗人黛眉决定以死亡、以身体的消失来证明"爱情"。但"那个男人"并未如她所愿地在她的追悼会上出现，为她的死正名。因此，黛眉的死最后只是为爱情证"伪"。最极端的方式，证明了最极端的真相。在二十世纪九十年代的女性写作中，"不谈爱情""爱又如何"成为新的叙事话语，"遭遇爱情"（徐坤《遭遇爱情》）但又呼吁"离爱远点"（徐坤《离爱远点》）则正在形成新的叙事经典。"爱情这样一种被培植成对女性来说，从来就犹如神话般神圣与伟大的理想事物，现在被她们饱含沧桑的过来清醒与个体体验，以消解式的口吻所轻轻淡化，重重嘲弄。"①

---

① 林丹娅：《当代中国女性文学史论》，厦门：厦门大学出版社 2003 年第 2 版，第 336 页。

有意思的是,当爱情的神话被窥破,爱情的秘密被解码,女性则有可能在这个以欲望为动力与目的的性别角逐中立于不败。在《不谈爱情》里,吉玲作为一个"花楼街的女孩",深谙两性间的秩序与游戏规则,她有一次成功的扮演:"武汉大学的樱花树下",少女挎包中掉出的"一本弗洛伊德的《少女杜拉的故事》","手帕包的樱花花瓣,零分钱和一管'香海'香水",使偶遇的庄建非进入了她所创造的规定情境,以"朴实可爱"、温顺柔情赢得了她为自己选定的男人。她赢了这个游戏,而庄建非却以为自己是唯一的胜利者。[①]在池莉的另一个小说《小姐,你早》里,当三个女人谋划对一个男人进行报复时,她们最终决定让报复以"爱情"的名义进行。正如男人曾以爱情的名义占有和剥夺了她们,而今爱情正成为她们反扑时的利器,并能见血封喉,杀人于无形。在徐坤的《遭遇爱情》和《离爱远点》中,由于对爱情作为欲望游戏深刻而透彻的认知,女主人公总是有意地以男人欲望对象的形式出现,同时总是巧妙地使男人在欲望的持续匮乏中陷于失算,最后挫败男人,赢得游戏。《离爱远点》的结尾颇为有趣:当男人的爱情圈套施展殆尽之后,"女人妩媚一笑:没什么,这些早在我的故事之中了"[②]。她总是棋高一筹的游戏智慧,让男人的爱情圈套变得极为可笑。她扬长而去,驶出了经典爱情叙事的栅栏,却把那个可笑的男人定格在经典叙事里,多情地"在月夜里怔忡"。

毫无疑问,正是对欲望的发露,以欲望叙事解构爱情叙事,才使女性有了对洞外火光的历史性一瞥。被遮蔽的性别政治得以公开,被遮蔽的性别经验得以书写。从此,"拯救"就应该不会成为妄谈。

---

① 戴锦华:《涉渡之舟——新时期中国女性写作与女性文化》,北京:北京大学出版社 2010 年版,第 492 页。

② 徐坤:《离爱远点》,《行者妩媚》,香港:中国文学出版社 1998 年版,第 181 页。

三、神话解构与主体建构

人作为主体，首先是欲望主体，因为人首先是肉身的存在之物。这之后才可能进一步成为"认识主体""历史主体"。二十世纪的中国文学叙事，一开始就受弗洛伊德主义的影响，在郁达夫、施蛰存等人的推动下进行着用力比多对理性秩序的撕裂与颠覆。但很显然，在这个叙事进程中，"人"同样由"男人"给替代了。女人仍然处于退隐之中，女人仍然未能登场。一句话，女人仍然未能成为欲望的主体。在各种叙事中，女人仍然作为欲望对象被书写，她仍然无法在自我与他人之间建立起主体性，以使自己的欲望有所投射与有所实现。她们要么在叙事中被抽空欲望，成为一个圣洁符号；要么在欲望中被贬为"发情"，进入动物性的形象修辞。

茅盾在《中国文学内的性欲描写》一文中，把古代中国小说的性欲描写归纳为三个特点：一是根源于原始人生殖器崇拜思想的采补术，二是色情狂，三是果报主义。[1] 在这个归纳中，第一点显示了女子在性爱中的器具功能，这样的情节在《白鹿原》中仍然很醒目；第二点说明女子在男女性行为中只是充当男子狎玩的对象，并且"在中国性欲小说里所习见的是那男子在性交以使女子感到痛苦为愉快的一种"[2]；第三点则暗含着女人是祸水的观念以为男人的荒淫开脱。这三个特点综合起来说明了一个问题，即中国小说关于身体/欲望的叙事话语从来就是男性中心化的。这样的叙事话语在男性写作中仍然被坚定地继承着。

但是，女性写作的欲望叙事显然不是去建立一个女性中心化的话语模式。女性作为欲望主体不是借助自我中心化去建构的，

---

① 茅盾：《中国文学内的性欲描写》，《茅盾全集》第 19 卷，北京：人民文学出版社 1991 年版，第 125—126 页。

① 茅盾：《中国文学内的性欲描写》，《茅盾全集》第 19 卷，北京：人民文学出版社 1991 年版，第 125—126 页。

② 茅盾：《中国文学内的性欲描写》，《茅盾全集》第 19 卷，北京：人民文学出版社 1991 年版，第 125—126 页。

而是在解构原有的欲望模式中的主客体关系基础上建构的。那么,这个主客体关系的模式如何去解构呢?

有人说:"我们人类需要神话。神话是我们的信念的经纬:我们相信什么是真理,什么是事实,背后都有一个神话在做支撑。一切社会都运用神话来维护特定的生活方式,特别是在性别角色和性别分化方面,更是如此。"①很显然,那些维护了"性别角色和性别分化"的神话,毫无疑问的是男性神话。

欲望叙事向我们提供了一个有可能解构男性神话的钥匙。正是欲望叙事对经典爱情叙事的颠覆使女性有了一个自我省察的内在"空间",使她可以有不同的角度重新考察自己原有的信念,从而变得更有批判精神与探究意识,使她原来在"神话思维"里以为"本来如此"的生活显出了"未必如此"的歧义。

欲望叙事作为一种反神话的叙事,首先剥落的是男性形象的神话外衣。传统的"男/女"二元结构,以及从这一结构中派生的相关二项式(如理性/非理性、启蒙/被启蒙)作为一种权力结构,都肯定了男性的正面价值。男性作为历史形象而被神话化。而欲望叙事使"男/女"结构处于欲望关系之中,原本附着于男性形象之上的历史内涵被抽空,男性形象便立刻干瘪委顿,不复具有神性。

> 在"麦当娜"的六次,戚润物有三次发现了王自力,王自力和所有男人一样,以大大咧咧的主人翁姿态走进来,敞开西装,半歪半躺,十分地轻松,就像在自家后院里晒太阳。坐台小姐过来,要么倚在他的身边,要么坐在他的膝盖头,她们半跪着给他点燃香烟,当他有兴致的时候就一遍又一遍地将火苗吹灭,没有兴致的时候便让小姐一次点燃算了。……

---

① [美]波利·扬-艾森卓:《性别与欲望》,杨广学译,北京:中国社会科学出版社2003年版,第128页。

王自力们一进夜总会就像进了男人的澡堂子，松松垮垮，摇摇晃晃，打酒嗝，乱抽烟，瞎跳舞，胡唱歌，摸小姐，随便吐痰，就地撒野，完全是天不管地不收不招人爱不惹人疼失去了蓬勃生命活力的行尸走肉。戚润物发现了这一点，她的心脏疼痛得直哆嗦，比她发现王自力与小保姆在一起的时候更加疼痛。因为她是鼓起勇气来与王自力计较的，结果她发现王自力已经根本不值得她计较，王自力已经腐烂。而在此之前，戚润物还在爱着王自力。他是她的丈夫，是她孩子的父亲。其实他已经什么都不是。①

王自力作为一个市场经济时代的"成功人士"，本来代表了这个时代的男性新神话。但在由"欲望"设定的叙事视野里，他却颓败腐靡，丑陋不堪。尤其是，当"王自力"被置换成"王自力们"时，池莉所要解构的是作为群体的男性形象的神话。

在徐坤的《游行》里，诗人程甲一开始作为诗神出现在林格的视线中时，有着"缪斯下凡的姿态"："他的后背仍如红岩颂一般危峻而挺拔，他的步履矫健，正是宫廷长廊上南书房行走的得意步伐。"他"谈笑风生"，"纵横捭阖"。他是一个灵魂导师；他其实不只是一个人，在他身上凝聚了诸如卢嘉川、洪常青启蒙者形象的影子，并且有着"红岩"式的历史修辞。但是，当进入欲望场景之后，所有的神话修辞便一起崩坍：

她看见诗神正在她多汁多液的摇曳中层层剥落掉自身的面具和铠甲，逐渐袒露出他生命的本质。西装褪尽之后，便露出了里面的老式咔叽布大裤衩。那大概是革命年代爱情的忠贞的遗迹吧？林格的心里"格登"一下

① 池莉：《小姐，你早》，《池莉文集》第6卷，南京：江苏文艺出版社1998年版，第5页。

子,美感在眼前倏忽即逝了,随即涌起一股说不上来的惆怅和惋惜。以后在跟诗人们频繁遭遇的日子里,林格才知道诗人差不多都配备有这种老式大裤衩,可以不失时机地扯出来挂在树梢上当旗帜,随意地往哪里胡乱一招摇,便把一出出纯美的爱情童话搅得像一块块破布似的丑陋无比。

——徐坤《游行》

男性形象的神话被另一种由"破布"来形容的躯体修辞所解构。同样的,由"诗人程甲"到"诗人们",单数到复数的递进,表达的还是对男性群体形象的解构。

　　林白、陈染等的小说里也有大量具有厌男气息的男性躯体修辞。而路也可能是这其中最为典型的一个。在路也的大量作品中,通常,男人甫一登场便已处在被嘲讽的枪口下,四面楚歌。这些男人,形体丑陋,举止粗俗:诗人高满才是个"相貌比才华更陋"的丑男人,在外面包二奶的处长则是个秃子(《别哭》);文学评论家王红忠长得"像一株在根部放了花木矮壮素的开运竹","一张宽脸像是不小心产到一丛杂草里去的大鸟蛋"(《我爱文学》);何文革则不合逻辑不成比例地长了一只樱桃小口(《麦兰麦兰》);形容枯槁的老教授简栈机像他所从事的专业一样沤腐恶心(《幸福是有的》);这些男人,他或他,会光着膀子,腆着肚子,旁若无人地大声小便,或举着一个大大的猪肘子啃得啪哒啪哒作响。甚至这些男人的名字也是粗鄙、滑稽和充满讽意的:他们有的叫黑亮,"我第一次听到这个名字时想到了鞋油"(《麦兰麦兰》);有的叫王红忠,听上去"像个'文革'造反派头头"(《我爱文学》);更有趣的是,"老古和他的五个兄弟分别叫古元金古元银古元铜古元铁古元锡","家里很指望这些儿子们成大器发大财"(《幸福是有的》);还有一个叫毕非索的变态画家,他的名字则与毕加索构成充满滑稽感的戏仿(《罗锦绣女士的青春》)……不消说,这些男人全都精神低下,灵魂卑污。他们大致都喜欢吃着碗里看着锅里的性爱经历，比如向北一边和叶如意谈婚论嫁，一边还在报纸上刊登征婚启事；楼江也是一边跟朱点谈着恋爱，一边跟另一个女人同居着。他们大多都有两副面孔，比如年富力强的副校长林之瞳，五十九岁半的副院长常立志，他们在办公室里是正人君子，此外的时间和空间里他们会用五种外语肉麻地求爱，玩着婚外恋的游戏。当然也有些只有一副面孔的，比如简栈机，那面孔上便只有肉欲的企图。更有甚者，像高满才这样的流氓无产者，不仅要妻子供养，还不时地使用暴力在家庭这个社会单元里实践着弱肉强食的自然法则，同时打着文学旗号与婚外的女人玩着下三路的游戏……这些男人包括文学大师，政府官员，中学教员，大学教授，博士硕士，私企老板，甚至方外和尚。他们一个个情欲饱绽，在女主人公们的周围布下了密不透风的天罗地网。这样的解构可谓是全方位的。

欲望叙事作为一种反神话的叙事，同时也剥落了附着于女性形象之上的、由男性裁制的神话外衣。西方有所谓"潘多拉神话"。潘多拉作为"第一位女人"，代表着当代女性的原型，象征着邪恶的力量。与此同时，她作为"激活欲望的处女"，成为男性欲望的投射（"激活欲望"），她本身的欲望则是被抽空的（"处女"）。这样的神话征服了人们，使无数的女性为了纤体而节食，以使其外在美可以容纳男性欲望的投射；与此同时，她们还必须像处女一样节欲，以免使自己陷于"邪恶"。这样的女性神话在中国也不例外地存在着，例如女娲造人是通过"抟土"而不是通过性交，而妲己是祸水，因为她是欲望的化身，代表着邪恶的力量。无论中外，在男权传统的文学表达中，经典的女性形象被固定在天使和妖女这两个极端化的神话形象中。与天使相连的形象谱系包括天使、圣母、淑女、贞女等，代表着无欲无念、忠诚顺从的男权规训，在价值上处于褒义。与妖女相连的形象谱系包括女巫、荡妇、娼妓等，代表着邪恶与不可驯服的力比多，在价值上处于贬义。毫无疑问，二十世纪九十年代中国女性写作中，男权视野中与男权意图构成敌意的妖女形象得到了正面的诠释,成为批判和瓦解男权机制的新的形象范式,而传统文学表达中被扁型化处理的女性形象范式从此破裂。徐小斌的《海妖的歌声》,陈染的《巫女和她的梦中之门》等小说中,"巫"和"妖"的形象符号开始浮现。而铁凝的《对面》是一个非常有代表性的文本:其中出现的女性几乎无一例外地是力比多的化身,无论是初恋女友肖禾、一夜情的女大学生,还是最后出场的"对面",无不使"我"有迈入"欲女"大观园之感。而"我"报复性登场以及"对面"猝死,则象征性地表明男权机制不得不采取的剿杀行为以及"对面"在价值上作为男权传统的否定项而存在的批判意义。更进一步的,池莉的《去破处》、铁凝的《午后悬崖》、徐小斌的《双鱼星座》则让女性进入杀夫场景,她们是开放在男性尸体上的"恶之花"。徐小斌在她的巫气十足的《羽蛇》中写下了这样的题记:"世界失去了它的灵魂,我失去了我的性。"因此,《羽蛇》的写作便有了这样的目的:她要让几代"自我相关自我复制的母与女",在"末日审判中"成为"美丽而有毒的祭品"。徐小斌写道:"神话的时代结束了。"①

　　神话被解构之后,原本在神话叙事中被规定的主客体关系就会受到批判性的审视,并在这种审视中很容易地发生松动。于是,我们看到,那些出入于不同女性小说文本的女性人物开始服从于内心的欲望,奋力实现着自身的欲望,而不再仅仅是被他人的欲望所征服。一种新的欲望关系在欲望叙事中建立起来。这一方面的叙事,池莉也是有代表性的。《你以为你是谁》是关于一个追逐"现代性"的男人被一个更具"现代性"的女人所抛弃的故事("弃妇"被置换为"弃夫"):才貌双全的女博士欣宜爱上了陆武桥,但她在一日一夜之间扮演完一个妻子的角色后,断然离开了陆武桥,嫁给一个加拿大人。欣宜对自身的欲望有清醒的认识,"在环境舒适的异

---

① 徐小斌:《我写〈羽蛇〉》,《美丽文身》,北京:当代世界出版社2001年版,第117页。

国他乡,有一个终身都视我为谜的外国丈夫……为我提供良好的生存条件"是她出走的根本动机。在千古不变的欲望关系中,她一跃成为主动者。在《一去永不回》里,女主人公温泉为了得到自己想要的男人,制造了匪夷所思的圈套:在她的设计中,她以贞洁为代价,让一个诱奸情节变成了一个强奸现场,使李志祥入狱,使李志祥的未婚妻愤然离去,同时也使自己脱身于一系列求婚与逼婚的困扰,等李志祥出狱后,她得偿所愿地与他顺利成婚。《不谈爱情》中的吉玲,同样因为对欲望关系的透彻认识,她的出击,她的出走,每一次都体现着对自己的欲望趋向的自觉服从。如果说,张洁《方舟》中的三个女人还沉浸在怨女弃妇式的感伤中,处于苦寻获救之方舟而不得的绝望中,那么,《小姐,你早》已摒弃了这样的叙事套路:三个女人正结成同盟进行自救,她们周密地计划着针对男人而展开的欲望围剿。在这些有关欲望的叙事中,传统的主客体关系已游移,欲望模式不再是"主动/被动""强/弱""主/客"的模式比对,而是性别力量的微妙博弈。

传统的欲望模式中的主客体关系的修正,明显地使女性在欲望关系中建立起主体性,而女性写作中的欲望叙事则以"故事"强化了这种主体性的突显。在一些"故事"中,男性被设置成被动角色,体现着某种全新的叙事意图。如在陈染的《私人生活》里,倪拗拗对落难中的男友尹楠的一次主动的身体付出,有着明显的救赎意味,而这一次,被拯救的则是男人。

我侧身坐在他的身边,手指如清水在他弓紧的躯体上滑动,不停地上下滑动。

他的躯体倒卧在黑暗中,如同一块水中的长长的礁石,不知如何摆脱眼下的兴奋或是焦虑,只好等待着那如波之手不断地涌动,触碰他的坚硬的胸骨、大腿、腹部以及致命的私处。

········

　　我轻轻地握住它,把那个想吃"草"而不识路的"羔羊"放到它想去的地方……

——陈染《私人生活》

　　在这个情节或场景中,男人的无措与女人的练达形成对比。这个男人当然也会像章永璘一样,在从女人身体中攫取了"生命意志"后迈向某个宏大前程,但这样的情节由女性主动加以叙述,其意义不一样。情节中的施动者是"我"而不是"他";在女性写作视野中,因为是"给予",所以其中体现的主客体关系便与"被攫取"所体现的大异其趣。尤其是,绝境中的给予,有明显的救赎意味。这样的情节在《不谈爱情》中的梅莹与庄建非之间也曾展开。而在《来来往往》中,池莉更是开宗明义地说:"好多男人的实际人生是从有女人开始的。"

　　另一种有趣的叙事是,例如路也的《饮食疗法》,两个失恋的女人开始了疯狂的饮食之旅。不加节制的暴食暴饮,在一个象征的层面上意味着用一种欲望置换另一种欲望,即用"饮食"替代"男女"。不加节制的暴食暴饮同时也是为了实现另一个目的:破坏纤美的体型,以不再成为男性欲望的对象。我的欲望我做主。毫无疑问,只有当女性真正成为欲望主体时,这样的宣言才有可能发生。女性写作记录了这一切,放大了这一切。

　　必须指出的是,危险的种子也在这一刻被埋下。当女性写作借助欲望或欲望叙事展开对性别政治的批判与解构时,对"欲望"之"重"的强调导致了让"灵魂"成为生命中不能承受之"轻"。同样是陈染的《私人生活》,某些危险的端倪也深植其中:

　　她对他并没有更多的恋情,她只是感到自己身上的某一种欲望被唤起,她想在这个男人身上找到那神秘的、从未被彻底经验过的快感……在这一刻,她的肉体和她的内心相互疏离,她是自己之外的另一个人,一个完全被魔鬼的快乐所支配的肉体。

——陈染《私人生活》

在这个情节里,因为灵与肉的疏离,倪拗拗成为一个"诱奸"行为的共谋者,而不是受害者。如果说这样的欲望书写在一定层面上仍然具有合理性与革命性的话,它实际上也意味着,有关女性欲望的书写必须作为批判性与革命性话语被阐释、被理解、被接受。当灵与肉的距离被无限拉大,对于女性写作来说,欲望叙事就有走向反动的危险。因此,后来的卫慧们所展露的一种与灵魂解约的欲望叙事,就会遭到来自女性主义与女性写作内部的抵制与批判。

四、激进的欲望

随着经典爱情叙事与男性形象的神话被解构,"厌男症"在二十世纪九十年代的女性小说中四处蔓延。到处是让人失望的男人。可以说,二十世纪九十年代的女性小说中几乎看不到健康的、处于正面价值中的男性形象,他们每一次出场,似乎都只是为了成为解构的标靶。因此,欲望叙事中便出现了这样一个现象:作为欲望结构或欲望关系中的一维,男性正被抹去;女性成为欲望关系中的"绝对"和"一"。

在针对性别政治的批判性叙事里,男性不仅作为历史形象是委琐的,同时,作为欲望形象也常常备受嘲讽。张洁的《她吸的是带薄荷味儿的烟》中,一个梦想发达的年轻男人挖空心思想傍上一个回国观光的华裔富婆。他按照《金瓶梅》《肉蒲团》上的招法给对方写求爱信。当富婆在一个豪华酒店的客房里接见他时,她阅历深厚的目光却让这个一米八二的强壮男人阳痿了。池莉的《生活秀》中，一个"成功男士"费尽周折将来双扬诱入"欲望场景"时，他的早泄却使他早早退出了欲望关系。这样的情节一再发生，女性作家总是以这样那样的方式，对被欲望驱动着并只将女性当作欲望对象的男性进行象征性阉割。当然，也有欲望旺盛、能力超强的男人，但他们的出现让女性陷于"器具"与"客体"的心理反应和精神阴影中。因此，作为一种"话语转移"，作为焦虑的缓释之途，一种激进的欲望形式被书写，即自体性欲望。

> 那种高潮是多少女性一辈子也没有尝受过的，竟被一个少女找到了开启的钥匙，它使性这件多少带点神秘与偶然的事情，竟突然变得如此简单。用不着两个人，用不着去九死不悔地寻找上帝创造的那另一半，用不着按照文明社会规定的程序，去做完那一件件在做这件事之前必须做的事情。它完全可以成为一个人的快乐和痛苦，一个人的享受和付出，完全是一个人的，纯粹意义上的个人的隐秘。
>
> ——徐小斌《羽蛇》

有关女性自慰的情节或段落在二十世纪九十年代的女性小说中虽不是俯拾皆是，但也可谓是某种醒目的写作标记。林白的《一个人的战争》是从多米的自慰开始的，陈染的《私人生活》是以倪拗拗的自慰而告终的。在许多小说中，自慰不只是意味着女性对身体认知的起点，同时还意味着一个反抗过程的开始。前引徐小斌《羽蛇》的段落，即表明自慰的反抗意义在于要从欲望关系中抹去男性的一维，成为自体性欲望。用林白在《一个人的战争》的题记中的话来说："一个人的战争意味着一个女人自己嫁给自己。"

在《一个人的战争》中，林白用"傻瓜爱情"来形容多米与男性的欲望关系。在这种关系中，"我跟他做爱从来没有到过高潮，从未有过快感，有时甚至还会有一种生理上的难受"。由于多米拒绝成为被男人洞穿的女人,拒绝在欲望关系中被男性欲望所格式化,她陷入了自我幽闭。自体化欲望意味着对孤独的一种自我选择。但这种选择在女性作家那里是一种批判性的选择。陈染相信:"孤独是一种力量,它使我们醒着,永不睡去。"①林白声称:"也许孤独的人会在孤独中获得自由,他们的心灵是一片草地,对于这个世界日益堆积的混凝土、塑料、磁盘以及废水,没有通道也许会更好。"②因此,一些与幽闭、孤独相关的意象在这个时期的女性小说中大量地、反复地出现:房间、蚊帐、浴室或镜子,在自体性的欲望中自闭("在禁中守望")、自恋(对镜自娱)、自语("说吧,房间")。就叙事而言,这也导致了一种内省式的独白。林白说:"我的许多小说……它们全都是来自我心灵深处的独白。独白是一种呼吸,一种结构,一种呻吟和呐喊。又是翅膀,又是舟楫。"③徐小斌说:"我的创作倾向基本上是内省式的,心理型的。而且个人化倾向越来越强。"④海男说:"空间正在一天天缩小,面对人类的前景,我们升起或落下,返回与出发,在每一时刻都在缠绕不休的困境就是重新建立心灵的空间。"⑤这些独白强化了女性小说的幽闭气息。通常,论者都会以"逃离"来形容女性小说中的自体性欲望,来形容女性在欲望关系中的挫败感与无奈感,却往往会忽略"逃离"所表达的另一层意义,即拒绝。正是在拒绝中,女性成为欲望主体。因此,自体性欲望作为一种拒绝形式,显示的是针对性别政治的批判与反抗。

徐坤曾举隔卢梭的《忏悔录》、大江健三郎的《性的人》、村上春树的《挪威的森林》以及中国作家的《古船》等小说中的男性自慰情

① 陈染:《一封信》,《陈染文集》第 4 卷,南京:江苏文艺出版社 1996 年版,第 27 页。

② 林白:《有一些孤独的人不谈孤独》,《死亡的遐想》,上海:上海书店出版社 1998 年版,第 216 页。

③ 林白:《静夜独白》,《德沃尔的月光》,昆明:云南人民出版社 1995 年版,第 97 页。

④ 徐小斌:《敦煌遗梦》,石家庄:花山文艺出版社 1997 年版,"附录"。

⑤ 海男:《空间》,《花城》,1994 年第 3 期。

节,来衬比女性小说中的自体性欲望的写作意义。卢梭,一个闯荡巴黎的流浪小子,那个敏感、自尊而又自卑的才子、诗人、思想家,直到三十一岁仍旧没有克服掉手淫的习惯,然而,他获得的评价是:"就是他那双脏手,写了多少纯洁的诗啊!"[1]同样的,其他男性作家小说中的自慰情节"尽管方式和情境各不相同,惟其一点相同,其主角都是男性,体现了男性欲望的压抑和喷泻,代表了普泛'人类'孤独状态下的绝望情感,因而显得合情合理,合乎伦常"[2]。身具作家与批评家的双重身份,她对女性欲望的诸种形式无以表达,以及女性自体性欲望的书写所遭受的文化围剿深表愤慨。但是,在徐坤的认识中,自体性欲望及其书写基本上也被认为是一种逃离和溃败。徐坤认识到了自体性欲望是"女性诸种欲望形式"之一种,但她仍然没有意识到,自体性欲望作为一种激进的欲望形式在一个更为积极的层面上对女性主体性建构的意义。而前引徐小斌《羽蛇》的段落却很清楚地表明了自体性欲望对于女性的救赎意义,即它使"女性"本身成为一个自足的信念系统,让女性自己成为"绝对",成为"一"。

对传统欲望模式或欲望关系的拆解,还导致了二十世纪九十年代中国女性小说对另一激进欲望形式——姐妹情谊(sisterhood)以及作为它的终端形式的女同性恋模式——的书写。可以说,这样的书写在这个时期的众多女性小说中构成了一个回环往复的声音。

由于不断意识到在由异性爱的欲望模式引发的性别对抗中,女性总是毫无例外地身陷劣势颓境,姐妹情谊或同性恋模式就成为解构异性爱欲望模式、解构由这一模式体现的深刻的性别政治的策略。可以这么说,当向男权宣战的集体意识渐渐积聚成强大的性别阵营时,就出现了一个关乎女性的共同的欲望空间——姐

---

① [法]罗曼·罗兰选编:《卢梭的生平和著作》,王子野译,北京:读书·生活·新知三联书店1993年版,第17页。

② 徐坤:《双调夜行船》,太原:山西教育出版社1999年版,第80—81页。

妹之邦。陈染借助小说人物说："我对于男人所产生的病态的恐惧心理，一直使我天性中的亲密之感倾投于女人。"[①]在西方，在经典的女性主义立场上，姐妹情谊或女同性恋"不只是作为一种'性选择'或'另一种生活方式'，甚至不是作为少数人的选择，而是一种对统治秩序的最根本的批评，是妇女的一种组织原则"[②]。

二十世纪九十年代中国女性小说对这一激进欲望方式的书写无疑发端于这样的思辨："我以为我作为一个女人只能或者必须期待一个男人这个观念，无非是几千年遗传下来的约定俗成的带有强制性的习惯"，"我想不出女人除了生孩子，还有哪件事非离不开男人不可"。[③] 在《破开》中，陈染深刻地探讨了构建姐妹之邦的可能性与必要性。《破开》题词鲜明地"谨给女人"："如果繁衍不是人类结合的唯一目的，亚当也许会觉得和他的兄弟们在一起更易沟通和默契，夏娃也会觉得与她的姐妹们在一起更能相互体贴理解，人类的第一个早晨倘若是这种排除功利目的的开端，那么沿袭到今天的世界将是另外一番样子。"在陈染的笔下，《与往事干杯》中的肖蒙和乔林，《破开》中的黛二和殒楠，《无处告别》中的缪一、黛二、麦三，无不拥有"深刻的欣赏、爱慕、尊重"。林白的《瓶中之水》中，服装设计师二帕在情感上有记者意萍的依托时，她便灵感泉涌，而当意萍离开她，她便碌碌无为。当然，这种关系并不是一种纯粹的精神同盟，还交织着深刻的欲望。有关姐妹情谊的书写，仍然是欲望叙事在另一层面的展开。我们可以看到，在林白的《致命的飞翔》中，李芮与北诺的激情交合使她们的身体熠熠生辉，而男人的触摸和侵入却只会让她们身体硬冷、欲望凝固。《回廊之椅》中，朱凉与女仆对彼此身体的互相激赏，同样在林白的叙述里充满

① 陈染：《与往事干杯》，北京：作家出版社 1999 年版，第 10 页。
② ［英］玛丽·伊格尔顿编：《女权主义文学理论》，胡敏等译，长沙：湖南文艺出版社 1989 年版，"前言"第 4 页。
③ 陈染：《破开》，《陈染文集》第 2 卷，南京：江苏文艺出版社 1996 年版，第 262、269 页。

肉欲的芬芳。与自体性欲望的批判意向相仿,同性间的欲望书写表达了同样的性别理念:如果连交媾都可以由同性代替,那么男权世界还有什么不可取代呢? 正是在这一意义上,同性欲望的书写体现了它"对统治秩序的最根本的批评"。

但耐人寻味的是,几乎所有的女性作家同时意识到了姐妹情谊或同性恋模式的脆弱。

> 她与缪一、麦三都曾有一段时间好得一星期不见面就想念,都曾经发誓不嫁男人。……很多时候,她们为悠长无际的天宇所感动,为对方的人格力量和忧伤的眼睛所感动,泪水情不自禁漫漫溢出。夜晚,她们回到房间里,睡在一张大床上,她们的中间隔着性别,隔着同性之间应有的分寸和距离,保持着应有的心理空间和私人领域,安安静静地睡过去。有时,黛二会忽然感到一阵彻骨的孤独,她知道同性之间的情谊至此为止了。
>
> ——陈染《无处告别》

在这个叙事段落中,姐妹情谊深刻地存在着,同时也在某个限度中被规定着。当麦三因为不可遏制的性欲而奔向男人时,这个联盟便很快撕裂了。陈染《破开》中展露于天国的姐妹之邦一回到现实地面便成问题:"我忽然听到了这个城市那久违了的熟悉又遥远的心跳声,它坚硬而冷漠地扑面而来,我一个趔趄向后闪了一步。本能地感到这个急功近利的声音与我肋骨间跳动的声音再也无法吻合。那是作为一种公共标准的男人的律动和节奏。"[1]男人的"律动和节奏"轻而易举地让姐妹之邦发生了"趔趄"。徐坤的《相聚梁山泊》中,九个身份分别为画家、诗人、导演、学者等的女人相聚一起,在一种对"梁山聚义"的戏仿情境中进入姐妹情谊的欲望场景时,

---

[1]　陈染:《破开》,《陈染文集》第 2 卷,南京:江苏文艺出版社 1996 年版,第 281 页。

一个高大俊朗的男人的出现将这一切轻松摧毁：

> 大情人含蓄地一笑："喔，我正好从这里路过，就顺便
> 进来了。"说着，便用含情脉脉的目光将在座的每位姐妹
> 都照顾了一下。他这一照顾不要紧，"唰——"一眼就把
> 刚刚还壮士断腕的姐妹豪情给冲散了，顷刻之间就烟消
> 云散，片甲不留，体无完肤。
>
> ——徐坤《相聚梁山泊》①

这些叙事，表达的是姐妹情谊或同性恋模式在本土语境中的限度。
这样的反思，在王安忆的《弟兄们》中，同样被深刻地表达过。

---

① 徐坤：《相聚梁山泊》，《山花》，1998 年第 1 期。

第十章　网络：新动向与新危机

　　现代以来的中国女性写作，在几十年的蹒跚历程中，留洒了卓越而独异的印迹，同时也彰显了其成长道路的异常艰难。新世纪十年已过，它又与中国文学一起承受着因政治、经济、文化的迅速发展而造成的冲击，并在困厄中辨识着、把握着属于自己的历史转机，积累着、收获着属于自己的独特经验。尤其是，自二十世纪末以来，互联网以俯冲之势撞向文学，在创作理念、写作技术、文本形态和接受方式上都对传统文学造成强烈冲击。尽管人们对网络文学的命名及意义界定都尚存争议，但它仍以有别于传统的优势茁壮成长，渐成气候。而与互联网迎面遭遇的女性写作，在新世纪斑驳陆离的文化生态中脱颖而出，木秀于林。

　　电脑在中国的普及，是二十世纪九十年代中期才开始的，而互联网在中国的普及才不过是最近十年的事实。但据中国互联网络信息中心（CNNIC）发布的《第 24 次中国互联网络发展状况统计报告》披露，截至二〇〇九年六月三十日，中国的网民数量已突破三亿，并在将未来两年里突破五亿。中国的网民数量稳居世界第一，与此同时，中国的互联网普及率达百分之三十，超过世界平均水平。电脑与互联网的普及，极大地改变了包括中国人在内的当下世人的生活方式。不出门的购物体验、点到点的交流渠道、自由的言说空间,互联网像一个神通广大的压缩机,把地球的角角落落都塞进方寸之间的屏幕,从有形到无形,从宏观到微观,从过去到现在甚至是未来,只要敲击键盘,我们就能在瞬间抵达想要抵达的境域。非惟如此,对于文学来说,互联网的存在,在质和量两个方面都构成了当下文化生态的重要方面,并对文学形成了强大的包围之势。

尽管有学者如美国人J.希利斯·米勒认为,"电信时代文学无存","文学在这个时代里可谓生不逢时",①但对于一些长期以来苦寻写作出路的群体来说,借助电脑和互联网进行写作,是他们或她们走出写作困境的巨大转机。对于栖身网络的女性作家与女性写作来说,获得转机的意义也许更为显豁。

一九九六年,我国第一个女子文学网站"花招"入住互联网,它给女性写作的发展带来的意义是非同寻常的。之后不久的几年,这意义就已得到巨大彰显。越来越多的迹象表明,"除了在网络文学天地,我们还从来没有在其他文学历史空间能够看到如此众多的女性作者参与文学创作,从安妮宝贝、黑可可、王猫猫到南深、樱樱、恩雅、玉骨、水晶珠链,成名或未成名的网络文学女作家在网络空间随处可见,网络成为女作家自由的天堂"②。这其中的意义,包括网络言说所特具的宽泛的公共性与开放性,导致更多的中低层普通女性有机会涌入已然降低的写作门槛,从而在一个更彻底的层面上改变女性长期以来作为"沉默的他者"的历史形象;网络言说所具有的匿名性与自由性,使长期以来针对女性写作的话语限制不由自主地发生松动,女性作家甚至可以完全脱弃超我的束缚,在写作中表达追索本我的渴求,这使得女性写作长期以来追求的对于"女性经验"的本真描摹,有可能在网络上得到最终实现;更重

---

① 〔美〕J.希利斯·米勒:《全球化时代文学研究还会继续存在吗?》,国荣译,《文学评论》,2001年第1期。

② 何学威、蓝爱国:《网络文学的民间视野》,北京:中国文联出版社2004年版,第102页。

要的是,网络所引发的信息方式的巨大变革给现代社会构型带来了深刻变化,传统意义上的科学/权力、国家/个人、个人/群体、主体/客体——当然,最重要的是男性/女性——的结构关系已被重组。这对于女性文学之所致力的政治写作具有战略性的巨大影响。安妮宝贝如此表达将自己的写作寄托给网络的深切体验:"这是你的灵魂选择的方式,它好像是黑暗中的一场幻觉。"①

由现代物质技术提供的写作便利和话语监控失效后出现的表达自由,使寄命于网络的女性作家开始沿着性别写作的路径,往极端处疯狂奔跑。这是一种解放程度更大的写作,并且裹风挟雷,延续和放大着女性写作自问世以来就天然具备的革命性意义。因此,不只是网络构成了女性写作之文化生态的重要方面,女性写作本身也将自己楔入网络,构成网络生态的重要一维,成为其中最具讨论价值的文学/文化命题之一。

就我的阅读视野而言,我认为,新世纪以来的网络女性写作,继承和发扬了新时期以来尤其是二十世纪九十年代以来中国女性写作中铸定成型的批判性主题,并在文学性的诸多方面形成了基于网络特性与性别理念的样式与形态。

一、批判意识与批判传统的承续

二十世纪九十年代是中国女性写作发展史的关键环节。在这个阶段,主体性意识的成熟与高涨使中国女性作家针对男权政治与男权意识形态的批判成为自觉,并在摸索中形成了聚焦于历史、语言、欲望的批判性主题。道理很清楚:历史是确立意义和价值的终极文化结构,是当下一切存在(包括作为最根本的剥削制度的性别政治)之合法性的最终依据,因此针对男权的历史批判就构成了几乎所有女性写作的起点;语言是文化的本体象征,语言批判旨在

---

① 安妮宝贝:《网络文学的生机与希望》,《文学报》,2000 年 2 月 17 日。

揭露长期"失语"的女性在男权机制中所处的本体境遇；而欲望涉及文学中的性表达，它关乎女性作为欲望主体的文化意义。①

新世纪的网络女性写作，在这些批判路径上继续奔跑，与此同时，批判的表情发生着微妙的变化。如果说，前辈自下而上的批判姿态里不免带有凝重与忧愤，后辈的批判表情则讥诮、戏谑，有着不以为意的恶作剧色彩，有着网络文化浓重的后现代魅影。同是历史书写，网络女性写作的叙事取向有新的动向。比如流敛紫的《后宫》。这是一部有着可观点击率以及以纸质形式出版后有着不俗销量的历史小说。"后宫"这一空间意象，是女性作为历史无意识的精妙比喻，是典型的"潜意识场景"，也是女性写作必须经由和最终抵达的叙事场景。"后宫"也是男人为女人强行设置的生存陷阱，它使身陷其中的人们不得不将争宠于一（男）人的生存动机视为生命的全部意义。因此，"后宫"又其实是一个关于女人及其历史的巨型象征。就其写作意图来说，作者清晰地表达了她对于历史批判的认定和追求。她说："纵观中国历史，记载的是一部男人的历史。而他们身后的女人，只是一群寂寞而黯淡的影子。女子残留在发黄的史书上的，唯有一个冷冰冰的姓氏中封号。她们一生的故事就湮没在每一个王朝的烟尘里了。"②显然，她意识到了女性在历史层面的"内在匮乏"，意识到了"女人/历史"这一结构内部的紧张关系。尽管《后宫》的写作中融进了宫闱奇观、皇家秘史以及"身体""欲望""权谋"等刺激某种阅读期待的通俗元素，但呈示一群如花红颜的悲剧宿命是居于文本深层的叙事话语。出于一种自觉，她的写作与一种基于性别立场的文化关怀契合了，与十多年来在中国当代女性文学内部被点亮并被燃烧着的写作精神不加犹豫地拥抱了。

但《后宫》所写的是一种高度虚拟化的历史。这与二十世纪九

---

① 王侃：《九十年代女性写作的主题与叙事》，《文学评论》，2008 年第 4 期。
② 流敛紫：《后宫》（卷一），石家庄：花山文艺出版社 2007 年版，"附录二"。

十年代女性写作中的历史书写有很大的不同。池莉在《凝眸》中借助贺龙、徐特立、段德章等特殊历史符号来刻意地造成历史仿真，王安忆在《叔叔的故事》里以"右派""文革""伤痕文学"等历史标记来强调处于我们集体记忆中的历史"实体"，在《纪实与虚构》中则以对断片残简式的史料的连缀来唤起对历史现场的考古式想象。但《后宫》描摹的则是彻底虚拟化的历史。除了在宫廷礼制、官位品阶、园林建制、服饰起居以及四时历法等方面的细部仿真，历史实体却无法在"考古想象"中被确认。《后宫》又名《甄嬛传》，以第一人称、主人公甄嬛的叙事视角将小说设定为自传体，但它又与陈染《私人生活》、林白《一个人的战争》以及王安忆《纪实与虚构》等同样将第一人称设为叙事视角的自传体小说有很大不同。后者，如陈染的《私人生活》，"现实世界中的陈染和小说世界中那些陈染的创造物是有着互文性、同构性和互为阐释的生命关系"的[1]，而这样的关系却并不存在于，至少不明显直接地存在于流敛紫与甄嬛之间，虽然作者声明《后宫》的写作也是为了"探寻自己心中的后宫"。[2] 区别就在这里：仿真的、实体化的历史书写，使得历史批判有可以着力的确定对象，而与作家本人具有互文关系的自传体小说，意在模糊虚/实界线，使虚构的隐秘经验可以与并非虚构的作家本人进行绑定。而《后宫》式高度虚拟的历史书写，以及作者本人与自传角色之间的脱钩，则意味着历史批判的新动向：作家不再总是把自己固定在采取攻势的批判角色中，固定在自下而上的反抗姿态中，因为这样的角色、这样的姿态，仍然在某种程度上反映着、强调着女性文学一直以来试图颠覆的性别秩序与权力级差。《后宫》式的写作取向表明，历史批判虽然对于女性写作来说仍然是必需的和重要的，但这种"批判"可以用一种对实体历史的"蒸发"来实现。从《后宫》对《红楼梦》笔法的倾情模仿中可以看出，作

---

① 朱栋霖等：《中国现代文学史》（下册），北京：高等教育出版社 1999 年版，第 186 页。

② 流敛紫：《后宫》（卷一），石家庄：花山文艺出版社 2007 年版，"附录二"。

者对"文学性"的关注优先于对"批判性"的关注,"历史"主要被用于实现"文学性"的需要而不是被用于磨砺"批判性"的锋芒。如果说,前辈作家在采取攻势的历史批判中表明自己亟待救赎的性别身份,而后辈们则以已然获赎的身份意识,随心所欲地捏合、摆布着历史的形体与线条。在后辈的写作中,"历史批判"的意义更多地被用于提醒我们对于曾经存在的、至今或许仍然存在的性别政治的"历史记忆"。除此以外,"历史"更多地被派遣为文学或审美的消闲。相同的写作取向,在悄然无声的《菩萨蛮》、煌瑛的《一年天下》等小说中集体性地响应着。

批判的需要,总是相应于政治、话语、权力角逐的需要,而批判的强度,则取决于前述角逐的激烈程度。现在还不能简单地判断,这是否是一种批判的弱化。我们更倾向于认为,这是一种有待于在理论上进一步阐明的历史意识与批判策略。在这里,我只想指出,是网络的虚拟性与民主性,使女性作家在写作时不必考虑性别秩序中的不平等关系,可以忽略在前辈作家那里有待解决的性别身份的焦虑。

在针对语言的思想认识上,存在相仿的情形。二十世纪九十年代的中国女性写作对语言进行了有意识的性别认定,语言被认定是男性的。语言在两个层面上——语法以及作为其实践形态的话语——都规定着这个世界的性别的权力分布。埃莱娜·西苏说:"我们自从降临人世便进入语言,语言对我们说话,施展它的规则。甚至说一句话的瞬间,我们都逃不脱某种男性欲望的控制。"正是由于对这一论断的接受,女性写作既致力于批判语言这一在终极意义上造成性别政治的"逻各斯",同时也在写作中试图寻找和尝试颠覆语言的路径与方法。二十世纪九十年代中国女性文学在如下方面尝试了语言颠覆的可能:语义置换,以切断能指与所指间的固定链接;反讽调式,以造成语言的逻辑倾斜;将"身体"嵌入语言,形成一种"身体—语言"系列,在"身体"与"语言"的共振中改造语言。

而网络因为其特殊的技术特性，使二十世纪九十年代中国女性作家所孜孜以求的语言变革，仿佛一夜间获得了彻底的实现：网络中到处是"漂浮的能指"和"滑动的所指"，网络的技术特性消解了能指与所指关系的场域规约和隐喻承担，使写作和阅读都有可能进入一个能指和所指均被解构的"破碎的世界"，一个使语义在德里达式的"延异"和"互文"中彻底陷于不确定的无边系统中；网络用语的波普化、臭贫化、切口化，使网络语言天生地带有戏谑的风格①；而"身体"，一开始就是网络写作的元符码。

徐坤曾说："网络在线书写越简洁越好，越出其不意越好，写出来的话，越不像话越好。一段时间网上聊天游玩之后，我发现自己忽然之间对传统写作发生了憎恨，恨那些约定俗成的、僵死呆板的语法，恨那些苦心经营出来的词和句子，恨它们的冗长、无趣、中规中矩。整个对汉语的感觉都不对头了。我一心想颠覆和推翻既定的、我在日常工作中所必须运用的那些理论框架和书写模式，恨不能将它们全都变成双方一看就懂的、每句话的长度最多不超过十个汉字的网络语言。"②这个在二十世纪九十年代曾以小说《狗日的足球》深切表达女性与语言遭遇时身心俱损主题的作家，与网络语言甫一照面便被其深深吸引。这在一定意义上说明，网络语言应该可以，也有可能在写作中成为针对性别政治的批判武器。

实际上，在当下的网络女性写作中，我们随处能看到在写作中普遍使用的非线性的、"言不及意"的、一旦触及核心命题便迅速跳转的、不断变换思维方向从而分散叙事中心的语言行为，以及一种

---

① 有关网络语言的戏谑风格，还有另一种从技术性出发的解释，可引为印证与补充："网络语言因为其独特的数字化生存形式使得它更加指涉戏谑性。在网络中，繁殖、联想、创新成为带有普遍性的动力方式。在这种环境中，语言的引申义、比喻义极度膨胀，这样一来，语言的'能指'变得更加繁复，它经常迅速滑动，总是割断人们通向'所指'的途径，于是网络文学的语言变得千奇百怪甚至是不可理喻而更加带有戏谑色彩。"于洋、汤爱丽、李俊：《文学网景：网络文学的自由境界》，北京：中央编译出版社2004年版，第110页。

② 徐坤：《网络是个什么东西》，《作家》，2000年第5期。

旨在使语义陷入暧昧的简约风格（如尚爱兰的《性感时代的小饭馆》、安妮宝贝的《如风》等），举目所见，满是"漂浮的能指"与"滑动的所指"。与此同时，诸如在"男宠"与"难宠"（雪芽《男宠难宠》，碧晏《回到唐朝说爱你：男宠难宠》）的谐音中制造逻辑倾斜，从而产生充满戏谑效果的反讽式语言运用，也是网络女性写作的基本调式与基本风格。更重要的是，因为网络的生态特性与技术支持，"身体"在语言中被更为直白、显豁地铭写，并且，比传统语符更具直观性的影像作为网络语言的构成元素赋予了"身体"新的展示意义。木子美的《遗情书》、春树的《北京娃娃》等，是这一语言行为的前锋文本。另一著名网络写手竹影青瞳曾宣言："文字是对身体的第一次凝视，第一次慰藉。""身体"由此成为她及其同侪写手设定在语言中的不遑多让的主体意象。二〇〇三年二月起竹影青瞳在天涯虚拟社区注册发表文字，其网络日记以"性感的文风、赤裸直白的文字标题"吸引读者，并附贴自己的裸体自拍照片。对此，她的解释是"我展示自己的身体乃是出于对自己（身体）理念的执著"①，"我的创作主要在个人体验基础上，对女性情感、欲望毫不掩饰地观照和反思，毫不掩饰本身其实就是对禁忌的反叛和突破。而贴出的照片，正是为了体现此种精神"②。某种意义上说，中国的女性文学试图从语言层面切入的"政变"，已在网络写作中得到全面的发动。

　　不过，有一种观点认为网络语言的性别差异正趋削弱；这种观点得到了一种统计学上的数据支持。在有新的更具说服力的分析

---

　　① 关于"身体"，竹影青瞳有过如下表述：她觉得"传统社会理念认为：精神是高贵的，身体是卑贱的，而尤其女人的身体，又更卑贱。精神对于身体的鄙视，使身体不可能抬头表达自己，而男人对女人的社会优势，使女人的身体在不能抬头表达自己的同时，还不得自主选择自己的存在方式"。所以她号召以身体觉醒为前提的回归身体原初表情的存在。参见《写手竹影青瞳掀风暴博客上贴裸照：我凭何羞耻？》，《北京青年周刊》，2004 年 2 月 16 日。

　　② 王立：《木子美·竹影青瞳·流氓燕》，古龙文学论坛，http://www.rxgl.net/bbs/thread-226163-1-1.html。

出现之前,不妨暂从此说。这也许说明,网络语言正成为一种可以被男性女性共同享用的语言,一种改变和铲平了原有性别属性和权力级差的语言,一种在其语义型构上(formation)超越了性别的二元结构的语言。就像马克思主义与女性主义在精神结构上的某种同构性一样,网络的民间性使在性别的权力结构中处于"在野"的女性及其写作,很快与网络语言发生了共鸣。

欲望及其叙事,是网络女性文学在内容上的重要构件。网络世界是一个与现实世界相对称的巨大的虚拟世界,它的虚拟性、进入网络世界时的匿名性以及进入网络世界后的临场感,使它成为人们寄放欲望并进行欲望消费的理想场所。服膺于各种感官释放的欲望叙事,是网络文学的"叙事本体",寄生于网络的女性写作也概莫能外。很大程度上,网络加剧了自二十世纪九十年代以来受制于市场逻辑、消费话语、个人欲望等多种权力合约的欲望叙事,加剧了一种平面化的欲望化文本的生产,使"欲望"真正陷入了从一个能指转向另一个能指的无法终结的运动。但"欲望"在女性写作那里是不可以没有"深度"的,因为"欲望"在女性写作中被视为男权机制的解码器;欲望叙事在二十世纪九十年代的中国女性写作中作为一面文化旗帜,被视为"一种战斗着的政治书写或政治实践,它将使女性在有关欲望的叙述或言说中,抵制被对象化的命运",与此同时,女性还将在欲望中的主体形象,"通过欲望走向解放,并最终获救"①。因此,展露于女性文学中的"身体"和"欲望",作为女性颠覆男权政治及重新塑造自我的盾牌,有着巨大的建构意义,正如西苏所说:"妇女的身体带着一千零一个通向激情的门槛,一旦她粉碎枷锁,摆脱监视而让它明确表达出四通八达贯穿全身的丰富含义时,就将让陈旧的,一成不变的母语以多种语言发出

---

① 王侃:《历史·语言·欲望:1990年代中国女性小说主题与叙事》,桂林:广西师范大学出版社2008年版,第99页。

回响。"①

"欲望"在新世纪的网络女性写作中被高调喊出。在诸如《艳遇昙花一现》《走开,我有情流感》《我在人前脱下衣物》《暧昧与挑逗》《淫荡到底》《甜美地委身》的直白标题下,"欲望"是核心的,甚至是唯一的叙事话语。除了竹影青瞳宣称自己的写作是"对女性情感、欲望毫不掩饰地观照和反思",是"对禁忌的反叛和突破"外,木子美更是强调"性""身体"在自己写作中所承担的"自我解放"的意义。她先是强调:"人性解放的意义大于'身体写作',人在性交中所流露的真实是日常交往中难以流露的。或者说,裸体、性交,是暴露人性的最有效方式。"接着又为自己的果敢与出格做出这样的声明:"人的自我解放,总要受到社会观念的阻止,而被各种禁忌束缚的人,如果不能跨越自己的'奴性',他就永远不会有真正的自我。"②以《遗情书》为典型文本的叙事,集中地展露了如下基本的叙事内容:"碰到心仪的男人,可能会跟他聊聊天,喝喝酒,然后一夜情。因为不害怕,我轻易就能爱上一个男人,轻易就能跟他上床,轻易就能从他身边离开。"③二十世纪九十年代中国女性作家费尽心机试图解构的爱情神话,在网络中被轻解罗裳般一挥而去。"爱情"在叙事中只剩下字面意义,因为"现代网络的即食爱情,不需因由。我们只要另类,不要真心"。(嫣子危《现代网络即食爱情》)嫣子危的另一篇小说《他不在现场》里,女主角对待男性的态度是"当初肯接受也不过是因为看上他长得有几分姿色。看腻了之后一样叫他替我洗衣煮饭"④。她们以消费男色的姿态,来建构自己在两性关系中的主动和主体地位,并以此粉碎男性话语对女性身体的编码权,体悟女性自我对身体最真实的感觉。在安妮宝贝那里,女

① 张京媛主编:《当代女性主义文学批评》,北京:北京大学出版社1992年版,第201页。

② 木子美:《伦理片》,2003年10月20日,http://www.blogcn.com。

③ 《木子美语录》,言兑网,http://www.yandui.com/more/perso-nana/5948/。

④ 嫣子危:《他不在现场》,《2005年中国网络文学精选》,武汉:长江文艺出版社2006年版。

主人公对衣服颜色和质地的挑剔，对喝咖啡场地的精心选择，对香水品牌的执着，都表明了其对物质欲望的顶礼膜拜；VIVIAN和一个自己不爱的有钱已婚男人同居，理由只是"我什么都没有。我只是想这样活下去。不想贫穷，也不想死"。安妮宝贝就此做出的声明是："只有沉沦和堕落过，才知道自己付出的是什么。"①黑可可《凯瑟林杜大小姐》里的凯瑟林杜更是一个十足的物质女孩，睡觉都会因梦到自己要发财而笑醒。谈到对物质的追求，春树说："我以为我曾经热爱音乐、文学和思想，根本不在乎什么时尚。后来又去翻《北京娃娃》，才发现那时候也迷恋于一支唇膏。原来我一直没变啊，原来我一直都是喜欢物质的，只是我自以为我不喜欢而已。甚至我还比一些女人更喜欢物质。我也会一掷千金买自己喜欢的名牌的包，也会被广告所迷惑，也会虚荣，也会说出'穿一条漂亮的内裤也不妨碍我们谈论妥思托耶夫的思想'。我算是看透自己了。"②自嘲式的自解，散发的是"八〇后"新女性对物质欲望的放逐。春树的《北京娃娃》在"残酷青春"的名下，以朋克、摇滚、毒品、暴力与性来标示个人成长的艰难历程，以血淋淋的感官伤口（虽为"伤口"，但仍"感官"）来昭示物质欲望与身体欲望的狼奔豕突。这些网络女性作家/写手，在极端的、离经叛道的书写中展示"欲望"对于其写作的意义，而这种意义又进一步作用于对女性写作的理解：无论是作为策略维度，还是作为政治话语。有必要补充的是，安妮宝贝宣称："我给自己的定位是，自由作家。并且始终严肃地写作。"③春树宣称："我对女权主义一直抱有好感，如果有人认为我是女权主义者我会感到自豪。假如我是一个男人，我也一定是热爱女权主义的男人。"正是这些宣称，使她们的写作被从平面

---

① 安妮宝贝：《风中樱花》，吴过主编：《落满蓝蜻蜓的花径》，武汉：长江文艺出版社2000年版。

② 春树：《抬头望见北斗星》，新浪网 · 图书连载，http://vip.book.sina.com.cn/book/index_38120.html。

③ 《北京青年报》，2004年1月19日。

化的欲望叙事中划出来,从而被认为是立足于批判角色的"新激进主义"。

二、新动向与新危机

虽不能说是大功告成,但至少,在表面上,二十世纪九十年代中国女性写作之所致力的政治批判在网络时代颇有收益。新的历史意识,新的语言机制,新的欲望灌注——二十世纪九十年代中国女性写作在忧愤、郁苦、悲壮甚至几许绝望中的艰难跋涉,在网络时代意外地获得了提速。但问题可能就出在这里:网络的"轻",也许正在消解着女性写作本身的革命意义,而耽于胜利的幻觉也正可能将女性写作导向弃政治立场于不顾的游戏界面。

如果要对二十世纪九十年代中国女性写作进行某种总结的话,"主体性"当是一个重要的归纳范畴。在历史、语言、欲望等主题领域所进行的批判性写作,就是要揭露前述诸种结构、秩序、模式对女性之"主体性"的封锁、规训与遮蔽。批判性的写作,其宗旨最后要落实到对主体性的建构上去。因此,在二十世纪九十年代的女性写作中,历史必须重新建构,语言必须"重新发明"(玛丽·雅各布斯语),欲望必须重新发露。由此,女性写作才被视为后革命景观。如果说,女性写作将遭遇危机的话,那么,最大的危机必是主体性的危机。对于网络女性文学来说,这样的危机,已不再止于潜伏。

德里达认为,电子书写动摇了"主体的稳定性",使它"从时间和空间上脱离了原位"。与主体的被动摇、被消解相应的,是性别线索的消除,是"现在等级制失去稳定性,并根据以前不相关的标准将交流重新等级化"。[①]毫无疑问,在这里,可以引申的是,被消

---

① 〔美〕马克·波斯特:《信息方式:后结构主义与社会语境》,范静晔译,北京:商务印书馆 2000 年版,第 157 页。

解的"主体",是以历史、语言、欲望以及理性等"逻各斯"形象行世的男性主体,被重新整合的"等级制"当然是男性主体的等级制。电子或网络写作提供的这种可能,使女性及其写作都有意外获救的惊喜。但网络女性写作同样要面临"主体"或"主体性"被消解的危机。当女性"几乎没有灯光"的历史被更多地进行消费化叙写、女性长期失语的痛楚被能指化的语言狂欢所掩盖、女性在欲望表达中的困难突然在反灵(魂)化的恣肆宣言中被攻克,一种难以言状的,也可能是难以承受的存在之"轻",已使由网络、女性和写作共同构成的话语空间显露危机的端倪。前辈作家在政治批判中建构主体性的写作意图,在网络时代容易弹向反面。是认同于"主体弥散"的网络生态的现实,从而在虚拟世界里保留着享受"等级重组"后的胜利喜悦,还是重提"主体性"价值目标,从而使网络女性写作重新回到逼仄的批判路径里,是一个并不容易取舍但又必须做出抉择的两难。

张抗抗曾言:"网络文学会改变文学的载体和传播方式,会改变读者阅读的习惯,会改变作者的视野、心态、思维方式和表达方式,但它究竟在多大程度上能改变文学本身? 比如说,情感、想象、良知、语言等文学要素?"[1]张抗抗的质疑,表达的是这样一个意思:作为"文学要素"的情感、想象、良知、语言,是在网络之外的现实世界被先在地铸定的,网络文学真的可能摆脱这些基本的模型吗? 如果网络文学真的与这些先在的模型无关,那么,网络本身应该是一个与现实世界绝无关联的乌托邦。事实当然绝非如此。事实是,在现实世界中依然我行我素的森严的等级制——包括在女性主义视域中至关重要的性别结构中的等级制——是网络文化生态的重要模型。男性仍然是网络文化生态中一切重要关系的主体。就基本方面而言,网络世界是现实世界的一个复本;就深层而言,在这个复本中,女性几无灯光的黑暗历史、无从表达的语言困境、

---

① 张抗抗:《网络文学杂感》,《中华读书报》,2001 年 3 月 1 日。

欲望受制的人性深渊，依然是一个巨大的"在场"，只不过隐蔽地沉默着，盘踞着，存在着。因此，"主体性"焦虑仍然应该在网络女性文学中被感同身受，同样地，那种旨在实现主体性构建的批判性写作仍然应该被网络女性文学所继承。

比如语言。有实验表明，在汉语电子书写的选词过程中，词语"能取得对话框中的首选词的地位，最大的原因就是它们被人们广为使用，成为一种流行语。不仅是词语，即便是单字和句输入，在实际操作中也无不严格遵从了这种'流行原则'。在形输入中，表面看起来受流行原则影响较小，但实际上它所拥有的一点点语句联想功能也是流行原则的产物"。词语由于使用普遍而获得的优先地位一旦被承认，"它们就获得了一种真理权，即它们天生就是写作用语的主体"。[①] 这个实验表明，电子书写或网络语言很大程度上受制于在现实世界中铸定的语言构型。由网络技术特性带来的语言变革，对于性别政治的批判意义仍然是有限的，仍然只能在一个有限的范围和程度上被认识和被肯定。张辛欣对此有一种清醒的认识。尽管她认为网络写作"暗示着世界的新标准语言"，但它对于文学，尤其是对于我们论题中的女性文学而言，仍然是一种"短见的自救"，因为这种短促、破碎、"酷"、声图并茂并扩大了表达能力的语言，在更大的可能度上会"使文化大流行并大流俗"。[②] 所以，对于语言的不松懈的警惕，是使女性写作在网络时代保持其政治意义的重要姿态，是使女性写作在批判性中构建主体性的基本向度。其实，那种迷恋于、执着于"漂浮的能指"的写作，已使网络女性作家饱受诟病。如安妮宝贝，由于偏执于对文字风格的追求，其小说的其他元素如人物、情节等则疏于盘算，致使自己的写作陷入难以自拔的重复之中，成为一种典型的能指化写作，而重复也使她小说本来就不够的深度再次被铲平，再次回到平面化。这使她

---

① 于洋、汤爱丽、李俊：《文学网景：网络文学的自由境界》，北京：中央编译出版社2004年版，第126页。

② 张辛欣：《怎么在网络时代活一个自己》，《南方周末》，2000年3月31日。

彷徨,也使她思考是否要以及如何能摆脱能指化写作,并自我期许:"或许今后会写一些社会性比较强的东西。"①同样,那种布满"滑动的所指"的写作,也会让"主体"无所凭借,无所依附,以至于春树不无茫然地说:"我活在自己的迷茫里,活在走向答案的漫长的路上。"②

而就欲望叙事而言,更大的危机在于,越来越多的声音倾向于将某些网络女性写手称为文学的"慰安妇"。这不完全是一种厚诬与误读。欲望叙事对于女性写作来说,从来都是一把双刃剑。是利是害,是正是反,其尺度取决于它最终是裨益于批判性的建设,还是折损于毁灭性的沦落。而无论是"建设"还是"沦落",都最终关乎主体性的"立"与"破"。由于确实存在尺度上的严重偏误,网络女性文学的内部也生发出激烈的批评声音,更有安妮宝贝宣布退出网络写作,表达了与这个写作阵营的决裂。与此同时,作为一种反动,走纯情线路的、诸如《山楂树之恋》这样重新叙述爱情神话的小说开始风行。倒不是说爱情不可以写;关键是,长期以来植根于爱情神话中的、用于传导男权政治的意识形态修辞术会被重新启用。在《山楂树之恋》中,女主人公静秋之所以成为"每个男人都想娶的女人",除了她的姿色与身材完全符合男性欲望的投射之外,更重要的是,她对性的无知与对身体的天生的负罪感。在这个形象中灌注的性别政治,被所谓"纯情"的修辞巧妙掩蔽,而女性读者对这个形象的普遍接受,以及女性作家对这个形象的热衷描写,都意味着对一种抵抗的放弃,意味着主体性的消弭,意味着对男权主体的臣服。这大概是尺度严重偏失的欲望叙事所带来的意外的负面结果吧。

毫无疑问,出于一种纠偏的考虑,出于对缓解危机的谋划,网络女性文学在得享"等级重组"的机会时,还必须同时强调"性别线

---

① 《北京青年报》,2000 年 1 月 29 日。

② 春树语,中国经济网·新书掠影,2010 年 5 月 26 日。

索"的提取,强调女性作为主体的意义,以使针对性别政治的批判性写作重新回到有深度、有力度的写作道路上来。在我看来,网络女性写作应该成为某种富于攻击性的"黑客",它寻找并掌握着性别政治体制(系统)的命门,在斗争与反斗争的历程中不断提高识别能力与破坏能力,而且还将在一个水到渠成的特定时代使性别政治体制(系统)最终陷于瘫痪。这应该是女性写作最初与最后的目的。

当然,我们有理由对女性写作与网络遭遇后的前景抱有乐观与信心。

第十一章　叙事机理：两种修辞

　　叙事，即讲故事。故事无处不在。不仅我们在讲故事，而且故事也在讲我们：假如故事无处不在，我们也在故事里。可以说，叙事构成了存在的基本方面与基本形式。当代叙事学的一个重要发现是：即使是科学，也一定包含着一系列的陈述；科学话语是由叙事建构起来的。历史在海登·怀特看来是由"一个可以理解的情节结构"来表现的；进化论需要由一个猴子变人的故事来叙述；各种宗教经典里，有关生命意义、伦理和正义的诠释则由基督、佛陀或先知穆罕默德的生平故事来体现；关于阶级斗争和解放的叙事，在过去一百五十年里深刻地改变了人类的历史进程；甚至，弗洛伊德在提出一种关于婴儿性欲的学说时，也必须讲述一个俄狄浦斯的故事。叙事无处不在：人类生活的各个领域鲜有不与叙事的策略与效果发生瓜葛的。

　　与叙事相关的另一个问题是，所有的叙事都与话语有关，因此，叙事"总是与权力联系在一起，总是与权威、所有权及统治问题联系在一起"[①]。叙事其实是意识形态的推论实践。文学作为权力

――――――――――

　　① 　[英]安德鲁·本尼特、[英]尼古拉·罗伊尔：《关键词：文学、批评与理论导论》，汪正龙等译，桂林：广西师范大学出版社 2007 年版，第 51 页。

的一种结构形式,同样会把叙事纳入意识形态的运行轨道上。同时,为使意识形态实践产生最大化效果,叙事又总是与一定的策略与修辞相关。不用说,女性小说的叙事同样也是与女性主义相关的意识形态推论实践,与此同时,相关的叙事策略或修辞同样也是女性小说的题中之义。

对于二十世纪九十年代的中国女性小说而言,为匹配其前述的批判性主题,女性作家一直在寻找并努力实验着相应的、有效的叙事策略或叙事修辞,并逐渐形成了可供辨识的文体。毫无疑问,这些文体的浮现,以及对于这些文体的研究,将使在叙事学或审美层面上定义女性小说成为可能。

一、纪实与虚构

(一)乌托邦叙事

小说的本性即虚构。因此,在王安忆看来,成为作家就意味着获得了"虚构的权力"。但小说作为一种文体的张力在于它对于现实的仿真性。小说作为一种叙事文体,通常被强调的便是它与现实之间的同构关系,小说因此也经常被强调其对于现实的"诚与真"。在西方,"novel"作为"小说"的定义要早于"fiction",而前者除了具有"tale"(故事)的意涵外,还具有"news"(新闻、消息)的意涵。因此,小说(novel)既可能是"虚构性的",也可能是"历史性的",即强调它是对生活的真实记录。巴尔扎克就认为"所有的小说家都应该是历史学家",他从另一个侧面强调了小说对于历史/现实的"诚与真"。十九世纪以后,"fiction"才被用于定义小说,与"fact"(事实)相对比,"纯属虚构"的文学意涵才被作为小说本性加以确定。有意思的是,从词源学上说,"fiction"还具有"虚假"之意,是一种带有刻意欺骗的虚构,是一种"意识假说",同时是一种"人为假定"。①因此，"虚构"不仅仅是"美学的"，同时也是"意识形态的"，因为"通过虚构，文学叙事可以建构'民族—国家'的历史"。②"虚构"同时又不仅仅是一种意识形态实践，也还是一种修辞行为。"美学意识形态"在小说这种文体中，在关于"虚构"的释义中毫无遮拦地呈现着。

按照伍尔夫的说法，直到十九世纪历史还是由男人写的，"女人"也是在这种男性写作中被完成的。而女性最初的历史究竟是怎么样的？"除了某种传统，……我们一无所知"，所以伍尔夫说："只要稍加思索，我们即可明白：我们所提的问题，只有以更多的虚构来作为解答。"③这句话中的"虚构"在原文中即 fiction，一语双关。因此，有论者沿此逻辑将伍尔夫的这句话很自然地理解为："我们所提的问题，只有以更多的女性创作的小说来作为解答。"伍尔夫也毫不含糊地肯定女性作家与小说之间的天然的亲缘关系。④毕竟，"虚构"不仅可以让女性写作避开"历史"，同时，作为"意识假说"，小说也是女性作家所能选择的最好文体。

作为一种批判性的叙事，"虚构"在女性小说中更多的是在意识形态层面上被运用。我想用"乌托邦叙事"来说明新时期以来特别是二十世纪九十年代以来中国女性小说的叙事策略或叙事修辞，就是想强调"虚构"对于中国女性小说的批判意义。所谓乌托邦叙事，就是"虚构中的虚构"，或者说，"虚构中的虚构"是在叙事文本中构建乌托邦。因此这是建立在小说这一虚构性文体中的"再虚构"。这种"再虚构"突显了虚构对于二十世纪九十年代中国女性小说的叙事意义。

---

① 有关"fiction"（小说，虚构）的释义，参见［英］雷蒙·威廉斯：《关键词：文化与社会的词汇》，刘建基译，北京：生活·读书·新知三联书店 2005 年版，第 181—184 页。

② 陈晓明：《表意的焦虑：历史祛魅与当代文学变革》，北京：中央编译出版社 2002 年版，第 355 页。

③ ［英］弗吉尼亚·伍尔夫：《妇女与小说》，瞿世镜译，李乃坤选编：《伍尔夫作品精粹》，石家庄：河北教育出版社 1990 年版，第 398 页。

④ 董之林：《女性写作与历史场景》，《文学评论》，2000 年第 6 期。

早在新文化运动伊始,冯沅君等为配合启蒙话语而写作的《隔绝》式的文本里,女主人公为争取恋爱与婚姻自由往往采取出逃行为。鲁迅在《伤逝》里很快以子君的悲剧指出了这种出逃的现实结局。而张爱玲更是以《五四遗事》的发表,批判了启蒙叙事的虚弱以及对女性的二度伤害。《隔绝》式的写作由此被否定。"出逃"并经由"出逃"而得以宣扬的个性主义,被视为只是文本行为而非现实经验。出于一种宿命论的立场,张爱玲视娜拉式的出走为"一个苍凉的手势",一个不及物的动作,一个空洞无物的能指。因此,《隔绝》式的写作只是女性解放的虚构行为,它本身是一个乌托邦叙事,是虚构中的虚构。然而,二十世纪九十年代的女性小说在某个层面和某种程度上继承和强化了曾被否定的《隔绝》式的虚构性叙事,即乌托邦叙事。但是,出于对"历史"的拒绝,出于在启蒙进程中缔结的脆弱盟约的解散,出于女性主义批判立场的深刻介入,这一次虚构,不再是对现实进行一种格式塔式的补充和矫饰,而是用"虚构"(fiction)来对应"历史地"(historical)形成的"事实"(fact)。

徐小斌把写作看成"置身于地狱却梦寐以求着天国的一种行当","是人类进行着分割天空式的美好想象和对于现实现世的弃绝"。① 在这里,"现实现世"被认为是"地狱"而必须被"弃绝",由想象而抵达的虚构世界("天国"即乌托邦)才是女性的栖身家园。无独有偶,埃莱娜·西苏也认同"天国"(乌托邦叙事)对于女性的特殊意义:"天国意味着懂得如何化痛苦为惊奇,如何把不可理喻的一切变成惊叹好奇的源泉,意味着把对夜晚的畏惧化为对夜晚的热爱,把它视为一个星光斑驳的白昼。"② 对于"现实现世"的抵制,是二十世纪九十年代中国女性作家普泛的共识。陈染也曾借助小说中的女性叙述者表达过相同的观点:"我的大脑把我抛到除却**现**

---

① 徐小斌:《逃离意识与我的创作》,《当代作家评论》,1996 年第 6 期。

② [法]埃莱娜·西苏:《从潜意识场景到历史场景》,孟悦译,张京媛主编:《当代女性主义文学批评》,北京:北京大学出版社 1992 年版,第 221 页。

在之外的任何时光；**过去**与**将来**纷至袭来，交相呼应，唯独没有现在。现在，只是一具躯壳在过去和将来、往事与梦幻的空白交谈处蹀来蹀去。长时间以来的积习早已向我证明：我是一个唯独没有**现在**的人。这是我与生俱来的残缺。而一个没有**现在**的人，无论岁月怎么流逝，她将永远与时事隔膜。"①在这样一种意识主导下，虚构性的乌托邦叙事便承载着朝向"天国"的"逃离意识"，构建着弃绝"现实现世"后的另一维度的价值空间。

但必须意识到，乌托邦是一种不可实现的人类心理愿景。卡尔·曼海姆说："一种状况心灵状态与它在其中发生的那种实在状态不相称的时候，它就是一种乌托邦心态。"②他接着认为，"绝对的乌托邦"是"所有各种已经表明无法得到实现的观念"。但他同时认为："只有那些具有超越现实的取向的心态才是乌托邦心态，而当这些乌托邦心态贯彻到行为举止之中的时候，它们就会或者部分，或者全部地破坏当时处于主导地位的事物的秩序。"③曼海姆的论述使乌托邦的两种特性得以呈现：（1）乌托邦是不可实现的世界方案；乌托邦只为那些与现实状况发生抵牾的心灵及其困境提供想象性的解决。（2）乌托邦也可以对"处于主导地位的事物的秩序"形成破坏，这时候它便与意识形态发生着微妙的关系；当它转化为行动时，它其实就是政治实践。

总体而言，二十世纪九十年代中国女性小说的乌托邦叙事由两种形式构成：梦与白日梦。很显然，九十年代中国女性小说的乌托邦叙事也只是为女性的现实困境提供一种想象性解决：不是在梦里，就是在白日梦里。如冯沅君在《隔绝》里曾经做过的那样，用一种建立在文本内的虚构来想象性地完成妇女解放的愿景。

---

① 陈染：《与往事干杯》，《陈染文集》第 1 卷，南京：江苏文艺出版社 1996 年版，第62 页。黑体字在原文中加有着重号。

② ［德］卡尔·曼海姆：《意识形态和乌托邦》，艾彦译，北京：华夏出版社 2001 年版，第 228 页。

③ ［德］卡尔·曼海姆：《意识形态和乌托邦》，艾彦译，北京：华夏出版社 2001 年版，第 228 页。

（1）梦与叙事之间的同构关系，自弗洛伊德始就已有太多论述。但就我的论旨而言，关键不在于女性小说的乌托邦叙事与梦的结构形式之间的拟态关系，而在于女性小说将梦作为叙事对象的这一叙述行为的价值意义。也就是说，在二十世纪九十年代中国女性小说的乌托邦叙事中，对梦的叙述或建构是一个重要的文本修辞现象，而这一现象对于女性小说来说，它是意识形态性的。

梦是潜意识场景，是灵魂深处秘而不宣的情绪。梦同时代表着被压抑欲望的一种虚假满足，它允许人们处理破坏性的创伤经验，在想象中促进对某些需要和冲突的解决。女性作家在规避本我或现实的巨大阴影，隐入梦境并对其展开细致描述。女性作家与她们的叙境中的主人公一起，通过遁入内心，用心造幻影的方式进行自我抚慰，用梦幻形式来逃离父权制的象征秩序。梦成为她们的一种特殊的生存方式和精神领受方式，这样她们便不会束手无策地为现实所吞噬，便不会陷入生存的泥泞与压抑的梦魇。

徐小斌于一九九六年出版了她的一部小说集《末世绝响》。这部小说集的有意味之处在于，徐小斌将自己的十二部中短篇小说重新进行编码，分别依次以"梦境1号""梦境2号"……"梦境12号"来命名之。在这个自称为挑战"菲勒斯中心主义"而写作的女性作家这里，写作体现为对一系列梦境的缔造上。也就是说，她的"挑战"是在梦幻背景里展开，并在梦幻背景里完成的。或者说，她的"弃绝地狱"和"投奔天国"的行为，是一种想象性的解决。典型如《双鱼星座》，在这个副标题为"一个女人和三个男人的故事"的小说里，卜零用一场幻想暴力，在梦中完成了对令她窒息的、代表着菲勒斯中心的权力、金钱和性的一个男人的抗拒与反击：她用冰冻里脊击中丈夫的后脑，用有毒墨水放倒了上司，用水果刀刺翻了情人。来自事业、婚姻和爱情的深重创伤，最后不得不用一个在绝望中制造的梦境来想象性地予以疗治。《羽蛇》里，羽的梦中反复出现的景象就是蓝色湖底长满黑色羽毛的巨蚌，蚌中有个隐秘而缄默的女人，她自愿把自己封闭在羽毛的监狱里；蓝湖代表着她无忧无虑的静谧童年,而蚌则是一个女人护心护身的盾。陈染的《与假想心爱者在禁中守望》中,寂旖以能否梦想区分着死人和活人,这个将往事封锁于心的女人,在梦幻中才能与身处零度经线的假想心爱者守望、对话。林白的《玻璃虫》中的林蛛蛛长久以来与梦之间存在着一种隐秘的关系,梦是远离她日常生活的另一重时空,"是空气之外的空气,时间之外的时间"。她把具有梦幻色彩的电影当作"真实的故乡",看作浊世中唯一的精神寄托,超越性的梦幻与日常生活相对峙,当梦将她带入另一种生活时,那些曾经的平淡琐屑将烟消云散,而置身其中的梦境成为另一重美好现实。

弗洛伊德说:"幻想的原动力是没有得到满足的愿望,每一次幻想是一个愿望的满足,就是对令人不满的现实作了一次改正。"[①]梦是潜意识行为,而对梦的叙述则是意识行为,是对令人不满的现实的一种有意识的修正。梦帮助小说主人公缓释了现实焦虑,而作家对每一个梦的营构或叙述,则都是对现实一次又一次的批判。当然,这种批判在很大程度上也可能只是一种想象性的解决,因此,这种批判本身就可能是个白日梦。

(2) 白日梦,即幻想或妄想。作为心理学术语,被认为是"一些持续的不切实际的幻想"。幻想是创造想象的一种特殊形式,由个人愿望或社会需要而引起,是一种指向未来的想象。个体遇到挫折或难以解决的问题时,便把自己放到想象的世界中,企图以虚构的方式应付挫折,获得满足。白日梦既可以成为逃避现实的手段,也可以推动人们追求某种目标。

之所以用"白日梦"来解释二十世纪九十年代中国女性小说的乌托邦叙事,就是因为一些虚构性的想象情境在这个时期的小说文本中大量出现。同样作为一种"想象性的解决",白日梦式的乌托邦叙事成为这个时期女性小说的重要修辞。

---

① [奥地利]西·弗洛伊德:《创造性作家与白日梦》,黄宏煦译,戴维·洛奇编:《二十世纪文学评论》(上),上海:上海译文出版社1987年版,第68页。

徐小斌的《蜂后》虚构了一个养蜂女复仇的故事：一对被男人始乱终弃的母女，将这个男人诱入蔷薇园，然后用她们处心积虑饲养的一个巨型蜂后蜇死了他。这个故事有一眼可见的虚构性质，尤其是，事发后一群警察撞上了"鬼打墙"，怎么也无法找到"我"所描述的那个女人和她的蔷薇园，更加重了这个杀人事件的虚构气息。这和徐小斌在《双鱼星座》中将杀人场景设置在梦境中是异曲同工的。在《双鱼星座》里，卜零从杀人梦境中醒转来，为不再重返现实，她选择出走"佤寨"：一个处于天边的世外之地，一个可能只存在于传说中的虚构之所。"当然这是个虚构的空间。"[①]陈染的《沉默的左乳》以白日梦的方式讲述了女主人公与发廊男孩阿渺的试探与融合，那是一次在虚构性的幻想中完成的欲望体验与精神冒险。同样，陈染的《破开》通过一个虚构的空难事件让叙事进入天国，而主人公就是在天国才得到了关于姐妹之邦与姐妹情谊的切实依据。最有意味的是池莉的《小姐，你早》，它与徐小斌的《双鱼星座》在人物设置上相反，讲述的是"三个女人和一个男人的故事"：戚润物、李开玲、艾月三人因为相似的性别遭遇，准备联手报复男人王自力，在紧锣密鼓又缜密细致的计划后，一切成功在即，这时叙事却戛然而止；结尾以"话说"开头，用半文半白的、与前文的写实风格截然相反的调式叙述了计划中使一个成功男人身败名裂、两手空空的具体情境。"话说"所代表的说书人角色，使"报复计划"陷入虚构语境中，充满了戏说与野史般的不确定性。它意味着"计划"只是一种构想；"计划"意味着首先已经在想象中完成了报复，而要转化为行动，则可能只是一个不可实现的乌托邦，它只能在"话说"中被叙述。这种虚构的报复或挑战情景，在陈染的《私人生活》中也生动地出现过：

　　　　我愤怒地盯着他的脸孔，"我就是专程来告诉你……

<hr />

　　① 　徐小斌：《个人化写作与外部世界》，《美丽文身》，北京：当代世界出版社 2001年版。

哪儿是私部！

　它在这儿，在那儿！"

　我在他早年摸我的地方，"回敬"了他。

　T 这个时候，表情惊讶，神志复杂。

………………

　而上边所发生的一幕，不过是在我的想象中完成。

——陈染《私人生活》

白日梦作为乌托邦叙事，同样也是用它的"不可实现"来表达对现实的性别秩序的批判与试图超越的努力。这样的叙事修辞，其实表明了现实秩序的依然强大，表明了在现实秩序的强大阴影下女性境遇的真相。

但是，二十世纪九十年代女性写作的乌托邦叙事还给我们提供了一种耐人寻味的内容，即当女性境遇的真相也被当作"虚构"时，女性的悲剧处境就尤其意味深长。蒋子丹的《绝响》围绕诗人黛眉之死，文本中展开了两条叙事线索，一是"我"根据黛眉生前遗物断定黛眉为殉情而死，二是公安局依据"两条黄花鱼"的客观事实断定黛眉是人为财死、鸟为食亡。公安局的结论使黛眉的殉情成为虚构。而池莉的《云破处》，相对于徐小斌那些虚构的杀夫故事，她让女主人公挟着仇恨的力量将利刃插进了丈夫的心脏，让杀夫行为变成一个现实。但是，同样是公安局的认定，女主人公的杀夫行为同样被归入虚构，同时因为一个替罪羊的出现，这个"虚构"就得以被定格。就像男性作为历史形象曾得到生物学的支持一样，将一个女人从杀人犯形象中解救出来的也是生物学的立场："警察也还做了一些技术性的鉴定，他们也发现，像曾善美这么一个娇小的纤弱的、手腕纤细如柳的女人一刀捅死健壮如牛的金祥是不太可能的事情。"[①]黛眉或曾善美，当她们只能一次次被置于虚构时，她们的处境其实显示的是男权体制的傲慢与偏见。在这种

---

① 池莉：《云破处》，《池莉文集》第 5 卷，南京：江苏文艺出版社 1995 年版，第 58 页。

傲慢与偏见中,女性便永远只能处于失真的状态,处在自我虚构与被他人虚构的永劫不复的深渊。

在西方,乌托邦叙事同样被认为是女性作家用以颠覆男性统治的文学形式。乌托邦叙事的"非现实主义形式可以帮助妇女作家去干预通常被视为'真实''自然'和'必然'的东西",而"乌托邦作品……向我们展示了当今社会忽视或怀疑的思维和表达方式"。① 这种论述,或已不经改造直接挪移过来用以评述二十世纪九十年代中国女性小说的乌托邦叙事。

(二) 仿真叙事

小说是虚构文体,但叙事的功能之一却是对现实的模仿与再现。"逼真"是大多数小说努力追求的一种修辞效果。因此有人说"真正的小说一定是现实主义的"②。所谓"逼真",是"小说创作的主体利用各种叙述手段在小说中复制与再现现实生活的真实图景,极力消除小说的人工符号痕迹,制造小说逼肖现实的幻觉。小说的接受者也将小说文本当作直接的现实,将虚拟的人物情节当作'真人真事'来解读,将艺术的幻觉当成生活的真实"③。

二十世纪以来的文学理论已尽可能多地向我们揭示,那些在我们看来似乎是真实的叙事同样也是高度正规化的,对于现实的一切再现都是人为的,小说中的"真实"仅仅应该理解为某种特定的叙事方式在读者心里引起的"幻觉"。但这不足以阻止作家继续在小说中制造一个又一个"逼真幻觉",同样也不足以阻止读者在这种"逼真幻觉"中流连忘返。说到底,"逼真幻觉"是作者—文本—读者之间建立的一种契约,依据这种契约,他们彼此信任。而

---

① ［英］玛丽·伊格尔顿编:《女权主义文学理论》,胡敏等译,长沙:湖南文艺出版社 1989 年版,第 162 页。

② 转引自［美］W. C. 布斯:《小说修辞学》,华明、胡苏晓、周宪译,北京:北京大学出版社 1987 年版,第 25 页。

③ 杨均:《"逼真"与"露迹"——小说叙述模式的两种选择》,《甘肃社会科学》,1994年第 1 期。

现实主义正是依据此契约,成为小说的正宗,并且它总是能轻而易举地据此完成阿尔都塞所说的"意识形态询唤"。

对于女性小说来说,一种为追求逼真效果的仿真叙事同样是重要的。无论是对于个体经验还是对于群体经验的描述,都需要仿真叙事来确认其稳定性、可靠性与真实性。女性小说可以用乌托邦或幻想等虚构性叙事来颠覆现实秩序,但显然不可以用虚构性叙事来进行个体或群体经验的发露与呈示。一旦一种自我经验的叙述被指认为纯然虚构,那么,建立其上的批判性话语就失去了基础,失去了基本的合法性。因此,仿真叙事对于女性小说来说,就是试图使女性本身的日常性不再被理解为一种幻想的现实,女性生活本身不被理解为是剥离现实实在性的幻想生活。与乌托邦叙事的超现实主义风格不同,女性小说的仿真叙事则尽可能秉承和贴近现实主义传统,让叙事成为"复述"。

小说曾被认为是最适合女性的文学形式:"就所有的文学类型而言,小说无论从本质抑或处境来看,皆是妇女最能适应的体裁。"作此论断的原因则是:"小说是体现妇女学问的主要组成部分的家务经历的适当形式。"①这是表现在文体学上的性别政治。但必须承认,小说确实是最适合女性的文学形式,越来越多的女性作家已认识到这一点。玛丽·伊格尔顿认为:"小说在形式上较之于依赖希腊、拉丁典故的诗歌而言更易接近、把握,其内容无论过去还是现在都被认为是适合于妇女的形式。"原因有二:一是小说是一种新兴的文体,"是一种不具有男性权威长久历史的形式";二是小说"在一定程度上源于诸如日记、日志、书信等妇女谙熟的写作类型"。② 甚至在小说的发生学问题上,有人认为"小说是伴随着十七

---

① 〔英〕刘易斯:《妇女小说家》,转引自〔英〕玛丽·伊格尔顿编:《女权主义文学理论》,胡敏等译,长沙:湖南文艺出版社 1989 年版,第 168 页。

② 〔英〕玛丽·伊格尔顿编:《女权主义文学理论》,胡敏等译,长沙:湖南文艺出版社 1989 年版,第 160 页。

世纪妇女所写的自传而开始的"①,而不只是像伊恩·瓦特在《小说的兴起》中认为的那样,女性只是作为读者或消遣者而加入小说兴起的进程的。而所有这些论述,都渐渐地向一个方向聚焦,即小说之所以是一种适合女性的文学形式,或女性之所以选择小说这种文学形式,在于女性天然地接近于由"小说"这一文体概念所包含的日记、日志、书信和自传。因此,有人认为:"如果存在一种典型的女性主义文学形式,它就是一种零碎的、私人的形式:忏悔录、个人陈述、自传及日记,它们'实事求是'。"②毫无疑问,日记、书信尤其是自传,都是仿真叙事的典型形式,它们将作为重要的叙事策略,成为女性小说中高频率的修辞形式。

二十世纪九十年代的中国女性小说,如徐坤所说,"一个庞大芜杂的女子自传写作'症候群'不期然出现了"③。一批自传体或准自传体小说蜂拥而至:长篇有《一个人的战争》《私人生活》《我的情人们》《女人传》《无字》《纪实与虚构》《说吧,房间》,中短篇有《青苔》《守望空心岁月》《与往事干杯》《无处告别》《秃头女走不出的九月》《另一只耳朵的敲击声》等。在一个宽泛的尺度内,这样的自传体小说还可以包括卫慧的《上海宝贝》和棉棉的《糖》。

陈染在谈到《私人生活》时说:"《私人生活》的写作,跟我的个人私人生活甚至隐私根本不搭界、不沾边,90%的细节是虚构的,只有心理经验和情绪化的东西才是真的。"④尽管有这样的辩解,但这部小说仍然被认为"现实世界中的陈染和小说世界中那些陈染的创造物是有着互文性、同构性和互为阐释的生命关系"。⑤ 之所

---

① [法]朱丽叶·米切尔:《女性·记叙体与精神分析》,[英]玛丽·伊格尔顿编:《女权主义文学理论》,胡敏等译,长沙:湖南文艺出版社1989年版,第180页。

② [英]伊丽莎白·威尔逊:《倒写:自传》,[英]玛丽·伊格尔顿编:《女权主义文学理论》,胡敏等译,长沙:湖南文艺出版社1989年版,第320页。

③ 徐坤:《双调夜行船》,太原:山西教育出版社1999年版,第18页。

④ 朱伟、徐峰:《时间这个东西真的挺致命——访女作家陈染》,《中华读书报》,2000年4月1日。

⑤ 朱栋霖等:《中国现代文学史》(下册),北京:高等教育出版社1999年版,第186页。

以给出这样的理解,原因也很简单,就在于陈染在叙事视角、叙事调式及叙事内容的设置上刻意地移植了自传体的叙事元素。这些元素,首先体现在第一人称的叙事视点的设置上。"我"作为一个限制性的叙事视角,体现着"逼真"效果的叙事要求。"我"不只是意味着一个女性在叙事中成为一个"积极的说话主体",更重要的是它的叙事学意义,即"为取得作者、人物、读者的契合,掩饰作品的虚构性,几乎总是女主角讲述自己的故事,沿用一种自传体的形式"。① 正是"我"使得自传体的仿真叙事得以成立。其次,它在内容上符合自传的另一品质,即它是关于一个人的故事的。由"我"作为叙述者同时作为主人公而展开的个人故事,在真实性上有着毫无疑问的权威性。自传体叙事元素的移植,造成了作者、叙述者及小说人物间关系界线的模糊,小说中展开的成长秘密和私人体验,由于自传体叙事设置的存在而使其具有了真实性与可靠性的确证,使读者不至于对进入这些叙事文本后获得的震惊体验产生怀疑。

《私人生活》《一个人的战争》等毫无疑问地并非作家本人自传,它们只是作者移植了自传体叙事元素的仿真叙事。这些叙事或多或少、或深或浅地与作家本人的真实经历与真实传记(如林白的《流水林白》、陈染的《没有结局》等)构成互文、互证、互释关系,但毕竟不是作家本人的传记,它们的出现是为了取得仿真叙事的修辞效果。我们看到,自传体叙事作为一种仿真叙事,在二十世纪九十年代的女性小说中试图制造并已经制造了这样的阅读效果,即那些私人性的、带有强烈自我体验色彩的经验是真实可靠的。华莱士·马丁在谈到自传的写作意义时说过:"一个人的故事比一个民族、一个国家或一个阶级的故事少一点臆断性,因为后三者都是假定实体。在自传中我可以发现因与果的关系的第一手证据,

---

① [英]玛丽·伊格尔顿编:《女权主义文学理论》,胡敏等译,长沙:湖南文艺出版社 1989 年版,第 163 页。

而这种关系是历史学家必须推断而小说家们必须想象的：外界与内心、行动与意图。"①那些在女性小说中展开的"一个人的故事"，正在以它的"非假定实体"的仿真化的修辞面目，推进着关于女性个体或群体经验的真实性确认。

与此同时，所有的自传都将通过一系列成长故事来构建一个自我形象。对于自传体的女性小说来说，同样也要构建一个她们乐于认同的自我形象。正是在对这个自我形象的构建上，二十世纪九十年代的女性小说与此前的女性自传发生了悖离。在杨沫等的自传体小说里，女性自我形象都是按某种预设模式来构建的，经过意识形态的削减，缺乏自我体验与个人意识。而林白等人的自传体叙事，则以个人的性经历为核心内容，其中的自我形象完全逸出了传统性别话语的栅栏，成为时代与社会的"异类"。马丁说："如果我的'自我'是独特的，那么根据社会的或宗教的规范就无法充分地理解。"②林白、陈染就用仿真性的自传体叙事构建了"独特的"、无法为"社会的或宗教的规范"所充分理解的"自我"。这样的差异或悖离，在张洁身上也发生过。张洁笔下的曾令儿（《祖母绿》）和吴为（《无字》），前者是参照理想的女性创造的形象，因而显得超凡脱俗；后者是参照作家的亲身经历创造的形象，因而在人物性格中有更多的自我反省的成分，甚至构成了张洁对自己前期创作的否定。③

其他如书信体、日记体等的仿真叙事，虽不像自传体那样普遍，但同样也是容易被女性作家所采纳的。海男的《我的情人们》就是一部由诗、散文、歌词、日记、情书、信件、英语、汉语等不同的碎片连缀而成的叙事。其他的，书信体如陈染的《与往事干杯》，日

①　［美］华莱士·马丁：《当代叙事学》，伍晓明译，北京：北京大学出版社1990年版，第81—82页。

②　［美］华莱士·马丁：《当代叙事学》，伍晓明译，北京：北京大学出版社1990年版，第85—86页。

③　王又平：《自传体和90年代女性写作》，《华中师范大学学报》（人文社会科学版），2000年第5期。

记体如陈染后来的《声声慢慢》,包括林白在二〇〇四年创作的《妇女闲聊录》所采用的对话体、语录体,都可以看到仿真的叙事意图。

我们看到,这一时期的许多女性小说,即使是采用内视角展开的回忆、幻想、梦呓及其他意识或潜意识活动,其实都遵循着心理现实主义的基本程式,追求逼真效果。尽管在对这一时期的女性小说的讨论中常常会强调"私人化写作"的个人性与主观性,但"逼真性"的叙事目的一直没被充分认识到。由陈染、林白代表的仿真叙事,强调的是个人经验的不可替代性与不可复制性,尤其是以自传或准自传方式导入的仿真叙事,有着难以被男性作家所模仿或复制的叙事难度。正因为这种难度的存在,女性叙事的文本形态有了属于自己的结构、机理和色泽,某种意义上,它也意味着由男性代言的历史被终结。

纪实或虚构,只是一种强行分裂的权宜说法。实际上,"虚"与"实"的博弈,常常在这一时期的女性小说里构成复调,构成叙事文本中相生相克的两个层面。林白的《瓶中之水》和《致命飞翔》故事开头就分别强调二帕和北诺是"我"虚构的人物,但随着情节的不断推进,虚构的人物和情境都找到了现实的依托,叙事便在虚实相生间展开。陈染的《潜性逸事》中"附件 B、C"的标题安排明显标示李眉这个人物是个虚设,而当雨子想从日益麻木的婚姻生活中挣扎脱身时,这个虚设的李眉却不断出现,提醒雨子不要为虚无缥缈的爱情做无谓的牺牲。这样的虚实设置,巧妙地揭示了主人公身体与心灵的困境。池莉的《绿水长流》也以虚实两个叙事层面构成复调,在"虚"的层面叙述一个即将发生的爱情神话,在"实"的层面则叙述爱情的世俗面貌,"实"对"虚"构成了单向的消解关系,使在爱情神话背后的男权性别秩序被披露。最有意味的,还是王安忆的《纪实与虚构》,在这部小说中,个人的成长经验与心灵史在纪实层面展开,而母系历史则在由对文献碎片的连缀中展开,形成虚构层面。构建母系历史的冲动,与孤独的个人现实境遇,形象地比喻了历史、个人及性别间的文化关系,虚实两个层面互参互证,不仅意味着女性个人必须借助虚构性的历史想象来平衡现实的孤独境遇，同时也以纪实性的女性个人的现实经验照见了历史想象的虚妄性质。尤其是，王安忆将"纪实与虚构"理解为"创造世界的方法"，实际上表明了她在一种叙事修辞里窥见了构建世界、女性、个人及其秩序的最核心的秘密。

二、有机与无机

所谓有机叙事与无机叙事，是有机论与无机论哲学观在文学叙事中的移用。有机论哲学强调系统与辩证，强调结构与关联。在有机论认识范式里，作为客体的世界是互相彰显又互相遮蔽的有机整体，如水落与石出、柳暗与花明、飘散的花瓣与成熟的果实等有着可被主体认知的内在逻辑性。有机论认识范式在文学中最具典型的模式是象征主义，它代表着一种由感性到理性、由现象到本质、由能指到所指、由潜抑到显在、由此岸到彼岸的深度模式。相反的，无机论则倾向于把世界看作是自在的、零散的、碎片化和平面化的，事物之间没有必然的因果关系，原生态的混沌世界就是主体本源，由有机论体现的种种深度模式都是必须铲平的。

（一）有机叙事

有机叙事有工具主义色彩，它强调主体意识对叙事的介入与掌控，强调由此岸向彼岸的跨越，强调对叙事之外的意义指归的追求。

在一些公开宣称是"女性主义者"，或宣布为"颠覆菲勒斯中心主义"而写作的作家那里，叙事便具有它特定的深度模式，即它不是后现代式的平面写作，而是基于女性立场的关于"启蒙"和"解放"的话语建构。有机叙事使得这一类女性小说叙事方向集中，语义明确，以保证批判的矛头指向不会因为语义含混暧昧而丧失其准确性。

徐坤的《厨房》开篇明义:"厨房是一个女人的出发点和停泊地。"这样的开篇有明显的批判理念,即关于"厨房"的性别主义话语定性。于是,叙事便自然地进入对由"厨房"给定的女性宿命以及由"厨房"彰显的性别秩序的批判性轨道中。叙事在这里是工具性的,也就是说,重要的不是叙事,而是叙事的意图。徐坤的长篇小说《女娲》,则更是用一个巨型象征将自己的叙事意图预先加以公告。她的《离爱远点》《遭遇爱情》等小说皆在破题时已将叙事的话语边界划定了。在宣称是"女性主义者"的作家里,徐坤是这样一个代表:她四处戳露的话语锋芒,直接将有机叙事演绎为"主题先行"。

由于对叙事意图的格外强调,使得在"主题先行"推动下的有机叙事呈现出如下特点:

1. 人物形象的符号化。陈染小说中的女性人物缪一、黛二、麦三、伊堕人、殒楠,以及男性人物 T 和无名的"他",林白小说中的二帕、北诺、多米、朱凉、七叶、蔷薇,以及男性人物"男人",徐小斌小说中的芬、怡、卜零、羽蛇家族的女人以及同样不需要名字的各种"男人",徐坤小说里的程甲、黑戍、伊克、胡子以及不需要名字的"她",这些人物高度符号化,在相当程度上可以互相置换。你不必非得在某个时间记住"他"或"她"不可,因为这些人在不同的文本间游走,你在哪儿都能碰到。

符号化意味着人物被"简约化",作家不再强求人物具有丰富性,而只需要其具备能体现叙事意图的特殊性就可以了。因此,小说中的每个女人都有她的符号归属,各自指称着美、丑、脆弱、忠诚、感性、单纯或无边的欲望。而男性通常不需要名字,或者直接用甲乙丙丁、ABCD 代替即可,他们不仅不需要性格的丰富性,相反,他们的性格通常是唯一和同一的;他们的存在,只是为了在叙事中最后被否定。

2. 为能突显叙事意图,表现主义手法屡被采用。某种意义上说,人物形象符号化也是表现主义的基本技巧之一。但对于二十世纪九十年代中国女性小说的有机叙事来说,表现主义的价值更重要地体现在情节与人物关系的设置上。毫无疑问,徐小斌的《迷幻花园》是表现主义的:人物没有来由,没有背景,她们一出现时就进入了关乎命运的本体论究诘中。人物关系"简"化了,但有关人物的哲学命题进入了"繁"的程序。陈染就曾忍不住地自称具有卡夫卡的气质:这样的自我认定,显然源自她对异化命题的关注,对形而上的兴趣以及相近的表现主义文学形式的尝试。陈染早年的《纸片儿》其实最让人想到的不是《聊斋》及其他志怪文学传统,而是卡夫卡的《变形记》。"变形"在陈染的小说里是基本现象。徐小斌显然也善于在叙事中使用"变形"设置,如《双鱼星座》里的神秘佤寨和女巫预言,《迷幻花园》中充满凶险与诱惑的神秘小径,《蜂后》中不可抵达的蔷薇园和巨型蜂后,《羽蛇》中伴随羽一生的奇异声音,都将叙事带出日常性,用强行的变形来显示叙事的方向和意图。

而在林白那里,她所着迷的"飞翔",是指对常态的超越,显然是变形的另一种象喻:

> 飞翔是指超出平常的一种状态。
>
> 写作是一种飞翔,做梦是一种飞翔,欣赏艺术是一种飞翔,吸大麻是一种飞翔,做爱是一种飞翔,不守纪律是一种飞翔,超越是一种飞翔。它们全都是一些黑暗的通道,黑而幽深,我们侧身进入其中,把世界留在另一边。[①]

正是对变形设置的表现主义式的运用,才使她或她的叙事有可能进入"黑而幽深"的"通道",才有可能"把世界留在另一边"。

3. 多个叙事主体讲述相似的人生体验。由于相同的叙事意

[①] 林白:《选择的过程与追忆——关于〈致命的飞翔〉》,《林白文集》第 4 卷,南京:江苏文艺出版社 1997 年版,第303 页。

图,相似的叙事"主题",使得这个时期的女性小说常会给人"重复"之感。比如,赵玫的《我们家庭的女人》浓彩重墨地叙写了家族女性悲惨的命运轮回,而张洁的《无字》显然讲述的是相似的题旨。这种"重复"对于女性写作应该是有意义的,多个女性主体共同讲述一种相似的人生体验,可以让单个的批判力量逐渐显示出其集体性来。

4.越来越多和越来越强的思辨。对叙事意图的强调,有时会导致作家试图直接越过叙事而进入彼岸的语义辨析。王安忆、徐坤、徐小斌、池莉、方方、铁凝、陈染等都有很好的思辨力,她们在叙事中显示的思辨性常有令人赞叹之处。以陈染为例,她在《与往事干杯》中借叙述者说道:"我并不喜欢叙述事件。当我写到事件经过的本身时,我感到笔墨生涩而钝拙;然而,当我写到由事件而引发的情感和思想时,我就会妙笔生花得心应手兴味十足。"她如此审父:"父亲的粗暴、专制与绝对的权势,正是母亲、奶奶和幼年的我,自动赋予他的,我们用软弱与服从恭手给予了他压制我们的力量,我们越是对他容忍、顺服,他对我们就越是粗暴专横。"①她如此宣言:"性沟,是未来人类最大的争战。"②她如此阐释女性形象范式:"长久以来,我们始终在男人们想当然的规则中,以一种惯性被动地接受和适应,我们从来没有我们女人自己的准则,我们的形象是由男性文学艺术家硬朗的笔划雕刻出来的简单化的女人形象,我们的心灵历程与精神史是由男性的'女性问题'专家所建构。"③

(二)无机叙事

无机叙事是一种隐藏写作意图的叙事方式。与有机叙事中强调写作主体的强力介入不同,无机叙事则有主体退隐的表面形态。

①　陈染:《私人生活》,《陈染文集》第 3 卷,南京:江苏文艺出版社 1996 年版,第 24 页。

②　陈染:《破开》,《陈染文集》第 2 卷,南京:江苏文艺出版社 1996 年版,第 259 页。

③　陈染:《破开》,《陈染文集》第 2 卷,南京:江苏文艺出版社 1996 年版,第 263 页。

叙事在看似毫无关联的繁缛细节里铺陈，使读者在碎片化、非逻辑化、非历史化的当下体验中感受主体的失落和彼岸的断裂。

无机叙事是一种平面叙事，它是零散化的表象堆砌，是一连串的能指游戏，是将语义悬置在此岸的无目的徘徊。王安忆是此类叙事的代表。她曾对自己的写作定下这样的原则："不要特殊环境特殊人物""不要语言的风格化""不要独特性"等。[①] 这作为她的"小说观"，其实也是她的"叙事观"。她的"叙事观"表明，她的小说叙事旨在取消容易辨识的语义向标（特殊、风格、独特性），使她的叙事意图处于混沌之中，处于不可捉摸之中，处于不可确定性之中，处于不可用模式化释义套路加以固定的游移之中。有人在论及王安忆的小说时这样说过："表面上看来，她似乎给了通往终极的道路，但这道路令我们在阅读时感到崎岖不平并危险重重。她往往设置很多的假象并给予充分的理由，令我们渐渐放下心来，以为可以走上回家之途；可往往又在我们最不曾意料到的地方标出此路不通的路牌。在我们茫然之时，她不动声色地将另一条道路送到脚下，于是我们再度踏上危险之旅。历经千辛万苦，当我们终于逼近小说的尾声时，会发现结局已丧失了传统小说所具备的意义，——即为小说叙事提供根据和归宿，它已不能再给我们安全感。"[②]

但必须指出的是，尽管王安忆会用丰赡无比的细节、精微繁缛而又密不透风的叙述来包裹、溶解或淹没理念之核，以免它戳露在叙事体之外，但正是这种语焉不详，不提供根据也不提供结论的叙事，阻止了我们对她的叙事意图和小说人物做出即时、准确、可靠和有效的评判。因此，当米尼（《米尼》）、阿三（《我爱比尔》）这样的人物出现时，评判的困难也随之出现，尤其是且关键是，那些基于男权尺度的评判都会出现瞬时的哑火。无机叙事对于女性写作的意义就在这里：它让性别立场以一种更隐蔽的方式"内在化"于叙

① 王安忆：《我的小说观》，《王安忆自选集》第 4 卷，北京：作家出版社 1996 年版，第 331—332 页。

② 焦桐：《小说戏剧性的消解和回归》，《当代作家评论》，1997 年第 6 期。

事体,并"内在"地颠覆着男权机制下的阅读习惯,使阅读走向了批判的高度。

因此,我所要论述的无机叙事与无机论哲学思维的区别也在这里显示出来。无机叙事只是移植了无机论的表面形态。无机叙事是一种"作为修辞的叙事",这就"意味着叙事不仅仅是故事,而且是行动,**某人在某个场合出于某种目的对某人讲一个故事**"。①所以,在无机叙事中,叙事主体或主体意图并不是消解了,而是更为"深邃"地潜藏着,也因此,无机叙事究其实质仍然是深度叙事。

出于对叙事意图的刻意隐藏,使得以"主体消隐"为表面形态的无机叙事呈现出如下特征:

1. 高度的写实倾向

这是与表现主义形成对比的叙事表面形态。高度化的写实使细节的展露更为饱满,有着罗布-格里耶在《嫉妒》中所表现的物质主义的风格。王安忆显然喜欢和擅长描写繁复琐碎的无机世界。陈村曾说她"一条棉毛裤可以写两千字",这说明她对于细节的偏好。在《长恨歌》里,关于城市弄堂的静态的物化描写就占据了相当的篇幅,而在《香港的情和爱》里,关于香港的街市与夜景、服饰与家居,自成一景地进行着极力的铺排陈述,不计烦冗、不厌其烦地展开着。生活细节也是繁琐的,从菜场的讨价还价,到床帏的甜言蜜语,极可能在纤毫毕露中显示其质感。即使是人物内心(如《流水三十章》),也放大拉长,使之呈现为瞬息万变的意识流。

写实的功能在于:(1) 写实所体现出来的"客观主义",有可能使各种预设的价值判断陷于失效。(2) 高度写实,尤其是对细节的强调,使得在阅读中产生了一种"凝视"效果。"凝视"使细节被关注,对细节的"凝视"意味着局部感、碎片感、零散感的强调,意味着"总体性"被忽略。(3) 对细节、局部、碎片的关注,也意味着对叙事

---

① [美]詹姆斯·费伦:《作为修辞的叙事:技巧、读者、伦理、意识形态》,陈永国译,北京:北京大学出版社 2002 年版,第 14 页。黑体字为原文就有。

的关注停留在"此在",超越性的关注被拒绝。

写实化倾向及其叙事功能,不仅在王安忆的小说里,还在池莉、方方的作品中都有典型体现。

2. 叙述化倾向

这里所说的"叙述",是指一种非主观性和非表现性的写实化叙述,"叙述及物而不及意,叙述话语只是一个能指链,而无必然的、一对一的所指"①。如果说写实关注表象,叙述则关注过程,而"过程"叙事"表现为对叙述对象的质地、运动、方向、形态等细枝末节的关心和注意"。② 简单地说,叙述化就是"零度叙事"。

叙述化倾向使作家只关注人物的外部行为与事件的表面形态。"叙述化"支持这样的信念:人通过行动走出那个人人相像的日常的重复世界,并因此成为个体的人;行动被理解为行动者的自画像。(米兰·昆德拉语)③"叙述化"放弃有深度的心理世界,而选择了平面化的外部动作。对事件的叙述也只限于外部,而不涉及因果与价值判断。王安忆的《我爱比尔》的全部叙事,对主人公阿三的内心全然不知,它只对阿三的浮华生活进行外部呈现,这就使阿三后来的失业、堕落缺失了意义来源,成了一个无由头的行为。池莉的《来来往往》也只有世态人生的碎片般纷扰的叙述,尽可能地不涉及人物内心,而只是让人物和世界在叙述中展示其自然的面貌。

由无机叙事而营造的女性小说,由于叙事态度淡化、叙事主体身份模糊、叙事中刻意的非逻辑化,使得由叙事建构起来的意义大厦处于暧昧不明之中,即使建构起来了,也会处于随时可能倾覆的危险之中。但是,无机叙事体现的是另一种更为深刻的"有机",它无目的而合目的,无为而无不为。某种意义上说,作为一种修辞,无机叙事更强调叙事形式对女性主义主题的深化和提升。

---

① 王侃:《叙述》,《文学评论》,1991 年第 2 期。

② 滕守尧:《艺术社会学描述——走向过程的艺术和美学》,上海:上海人民出版社1987 年版,第 169 页。

③ 参见《文艺报》,1989 年 1 月 7 日。

图书在版编目(CIP)数据

中国新时期女性文学的话语系统研究 / 王侃著. —
南京：南京大学出版社，2021.2
　ISBN 978 - 7 - 305 - 23847 - 5

　Ⅰ.①中… 　Ⅱ.①王… 　Ⅲ.①妇女文学-文学研究-
中国-当代 　Ⅳ.①I206.7

中国版本图书馆 CIP 数据核字(2020)第 191045 号

出版发行　南京大学出版社
社　　址　南京市汉口路 22 号　　　　邮　编 210093
出 版 人　金鑫荣

书　　名 中国新时期女性文学的话语系统研究
著　　者 王　侃
责任编辑 张　静

照　　排　南京紫藤制版印务中心
印　　刷　江苏凤凰通达印刷有限公司
开　　本　718×1000　1/16　印张 20.25　字数 285 千
版　　次　2021 年 2 月第 1 版　2021 年 2 月第 1 次印刷
ISBN 978 - 7 - 305 - 23847 - 5
定　　价　65.00 元

网　　址:http://www.njupco.com
官方微博:http://weibo.com/njupco
官方微信:njupress
销售咨询热线:(025)83594756